KB043038

야
반
도
주

야반도주

1판 1쇄 찍음 2018년 10월 24일
1판 1쇄 펴냄 2018년 10월 31일

지은이 | 조인영
펴낸이 | 고운숙
펴낸곳 | 봄 미디어

기획·편집 | 김민지, 김지우
표지 디자인 | 우물

출판등록 | 2014년 08월 25일 (제387-2014-000040호)
주소 | 경기도 부천시 원미구 길주로 64, 1303(굿모닝 오피스텔)
영업부 | 070-5015-0818 편집부 | 070-5015-0817 팩스 | 032-712-2815
E-mail | bommedia@naver.com
소식창 | http://blog.naver.com/bommedia

값 12,000원

ISBN 979-11-5810-583-9 03810

야
반
도
주

조인영 장편소설

c o n t n e t s

프롤로그

아무도 몰라보길 바라며 그린 그림이었다.

까만 어둠 속에서 상공의 빛을 향해 날갯짓하는 작은 생명체.

그 생명체가 무엇인지 알아보는 이가 없기를 바랐다.

"이게 뭐야?"

너는 어둠처럼 짙은 눈동자를 빛내며 내게 물었다. 나는 대답 대신 희미하게 미소 지었고, 너는 길고 곧은 손가락으로 내 그림을 만지며 말했다.

"나방이네."

낮고 부드러우며 확신에 찼던 네 어조가 아직도 선연하다. 나는 꿀 먹은 벙어리가 되어 멍하니 네 뒷모습만 바라보았지. 솔직히 말하면 창 피했다. 너에게 내 치부를 들켜 버린 것만 같아서.

"예쁘다."

그 뒤에 이어진 너의 말은 중요하지 않았다. 네가 나를 나비가 아니 라 나방으로 생각하고 있었다는 사실에 나는 많이 속상했던 것 같다.

그땐 어렸으니까. 너에게 처음으로 몸을 열었던 스무 살이었으니까. 아마도 그때의 나는 네 앞에서 항상 아름답고 싶은 소녀였던 것 같다.

"나방 아니야. 나비야."

"나비가 밤에 날아?"

아니. 나비는 밤에 날지 않아. 찬란히 부서지는 태양 아래서 화려한 꽃들 사이를 유영하며 날아다니지.

그래. 나는 그런 나비가 되고 싶었다. 늘 어둠 속에서 빛을 갈망하는 나방이 아니라, 사랑받으며 당당하게 날아다니는 나비가 되고 싶었어.

하지만 나는 늘 나방이었다.

희미하게 새어 나오는 빛 한 줄기라도 움켜잡으려는, 처절한 나방이었다.

"태주야."

지금에서야 고백하건대, 나는 항상 네 앞에서 아름답고 싶었어.

"응?"

네가 나를 행복한 여자로 바라봐 주길 바랐어.

이 지독한 어둠이 너무나 싫어서.

그래서,

"아니야. 아무것도."

꽃 같은 나비가 되고 싶었어.

1화

재회

중후한 기품을 풍기며 조용히 스테이크를 썰던 한 관장의 미간이 구겨졌다.

"다시 말해 봐라."

한 관장은 나이프를 내려놓으며 맞은편에 앉은 젊은 남자를 응시했다. 차가운 표정의 남자는 한 관장과 묘하게 닮아 있었다.

"유경이랑 이번 달 안으로 약혼하겠습니다."

갑작스러운 약혼 선언에 한 관장의 시선이 자연스레 유경에게로 향했다.

"이게 무슨 말이냐."

"관장님. 그게……."

유경은 차마 한 관장의 눈을 마주 보지 못하고 입술만 꾹 깨물었다. 조금 전에 삼킨 스테이크가 질긴 고무 조각처럼 목을 꽉 막는 느낌이었다.

"아버지가 반대하셔도 소용없어요. 유경이랑 저 이번 달 안에 약혼

할 겁니다."

아들의 일방적인 선언에 한 관장은 할 말을 잃은 얼굴이었다.

그는 말을 꺼내는 대신 탐탁지 않은 눈빛으로 유경을 바라봤다.

"유경아. 내가 저번에도 말했지만 나는 너를 며느릿감으로 생각해 본 적이 없다."

유경은 타는 속을 식히려 차가운 물로 목을 적셨다. 무거운 침묵 속 에서 노골적으로 머물러 있는 한 관장의 시선에 숨이 막혔다.

"네. 알아요."

"그런데 이게 무슨……."

"아버지. 그만하세요."

아들의 만류에 한 관장은 두 눈을 홉뜨며 이맛살을 찌푸렸다.

"한선우. 너 이게 도대체 어디서 배워 먹은 버르장머리냐?"

"제 약혼 상대는 제가 정해요. 아버지한테 허락받으려고 말하는 거 아닙니다."

"아니 그런데, 이 녀석이!"

발끈하며 목소리를 높이는 한 관장의 얼굴이 붉으락푸르락 변했다. 그에 반해 선우는 아버지의 반응을 예상했다는 듯 태연하게 물을 마셨 다. 유경은 마른침을 삼키며 치맛자락을 꽉 움켜쥐었다. 극도의 긴장감 에 어깨가 움츠러들었다. 이런 일이 있을 때마다, 가장 불안해하고 눈 치를 보는 사람은 언제나 그녀였다.

"……먼저 일어나 보겠습니다. 죄송합니다, 관장님."

더 이상 참지 못한 유경이 자리에서 벌떡 일어났다. 언성을 높이던 한 관장과 선우의 시선이 동시에 그녀에게로 향했다. 유경은 한 관장에 게 연거푸 고개를 조아리곤 도망치듯 레스토랑을 빠져나왔다.

밖으로 나오자 레스토랑의 잔잔한 음악이 멀어지며 시끄러운 소음이 귀를 울렸다. 그 소리에 긴장이 풀렸지만 곧 메스꺼운 구역질이 올라오기 시작했다. 황급히 입을 막고 화장실로 향했다.

목에 걸린 고깃덩어리를 토해 내길 한참. 유경은 변기 앞에 쪼그려 앉은 채, 퍼런 물 위에 부유하는 붉은 고깃덩어리를 지친 눈으로 응시했다.

"……더러워."

핏물이 적나라한 고깃덩어리는 지난 세월 그녀가 삼켜 온 고통의 살점 같았다.

"스테이크 많이 처먹고 왔냐? 때깔 좋아진 것 봐라, 새끼."

어디선가 익숙한 목소리가 들려왔다. 태주는 모자를 벗고 눈앞의 남자를 한심하게 바라봤다. 대낮부터 공항에 마중 나온 대헌이 빙글빙글 웃고 있었다.

"너도 할 일 더럽게 없나 보다. 이 시간에 마중 나온 걸 보면."

"몰랐냐? 내 직업이 돈 많은 백수잖아."

"성공했네. 너 고등학생 때부터 장래희망이 그거였잖아."

"그렇지. 그나저나 이 새끼, 미국 물 좀 먹었나 본데? 얼굴에서 광이 난다."

"광은 무슨."

피식 웃으며 대헌을 바라보던 태주는 이내 멈칫했다. 금발로 탈색한 대헌의 머리카락에 눈이 부실 지경이었다.

"머리가 그게 뭐냐. 우리 나이가 몇인데 아직도 청춘놀이야."

그제야 태주의 말을 이해한 대헌이 호탕하게 웃으며 그의 등짝을 후려쳤다.

"이 새끼, 이거 아직 멀었네. 선진문물 배워 오라니까 꼰대 정신을 배워 왔어."

"그러게. 네 얼굴 보니까 없던 꼰대 정신이 생긴다."

"이봐, 한태주야. 나이 먹는다고 젊음에 대한 욕구가 사라져? 청춘이 사라지냐고. 저기 백발노인들 좀 봐봐. 우리 아직 새파란 청춘이야, 인마."

대헌의 개똥철학은 여전했다. 태주는 공항 카트에 짐을 실으며 무심히 대꾸했다.

"우리 이제 청춘 운운할 나이 아니다. 현실을 논할 나이지. 사람도 진지하게 만나야 되고."

태주의 말에 쉬지 않고 깐족대던 대헌의 말소리가 뚝 끊겼다. 묵묵히 짐을 싣던 태주는 조용해진 대헌을 흘긋 바라보았다. 대헌은 금세 웃음기를 잃고 우울해진 얼굴로 태주를 쳐다보고 있었다. 태주의 얼굴에서도 점점 웃음이 가셨다.

"하지 마. 지금 네가 무슨 생각 하는지 아니까 하지 말라고. 듣기 싫어."

태주가 무겁게 가라앉은 목소리로 읊조렸다. 대헌의 눈빛만 보고도 알 수 있었다. 그가 무슨 말을 하려는지.

"3년이야. 다 잊을 만큼 충분한 시간이었어."

"그래도 막상 보면 기분 더러울 거 아니야. 더군다나 안 볼 수도 없는 사이고."

"더러울 일 없어. 한 조각도 안 남기고 잊었으니까. 이제 얼굴 봐도 아무렇지 않을걸."

잊으려고 떠났고, 잊을 때까지 돌아오지 않았고, 다 잊었기 때문에 돌아왔다. 그러니 괜찮다.

한국에 돌아온 이상 어쩔 수 없이 만나게 되겠지만, 이제는 아무렇지 않게 그 애를 대할 수 있을 것 같다. 아니, 그래야만 한다.

태주는 대헌의 어깨를 툭 치며 옅게 웃었다.

"너 아직 혼자 살지? 나 며칠만 재워 주라."

조금 전까지 걱정 가득하던 대헌이 얼굴이 급격하게 일그러졌다.

대헌은 태주를 위아래로 훑어보다가 기가 찬 듯 웃었다.

집으로 돌아온 유경은 방으로 곧장 향하려던 걸음을 멈추고 돌아섰다. 뒤따라 들어오던 선우도 우뚝 멈춰 섰다.

"뭐 하자는 거예요?"

파리하게 질린 얼굴을 하고선 날 선 목소리로 묻는다. 선우는 슈트 주머니에 손을 꽂아 넣으며 태연히 웃었다.

"왜 또 화가 나셨을까."

"약혼한다는 말은 없었잖아요."

"안 한다는 말도 없었잖아?"

"그래도 나하고 먼저 상의를 했어야……!"

"유경아. 네가 지금 뭔가 착각하는 모양인데."

선우는 느릿하게 말을 떼며 유경의 턱을 움켜잡았다. 커다란 손이 유경의 하얀 얼굴을 부드럽게 쓸어내렸다. 먹물을 흘려 놓은 듯 새까만 유경의 홍채가 선우의 얼굴로 향했다.

"너한테 선택권은 없어. 너는 그냥 인형처럼 가만히 있으면 돼. 잊지 마."

잡은 턱을 들어 올리며 싱긋 웃는 선우의 모습에, 유경은 입술만 조용히 깨물었다.

뽀얗고 매끈한 얼굴 위로 드리워지는 신사적인 미소.

한선우가 저 미소 속에 어떤 실체를 감추고 있는지 사람들은 모른다.

그는 늘 이런 식이었다. 유경이 조금이라도 반항할라치면 지난날의 약속을 상기시키고 겁박하면서 그녀가 가장 불안해하는 부분을 쑤시곤 했다.

선우의 교활한 방식을 알면서도, 유경은 매번 바보같이 당할 수밖에 없었다. 제대로 도망가 보지도 못하고 멍청하게.

"관장님은 우리 약혼 절대 허락 안 하실 거예요. 오빠도 알잖아요?"

"그건 걱정하지 마. 너도 알잖아? 아버지는 내 고집 못 꺾어."

"이번엔 달라요. 오빠 고집보다 내 처지가 더 끔찍하잖아."

"무슨 말이 하고 싶은 거야?"

되묻는 목소리가 차갑게 가라앉았다. 웃는 얼굴 이면에 짜증스러운 기색이 역력했다.

"이 집에서 10년 동안 살았어요. 그 긴 세월 살면서 내가 한 번이라도 마음 편하게 웃어 본 적 있는 줄 알아요? 한 번이라도 내 마음대로 행동한 적 있었어요? 없었잖아."

"그래서?"

"그게 내 처지야. 관장님도 못 꺾는 오빠 고집을 넘어서는 게, 내 처지라구요."

처지. 그 단어를 입 밖으로 뱉자 10년 간 참아 온 설움이 급격히 밀려왔다. 한선우의 인형으로 살아갈지언정 스스로를 깎아 내리는 말은 하지 않으려 했다.

그런데 오늘은 참기가 힘들었다. 사랑하지 않는 사람과 억지로 사랑하는 행세를 하는 것도 역겨운데 약혼이라니. 벌써부터 목이 죄어 오는 기분이었다. 유경은 붉어진 눈으로 선우를 원망스럽게 바라봤다.

선우가 고개를 갸웃하며 태연히 말했다.

"말은 똑바로 해야지. 내 고집 때문에 그나마, 네가 그 정도 처지인 거야."

그 말에 혼이 나간 사람처럼 거실에 우두커니 서 있던 유경은 느리게 걸음을 옮겨 2층으로 향했다.

계단을 오르자 자신의 처지처럼 덩그러니 내몰린 자그마한 다락방이 보였다. 그리고 그 맞은편에는 그녀의 방보다 조금 더 큰, 지금은 아무도 쓰지 않는 방이 있었다.

푸른색으로 칠해진 방문. 어둠 속에서도 선명한 공간. 유경의 발걸음이 그 방으로 향했다.

침대는 깨끗했다. 틈 날 때마다 시트와 이불을 빨았고 베갯잇도 곰팡이 하나 없이 깔끔하게 관리했다.

방 주인은 없지만 책장 속 책은 더 늘어났다. 책을 원체 좋아하지 않았던 주인 때문에 책장이 항상 허전했는데, 그가 떠난 후에는 유경이 좋아하는 책들로 책장을 가득 채웠다.

오만과 편견, 호밀밭의 파수꾼, 폭풍의 언덕, 죄와 벌. 그 책들을 훑어보다가, 고전은 재미가 없어서 읽지 않는다던 그의 말이 떠올라 웃음이 나왔다.

만약 그가 이 책장을 보면 어떤 반응을 보일까. 이제 그의 표정조차 상상이 되질 않는다. 그러자 문득 서글퍼졌다.

커튼이 반쯤 올라가 있는 창문 사이로 달빛이 새어 들어왔다.

맞다. 이 방은 이 집에서 하늘과 가장 가까운 방이었다.

낮에는 따스한 태양빛이 방 안을 비추고, 밤에는 은은한 달빛이 묘한 분위기를 만들어 내는 방.

그래서 유경은 이 방을 좋아했다. 별다른 이유 없이 괜한 구실을 만들어 방문을 두드렸고, 그럴 때마다 그는 툴툴대면서도 차갑지 않게 그녀를 맞아 주곤 했다.

그러고 보니 이 방은 주인을 닮았다. 겉은 차갑고 쌀쌀맞지만 속은 따뜻하고 은은한, 그 애를 닮았다.

유경은 오늘따라 유난히 밝은 달을 보며, 침대에 누웠다. 사부작거리는 이불 소리가 새삼 상쾌하다. 베개에 얼굴을 묻고 눈을 감으니 몇 년도 더 지난 그때의 일들이 어김없이 떠오른다.

엄마가 죽었던 날, 관장님을 따라 눈길을 밟으며 이 집으로 오던 날, 그 애를 처음 봤던 날, 처음 이 방에 발을 들여놓았던 순간. 그 모든 장면들이 파노라마처럼 스쳐 갔다. 그리고 모든 장면의 끝에는 아프게 울던, 상처 받은 눈빛의 그 애가 서 있다.

감은 두 눈에서 차가운 눈물이 흘러내렸다.

잊으려고 한 적도 없지만, 시간이 지나면 자연스레 잊을 거라 생각했는데. 참 이상하지. 내 기억은 시간을 역행하는 것 같다. 이렇게 점점 더 선명해지는 걸 보면.

가끔 사는 게 너무 괴로울 때, 맨 정신으로 버티지 못해서 술을 마셨을 때, 세상에 나 혼자라는 생각에 눈물이 나올 때마다 유경은 이 방에 들어와 몰래 잠을 청하곤 했다.

오늘도 그런 일상 중 하루라고 생각했다.

한 관장은 2층에 관심이 없었고, 선우도 구태여 계단을 올라오는 일이 거의 없었으니까. 그러니 오늘도 별일 없을 거라고 생각하며 단잠에 빠져들었다.

시간이 얼마나 지났을까. 어디선가 들려오는 인기척에 유경은 살며시 눈을 뜨고 시간을 확인했다.

새벽 2시. 누가 올라올 시간은 아니었다. 잠결에 들리는 환청이겠거니 생각하고 눈을 감았다.

그렇게 다시 얕은 잠에 빠져들던 찰나, 이번에는 코끝에서 낯선 향기가 났다. 아니, 낯설지 않다. 익숙한 향기였다. 유경은 감고 있던 두 눈을 스르르 떴다. 그러자 벽에 비스듬히 기대어 서 있는 남자의 실루엣이 보였다.

"누구……."

잠결에 판단력이 흐려진 상태였다. 현실인지 꿈인지 분간도 되지 않는 상태. 평소 같으면 놀라서 벌떡 일어났겠지만 지금은 한낱 꿈이라고 생각했다.

남자는 대답이 없었다. 유경은 두 눈을 느리게 깜빡이며 중얼거렸다.

"꿈……인가."

꿈인가 보다. 하지만 꿈이라기엔 남자의 실루엣이 너무 선명하다.

그리고 닮았다. 그 애와 닮았다.

"왜 남의 방에서 이러고 있어."

가만히 벽에 기대 서 있던 남자의 입에서 낮고 조용한 목소리가 흘러나왔다.

"내 침대가 그리웠어?"

남자가 다소 차가운 어조로 물었다. 점점 또렷해지는 목소리에 유경은 서서히 몸을 일으켰다.

"아님, 나랑 잤던 그때가 그리운 건가."

웃음기 섞인 비아냥대는 말투. 유경에게 쏘아붙이던 그 말투와 비슷했다. 유경은 그제야 침대에서 벌떡 일어나 재빨리 방 안의 불을 켰다.

"……."

실루엣의 주인공을 눈앞에서 확인한 유경의 입가에 반가운 미소가 퍼졌다. 반면에 남자의 얼굴은 싸늘했다.

그녀의 얼굴에 번진 눈물 자국을 빤히 응시하던 남자는 팔을 뻗어 불을 껐다.

"네 얼굴, 보고 싶지 않아."

격앙된 남자의 목소리가 방 안을 날카롭게 울렸다.

"말해 봐. 네가 왜 내 방에 있는지."

남자가 벽에서 등을 떼고 유경에게 다가갔다. 밝은 달빛이 캄캄한 어둠 속 남자의 얼굴을 비췄다.

유경은 점점 가까워지는 얼굴에서 눈을 떼지 못했다. 달빛에 서서히 드러나는 남자의 얼굴은 유경이 그리워하던 그 얼굴이었다.

꿈에서라도 보고 싶어 일부러 잠을 청하기도 했던, 하지만 꿈속의 모습은 너무 흐릿해 오히려 그리움만 잔상으로 남았던 얼굴.

"……태주야."

유경이 떨리는 목소리로 남자의 이름을 불렀다.

공항에서 집으로 오자마자 똥마려운 사람처럼 연신 시계만 보는 태주를 대헌은 한심하게 쳐다봤다.

"얼굴 봐도 아무렇지 않을 거라며?"

"어."

"그런데 왜 굳이 새벽까지 기다리냐고요. 그냥 들어가서 가져오면 되잖아."

대헌의 입에서 절로 한숨이 흘러나왔다. 차 키 하나를 가져오지 못해서 전전긍긍하는 친구의 모습이 퍽 애잔했다.

"안 마주치는 게 나으니까 그렇지."

태주는 다시 불안한 얼굴로 시계를 쳐다보기 시작했다. 그의 까만 동공이 초침을 따라 현란하게 움직여 댔다.

"이 새끼 언행불일치가 대통령 공약 수준이네."

대헌이 고개를 설레설레 흔들었다. 하여간, 한태주는 생긴 건 독하게 생겨서 속은 물러 터진 놈이었다.

"그런데 대헌아. 차 없이도 살 수는 있잖아. 안 그래?"

태주가 미간을 찡그리며 진지하게 물었다. 대헌은 기가 막힌다는 표정으로 태주를 바라보다가 이마를 쥐어박았다. 갑작스런 통증에 태주가 고개를 뒤로 빼며 대헌을 노려봤다.

"미쳤냐?"

"너야말로 미치셨어요? 여자 하나 때문에 집도 버리고 차도 버릴래?"

또 시작됐다. 전매특허 잔소리. 대헌이 몸을 틀며 잔소리를 장전하자 태주는 인상을 쓰며 자리에서 일어났다. 몇 년째 도돌이표였다. 대화의 끝은 늘 한 사람으로 귀결되곤 했다.

"그만하자. 혈압 오른다."

태주가 담배를 물며 낮게 읊조렸다. 조금 전과 달리 무섭게 가라앉은 목소리에 대헌은 그제야 입을 다물었다.

현관을 열고 밖으로 나온 태주는 반사적으로 몸을 웅크렸다. 문을 열자마자 날카로운 찬 바람이 살갗을 파고들었다. 뼛속까지 시리게 만드는 지독한 추위였다.

주머니를 뒤적거려 라이터를 꺼냈다. 스위치를 딸깍거리며 불을 붙이려는데, 이상하게 불이 오르지 않는다. 다시 시도해 봤지만 불이 붙기는커녕 딸깍이는 플라스틱 소리만 공허하게 흩어졌다.

젠장.

물고 있던 담배를 신경질적으로 쪼개서 마당에 던져 버렸다. 하나부터 열까지, 어째 되는 일이 없었다.

잿빛 구름이 스쳐 가는 까만 하늘을 바라보며 낮은 한숨을 내쉬었다. 라이터 하나도 온전치 못한 자신의 처지가 초라했다. 그래도 나름 열심히 살았다고 생각했는데 막상 한국에 돌아와 보니 그에게 남은 건 예전보다 더 낡은 몸밖에 없었다.

대헌의 집으로 와서 짐을 풀고 나니 비루한 사정이 더 적나라하게 드러났다. 캐리어에 싣고 온 옷 몇 벌과 미국에서 쓰고 남은 비상금 몇 푼. 그게 태주가 가진 전부였다.

3년 전, 도망치듯 미국으로 건너 간 태주는 아버지의 신임도 잃고, 형제도 잃었다. 그리고 사랑도 잃었다. 문화 예술계에서 저명한 아버지는 갑작스레 미국으로 떠나겠다는 태주를 이해하지 못했다.

태주도 알고 있었다. 아버지가 형보다 자신을 더 아꼈다는 사실을. 형과 달리 미술에 소질이 있던 태주에게 미술관을 물려주려는 아버지의 계획도 알고 있었다.

그런 둘째 아들이 돌연 미술을 그만두고 한국을 떠나겠다고 했으니, 아버지는 아마 말로 표현 못 할 배신감을 느꼈을 것이다.

그래서 태주는 더더욱 아버지에게 손을 뻗치지 못했다. 남들은 취직하고 자리 잡는 스물다섯에 낯선 타국에서 이방인으로 살아가기란 말처럼 쉽지 않았지만, 우여곡절 끝에 허름한 집을 구했고, 짧은 영어로 더듬대며 일을 했다.

부족한 돈은 유일하게 가진 손재주를 이용해 충당했다. 삼시 세 끼를 챙겨 먹는 습관은 사치였다. 대신 하루 두 끼를 패스트푸드로 때우며 처량한 생활을 이어 갔다.

그렇게 미국 생활이 익숙해질 무렵, 우습게도 한국이 그리워졌다.

사람 마음이 간사하다는 게 그런 걸까. 영어의 물결 같은 억양 말고 한국어의 딱딱한 억양을 듣고 싶었다. 함께 술을 마시던 친구들이, 그림을 그리던 동료들이 그리웠다.

그리고 무엇보다, 그 애를 생각해도 더 이상 아프지 않았다.

그땐 그렇게 생각했다. 이제 아프지 않다고. 얼굴을 봐도 아무렇지 않을 거라고 자신했었다.

"······태주야."

그런데 그녀의 얼굴을 보는 순간, 목소리를 듣는 순간 모든 게 무너져 내렸다. 차갑게 얼어 버렸다고 다짐했던 감정이 순식간에 뜨겁게 달아올랐다.

"강유경. 네가 왜 내 방에 있냐고 묻잖아."

화가 났다. 얼굴에 번진 눈물 자국을 보는 순간 화가 나서 미칠 것 같았다.

그보다 더 화가 나는 건, 아직도 유경을 보고 화가 난다는 사실이었다. 짧은 순간 그가 느낀 감정들이 잔인한 진실을 말해 주고 있었다. 아무렇지 않을 거라는 장담은 우스운 착각이었을 뿐이라고.

"내 방에서 무슨 생각했어, 후회라도 했어? 왜. 형으론 만족이 안 돼?"

태주가 유경에게 한 발 한 발 다가가며 다그치듯 물었다. 가까이 다가갈수록 유경의 얼굴이 선명하게 들어 왔다.

태주의 두 눈이 파도처럼 일렁거렸다.

달빛에 스친 유경의 얼굴은 분하게도 여전히 아름다웠다. 긴 속눈썹은 하얀 얼굴 위로 그림자를 드리웠고, 작고 도톰한 입술은 어둠 속에서도 붉게 빛났다. 소녀처럼 짧았던 머리칼은 길게 자라 어깨 위로 내려와 있었다.

"태주야."

유경이 작게 아름거렸다. 유경을 바라보는 태주의 눈이 원망으로 짙어졌다.

"내 이름 그렇게 부르지 마. 넌 내 이름 부를 자격 없어."

"어떻게 된 거야? 한국에 다시 들어온 거야?"

유경은 태주의 말을 듣지 않았다. 그녀는 꼭 유학에서 돌아온 남동생을 만나기라도 한 듯 들떠 있었다. 그 뻔뻔한 태도에 태주는 실소를 터트렸다.

"어떻게 내 앞에서 그렇게 아무렇지 않은 얼굴로, 태연한 목소리로 말할 수 있지?"

"태주……."

"내 이름 부르지 말랬잖아!"

태주가 억누르고 있던 화를 쏟아 내며 유경의 어깨를 움켜잡았다. 분노 섞인 태주의 목소리가 방 안을 무겁게 울렸다.

어깨를 잡힌 유경의 몸이 휘청거렸다. 놀란 듯 커진 동공이 속절없이 흔들렸다. 까만 두 눈동자는 이상하리만큼 힘이 없었고 금방이라도 눈물을 흘릴 듯 젖어 있었다. 태주는 숨을 거칠게 몰아쉬며 유경을 내려다봤다.

"태주야."

유경이 잘게 떨리는 목소리로 읊조렸다. 유경을 바라보는 태주의 눈동자가 불안하게 요동쳤다.

확실히 달라져 있었다. 지금 눈앞에 있는 유경은 태주가 사랑하던 그 강유경이 아니었다.

"너······."

유경의 어깨를 쥔 태주의 손에 점점 힘이 들어갔다. 어둠 속에서도 선명히 들어오는 유경의 얼굴을 빠르게 살피며 입을 떼려던 찰나, 유경이 조심스럽게 물었다.

"밥은 먹었어?"

느닷없는 질문이었다. 그리고 화가 날만큼 자연스러운 태도였다. 둘 사이에 싸한 정적이 흘렀다.

"뭐?"

"공항에서 바로 왔으면 밥도 못 먹었을 거 아냐. 배 안 고파? 밥 차려 줄까?"

태주는 꽉 잡고 있던 유경의 어깨를 거칠게 놓았다. 그 반동에 유경이 침대 위로 털썩 주저앉았다.

"시간을 봐. 지금이 몇 시인지."

방 안의 불을 다시 켜면서 태주가 말했다. 초점이 흐릿한 유경의 두 눈이 벽에 걸린 시계로 향했다. 시간은 어느새 새벽 3시가 다 되어 가고 있었다.

그제야 정신을 차린 유경이 환한 불빛 아래 우뚝 서 있는 태주를 올려다봤다.

이마 위로 내려온 새까만 머리카락. 날카로우면서도 부드러운 눈매. 짙은 눈동자. 원망조차 서툰 눈빛. 모든 게 그대로였다.

훌쩍 성숙해진 외모에도 태주는 여전히 소년 같은 분위기를 풍기고 있었다. 세월에 찌들고 망가진 건 오직 자신뿐.

"미안. 밥 먹었겠구나."

유경이 고개를 숙이며 멋쩍게 웃었다. 유경을 물끄러미 내려다보던 태주가 낮은 목소리로 입을 열었다.

"강유경. 넌 여전히 뻔뻔하다."

"……."

"아니. 예전보다 더 뻔뻔해졌어."

바닥에 떨어져 있던 유경의 시선이 태주에게로 향했다. 태주의 얼굴은 간신히 분노를 삭이는 사람처럼 고통스럽게 일그러져 있었다.

"응. 나 뻔뻔해졌어."

유경이 희미하게 웃었다.

"앞으로도 그럴 거야. 내가 견딘 시간만큼 보상받을 거야."

유경의 목소리는 오랫동안 결심해 온 다짐처럼 단단했다. 태주는 얼굴을 쓸어내리며 작게 웃었다.

"이런 모습 진작 보여 주지 그랬어."

"난 원래 이런 애였어."

"그래. 넌 원래 이런 애였어. 그래서 미칠 것 같아. 이렇게 속물 같은 너를, 소름 끼칠 만큼 못된 너를 좋아했던 내가 한심해서 미칠 것 같아."

웃고 있던 태주의 얼굴이 급격하게 싸늘히 식었다. 태주는 떨리는 입술을 꽉 깨물고 방문을 거칠게 열어젖혔다.

"고맙다. 더 늦기 전에 정신 차리게 해 줘서."

태주는 감정 없는 사람처럼 무표정한 유경을 바라보며 아픈 말을 던졌다. 유경을 사랑했던 날들조차 부정하기는 싫었다.

그날들을, 그때의 마음을 부정해 버리면 순수하고 찬란했던 자신의 젊음도 부정될 것 같아서였다.

하지만 죄책감이라곤 찾아볼 수 없는 유경을 보자 그럴 마음이 눈 녹듯 사라졌다. 이제는 부정하지 않을 이유가 없다. 차라리 깨끗하게 지워 버리고 싶다. 마음에 안 드는 페이지를 찢어 내듯, 유경을 사랑했던 기억을 뭉텅이로 도려내고 싶다.

핏대가 불거질 만큼 두 주먹을 꽉 쥔 채 방을 나섰다. 주체할 수 없이 터져 나오는 원망을, 미련을 들키고 싶지 않았다.

"역시 너였구나."

방 안을 낮게 울리는 부드러운 목소리에 태주의 걸음이 우뚝 멈췄다. 태주는 천천히 고개를 들어 목소리의 주인공을 확인했다.

다시는 마주치고 싶지 않았던 사람. 선우였다.

"잠이 안 와서 나왔는데 불이 켜져 있어서. 언제 돌아온 거야?"

한 손에 술잔을 든 선우가 벽에 기대며 나지막이 물었다.

"유경이도 있네. 네가 왜 태주 방에 있어?"

태주에게 머물렀던 선우의 시선이 유경에게로 향했다. 방 안으로 흘러들어 오는 목소리에 유경의 몸이 뻣뻣하게 굳었다. 다정한 말투의 이면에 깔린 건조한 목소리가 예민한 신경을 건드렸다.

"서운하네. 둘이 무슨 얘기를 한 거야? 나만 빼놓고."

선우가 태주의 어깨 너머로 보이는 유경을 응시하며 술을 한 모금 들이켰다.

유경과 태주를 번갈아 보는 그의 입가에 묘한 미소가 걸렸다.

3년 만에 제 방에서 맞는 아침이었다. 부자연스러울 만큼 깨끗이 닦인 창문으로 겨울 아침의 어스름한 빛이 새어 들어왔다.

태주는 한숨을 내쉬며 흐트러진 머리를 쥐어뜯었다. 차 키만 들고 나가려 했는데 일이 복잡하게 꼬여 버렸다.

비몽사몽으로 침대에서 걸어 나와 창문을 열고 아침 공기를 들이켰다. 기분이 조금 나아지는가 싶더니 이내 무겁게 가라앉았다. 난생처음 보는 책들로 꽉꽉 채워진 책장 때문이었다.

일렬로 딱딱하게 나열된 책들 중 아무 책이나 하나 골라 펼쳤다.

저 방에 있는 저 고약한 사람이 히스클리프를 저렇게 천한 인간으로 만들지 않았던들 내가 에드거와 결혼하는 일 같은 것은 생각지도 않았을 거야. 그러나 지금 히스클리프와 결혼한다면 격이 떨어지지. 그래서 내가 얼마나 그를 사랑하고 있는가 하는 것을 그에게 알릴 수가 없어. 히스클리프가 잘생겼기 때문이 아니라, 넬리, 그가 나보다도 더 나 자신이기 때문이야. 우리의 영혼이 무엇으로 되어 있든 그의 영혼과 내 영혼은 같은 거고, 린튼의 영혼은 달빛과 번개, 서리와 불같이 전혀 다른 거야*.

태주의 미간이 점점 구겨졌다. 대사 하나만 읽었을 뿐인데 가슴이 답답하고 화가 났다.

이런 책을 좋아하는 사람, 그의 방에 가져다 놓을 사람은 딱 한 명밖에 없었다. 강유경이다. 태주는 신경질적으로 책을 덮었다.

책상 밑 쓰레기통으로 책을 던지려던 찰나, 누군가 방문을 두드렸다. 긴 정적이 흐른 후에야 문 밖에서 가느다란 목소리가 들려왔다.

"……깼니? 내려와서 밥 먹어."

---

*영국의 여성 작가 에밀리 브론테(1818~1848)의 소설 〈폭풍의 언덕〉으로 1847년에 출간되었다.

태주는 유경의 목소리를 듣자마자 들고 있던 책을 쓰레기통에 내던졌다.

웃음기 없는 얼굴로 부엌에 들어온 태주는 선우의 옆자리에 털썩 앉았다. 신문을 읽던 한 관장이 혀를 끌끌 차며 고개를 저었다.

"이제야 반성하고 돌아왔나 했더니. 고작 차 키 하나 때문에 집에 온 거냐?"

태주의 시선이 태연하게 신문을 읽고 있는 선우에게로 향했다. 그새 어젯밤 일을 말한 모양이었다.

"그게 전 재산이거든요. 그나저나 아버지는 더 늙으셨네요."

"뭐? 그게 애비한테 할 소리냐? 나이는 어디로 먹은 건지."

태주는 아버지의 말을 한 귀로 흘리며 식탁에 차려진 반찬을 쓱 훑었다. 상다리가 부러질 것 같은 진수성찬이었다.

수라상이라도 차리는 건지. 고개를 드니 앞치마를 차려입고 긴 머리를 단정하게 묶은 채 부엌에 서 있는 유경이 보였다. 태주는 쥐고 있던 수저를 던지듯 내려놓았다. 그러자 한 관장이 신문 너머로 태주를 흘긋 바라봤다.

"네 차 키는 내가 가지고 있다. 집에 들어올 생각 아니면 가져갈 생각도 하지 마라."

"걱정 마세요. 나가라고 해도 안 나갈 거니까."

태주의 말에 국을 푸던 유경의 손이 멈칫했다. 조용히 신문을 읽던 선우도 태주에게로 고개를 돌렸다. 태주는 유경의 뒷모습을 빤히 응시하며 말을 이었다.

"원래 키만 가지고 나갈 생각이었는데, 마음이 바뀌었어요."

유경을 보는 태주의 눈빛이 어둡게 가라앉았다.

"좀 억울해서요."

"그게 무슨 소리냐?"

"모르셔도 돼요. 차 키나 주세요. 오늘 대헌이네서 짐 가져올 거예요."

멈췄던 유경의 손이 다시 움직이기 시작했다. 국자를 든 그녀의 손이 미세하게 떨렸다.

"뭐가 억울한데?"

선우가 신문을 접고 느리게 웃으며 물었다. 태주는 싸늘해진 눈으로 선우를 바라봤다. 형이라면 맹목적으로 따르고 좋아하던, 예전의 한태주가 아니었다.

"형."

"왜?"

태주는 너그럽게 웃어 보이는 선우의 얼굴 위로 어젯밤 보았던 유경의 얼굴을 떠올렸다. 핏기라곤 찾아볼 수 없이 창백했던 얼굴. 건조하게 메말라 있던 눈빛. 반면에 한선우는 지나치게 혈색이 좋았다. 선우를 바라보는 태주의 두 눈매가 가늘어졌다.

"형은 얼굴이 좋네."

선우는 비스듬히 웃고 있는 태주를 바라보았다. 짧은 순간 둘 사이에 묘한 정적이 흘렀다.

"태주, 너도 좋아 보이는데?"

선우가 낮게 웃으며 태주의 어깨에 손을 얹었다. 태주는 선우의 손을 차갑게 떼어 내며 맞은편에 앉은 유경을 바라봤다. 유경은 아침 밥상을 다 차려 놓고 나서야 수저를 들고 있었다.

어젯밤, 태주는 생각해 봤다. 행복해지고 싶다는 이유로 형을 선택했으면서 전혀 행복하지 않은 모습으로 태주의 방에서 자고 있던 유경을.

강유경에게 복수하는 길은 그녀보다 더 사랑스러운 여자를 만나, 더 행복하게 사는 모습을 보여 주는 거라고 생각했다.

그런데 유경은 그런 다짐조차 무색하게 만들 만큼 안쓰러운 모습이었다.

반대로 한선우는 너무 평온했다. 의아할 정도로 깎고 다듬어진 태연함이었다. 그는 동생의 방에 있는 애인을 보고도 눈썹 한 올 움직이지 않았다.

그런 상황에서 정색은커녕 여유롭게 웃을 수 있는 남자가 몇이나 될까. 아니면 다른 누구도 아닌 한선우라서 가능한 걸까.

예전에는 당연하다고 생각했던, 형의 본모습이라고 생각했던 미소가 어제는 다르게 느껴졌다. 가식적으로 짜인 틀 같은 것. 그런 것으로 느껴졌다.

그래서 생각을 바꿨다. 치졸하지만 알아야겠다. 사람을 비참하게 버려 놓고 얼마나 위대한 사랑을 하는지, 아니면 얼마나 보잘 것 없는 사랑을 하고 있는지. 알아야 지금의 복잡한 마음을 내려놓을 수 있을 것 같았다.

"그런데."

태주가 식탁 위에 가득한 반찬을 둘러보며 나지막이 입을 뗐다.

"아침부터 이렇게 먹으면 안 체해요?"

말을 하는 태주의 시선이 유경에게로 향했다. 부러질 듯 가느다란 손목이 눈에 들어왔다.

"다들 속도 좋네. 나 같으면 얹힐 텐데."

비쩍 마른 유경에게서 시선을 거두며 자리에서 일어났다. 유경이 차린 밥을 먹기도 싫었고, 지나치게 화려한 밥상에 먹지 않아도 체하는 느낌이었다. 정확히 무엇 때문에 화가 나는지는 알 수 없었다. 다만, 이유 모를 답답함이 밀려왔다.

"먹기 싫으면 조용히 나가라. 아침부터 집안 분위기 망치지 말고."

한 관장의 말이 끝나기가 무섭게 태주가 의자를 박차고 일어섰다.

이 모든 상황에 신물이 났다. 태연하게 밥을 먹는 아버지에게도, 으레 자신의 일인 양 아침을 차리는 강유경에게도, 그런 강유경의 모습을 보고도 동요 없는 한선우에게도.

무엇보다 힘없는 유경의 모습을 계속 보고 있으니 돌아 버릴 지경이었다.

집을 나서자마자 담배 한 개비를 빼어 물었다. 그러자 문득 옆에서 작은 불이 피어올랐다. 고개를 드니 어느새 따라 나온 선우가 라이터를 들고 서 있었다.

선우를 물끄러미 응시하다가 고개 숙여 담배에 불을 붙였다. 두 사람 사이에 짧은 정적이 흘렀다.

"가져. 너 주려고 했던 거야."

선우가 담배를 물며 라이터를 내밀었다. 화려한 문양이 새겨진 철제 라이터였다.

"됐어."

태주는 라이터를 거들떠보지도 않고 고개를 돌렸다. 선우가 나지막이 웃었다.

"내 동생, 왜 이렇게 화가 났을까."

"아무렇지도 않아?"

"뭐가?"

태주는 선우의 얼굴 위로 담배 연기를 길게 내뿜었다.

"네 여자 아침마다 저렇게 개고생 하는 거, 넌 아무렇지 않느냐고."

담배 연기처럼 건조한 목소리가 흘러나왔다. 태주가 선우에게 '너'

라고 부른 건 처음이었다.

　짙었던 담배 연기가 점점 흐려지며 선우의 얼굴이 드러났다.

　늘 웃고 있던 그의 얼굴은 딱딱하게 굳어 있었다. 무섭게 굳은 얼굴에도 태주는 아랑곳하지 않고 말을 이었다.

　"그래. 넌 아무렇지 않겠지."

　한선우는 모른다. 라면 하나 제대로 못 끓이던 강유경을.

　그런 밥상을 차리기까지 그녀가 얼마나 피나는 노력을 했을지, 그는 결코 모를 것이다.

2
화

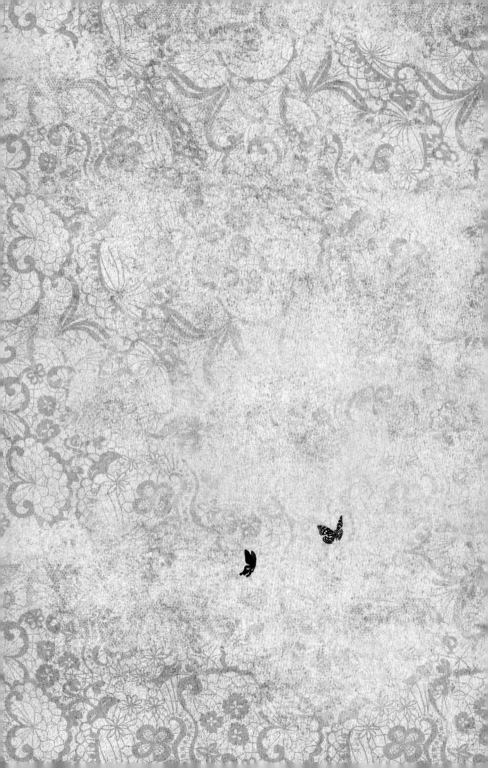

가면

선우는 넥타이를 매며 거울에 비친 모습을 바라봤다. 잘 알지도 못하는 사람들이 그를 만나면 하는 말들이 있었다.

인상이 좋네요. 선하게 생기셨어요. 신사적이십니다. 매너가 좋으세요. 거울 속 얼굴을 무표정하게 바라보던 선우의 입가에 일순 묘한 미소가 번졌다.

태주는 달라져 있었다. 집 안에서 온순하게 자란 강아지가 바깥세상을 떠돌다 사나운 야생견이 되어 돌아온 것처럼.

예전의 태주는 형의 말이라면 진리처럼 받아들였다. 선우가 무슨 말을 하든 속없는 놈처럼 싱글싱글 웃으며 맹목적으로 따랐고, 어려운 일이 있을 때마다 선우에게 조언을 구했다.

그는 저와 달랐다. 이성적이고 감정에 메마른 자신과 달리, 뜨겁고 감성적이며 감정에 충실했다. 선우가 죽은 병아리를 보고 원인을 찾는 데 급급했다면 태주는 병아리를 끌어안고 눈물부터 흘렸다.

그래서인지 유경은 태주의 뜨거운 가슴에 제 몸을 녹이려 했다.

그리고 착각하기 시작했다.

어쩌면 자신도 태주처럼 뜨거운 사람일지 모른다고. 그 꼴이 우스웠다.

무엇보다도 가장 끔찍했던 건 태주의 눈빛이었다. 선우를 바라보는 태주의 두 눈에는 고마움과 동경 그리고 미안함이 담겨 있었다.

그 눈빛이 싫었다. 알게 모르게 자신을 우위에 두고, 얕은 동정으로 사람을 대하던 눈.

늘 입버릇처럼 똑똑한 형이 부럽다고 말하는 태주였지만 선우는 그 속내를 알고 있었다. 그런 말들은 아버지의 예술적 감각을 혼자만 빼닮은 미안함에서 비롯된 위로였음을. 그럴 때마다 선우는 온몸의 피가 차게 식는 기분을 느껴야 했다.

그랬던 태주가 변했다. 믿고 따르던 형에게 '너'라고 했다. 강유경을 좋아한다고 울면서 매달리던, 순수했던 어린 날의 마음이 처절하게 짓밟혔기 때문일까. 태주는 더 이상 선우를 예전의 형으로 생각하지 않는 모양이었다.

"많이 컸네."

선우는 탁자 위에 놓인 시계를 차며 작게 웃었다. 다행이었다. 의도했던 대로 달라져서. 배신감에 찌들어 염세적이고 비관적인 인간이 되어 돌아와서. 가장 원하던 바였다.

하지만 한태주는 아직 제대로 된 고통을 모른다. 지독하고 잔인한 고통에 기껏해야 혀끝만 담갔을 뿐이다.

아침상을 치우자마자 한 관장의 호출이 왔다. 유경은 설거지를 빠르게 끝내고 서둘러 서재로 달려갔다.

서재 앞에 다다랐을 땐 단단히 묶어 두었던 머리가 느슨하게 풀어져 있었다. 심호흡을 크게 한 번 하고 풀어진 머리를 다시 꽉 묶었다. 조심스레 노크를 하자 들어오라는 짧은 대답이 들려왔다.

문을 열고 들어서자 책상에 앉아 있던 한 관장이 소파로 걸어 나왔다.

"와서 앉거라."

냉랭하지는 않지만 딱히 다정하지도 않은 태도. 유경을 처음 데려왔을 때부터 지금까지 한 관장이 일관되게 고수해 온 태도였다.

너와 내가 같은 집에 살고 있지만 결코 같은 위치는 아니라는 일종의 거리 두기인 셈이다.

"하실 말씀이라도 있으세요?"

한 관장과 조금 떨어진 자리에 앉으며 유경이 물었다. 한 관장은 안경을 테이블 위에 내려놓더니 복잡한 표정으로 이마를 만졌다.

"태주 녀석 말이야."

그의 입에서 나온 이름에 무릎 위에 올려놓았던 유경의 손이 움찔 떨렸다. 유경은 마른침을 삼키고 한 관장을 바라봤다.

"미국 갔다 오더니 더 비뚤어져서 왔어. 김 실장 말로는 나쁜 짓 안 하고 열심히 살았다던데."

유경은 참았던 숨을 조용히 내뱉었다.

"김 실장님…… 태주 때문에 미국 보내셨던 거예요?"

"어차피 미국 지사에 파견할 참이었어. 태주 때문에 시기가 앞당겨진 거지. 그나저나 유경아."

"네?"

"네가 태주 녀석 좀 가르쳐야겠다."

43

유경이 놀란 눈으로 바라보자 한 관장이 거친 한숨을 내쉬었다.

"아트라는 태주가 맡아야 돼. 장학 재단은 선우가 맡고 있지만 미술관은 태주가 맡아야 한다. 작품 보는 눈도 있어야 하고, 자존심이 하늘을 찌르는 작가들 대하려면 사교성도 있어야 해. 선우는 다 좋은데 그게 부족하다. 사람을 가슴이 아니라 머리로 대하는 게 너무 잘 보여."

"하지만 관장님. 태주는 경영에 관심이 없다고……."

그녀가 채 말을 끝맺기도 전에 차가운 한 관장의 시선이 그녀의 얼굴 위로 꽂혔다. 집안일에 네가 무슨 권한으로 조언을 하냐는 눈빛이었다. 유경은 말을 맺지 못하고 입을 다물었다.

"태주 그 똥고집에 다짜고짜 미술관 일 배우라고 하면 집 나갈 게 뻔하다. 차 키 받으려면 일 도우라고 해라."

선우와 달리 태주는 감각이 있었다. 내색하진 않았지만 태주가 별안간 미국으로 떠난다고 했을 때 그는 크게 상심했었다.

"미술관 위주로 작은 일부터 시켜. 전시회도 참석시키고. 그러다 보면 작가들 만나면서 조금씩 재미 붙일 거다. 그 녀석, 한 곳에 매여 있는 걸 싫어해서 그렇지, 일 시작하면 선우보다 더 잘할 놈이야."

"……네."

"아, 그리고 오늘 오후에 잡지사 인터뷰가 있다고 하던데."

"이번 주에 모델 오수희 씨 작품전이 있어서요."

"작품전 홍보도 중요하지만 네 얘기를 해야지. 유경이 네가 우리 재단의 첫 번째 장학생이자 아트라의 상징 같은 존재인데 이런 기회를 그냥 날려서야 되겠니."

한 관장이 답답하다는 듯 유경을 보며 혀를 찼다. 유경은 멋쩍게 웃곤 붉은 카펫 위로 시선을 떨어트렸다.

"다시 한번 말하지만 넌 우리 재단이 키운 인재야."

어조도 없는 사무적인 말투였다. 재단이 키운 인재. 허울 좋은 그 말의 이면에 어떤 현실이 숨어 있는지 유경은 잘 알고 있었다.

문화 예술계 종사자들이라면 누구나 한 번쯤 꿈꾼다는 아트라지만 유경은 그곳의 상징으로 멈춰야만 했다.

"서운하게 듣지 마라. 네가 가끔씩 잊는 것 같아서 하는 소리다."

정해진 역할에서 벗어나는 순간 한낱 근본 없는 고아가 될 뿐이라는 잔인한 현실을, 한 관장은 다시 한번 상기시켰다.

"선우와의 관계는 네 선에서 잘 정리하리라고 믿는다."

누군가 그랬다. 자유 의지로 선택할 수 있는 사람과 선택지조차 없는 사람의 환경은 하늘과 땅 차이라고. 그러니 사람이라면 누구나 더 나은 선택을 한다는 믿음은 배부른 자들의 오만이라고.

한 관장도 그런 사람이었다. 인생에 늘 화려한 선택지가 펼쳐져 있던 사람. 당연히 더 나은 선택을 해야 한다고 믿는 사람.

그런 사람의 믿음은 무섭다. 많이 배우고 많이 가진 자들의 믿음은 곧 진리가 되고, 그 진리에서 벗어나는 사람은 짐승 취급을 받기 마련이니까.

유경은 한 관장의 말에 선뜻 대답하지 못하고 그저 쓰게 웃었다.

—내가 너 그럴 줄 알았다. 아무렇지 않기는 개뿔, 얼굴 보자마자 갈대처럼 흔들릴 줄 알았다고, 내가.

휴대폰 너머로 들려오는 대헌의 잔소리가 따발총처럼 귀에 박혀 들었다. 태주는 침대에 드러누워 무념무상의 얼굴로 멍하니 천장을 바라보았다. 이제 화낼 기운도 없었다.

─강유경도 못됐지만 나는 너희 형도 이해가 안 간다. 동생이 간도 쓸개도 빼 줄 만큼 좋아했던 여자인 거 뻔히 알면서 냅다 채가 놓고, 어떻게 네 얼굴을 보냐? 너희 집안, 겉만 멀쩡하지 속은 뒤틀렸어. 그건 너도 인정하지?

태주는 입을 여는 대신 고개만 끄덕거렸다. 그중 남들 눈에 가장 뒤틀려 보이는 인간은 아버지도, 형도, 강유경도 아닌 바로 태주 자신일 터였다.

─아니, 진짜 상식적으로 이게 말이 돼? 그 둘 계속 보면서 지낼 수 있겠어? 나 같으면 하루도 못 가서 돌아 버린다. 하여튼 한태주. 지 팔자 지가 꼬는 새끼. 그러다가 너희 아버지가 알면 어쩌려고 그래?

"그럴 일 없어."

─무슨 근거로 그렇게 확신해? 설마가 사람 잡는다잖아.

근거라고 할 것도 없었다. 아버지는 유경을 가족의 울타리 안에 들인 적이 없었으니까. 애초에 그녀를 재단의 장학생 그 이상으로 생각할 마음이 없었다.

그런 아버지 때문에 태주는 유경과의 관계를 몇 년이나 숨겼다. 그런데 한선우는 태주가 지켜 온 시간을 단 며칠 만에 무너트렸다. 유경과 교제한다는 폭탄 선언에 아버지는 그녀를 더욱 노골적으로 무시하기 시작했다.

"아버지는 내가 강유경을 싫어하는 줄 알 거야."

─뭐? 왜?

"……싫어하는 모습만 보였거든."

사랑할 땐 지켜 준다는 이유로 멀리했고, 관계가 틀어진 후에는 배신감에 더 못되게 굴었다. 결국 사람들 앞에서 따뜻하게 대해 준 적이 없었다.

"오래 있진 않을 거야. 그냥 조금만 지켜보려고. 조금만."

결코 미련은 아니었다. 그저 의문. 가슴 한구석에 찝찝하게 맴도는 의문 때문이라고 해 두자.

"걱정하지 마. 짐은 조만간 가지러 갈게."

태주는 전화를 끊자마자 한숨을 뱉으며 얼굴을 쓸었다. 다시는 이 집안에 발을 들이지 않을 줄 알았는데. 한순간에 마음을 바꿔 버린 자신이 우스웠다.

보지 않고, 듣지 않으면 편할 것을. 지 팔자 지가 꼰다는 대헌의 말이 떠올라 어이없는 웃음만 흘러나왔다.

정신을 차리고 침대에서 나왔다. 작업실에서 미술 도구라도 가져와야겠다는 생각이었다.

입고 있던 티셔츠를 벗고 옷을 갈아입으려는 찰나, 노크 소리와 함께 문이 달칵 열렸다. 태주의 시선이 방문 앞에 서 있는 사람에게로 향했다. 열린 문틈으로 태주보다 더 당황한 얼굴의 유경이 보였다.

"아, 미안. 옷 갈아입는 줄 몰랐어. 미안."

유경이 황급히 고개를 돌리며 문을 닫으려는 순간, 태주가 먼저 문을 붙잡았다.

"할 말 있어?"

"……응."

"들어와."

태주가 들어오라는 듯 고개를 까딱였다. 유경은 냉한 눈빛의 태주를 흘긋 쳐다보고는 머뭇머뭇 방 안으로 들어섰다.

"그게, 관장님이 너 데리고 미술관 나오라고 하셔서. 작은 일이라도……."

"그런데."

유경이 말을 끝내기도 전에 태주의 목소리가 불쑥 끼어들었다.

"왜 나를 못 쳐다봐?"

태주가 낮은 목소리로 물었다. 죄인처럼 바닥을 향해 있던 유경의 시선이 천천히 태주에게로 향했다.

예전보다 더 넓어진 어깨와 가슴, 남자답게 단단해진 태주의 몸이 보였다. 달라진 몸만큼이나 성숙하게 짙어진 까만 눈동자도.

"부끄러워?"

"그게 아니라……."

"왜. 나한테 안길 때 수도 없이 봤던 몸이잖아."

태주의 입가에 경멸의 미소가 걸렸다. 유경은 다가오는 태주를 피해 조금씩 뒤로 물러났다.

"내 품에서 울고 웃다가 다음 날이면 한선우한테 안겼겠지. 나랑 한선우를 저울질하면서 기분이 어땠어. 즐거웠어?"

"아니야."

"그럼 순진한 척 하는 거야?"

"그런 거 아니야. 할 말만 하고 갈게. 관장님께서 너보고 미술관에 나오라셔. 요즘 작품전이랑 공연 때문에 일이 많아. 일 도와야 차 키도 받을 수 있을 거야."

벽으로 몰린 유경이 빠른 속도로 말을 쏟아 냈다. 그 말에 태주는 고개를 숙이고 낮게 웃기 시작했다. 한참 후에야 고개를 든 태주가 서늘한 눈길로 유경을 응시했다.

"그깟 거 안 받아도 돼. 내가 고작 차 키 하나 때문에 이 집에 있는 것 같아?"

유경의 두 눈동자가 불안하게 흔들렸다.

"너 괴롭히려고 있는 거야. 아무한테도 말 못 하고 앓았던 나처럼,

너도 괴로워 보라고."

"……."

"그래. 미술관 나갈게. 직장에서도 내 얼굴을 봐야 네가 더 괴롭겠지."

사나운 말과 달리 태주의 눈이 일렁였다. 유경은 슬퍼지는 태주의 얼굴을 차마 볼 수가 없어 눈을 감아 버렸다.

"내가…… 어떻게 할까."

어떻게 해야 네 마음 속 응어리를 풀어 줄 수 있을까. 나는 그저 너를 지켜 주고 싶었던 것뿐인데. 너의 행복을, 아름다움을 사랑했을 뿐인데.

"너도 딱 나만큼만 괴로워 봐. 네 앞에서 알짱대는 나를 보면서 불안해하고 피가 마르는 하루하루를 살아 봐."

태주의 두 눈이 붉게 물들었다. 유경을 가둔 팔에는 힘줄이 불거졌고, 낮게 잠긴 목소리는 방 안 공기를 무겁게 가라앉혔다.

그녀의 눈동자가 차게 식은 태주의 얼굴을 쓸었다. 달라진 태주의 모습에 염치도 없이 눈물이 차올랐다.

그간 잘 참아 왔던 눈물인데. 태주와 가까이서 마주하고 그가 받은 상처를 대면하는 순간 참을 수가 없었다. 유경의 눈가에 그렁그렁 고여 있던 눈물이 바닥 위로 떨어졌다. 그의 얼굴이 매섭게 일그러졌다.

"내 앞에서 울지 마."

유경은 입술을 꾹 깨물고 흐르는 눈물을 손등으로 훔치며 발걸음을 돌렸다. 쓰레기통에 쌓인 책 더미를 보고 잠시 멈칫했지만 이내 시선을 거두었다.

"그럼 나오는 거로 알고 있을게."

그 말을 마지막으로 유경은 도망치듯 방을 나갔다. 태주는 유경이 사라진 후에야 참았던 숨을 내뱉었다.

손이 떨리고 심장이 빠르게 뛰었다. 그는 들고 있던 셔츠를 바닥에 던지곤 벽에 기대어 주저앉았다.

어떻게든 상처 주고 싶었다. 그래서 가장 나쁜 말만 골라 내뱉었는데, 왜 유경에게 던진 말들이 오히려 독이 되어 돌아오는지 모르겠다.

"젠장……."

태주는 뜨거워진 이마를 짚은 채 바닥에 떨어진 유경의 눈물을 오랫동안 바라보았다.

"재단은 찾아오지 말라고 했을 텐데."

구두를 또각또각 울리며 들어오는 여자에게 선우가 부드럽게 경고했다. 큰 키에 날씬한 몸매의 여자는 짧은 커트 머리가 잘 어울리는 도회적인 외모를 가지고 있었다.

"미술관이랑 몇 층 차이 안 나잖아. 어차피 얼마간 미술관을 밥 먹듯 들락거려야 할 텐데."

여자가 대수롭지 않게 대구하며 커다란 선글라스를 벗었다.

"설마 잊은 거 아니지? 내 작품전."

여자는 이번 주부터 아트라에 작품을 전시할 모델 오수희였다.

유명 컬렉션과 패션쇼를 모두 섭렵하고 국내 굴지의 디자이너들에게 최고의 뮤즈로 꼽히던 그녀는 취미로 시작한 그림이 주목받기 시작하면서 인기가 높아지고 있었다. 이번 작품전은 그녀가 그려 온 그림들을 처음으로 전시하는 자리였다.

선우는 수희를 보는 둥 마는 둥하며 책상 위의 서류로 시선을 돌렸다. 그런 무관심에 수희는 얕은 한숨을 내뱉었다. 그의 사무실에서까지 이런 대접을 받으니 서운함이 밀려왔다.

"아무리 연락 없이 찾아왔대도 너무하네. 나 안 반가워?"

수희가 선우의 책상 끝에 걸터앉으며 투덜댔다. 화려한 네일아트가 수놓인 길고 가느다란 손가락이 '이사장 한선우'라고 쓰인 명패를 부드럽게 쓸었다.

그는 명패를 만지는 수희의 손끝을 물끄러미 응시하다가 나지막이 입을 뗐다.

"윤 비서가 일을 제대로 안 하나 보네. 아무나 들이는 걸 보면."

수희가 명패에서 손을 떼며 선우를 노려봤다. 어쩐지 비꼬는 말로 들렸다.

"그 말, 무슨 뜻이야?"

선우는 서류를 넘기며 피식 웃었다.

"네 위치. 착각하지 말라고."

선우가 태연히 미소 지으며 슈트 재킷을 걸쳤다. 그 모습에 그를 흘기던 수희의 눈빛이 서운함으로 물들었다.

"어디 가게? 조금만 더 있다 가. 나 선우 씨랑 얘기하려고 왔잖아."

"얘기는 집에서 해."

"집? 오늘 우리 집에 오려고?"

수희가 와인색으로 칠한 입술을 지그시 깨물었다. 선우는 넥타이를 느슨하게 풀며 기대감으로 들뜬 수희의 얼굴을 빤히 바라봤다.

짧은 머리. 적당히 태닝 된 피부. 큰 키. 가슴골이 훤히 드러나는 옷. 모든 게 그 애와 반대였다.

"아니. 작품전 조용히 마치면."

단호한 대답에도 그녀의 얼굴에는 수줍은 미소가 피어났다. 수희는 책상에서 내려와 선우의 허리를 꼭 끌어안았다. 선우의 몸에서는 그와 어울리는 머스크 향이 풍겼다.

"나 미쳤나 봐. 점점 더 선우 씨가 좋아져."

수희의 말에 선우는 허공을 바라보며 나른하게 웃었다. 그녀의 말이 더없이 한심하게 느껴졌다.

"선우 씨, 이런 말 싫어하는 거 아는데. 혹시 강유경이랑 헤어질 생각 없어? 사랑하지 않는다며."

입가에 퍼져 있던 선우의 미소가 천천히 사그라졌다. 수희는 선우의 얼굴을 슬쩍 살피고는 허리에 두른 팔을 풀었다.

강유경이라는 이름에 반응하는 건지, 그 여자와 '헤어질 생각 없어?'라는 말에 반응하는 건지, 아니면 '사랑하지 않는다며'에 반응하는 건지 도저히 감이 잡히질 않는다.

"왜? 기분 나빴어?"

"아니."

"뭐야. 나 깜짝 놀랐잖아."

"그런데 수희야."

"응?"

다시 그의 허리에 팔을 꼭 감으며 수희가 되물었다. 선우가 그녀를 내려다보며 조용히 미소 지었다.

"널 사랑한다고 한 적도 없는 것 같은데."

부드러운 목소리와 달리 냉정한 대답이었다. 수희의 얼굴에 피어 있던 웃음이 가셨다.

미술관은 전시회 준비로 분주했다. 그 가운데 꿔다 놓은 보릿자루처럼 앉아 있던 기자는 커다란 건물 내부를 신기한 듯 둘러보았다.

아트라는 소문대로 예술가들의 궁전 같았다. 로비와 중앙 계단은 넓고 웅장하며 화려한 아치형 천장은 하늘로 치솟을 만큼 높았다.

장학 재단이 있는 꼭대기 층 로비에서도 1층의 미술관을 내다볼 수 있는 고풍스러우면서도 세련된 구조였다.

거기다 각 층에는 독립 영화관, 공연장, 연회장, 카페 및 와인 바가 구비되어 있으니 가히 문화 산업 종사자들에게 꿈의 직장이라 불릴 만했다.

기자가 넋을 놓고 아트라를 구경하는 사이, 어느새 다가온 유경이 따뜻한 카모마일 티를 내려놓았다.

"죄송해요. 오래 기다리셨죠."

기자가 벌떡 일어나며 손을 내밀었다.

"아, 안녕하세요. 아트앤워크의 장하나 기자입니다. 전시회 준비 때문에 바쁘신 것 같은데, 아무래도 제가 날짜를 잘못 잡은 건 아닌가 싶네요."

"괜찮아요. 거의 다 마쳤어요."

"그럼 인터뷰 시작할까요? 빨리 끝내 드릴게요."

기자가 허둥지둥 수첩과 녹음기를 꺼내 들었다. 신입 기자인 모양이었다. 유경은 그 모습을 바라보며 엷게 미소 지었다.

예상대로 인터뷰는 오수희 작품전보다 아트라 장학생 강유경에게 집중되었다. 한 관장의 요구대로 미디어 노출을 자주 한 편임에도 불구하고 사람들은 원하는 대답을 얻지 못한 모양이었다.

아마도 그들이 원하는 대답이란 고상한 강유경의 모습이 아니라 비굴하고 추한 가난의 모습일 터였다.

그래야 사람들은 위안을 얻을 테니까. 한낱 고아의 성공 앞에서 자신들의 평범한 인생을 합리화할 테니까.

"자꾸 유경 씨 얘기만 물어서 미안해요. 저도 상부 지시 때문에 어쩔 수가 없어서……."

기자는 본인이 생각해도 찔렸는지 매번 미안하다는 말을 덧붙였다. 유경은 괜찮다는 말만 반복했다.

"음, 유경 씨는 아트라의 상징이라고 불리잖아요? 장학 재단의 도움으로 어려운 환경을 이겨 내고, 타고난 재능을 살려서 문화 산업 발전에 일조하고 있으니까요. 지금도 예술가를 꿈꾸지만 경제적으로 어려움을 겪는 학생들에게 희망으로 꼽히고 계신데, 이런 사회적 시선에 대해서 어떻게 생각하시나요?"

"글쎄요. 굉장히 영광이지만 딱히 제가 한 일은 없어요. 다 사회 공헌에 관심이 많은 한 관장님 덕분이죠. 앞으로도 아트라는 우리나라의 문화 산업 발전을 위해 재능 있는 아이들을 지원할 계획이에요."

말을 마친 유경은 들릴 듯 말 듯 한숨을 내뱉었다. 오랜 시간 외워 온 대답인지라 기계적으로 줄줄 흘러나왔다.

"대단해요. 지금 하고 계시는 큐레이터 일은 적성에 맞나요? 작품 활동은 언제 재개하실 예정인지도 궁금해요."

"큐레이터도 작품을 대하는 일이기 때문에 작가와 많이 다르지 않다고 생각해요. 물론 적성에 맞기도 하고요. 지금은 작품 활동을 하기가 좀 그래요. 미국 맨해튼에 추진하고 있는 문화 단지가 자리를 잡으면 그때 시작할 예정이에요."

기자는 유경의 말을 하나라도 빼놓지 않으려는 듯 두 눈을 빛내며 메모했다.

신입 기자의 정중한 태도에 유경은 마음이 편안했다. 오히려 너무

빤한 대답만 해 준 건 아닌지 걱정스러울 정도였다.

무언가를 오래 끄적이던 그녀가 머뭇거리며 말을 꺼냈다.

"저, 유경 씨. 실례가 안 된다면 개인적인 질문 하나 해도 될까요? 인터뷰에 싣진 않을게요."

"네. 말씀하세요."

"유경 씨는 항상 완벽해 보이잖아요. 외모도 너무 아름다우시고. 그래서 인간미가 느껴지지 않는 달까. 유경 씨 같은 분에게 특기야 수도 없이 많겠지만, 그림 외에 가장 잘하는 일 한 가지만 말해 주실 수 있나요?"

특기. 잘하는 것. 곰곰이 생각하던 유경의 얼굴이 빠르게 어두워졌다. 생각해 보니 그림 외에 잘한다고 말할 거리가 없었다.

정말 그림 하나밖에 모르고 살았구나.

"……참는 거."

유경의 입에서 가느다란 목소리가 새어 나왔다.

"네?"

"참는 걸 잘해요."

"아, 하하. 인내심이 많다는 얘기군요. 특기마저도 완벽하네요."

기자가 억지로 웃으며 고개를 갸웃거렸다. 유경은 주황빛이 맴도는 천장을 보며 덧붙였다.

"인내심이 아니라 생존 본능이이에요. 나 같은 사람이 살아남으려면 잘 참아야 하거든요."

무슨 일이든 꿋꿋하게 버티기. 그녀가 가장 잘해야 하는 일이다.

미술관에 도착한 태주는 팀장에게 일을 지시받고 팸플릿 박스를 나르기 시작했다.

고개를 돌리자 멀리 떨어진 곳에서 인터뷰를 하는 유경이 보였다. 하얀색 블라우스와 검정색 치마를 단정하게 차려입고 이따금씩 엷은 미소를 짓는 그녀는 왠지 모르게 낯설었다.

태주는 잔잔하게 미소 짓는 유경을 한참이나 바라보다가 뒤늦게 정신을 차리고 시선을 거두었다.

"또 시작이네. 아트라의 상징이니, 희망이니."

태주가 입구의 탁상 위에 팸플릿을 꺼내 놓고 있을 때였다. 두 명의 남자 직원이 인터뷰 하는 유경을 보며 수군대고 있었다.

"그러니까요. 따지고 보면 낙하산 아닌가? 대학도 사회 배려자 전형에 관장님 추천으로 들어가고, 졸업 후에도 취직 걱정 없이 아트라 입사하고. 가난이 죄는 아니지만 미덕도 아니잖아요. 이건 역차별이지."

키가 크고 비쩍 마른 직원이 투덜댔다. 태주는 묵묵히 팸플릿을 정리하는 척 직원들의 대화에 집중했다.

"그래도 예쁘잖아. 여자는 예쁜 게 다야. 이사장 주변에 집안 좋은 여자들 널렸는데 왜 쟤랑 사귀겠냐. 저렇게 얌전하게 생긴 애들이 밤에는 허리를 더 잘 놀린다니까."

팸플릿을 쥔 태주의 손에 힘이 들어갔다. 빳빳했던 종이가 휴지 조각처럼 구겨졌다.

"아. 대리님, 수위가 너무 높은 거 아닙니까. 그 얘긴 술 먹으면서 하시죠."

"뭐, 인마. 누가 듣는다고. 그나저나 쟤도 이사장이랑 했겠지?"

"당연히 했겠죠. 한집에 같이 살잖아요."

"아. 한 번 해 보고 싶긴 하다. 이사장 부럽네."

저질스러운 대화에 태주는 말문이 막혔다. 목울대로 뜨거운 것이 확 올라오는 느낌이었다.

강유경은 지금껏 이런 취급을 받으며 지내 온 걸까.

이렇게 희롱당하고 욕을 먹으면서도 가만히 웃고만 있었던 걸까.

한선우는 이런 사실을 알고 있긴 한 걸까.

생각이 거기까지 미치자 식었던 열이 다시 달아올랐다.

태주는 꼬깃꼬깃 구겨진 팸플릿을 바닥 위로 내던지고 남은 팸플릿 박스를 들었다. 그러고는 두 명의 직원 틈으로 성큼성큼 걸어갔다.

유경을 험담하느라 정신없는 그들의 뒤에서 태주가 크게 물었다.

"남은 건 어떻게 할까요."

키득대던 직원들이 화들짝 놀라며 뒤돌았다. 처음 보는 남자가 박스를 든 채 무표정한 얼굴로 서 있으니 놀란 모양이었다.

"일단 창고에 놔둬요. 그리고 오늘은 기자들이랑 VIP회원들만 받으니까 초대장 꼭 확인하고요."

키가 크고 마른 직원이 태주를 위아래로 훑으며 무심한 말투로 말했다. 그러자 옆에 있던 직원이 의심쩍은 눈으로 태주의 얼굴을 살폈다.

"그런데 누구시죠? 아르바이트생인가? 팀장님한테 얘기 못 들었는데."

태주는 대화에 끼어든 직원을 물끄러미 내려다봤다. 얌전한 애들이 밤에는 허리를 더 잘 놀린다고 말하던 직원이었다. 차갑게 식은 눈길이 남자의 목에 걸린 사원증으로 향했다.

"내가 누군지 알아서 뭐 하시게요. 성준환 대리님."

"뭐, 뭐라고 했습니까, 지금?"

"내가 누군지 알아서 뭐 하실 거냐고 했습니다만."

태주의 대답에 남자의 얼굴이 일그러졌다. 태주는 들고 있던 박스를 바닥에 던지다시피 내려놓곤 두 직원 앞으로 다가갔다.

"방금 한 말, 저 여자 앞에서 다시 말할 수 있어요?"

"아니, 당신이 뭔데 참견이야?"

"저 여자 앞에서 다시 말할 수 있냐고."

치미는 분노를 삼키며 주먹을 꽉 쥐었다. 마음 같아선 당장이라도 이 두 인간을 데리고 유경의 앞에 데려가 무릎을 꿇리고 싶었다.

아니, 아니다.

그녀가 그런 말을 듣고 상처 받는 건 상상도 하기 싫다. 차라리 유경 모르게 두 남자의 입을 찢어 버리고 싶었다.

"경고하는데, 멀쩡히 회사 다니고 싶으면 입 함부로 놀리지 마요."

세 남자 사이의 싸늘한 분위기에 지나가는 직원들이 흘깃거리기 시작했다. 태주는 그제야 이성을 찾고 주변을 돌아봤다.

멀리서 인터뷰를 끝낸 유경이 자리에서 일어나는 게 보였다. 기자와 악수를 하고 뒤돌아선다. 이곳에서 일어나는 일들일랑 아무것도 모른다는 듯 평온하게 웃으면서.

태주는 뻣뻣하게 굳어 있는 두 남자를 밀치고 바닥에 떨어진 팸플릿 박스를 들었다. 유경과 마주치기 전에 자리를 떠야겠다고 생각했다.

그녀는 누구보다도 그를 잘 안다. 붉게 물든 두 눈만 보고도 그의 감정을 귀신같이 알아챌 것이다.

미련한 감정 따위는 절대 들키지 말아야 한다.

유경은 인터뷰를 마치고 전시된 작품들을 다시 확인했다. 그림은 모두 준비된 상태였고, 중앙에 설치될 유리 공예 작품만 남겨 놓고 있었

다. 건장한 보안 직원 네댓 명이 커다란 작품을 조심조심 나르기 시작
했다.

중앙으로 옮겨지는 작품을 가만 바라보았다. 조가비 모양의 푸른색
작품. 바다를 담은 색이었다.

한참을 작품에 넋을 놓고 있던 사이, 유경은 덜컹 소리에 번뜩 정신
을 차렸다. 작품을 받친 거치대가 흔들리는 소리였다.

"저기, 이거 중요한 작품이니까 특별히 신경 써 주셔야 돼요."

"예! 알겠습니다."

그녀의 당부에 직원들이 씩씩하게 대답했다. 우렁찬 목소리와 달리
얼굴에는 진땀이 송골송골 맺혀 있었다.

걱정스런 눈길로 바라보던 유경은 작품이 제자리를 찾고 나서야 한
숨 돌렸다.

모든 작품의 준비가 끝나갈 무렵이었다.

조용한 전시회장을 울리는 구두 소리에 유경이 고개를 돌렸다. 화려
한 드레스를 입은 여자가 중앙 계단을 유유히 내려오고 있었다.

이번 작품전의 주인공인 오수희였다.

"안녕하세요."

유경 앞에 선 수희가 선글라스를 벗으며 인사를 건넸다. 말로만 듣
던 강유경을 대면한 건 처음이었다.

수희는 입꼬리를 올리며 빠르게 유경을 스캔했다. 툭 건드리면 픽
쓰러질 듯 마른 몸, 핏기라곤 없이 하얀 피부, 깊은 눈매와 불그스름한
입술. 모든 게 자신과 반대였다.

"아, 네. 안녕하세요. 일찍 오셨네요."

유경도 수희를 보며 엷게 미소 지었다. 웃는 얼굴을 보니 선우와 수
희의 관계를 전혀 모르는 눈치였다. 수희는 안개꽃처럼 하얀 유경을 빤

히 바라보다가 시선을 거두었다.

"예쁘죠?"

조가비 모양의 푸른색 유리 공예 작품을 응시하며 수희가 물었다. 유경은 고개를 끄덕였다.

"네. 정말 예쁘네요."

작품을 보는 유경의 눈동자에 유리가 반사되어 반짝였다. 그녀가 근래 들어서 본 작품 중에 가장 아름다웠다.

"저한테 처음으로 그림을 가르쳐 준 교수님이 선물해 주신 거예요."

"아, 그래요. 의미 있는 작품이겠네요."

"유경 씨도 잘 알죠? 나 몇 년 전에 동영상 퍼지고 방송 다 잘렸던 거 말이에요. 믿었던 애인한테 배신당하고 우울증을 심하게 앓았어요. 부끄러운 일이지만 자살 기도까지 했었죠."

예상치 못한 말에 유경의 눈동자가 놀란 듯 커졌다. 힘든 일을 겪은 후에도 늘 당당했던 그녀가 자살 기도까지 했을 줄은 꿈에도 몰랐다.

"다행히도 그때 교수님을 만났어요. 힘들 때마다 교수님한테 미술 배우면서 마음의 안정을 찾았죠. 워낙 밝은 분이거든요."

수희가 편안한 얼굴로 웃어 보였다. 유경은 문득 그녀에게 묘한 동질감을 느꼈지만, 어설픈 위로를 건네는 대신 담담히 대꾸했다.

"……다행이에요. 지금은 괜찮으신 거죠?"

"네. 사랑하는 사람이 생겼거든요."

유경은 조용히 웃었다. 사랑하는 사람. 그 말을 내뱉는 목소리에는 사랑에 빠진 여자의 설렘이 담겨 있었다. 부러웠다. 사랑하는 사람을 사랑할 수 있어서.

"참 이상하죠. 수많은 대중의 사랑을 받으면서도 무척 외로웠어요. 실체도 없는 허상에게 사랑받는 기분이랄까. 오히려 사랑을 받을 때보다, 한 사람을 사랑할 때 느끼는 충만감이 더 크더라고요."

수희의 말에 유경은 한 사람을 떠올렸다.

누군가 그녀에게 가장 벅찼던 순간이 언제냐고 묻는다면, 그녀는 조금의 망설임도 없이 대답할 것이다.

그 애한테 사랑을 말하던 그때라고.

"그래서 난, 그 사람 놓치고 싶지 않아요. 그런데 그 사람 마음을 모르겠어요. 나를 사랑하지 않는 것 같기도 하고."

수희는 마지막 말을 하며 유경을 흘긋 바라봤다. 오목조목 수수하게 예쁜 유경은 화려한 자신과 너무 다른 느낌이었다.

한선우는 이 여자를 정말로 사랑하지 않는 걸까.

그렇다면 왜, 이 여자의 얘기가 나올 때마다 예민하게 구는 걸까.

"아마 그분도 수희 씨랑 같은 마음일 거예요."

유경은 수희의 의도도 모른 채 잔잔한 미소를 띠며 말했다.

"어떻게 수희 씨 같은 여자를 사랑하지 않을 수 있겠어요. 이렇게 당당하고 멋진데."

그리고 수희를 위로하듯 긴 눈매를 반으로 접으며 웃어 보였다. 유경을 가만히 바라보던 수희의 얼굴에 불현듯 수치심이 스쳤다. 하지만 이내 표정을 바꾸며 거짓 미소를 지었다.

전시회가 시작되자마자 카메라를 든 기자들과 선글라스를 낀 연예인들, 그 외 유명인사와 VIP회원들이 몰려왔다. 태주는 기계적으로 초대장을 확인하고 팸플릿을 나눠 주었다.

"태주 씨한테 이런 잡일을 맡겨도 될지 모르겠네. 관장님께서 지시하신 일이니까 나도 어쩔 수 없어. 부탁해. 응?"

이제야 팀장이 한 말의 의미를 알 것 같았다.

"너 혹시, 한태주?"

초대 인원이 모두 입장한 뒤 팸플릿을 정리하던 무렵이었다. 누군가 멀리서 태주의 이름을 불렀다.

알아보는 사람이 없길 바랐건만. 한숨을 쉬며 고개를 들자 카메라 플래시가 번쩍이는 기자들 틈에서 익숙한 얼굴의 여자가 반가운 미소를 띠며 다가왔다.

눈이 동그랗게 크고 갈색 단발머리를 한 여자. 태주는 눈을 가늘게 뜨고 여자를 바라봤다. 기억이 날 듯 말 듯 나지 않는다.

"한태주 맞네! 나 기억 안 나?"

어느새 눈앞에 다가온 여자가 태주의 팔을 세게 쳤다. 태주는 얼얼한 팔을 만지며 어색하게 웃었다.

"미안한데, 누구지?"

"어머. 서운해라. 정말 기억 안 나나 보네. 왜 뉴욕에 있을 때, 브라이언트 공원에서 우리 같이 그림 그렸잖아."

브라이언트 공원. 그제야 기억의 조각이 하나둘씩 맞춰지기 시작했다.

용돈이 모자랄 때마다 종종 공원에서 그림을 그려 돈을 벌곤 했는데, 그때 옆에서 풍경화를 그리던 한국 여자애다. 그런데 이름이 기억나질 않는다.

"아, 기억난다. 네가 여긴 어쩐 일로?"

"너, 내 이름 기억 안 나는구나?"

일부러 말을 돌리자, 여자는 해맑은 얼굴로 기어이 정곡을 찌른다. 태주는 멋쩍게 웃으며 뒷목을 매만졌다.

"미안. 이름이 뭐였지?"

"하정. 손하정."

"맞다. 손하정. 반갑다. 아까 팸플릿 줄 땐 못 본 것 같은데."

태주가 그제야 밝게 웃으며 손을 내밀었다. 하정은 태주를 장난스럽게 흘기더니 태주의 손을 잡고 격하게 흔들어 댔다.

"너 사람들 눈도 안 마주치던데, 뭘. 난 너 봤어. 확실치 않아서 말 못 걸었는데 옆에서 보니까 알겠더라. 나 그림 그릴 때 네 옆모습 엄청 훔쳐봤거든."

하정이 활짝 웃었다. 지나치게 솔직한 표현에 태주는 잠시 할 말을 잃고 하정을 바라봤다. 그러다가 곧 그녀를 따라 웃어 버렸다.

"세상 참 좁다. 한태주를 여기서 이렇게 만날 줄은 몰랐어."

"그러게."

"나 좀 섭섭했어. 인사도 없이 가 버리고 말이야."

"미안해. 나도 갑자기 떠나게 된 거라서."

"뭐, 만났으니까 됐어. 지금 바쁘니? 커피 마시면서 얘기라도 할래?"

손목시계를 확인한 태주가 나가자는 눈짓을 했다. 하정이 신난다는 듯 박수까지 치며 그를 따라 나설 때였다.

갑자기 멀리서 쨍, 하고 귀를 찢는 소리가 들려왔다. 날카로운 소리에 깜짝 놀란 하정이 귀를 막고 주저앉았다.

"괜찮아?"

하정의 어깨를 잡으며 묻자 그녀의 동공이 불안하게 흔들렸다.

"……뭐야? 방금 무슨 소리야? 저 안에서 들린 것 같은데."

소리가 난 안쪽을 바라봤다. 전시관 안에는 무서울 만큼 고요한 침묵이 흘렀다.

시간이 멈춘 듯 사람들의 움직임도 모두 멈춘 상태였고, 짧은 정적은 한 시간처럼 길게 느껴졌다.

짙었던 정적이 옅어지는 순간, 안쪽에서 날카로운 비명 소리가 울려 퍼졌다. 동시에 벙어리처럼 멍하니 서 있던 사람들이 입을 가리고 웅성 대기 시작했다.

불길한 예감이 엄습해 태주는 천천히 발걸음을 옮겼다.

안으로 들어갈수록 상황은 처참했다. 바닥에는 푸른 유리 작품이 산 산조각 나 있었고, 그 사이에는 붉은 핏방울이 흩어져 있었다.

핏자국을 따라 시선을 옮겼다.

그리고 그 끝에는 흩어진 유리 조각 사이에 주저앉아 맨손으로 깨진 조각들을 줍고 있는 강유경이 있었다.

태주의 시선이 붉게 물든 하얀 손에 머물렀다.

그 순간, 생각할 겨를도 없이 유경에게 달려갔다.

3화

파편

"야, 인마. 기울어졌잖아. 다시 똑바로 움직여 봐."

나이 많은 선배의 잔소리에 어린 보안 직원의 표정이 빠르게 굳었다. 다 끝났다고 좋아했는데 꼭 힘든 건 후배를 시킨다.

"어, 어떻게 할까요? 탁상 자체를 움직이면 되나요?"

"등신아. 탁상이 기울어졌냐? 작품이 기울어졌지."

"그럼 어떻게……."

"거치대를 움직이면 되잖아, 거치대를. 빨리 가서 해 봐. 사람들 많으니까 조용히 잘 해 놓고 와라. 엉?"

남자는 '그까짓 거'라는 투로 말하며 후배의 등을 툭툭 떠밀었다.

누가 봐도 새파랗게 어린 직원은 한마디 저항도 못 하고 주춤주춤 걸음을 옮겼다.

작품에 가까이 다가갈수록 이마와 등에 진땀이 배어 나왔다. 하필이면 유리 공예 주위에만 유명 인사들이 떼거지로 몰려 있었다.

"저, 잠시만요."

옹기종기 모여 있는 사람들 틈을 헤집고 들어갔다. 갖가지 향수가 섞여 풍기는 탓에 머리가 어지러웠다. 작품 바로 뒤에는 오수희가 사람들과 이야기를 나누고 있었다. 차마 대화의 맥을 끊기가 어려웠다.

직원은 작품과 조금 떨어진 거리에서 손끝에 힘을 주어 조심조심 거치대를 이동시켰다. 다행히 작품은 크게 흔들리지 않고 중심을 찾기 시작했다.

조금만 더. 조금만. 드디어 작품이 제 자리를 찾았다고 생각한 순간.

"비켜 줄래요?"

차가운 목소리가 들려왔다. 고개를 드니 유명 여배우가 무표정한 얼굴로 저를 바라보고 있었다.

배우를 보자마자 직원의 머릿속에 그녀가 출연한 드라마의 제목이 스쳤다. 거치대를 잡은 손을 떼기도 전에 사인을 받아야겠다는 생각이 앞섰다.

들뜬 얼굴로 입을 떼려던 찰나, 여배우가 직원의 팔을 툭 치고 지나갔다. 그 순간 고상하게 빛을 발하던 푸른색 작품이 왼쪽으로 기우뚱 흔들렸다.

기우뚱. 기우뚱. 오뚝이처럼 한참을 움직였다.

직원은 멍한 눈으로 흔들리는 작품을 바라보았다. 오뚝이도 결국 제 자리를 찾아 서듯, 작품도 그럴 거라 생각하면서.

하지만 느리게 움직이던 작품은 끝내 멈추지 않았다. 이내 거치대를 벗어나며 바닥을 향해 곤두박질쳤다.

"꺄아악!"

작품이 깨지자마자 여기저기서 비명 소리가 들려왔다. 주변에 있던 사람들은 각자 몸을 사리며 뒤로 물러섰다.

그 와중에 유일하게 한 여자만이 자리에 우뚝 서 있었다. 산산이 흩어져 깨진 작품을 멍하니 바라보던 여자. 그녀는 누가 말릴 틈도 없이 유리 조각 위로 몸을 낮췄다.

은사님에게 선물 받은 작품이라고 했다. 그래서 지체할 틈이 없었다. 자잘하게 부서진 조각은 어쩔 수 없지만 큰 조각만큼은 주워 내야 했다.

유경은 깨진 유리 조각 위로 무릎을 꿇고 맨손으로 커다란 조각들을 줍기 시작했다. 날카로운 단면에 찔려 손바닥이 찢어지고 붉은 피가 바닥 위로 떨어졌지만 고통은 느껴지지 않았다.

"유, 유경 씨……. 괜찮으니까 그만해요."

지켜보던 수희가 떨리는 목소리로 말렸다. 유경은 왼쪽에 흩어진 조각들을 다 줍고 나서 오른쪽으로 방향을 틀며 고개를 저었다.

"아니에요. 잘하면 어느 정도는 복구 가능할 것 같아요. 수희 씨, 다치진 않았죠?"

"난 괜찮으니까……."

수희가 말끝을 흐리며 유경에게로 손을 뻗었다. 조각을 짓누르는 유경의 무릎에서도 붉은 피가 새어 나오고 있었다.

갑작스런 소란에 흩어져 있던 기자들이 그녀 주위로 몰려들었다. 개중에는 슬쩍 카메라를 드는 기자도 있었다.

기자들을 매서운 눈으로 쏘아본 수희가 다시 유경에게로 손을 내밀던 때였다. 그녀의 손이 닿기도 전에 누군가 먼저 유경의 손을 낚아챘다.

"미쳤어?"

전시관을 날카롭게 울리는 목소리에 허겁지겁 유리 조각을 줍던 유경이 멈칫했다.

익숙한 목소리에 유경은 천천히 고개를 들었다. 어느새 다가온 태주가 인상을 쓰며 바라보고 있었다.

"그만해."

태주가 유경의 손에 들린 유리 조각을 빼내며 낮게 읊조렸다. 유경은 넋 나간 사람처럼 태주를 바라보며 중얼거렸다.

"태주야. 이거, 잘하면 복구할 수 있어."

"너 바보야? 이미 깨진 거잖아!"

소리치는 태주의 말에 유경의 두 눈이 일렁거렸다.

"……뭐?"

"피 많이 난다. 일어나."

유경의 양팔을 잡고 일으켰다. 무릎에 박혀 있던 유리 조각이 투두둑 소리를 내며 바닥 위로 떨어졌다. 멀거니 태주를 바라보던 유경은 일순 하얀 얼굴을 일그러뜨렸다.

"조각이 남았잖아. 이렇게…… 이렇게 큰 조각이 남아 있는데, 왜 못한다고 해! 왜 다 끝난 거라고 해!"

유경이 깊이 상처 받은 사람처럼 태주의 손을 거칠게 뿌리치며 소리쳤다. 그녀의 얼굴은 실망과 절망, 형용할 수 없는 서글픔으로 물들었다. 웅성웅성 대던 실내가 순식간에 조용해졌다.

흐르는 침묵 속에서 유경의 눈에 뿌연 눈물이 고이기 시작했다. 바닥을 지탱한 다리는 후들후들 떨려 오고 가녀린 어깨가 들썩거렸다.

태주는 가쁜 호흡을 진정시키며 두 눈을 감았다.

"그래. 붙일 수 있어. 그래도 지금은 아니야. 내 말 들어."

다시 눈을 떴다. 투명한 눈물을 툭툭 떨어트리는 유경이 보인다.

"치료하러 가자."

태주는 몸을 낮추고, 바들바들 떠는 유경을 안아 들었다. 사람들은 그 모습을 흥미로운 듯 지켜보았다.

"내 목에 팔 감아."

태주가 투박하게 내뱉었다. 유경은 눈물을 뚝뚝 흘리며 고개를 저었
다.

"……피 묻어."

"팔 안 감으면 내가 더 힘들어."

한숨이 섞여 나온 말에 유경은 조심스레 팔을 감았다. 태주는 아이
처럼 안긴 유경을 잠시 바라보고는 직원 휴게실로 성큼성큼 걸음을 옮
겼다.

태주의 목을 감은 유경의 팔이 이따금씩 움찔움찔 떨려 왔다.

휴게실에서 쉬고 있던 직원들은 놀란 토끼 눈이 되어 남자를 바라보
았다. 한선우 이사장도 아닌 처음 보는 남자가 피범벅이 된 강유경을
안고 있었다.

태주는 직원들의 시선을 무시하고 빈 소파로 걸어가 유경을 앉혔다.
직원들은 분위기가 심상치 않음을 느끼고 재빨리 휴게실을 빠져나갔
다.

"손."

휴게실 문이 닫히자 태주가 손을 내밀며 말했다. 유경은 머뭇거리다
태주의 손 위에 제 손을 올려놓았다.

"미련하긴."

가까이서 손을 확인한 태주가 미간을 찌푸렸다. 손바닥은 날카로운
유리 조각 모양대로 길게 찢어져 있었고 피가 흥건했다.

태주는 뒷주머니에서 손수건을 꺼내 유경의 손에 감았다.

"다리는."

"······괜찮아."

"안 괜찮아. 무릎에 피 나잖아."

얇은 스타킹 위로 피가 배어 나오고 있었다.

"이거, 벗자."

단호한 말에 유경의 눈이 동그랗게 커졌다.

"이상한 생각 하지 마. 벗어야 상처를 볼 거 아냐."

"그게······."

"다리 조금만 들어 봐."

그녀가 무어라 대답하기도 전에 태주의 손이 치마 속으로 들어왔다. 유경은 저도 모르게 몸을 움찔 떨었다. 갑작스런 손길에 발끝이 바짝 섰다.

"빨리."

태주가 유경을 바라보며 다그치듯 말했다. 그제야 유경은 다리를 살짝 들어 올렸다. 그는 이마를 잔뜩 찌푸린 채 조심조심 스타킹을 끌어 내렸다. 커다란 손이 피부를 스칠 때마다 그녀의 허벅지 안쪽이 잘게 떨렸다.

어렸을 때부터 그랬다. 남들이 보기에 이상하고 무례할 수 있는 행동이 태주에게는 예외였다. 태주는 유경이 신고 있는 스타킹, 양말, 신발을 아무렇지 않게 벗겨 주곤 했었다. 태주가 아무렇지 않으니까, 유경도 아무렇지 않았다.

그리고 무엇보다,

"아플 수 있으니까 참아."

사랑받는 기분이었다.

"아파?"

피가 눌러 붙은 무릎 부분을 살살 벗겨 내며 태주가 물었다.

유경은 대답 없이 태주의 얼굴만 물끄러미 바라보았다. 잔뜩 인상 쓴 채 심각한 얼굴. 징그러운 건 잘 보지도 못하면서.

"아프면 아프다, 아니면 아니다. 말을 해."

유경은 고개를 가로저었다.

"안 아파."

습관처럼, 형식처럼 대답하니,

"당연히 안 아프겠지. 인대가 늘어져도 안 아프다는 애잖아, 너."

속을 꿰뚫기라도 하듯 이죽거린다. 그럴 상황이 아닌데 유경은 조그 맣게 웃어 버렸다.

"웃지 마."

피 묻은 다리에 시선을 고정한 채 태주가 조용히 읊조렸다. 유경은 재빨리 웃음을 지우고 입을 다물었다.

"미안."

또 미안하다고 한다. 그놈의 미안. 태주는 얕은 한숨을 내쉬었다. 하지만 그런 유경보다, 울지도 말고 웃지도 말라 하는 자신이 제일 우습다.

"미안. 괜찮아. 안 아파. 몇 년이 지나도 똑같은 말들. 지겹다."

유경은 울컥 치미는 감정을 삼키며 입술을 깨물었다. 아프라고 하는 말인 줄 알면서도 이상하게 위로가 된다.

이러면 안 돼. 마음대로 상처 주고, 마음대로 의지하면 안 돼. 스스로를 다그치면서, 태주의 미간에 잡히는 주름을 가만히 바라보았다.

"무릎도 찢어졌어. 안 되겠다. 병원 가자."

태주가 다급해진 목소리로 말하며 유경의 다리에서 손을 뗐다. 유경이 금세 어두워진 표정으로 태주를 바라보았다.

피부에 닿던 따뜻한 온기가 사라지자 갑자기 허전함이 밀려왔다.

두 눈에 많은 말을 담고 있는 유경을 태주는 부러 무심하게 쳐다보았다.

축축하게 젖은 눈. 툭 건드리면 와르르 무너져 버릴 것 같은 눈.

오래 보다간 마음이 약해질 것 같았다. 결국 유경에게서 시선을 거두고 몸을 돌려 등을 내밀었다.

"업혀."

유경은 쉽게 업히지 못하고 태주의 등만 멀거니 바라보았다. 얇은 흰색 셔츠 위로 단단하게 볼거진 날개뼈. 태주는 등이 참 넓었다.

"뭐 해."

태주가 고개를 살짝 틀어 멍하니 앉아 있는 유경을 재촉했다. 유경은 태주의 어깨를 향해 팔을 뻗다가 다시 거두고, 뻗다가 또 거두길 반복하며 한참을 머뭇댔다.

쪼그려 앉아 유경이 업히길 기다리던 태주는 한숨을 쉬며 천천히 일어섰다. 너 좋아서 이러는 거 아니라고, 용서해서 이러는 거 아니라고. 그렇게 말해 주려 했다. 그러니 병원부터 가자고 말하고 싶었다.

하지만 말을 꺼내기도 전에 휴게실 문이 먼저 열렸다. 들어온 사람은 차게 굳은 얼굴의 선우였다.

"다쳤다며."

선우의 눈길이 유경의 다리에 머물렀다가 피 묻은 태주의 목으로 향했다. 그리고 이내 벗겨진 스타킹에서 시선이 멈췄다.

"태주, 넌 그만 나가 봐."

선우가 태주의 눈을 빤히 응시하며 말했다. 선우의 등장에 태주는 그제야 정신을 차렸다. 뒤늦게야 후회와 수치심이 밀려왔다.

작품이 깨지자마자 유경에게 달려간 것, 유리 조각을 줍는 유경을 말린 것, 다친 유경을 안고 온 것. 조금 전의 모든 일들은 유경의 애인인 한선우가 할 일이었지, 자신이 할 일이 아니었다.

"병원 데려가. 피 많이 나니까."

두 사람을 뒤로하고 도망치듯 휴게실을 빠져나왔다. 쑥대밭이던 전시장은 그새 원래의 모습으로 돌아와 있었다.

로비는 다시 고요해졌고, 유경이 필사적으로 지키려 했던 작품은 이미 형체도 없이 흩어져 쓰레기통에 담긴 후였다.

태주가 대리석 바닥을 멍하니 응시하고 있을 때였다. 누군가 태주의 등을 톡톡 쳤다.

"괜찮니?"

하정이었다. 그제야 커피 마시기로 한 약속을 어겼다는 게 생각났다. 미안하다는 말을 하기도 전에 그녀가 먼저 씨익 웃었다.

"나는 안 괜찮아. 또 너 못 볼 줄 알고 조마조마했거든."

장난스러운 말에 태주는 그제야 편히 웃었다.

"미안. 급한 상황이라 말도 못 하고 갔다."

"농담이야. 내가 그런 것도 이해 못 하는 여자로 보이니. 그런 상황에선 말 안 하고 가는 게 더 멋있지."

그녀는 혼자 고개를 끄덕이며 혼자 동의했다. 태주는 그 모습을 빤히 바라보다 웃음을 터트렸다.

"이런 상황에서 이런 말하기 좀 그렇긴 한데."

하정이 답지 않게 머뭇대며 입을 뗐다. 태주가 말해 보라는 듯 쳐다보자, 하정이 푸시시 바람 빠지는 웃음소리를 내며 수줍게 아름거렸다.

"커피, 아직 유효한 거지?"

그 말에 태주는 또 한 번 웃어 버렸다. 그가 나가자고 눈짓하자 하정이 신난 발걸음으로 태주를 따라나섰다.

하지만 종종 걸음으로 태주를 쫓아가던 그녀는 얼마 못 가 우뚝 멈춰 섰다.

"너, 너 목에⋯⋯! 목에서 피 나."

태주가 돌아보니 하정이 창백하게 질린 얼굴로 서 있었다. 그녀가 떨리는 손가락으로 태주의 목을 가리켰다. 그는 대수롭지 않게 웃으며 손등으로 목을 닦아 냈다.

"피 나는 거 아니야. 묻은 거야."

하정의 얼굴은 밝아지기는커녕 점점 더 어두워졌다. 태주는 이유도 모르고 연신 손등으로 목을 닦아 내며 고개를 갸웃거렸다. 그가 더욱 박박 문지르자 하정이 다급하게 소리쳤다.

"그만! 그만 문질러, 바보야!"

"왜 그래?"

질겁하는 반응에 태주가 의아한 듯 되물었다. 그녀가 금방이라도 울 것 같은 목소리로 외쳤다.

"너 손등에서 피 나!"

그제야 태주는 제 손등을 바라봤다. 자신도 모르는 사이, 손등에 길고 가느다란 생채기가 나 있었다.

이런 상황에서 커피 따위가 중요한 게 아니라고, 세상에서 제일 싫은 게 피라고 말한 하정은 쏜살같이 약국으로 달려가 소독약과 연고, 밴드를 사 왔다.

"고맙다."

밴드를 붙여 주는 하정을 보며 태주가 낮게 말했다. 웃음기 배인 목소리에 하정은 고개도 들지 못하고 손가락만 꼼지락거렸다.

"고마우면 다음에 밥 사 줘. 커피로는 안 되겠어."

"그래. 먹고 싶은 거 생각해 놔. 비싼 걸로."

"정말?"

밥 사 준다는 말에 고개를 번쩍 들자 여지없이 눈이 마주쳤다. 그리고 또다시 가슴이 쿵 내려앉았다.

아무리 봐도 한태주는 멋진 놈이었다. 어딘가 쓸쓸한 분위기, 기다란 눈매, 서늘하면서도 따뜻한 눈빛, 차가운 인상과 달리 다정한 성격, 가끔씩 미간에 지는 주름이 섹시해서 왠지 울려 보고 싶은 남자.

말없이 사라지지만 않았어도 하정은 그에게 고백했을 것이다.

"왜? 내 얼굴에 뭐 묻었어?"

얼굴을 해부하듯 빤히 바라보자, 태주가 멋쩍게 웃으며 얼굴을 만졌다. 하정은 정신을 차리고 붉어진 얼굴을 돌렸다.

"흐흠. 그나저나 강유경 씨는 많이 안 다쳤어?"

하정의 말에 태주가 놀란 눈으로 그녀를 보았다. 강유경을 어떻게 아냐는 눈빛이다.

"이쪽 일 하는 사람치고 강유경 씨 모르는 사람 있니?"

"아. 그래."

"둘이…… 친한 사이인가 봐?"

하정이 은근슬쩍 물었다. 태주의 얼굴에 배어 있던 미소가 점점 사그라졌다.

"그냥. 어렸을 때부터 같이 자랐으니까."

태주가 무미건조한 목소리로 대답했다. 그 말에 하정은 깜짝 놀라며 두 눈을 동그랗게 떴다.

"같이 자랐다고? 어떻게? 강유경 씨 한 관장님 집에서 자랐잖아. 그 집에서 같이 자랐단 소리야?"

"응. 그 집에서."

그 집에서. 문을 열면 보이는 옆방에서.

밥을 먹으러 가다 몰래 입 맞추고, 젖은 머리에서 풍기는 샴푸 향에
덥석 끌어안기도 하면서.

서로를 그려 주고, 서로의 그림을 바라봐 주고, 불확실한 미래를 약
속하면서.

그렇게 같이 자랐다.

"한태주, 너 혹시……."

하정이 얼굴을 가까이 들이밀며 두 눈을 게슴츠레 떴다. 태주는 괜
스레 긴장이 됐다. 죄진 것도 아니고, 그 집 둘째 아들이라는 걸 굳이
숨길 생각도 없었는데 말이다.

그녀는 앙다문 입술을 배시시 올리며 웃더니, 확신에 찬 어조로 물
었다.

"아트라 장학생이니?"

순간 정적이 흘렀다. 하정은 그 침묵을 긍정의 의미로 받아들였다.

"맞구나. 아트라 장학생. 우와, 몰랐어. 그 집에서 자란 장학생은 강
유경 씨 한 명인 줄 알았는데. 한 관장님 대단하시구나."

"그 집에서 자라면 다 아트라 장학생이야?"

"아니, 뭐 꼭 그런 건 아니지만. 그 집에 아들이 딱 둘 밖에 없잖아."

"그럼 아들일 수도 있는 거잖아."

태주의 말에 하정은 말도 안 되는 소리라는 듯 손사래를 쳤다.

"첫째는 재단 이사장인데 내가 얼굴을 알거든. 그리고 둘째는 얼굴
을 모르지만."

"모르지만?"

"어마어마한 개망나니래."

"……사람들이 그래? 둘째가 망나니라고?"

하정에게 아무 잘못이 없다는 걸 알면서도 기분이 좋지 않았다.

애써 입꼬리를 올리며 재차 물었다. 하정은 더 말할 것도 없다는 듯 고개를 세차게 주억거렸다.

"응. 지 아버지한테 반항하려고 미술도 때려치우고 외국으로 튀었다나? 배가 부른 게지. 뭐 다른 계획이 있었다면 모를까 충동적으로 그런 결정을 한 걸 보면 망나니가 확실해."

마치 그 집 둘째 아들에게 억하심정이라도 있는 양 빠르고 격하게 다다다 말을 쏟아 냈다. 그러고는 시원하다는 듯 후, 하고 한숨을 내쉬었다.

그 말을 가만히 듣던 태주는 할 말을 잃고 허공을 바라보았다. 허탈한 웃음만 흘러나왔다.

"반항한 건 아니야. 그럴 사정이 있었던 거지."

"네가 그걸 어떻게 알아? 아, 그 집에 살아서 그 망나니를 잘 아나?"

눈치 없이 빙그레 웃으며 하정이 물었다.

태주는 흘러가는 구름을 바라보며 툭 내뱉었다.

"내가 그 망나니거든."

"누가 깨트린 거야? 네가 그럴 애는 아니고."

다친 유경을 보자마자 선우가 처음 꺼낸 말이었다. 가까이 다가와 보지도 않고 멀리에 서서, 높낮이도 없는 어조로 말한다.

이런 적이 한두 번도 아니었기에 유경은 덤덤히 대꾸했다.

"그런 게 뭐가 중요해요. 이미 벌어진 일인데. 그보다는 작품이……."

"나한테는 그게 중요해. 누가 깼는지가."

주머니에 넣고 있던 손을 빼며 선우가 완강히 몰아붙였다. 유경은 할 말을 잃은 얼굴로 선우를 바라봤다.

"아, 어쨌든 좋았겠네. 오랜만에 한태주의 손길을 느껴서. 혹시 기대하고 다친 거 아니야?"

선우가 입꼬리를 비틀며 비아냥댔다. 그러고는 차분한 걸음으로 유경에게 다가갔다.

"스타킹도 벗었나 보네. 아니면, 벗겨 준 건가?"

선우가 바닥 위에 허물처럼 벗겨진 스타킹을 손가락으로 집어 들었다. 평소 같으면 수치심에 바르르 떨었을 유경이 이번에는 웬일인지 초연하다.

그는 미소 띤 얼굴을 점점 일그러뜨렸다. 빤히 쳐다보는 유경의 눈빛에는 그를 향한 동정심이 담겨 있었다. 태주의 그 눈빛처럼.

"차라리 화를 내고 욕을 해. 그런 눈으로 쳐다보지 말고."

선우는 들고 있던 스타킹을 바닥 위로 던지곤 유경에게 더 가까이 다가갔다. 유경은 차게 식어 버린 선우의 본모습을 조용히 올려다보았다.

"……오빠는 불쌍해요."

유경이 나지막한 목소리로 말했다. 반듯했던 선우의 눈썹이 움찔, 떨렸다.

"태주의 불행이 오빠의 행복이라면서요. 그런데 태주는 불행해질 이유가 없거든요. 그래서 난 오빠가 불쌍해."

"입 다물어."

"오빠는 큰 착각을 했어요. 태주가 나를 잃으면 불행해질 거라는 착각."

유경은 그 어떤 표정 변화도 없었다. 그저 차분히, 나직하게 말을 이어 갈뿐이었다.

"태주는 오빠랑 달라요. 그 애는 현명해. 나 같은 거 하나 때문에 자신의 행복을 포기하진 않아요."

태주는 그럴 것이다. 지금의 진통을 겪고 더 성숙한 사람이 되어, 더 예쁜 사랑을 찾아갈 것이다.

그 애는 불행보다 행복이 어울리는 사람이니까.

"태주한테 난…… 잠깐 스친 못된 바람일 뿐이야."

유경의 눈이 어둡게 가라앉았다.

—작품 깨트린 사람은 신입 보안 직원이라고 합니다. 정규직은 아니고 계약직인데…….

"재계약은 없는 걸로 하세요."

짧은 한마디에 휴대폰 너머로 정적이 흘렀다. 타이를 느슨하게 늘이는 선우의 손에 힘이 들어갔다. 선우는 윤 비서로부터 알겠다는 대답을 들은 후에야 전화를 끊었다.

"뭐 때문에 화가 난 거야?"

뒤에서 통화 내용을 듣고 있던 수희가 와인 잔을 든 채 다가왔다.

"내 작품이 깨져서? 아니면 강유경이 다쳐서?"

선우는 비아냥거리듯 묻는 수희의 말에 대답 없이 타이를 풀어 바닥에 떨어트렸다.

오늘은 기분이 좋지 않았다. 아니, 더러웠다. 왜 기분이 더러운지는 모르겠다. 둘째 아들이 돌아오자 내심 흐뭇해하는 아버지도, 등 돌린 척 여전히 강유경을 신경 쓰는 한태주도, 그런 한태주 앞에서 속절없이 흔들리는 강유경도. 죄다 마음에 들지 않았다.

수희가 두 눈을 느리게 깜빡이며 선우를 응시했다. 당신 기분이 나아질 때까지 안아 달라는 뜻이었다.

그 뜻을 알아채고 그녀의 손목을 거칠게 움켜잡았다. 강한 악력에 수희가 들고 있던 와인 잔이 떨어져 산산조각 났다. 선우의 시선이 흩어진 유리 조각으로 향했다. 속이 울렁거렸다. 바닥을 적시는 붉은색 와인이 꼭 강유경의 핏물 같아서였다.

수희를 침대에 눕히자마자 붉은색 가운을 거칠게 열어젖혔다. 열린 가운 사이로 풍만한 가슴이 튀어나왔다.

한 손으로 꼿꼿하게 선 젖망울을 움켜쥐고 다른 손으론 뜨거워진 아래를 더듬었다. 손가락을 세워 축축한 중심을 불쑥 파고들자 수희의 붉은 입술이 벌어졌다.

"너무 급하게 하지 말구……."

신음 섞인 목소리로 아름거렸다. 그가 오랜 시간을 들여 온몸을 만져 줬으면 했다. 커다란 손으로 가슴을 지분거리고, 기다란 손가락으로 비틀고, 납작한 배를 쓰다듬어 줬으면 했다.

하지만 선우는 그녀의 기분은 안중에도 없는 듯, 다리를 강하게 벌려 조금의 애무도 없이 단번에 밀고 들어왔다. 수희의 얼굴에 일순 실망감이 번졌다.

"아!"

입에서 고통스런 신음이 흘러나왔다. 쾌락을 느낄 틈도 없이 아릿한 통증이 온몸을 관통했다.

"선우 씨, 오늘 왜 이래. 천천히. 응?"

수희가 애원했지만 선우의 움직임은 점점 더 빨라졌다. 그 반동에 머리가 침대 끝 원목에 닿아 부딪혔다.

수희의 입에서 '아파, 천천히'라는 말이 끊임없이 흘러나왔지만 선우는 아랑곳 하지 않았다. 오히려 그녀의 허리를 잡아 아래로 끌어내리며 몸을 강하게 밀어 넣을 뿐이었다.

선우는 허리를 거칠게 움직이며 시선을 내렸다. 와인에 취한 건지, 섹스에 취한 건지, 초점 없이 흔들리는 수희의 눈동자가 보였다.

어지럽게 흐트러진 머리칼. 흔들리는 가슴. 허공에서 길을 잃은 손. 수희를 무심히 내려다보던 선우는 허리를 세우고 고개를 젖혔다. 천장에 수놓인 벽지 무늬가 흐릿하게 이지러졌다.

눈을 감았다. 조금 전 모든 걸 체념한 듯 담담했던 강유경의 얼굴이 떠오른다.

"대단한 사랑이네. 억울하겠어. 한태주가 그런 네 마음을 몰라줘서."
"상관없어요. 내가 선택한 일이니까, 내가 감당할 몫이에요."

불편한 심기에 선우의 얼굴이 비틀렸다.

죽어도 너에게 굽히는 일은 없을 거라는 단단한 표정. 그런 얼굴을 볼 때마다 유경의 목을 조르고 싶은 충동이 일었다.

"사는 게 힘들지? 고달프고."

선우는 유경의 얼굴을 쓰다듬다가 뒷목을 강하게 움켜잡았다.

"이거 놔요."
"구렁텅이에서 간신히 빠져나오니, 웬 미친놈 하나가 발목을 붙잡고 말이야."

유경은 눈 하나 깜빡이지 않고 선우를 쏘아봤다. 파르르 떨리는 속
눈썹을 감추기라도 하듯.

"그러게 왜 힘든 길만 골라가. 나를 진심으로 대하면 편할 텐데."

선우가 유경의 목을 더 가까이 끌어당기며 하얀 얼굴을 찬찬히 훑었
다.

"피할 수 없으면 받아들여. 즐기진 못하더라도."
"무슨 말이에요?"
"어차피 내 손에서 놀아날 인생인데. 나를 사랑해 볼 생각은 없어?"
"오빠, 미쳤구나."

유경의 두 눈매가 가늘어졌다. 경직된 얼굴에 자잘한 경련이 일었다.

"되도록 날 사랑하려고 해 봐. 진심이 담겨 있지 않으니까 태주가 자꾸
의심을 하지."
"차라리 몸을 달라고 해요. 원하는 대로 해 줄게."

몸. 원하는 대로라. 선우는 나른하게 웃으며 유경의 목을 놓았다.

"그런 말 하지 마. 우리 거래의 질이 낮아지잖아."

달래듯 위선적인 태도. 유경은 비릿하게 웃는 선우를 빤히 바라보며

담담하게 물었다.

"오빠는 나를 사랑할 수 있어요?"

웃고 있던 선우의 얼굴이 서서히 굳었다.

말도 안 되는 소리. 그 한마디를 내뱉으면 되는데 쉽사리 입이 열리지 않았다. 그러자 유경이 비스듬히 미소 지었다.

"오빠도 우습죠? 지금 내 기분이 그래요."

"아! 하아. 선우 씨! 그만. 그만해. 아파!"

높아지는 신음 소리가 선우의 정신을 깨웠다. 나른하게 벌어진 수희의 입에서 더운 숨이 흩어졌다.

그제야 거칠게 움직이던 허리를 멈추고 수희를 내려다봤다. 흐트러진 수희의 얼굴 위로 유경의 얼굴이 겹쳤다. 갑자기 목구멍 한구석이 울컥, 치밀어 올랐다.

"도대체 왜 그래……."

수희가 말끝을 흐리며 숨을 가쁘게 몰아쉬었다. 귀에서도 유경의 목소리가 들리는 것 같아, 두 눈을 감아 버렸다.

밀어 넣었던 몸을 빼고 재빨리 그녀를 뒤집었다. 엎드린 수희의 허리를 잡고 말을 하지 못하도록 입을 막은 채 다시 몸을 밀어 넣었다.

강한 삽입에 수희의 허리가 높게 들리며 무릎이 꺾였다. 뒤에서 거칠게 치고 들어오는 움직임에 입에서 눌린 신음 소리가 터져 나왔다.

선우는 출렁이는 가슴을 힘껏 움켜쥐며 허리를 더 빨리 움직였다. 고통스럽게 일그러지는 그의 얼굴에 굵은 핏대가 불거지고 땀방울이 흘러내렸다.

그날부터였다.

아버지가 밖에서 태주를 낳아 데리고 온 날부터, 선우를 중심으로 돌아가던 세상이 뒤틀리기 시작했다.

선우가 아끼던 장난감은 모두 다섯 살 어린 태주에게로 갔고, 태주는 금세 친가 친척들의 귀여움을 독차지했다. 선우의 공부를 봐주던 아버지는 태주의 그림을 봐주기 시작했다.

아버지는 태주의 타고난 감각에 입이 마르도록 칭찬하기 바빴다. 태주는 선우와 달리 말썽도 많이 부리고 혼도 많이 났지만, 아버지는 태주를 혼내고 나서도 뒤돌아서면 웃었다.

예의 없는 말을 해도, 무례한 농담 따먹기를 해도, 태주는 둘째라는 이유로 그리고 아버지를 닮았다는 이유로 모든 걸 용서받았다.

아버지는 자신이 상류층 엘리트라는 자부심에 겸손한 척 웃으면서도 비릿한 우월감을 가지고 사람들을 대했다.

아내에게도 예외는 아니었다. 말없이 사람을 무시하고, 커다란 집에 혼자 남겨 두고, 예술을 아는 여자를 찾아가던 밤. 그런 남편을 기다리며 하얗게 지새웠던 어머니의 밤. 남편에게 보여 주려 벽에 걸어 둔 풍경화는 키치 작품이라며 조롱 받았고, 어머니는 키치의 뜻을 몰라 어리둥절하게 웃기만 했다.

그때부터 어머니는 인생을 체념하기 시작했다.

그렇게 바보 같았기에, 자신을 친엄마라 믿는 외간 여자의 아이를 친아들처럼 보살필 수 있었던 걸까.

어머니는 혹시나 태주가 진실을 알아챌까, 그 바람에 남편에게 버림받을까 두려워하면서 과장된 친절을 베풀었다.

밤에는 자고 있는 친아들의 머리를 쓰다듬으며 울다가, 낮에는 친아들을 거들떠보지도 않으며 태주를 키웠다. 그러다 가끔씩 주체할 수 없이 화가 치밀 때, 어린 태주가 그린 그림들을 갈기갈기 찢으며 울부짖었다.

마지막으로 기억나는 어머니의 모습은 방 안에 쓰러져 바들대던 마른 등이다. 뭍에 나온 물고기 같던 파닥거림. 그러다 순식간에 멈춰 버린 움직임. 그 장면이 너무도 선연해, 선우는 어머니에 관한 기억을 모두 지웠다.

어머니가 돌아가신 지 얼마 지나지 않았을 때였다. 아내의 죽음이 자신의 외도 때문이라는 소문에 아트라의 이미지가 나빠질 무렵, 아버지는 한 여자애를 데려왔다.

다소 겁먹은 얼굴로 커다란 집 안을 둘러보던 열여덟 여자아이. 천한 고아. 미혼모의 배 속에서 태어난 근본도 모르는 고아.

역겨웠다. 강유경도 한태주와 똑같이 더러운 생명일 테니까.

그런데 유경과 태주의 관계를 알게 됐을 때, 이상하게도 이유 모를 모멸감이 들었다.

도대체 왜. 천한 고아마저 왜, 한태주를. 도대체 왜!

아버지를 빼앗겼을 땐 원망스러웠고, 어머니를 잃었을 땐 절망했다. 그리고 태주를 향한 유경의 마음을 알았을 땐 수치심과 치욕감이 그를 뒤덮었다.

처음에는 하얗게 웃어 보이더니. 꾹꾹 눌러 두었던 분노를 용케 알아채곤 다가와 오빠는 틀린 게 아니라 다를 뿐이라고 웃어 보이더니.

이제는 한태주랑 다른 내가 불쌍해? 웃기지 마.

죽이고 싶었다. 어머니를 죽여 놓고, 한 사람을 병신으로 만들어 놓고 뻔뻔하게 사랑 타령을 하던 한태주를. 그런 한태주를 행복한 눈으로 바라보던 강유경을. 다 죽이고 싶었다.

그래서 한태주가 가장 아끼는 걸 빼앗기로 했다. 너도 똑같이 겪어 보라고. 내가 느낀 고통을, 아니 내가 겪은 고통보다 더한 고통을 뼛속까지 느껴 보라고.

한태주 앞에서 강유경을 빼앗고, 강유경을 나락으로 떨어트리며 비참해지는 꼴을 보여 주려 했다. 바보 같은 강유경은 약속을 믿고 태주를 버렸지만, 선우는 애초에 약속 따위를 지킬 생각이 없었다.

강유경이 지키려 했던 비밀. 그 애가 가장 높은 곳에 올라갔을 때, 그리고 한태주의 상처가 다시 아물 즈음, 온 세상에 퍼뜨리려 했다.

다시는 일어서지 못하도록 밟아 주려 했다.

강유경의 불행은 곧 태주의 불행이니까. 태주는 아직도 그 애 앞에서 속수무책이니까.

그런데 계획이 틀어지고 있다.

정작 무너지고 있는 건 그 누구도 아닌, 선우 자신이었다.

방 안의 열기는 아직도 뜨거웠다. 선우는 파정하자마자 수희에게서 떨어져 담배를 빼어 물었고, 수희는 늘 그랬듯 쓸쓸히 돌아누웠다. 그녀의 매끈한 어깨가 숨을 쉴 때마다 조금씩 들썩였다.

"강유경 씨, 예쁘더라. 미련할 만큼 착하고. 꼭 착해야 된다는 강박관념이라도 있는 사람처럼."

수희가 밭은 호흡을 진정시키며 말했다. 선우는 대답 없이 담배에 불을 붙였다.

"그 여자가 나한테 그러는 거 있지. 어떻게 나 같은 여자를 사랑하지 않을 수 있겠냐고. 내가 좋아하는 그 남자도, 나랑 같은 마음일 거라고. 웃겨. 자기 애인인 줄도 모르고."

선우는 조용히 담배 연기를 내뱉었다. 침대에서 나와 테라스로 걸어

나가는데, 수희의 목소리가 발목을 잡았다.

"그런데 그거 알아?"

선우가 우뚝 멈춰 섰다. 눈앞에 펼쳐진 현란한 야경이 흐릿하게 번졌다.

"그 여자. 사랑에 빠진 얼굴이 아니었어. 여자는 여자가 보면 알아."

차분하게 읊조리는 목소리가 선우의 등을 울렸다.

"그 여잔 당신 사랑하지 않아."

그 말에 선우는 낮게 웃으며 문을 열었다. 찬 바람에 눈이 시렸다.

유경은 태주의 손수건을 들고 방문 앞을 서성거렸다.

지금 줄까, 내일 아침에 줄까, 아니면 미술관에서 마주치면 줄까. 그냥 방 앞에 내려놓고 갈까.

한참을 고민하다 결국 방문을 두드렸다. 한참동안 대답이 없자 유경은 조심스레 문고리를 돌렸다. 녹슨 쇳소리와 함께 문이 열리자 캄캄한 어둠이 새어 나왔다. 인기척은 없었다.

"……태주야?"

살며시 방 안에 발을 들여놓고 불을 켰다. 역시나 태주는 없었다.

방은 변함없이 한결같았다. 스탠드만 달랑 놓여 있는 깨끗한 책상, 그 옆에 우두커니 서 있는 전신 거울, 붙박이 옷장, 벽에 걸린 공예 작품들, 유채색으로 가득한 그림들, 구석에 가지런히 놓여 있는 이젤, 털실내화.

벽에 기대어 눈을 감았다. 아직도 선명하게 그려지는 기억들이 있다. 그때의 향기, 촉감으로 생생해지는 시간들이 있다.

창문 너머로 보이던 모과나무 꽃, 모란꽃, 벚꽃. 그 사이로 들어오던 햇빛. 그 햇빛이 비추던 환한 미소.

스물한 살의 봄.

밥을 먹으러 가던 길이었다. 유경은 태주의 방 앞을 지날 때 일부러 걸음을 늦췄다. 혹시나 마주치면 아침 인사라도 할 요량이었다. 발을 높이 들었다가 내리며 발소리를 크게 내었다.

그 소리를 고대하고 있었다는 듯, 태주는 벌컥 방문을 열고 나와 유경의 손목을 그러쥐었다. 그러곤 재빨리 방 안으로 유경을 끌어당겼다. 방문을 닫자마자 그가 책상 밑 서랍에서 작게 반짝이는 무언가를 꺼내왔다. 연한 홍색을 띠는 벚꽃 모양의 핀이었다.

"예쁘다. 사 온 거야?"

"만든 거."

태주는 흐뭇하게 웃으며 유경을 전신 거울 앞에 세웠다. 뻣뻣하게 서 있는 유경과, 그 뒤에 서서 유경의 머리에 핀을 꽂는 태주가 거울에 비쳤다.

유경은 머리에 달린 벚꽃 핀을 가만히 바라보았다.

은은한 색을 발하며 햇빛에 이따금씩 반짝이는 핀. 새카만 단발머리에 잘 어울렸다.

"……예뻐. 이걸 진짜 네가 만들었어?"

"아, 나 이거 만드느라 눈 빠지는 줄 알았잖아. 전공 시간에 맨 뒤에 앉아서 이거 만들고 있었어. 가운데 수술 보이지? 내가 하나하나 다 붙인 거야."

"뭐야. 달랑거려서 더듬이 같아."

"뭘 모르네. 꽃은 수술이 생명이야. 꽃잎은 그냥 살덩어리라고 보면 되고, 수술이 그……."

"그, 뭐?"

"중요한 부위다, 이거지."

"야해."

"응. 난 야한 게 좋아."

유경은 음흉하게 웃는 태주를 흘겨보았다.

"조금만 늦게 내려갈까?"

태주가 유경의 어깨를 잡고 벽으로 몰았다. 유경은 바짝 굳은 채 눈을 꼭 감았다.

힘이 들어간 두 눈이 파들파들 떨렸다. 태주는 조그맣게 웃더니 동그란 이마에 입을 맞추었다.

유경이 슬쩍 눈을 뜨자 그의 짙은 눈동자가 그녀를 붙들었다.

심장 고동 소리가 들릴 정도로 가까운 거리. 서로의 들숨과 날숨이 섞여 헷갈릴 정도로 가까운 거리에서, 태주는 유경의 얼굴 이곳저곳을 집요하게 바라보았다.

"왜. 부끄러워?"

유경은 말없이 도리질만 쳤다. 그러자 태주가 짓궂은 미소를 띠었다.

"난 아직 시작도 안 했는데."

그 말이 떨어짐과 동시에 어지러운 키스가 이어졌다. 태주는 유경의 아랫입술을 살짝 깨물었다가 놓고, 다시 깨물며 굳게 닫힌 입술을 천천히 두드렸다.

유경의 입술이 서서히 벌어졌다. 서글플 정도로 다정한 입맞춤이었다.

태주가 유경의 허리를 그러안고 몸이 밀착되면서 키스는 더욱 깊어졌다. 가쁜 숨소리가 그녀의 귀를 간질이며 아찔한 감각이 온몸을 휘감았다.

유경은 그 순간에도 과분한 행복이 두려워, 불안한 마음을 숨기고 태주에게 매달렸다.

"밥 먹으러 가야 되는데……."

입술이 떨어진 틈을 타 유경이 작게 읊조렸다. 거칠어진 호흡에 태주의 가슴이 크게 부풀었다 가라앉았다.

"굶으면 안 될까?"
"난 밥심으로 사는 애야."
"난 밥보다 강유……."

능청스러운 말에 유경은 태주의 팔을 살짝 꼬집었다. 태주가 아프다고 징징대는 사이 유경은 그의 품을 빠져나왔다.

"점점 능글맞아진다니까. 밥 먹게 얼른 나와."

짐짓 화난 척 돌아선 유경은 얼마 못 가 걸음을 멈췄다. 등 뒤에서 뜨거운 온기가 느껴진 탓이었다.

어깨의 얇은 천을 통해 더운 숨결이 스며들었다. 유경을 뒤에서 꽉 끌어안은 태주가 그녀의 목에 얼굴을 묻곤 중얼거렸다.

"보고 싶었어, 강유경."

"매일 보잖아."

퉁명스러운 대답에 태주가 작게 웃었다.

"그러게. 매일 보는데도 자꾸 보고 싶네. 아쉽고. 허전하고."

태주의 말끝에 숨 막히는 정적이 흘렀다. 유경은 괜히 손가락만 꼼 지락거렸고, 그는 유경을 둘러 안은 팔에 힘을 주었다.

1분 같은 1초가 지난 후에야 그녀를 놓아 준 태주는 벚꽃 핀이 꽂힌 유경의 머리에 입 맞추었다.

"먼저 내려가서 먹어. 밥심으로 사는 강유경 씨."

천천히 몸을 돌려 태주를 바라보았다. 창문 너머로 모과나무와 벚꽃 이 흔들거렸고, 그 사이로 새어 들어온 햇살이 태주의 환한 미소 위로 부서져 내렸다.

유경은 차마 태주의 얼굴을 보지 못하고 눈을 감아 버렸다.

아직도 선명하게 떠오르는 기억. 시간이 지날수록 원색으로 짙어지는 그때의 장면.

스물한 살, 그날의 봄은 꿈처럼 싱그럽고 분분하였다.

태주는 지끈지끈 아파 오는 머리에 인상을 쓰며 계단을 내려왔다.
구김 가득한 셔츠를 대충 툭툭 털고 나가려는데 부엌에서 음식을 만드
는 유경이 보였다.

그의 시선이 유경의 손으로 향했다. 칼질하는 손에 붕대가 칭칭 감
겨 있었다. 식탁에는 아버지가 유유히 신문을 읽으며 아침상을 기다리
고 있고, 한선우는 없다. 일찍 나갔거나, 어젯밤 들어오지 않은 모양이
었다.

부엌 입구에 비스듬히 기대서서 입을 열었다.

"아버지."

한 관장이 고개를 들었다. 유경도 칼질을 멈추고 태주를 바라봤다.

"웬만하면 도우미 아주머니 한 분 고용하세요."

아들의 뜬금없는 요구에 한 관장은 한 대 얻어맞은 표정이었다. 태
주는 놀란 얼굴의 유경을 쳐다보며 담담히 한마디를 덧붙였다.

"강유경이 하는 밥, 맛없어요."

어젯밤, 대헌의 집에서 짐을 가지고 돌아왔을 때였다.

반쯤 열린 방문 틈으로 눈을 감고 가만히 서 있는 유경이 보였다. 함
부로 방에 들어오지 말라고 쏘아붙이려다가, 무슨 변덕인지 그 모습을
조금만 바라보고 싶었다.

유경은 한참이나 미동도 없이 서 있었다. 깊은 밤처럼 고요한 얼굴
을 보며 태주는 생각했다.

하룻밤 자고 일어났을 때 오랜 시간이 지나 있었으면 좋겠다. 미움도, 원망도 아득하게 느껴질 만큼 나이를 먹었으면 좋겠다.

새로운 사랑을 하고, 아이를 낳고, 가정에 충실한 가장이 되어 있으면 좋겠다. 그래. 그런 선택도, 그런 삶도 있는 거지, 하고 너를 완전한 타인으로 바라보는 나이가 되었으면.

그렇게 세월이 흘러 있었으면.

태주는 밥을 먹고 가라는 유경의 말을 무시한 채 집을 나왔다.

나는 밥보다 강유경, 이라고 입버릇처럼 말하던 어린 날이 떠올라 귀밑이 시큰거렸다.

4
화

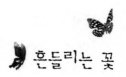

흔들리는 꽃

일반인들의 출입이 시작되면서 미술관은 어제보다 붐볐다. 그 가운데서 유경은 태주와 거리를 둔 채 미술관을 걷고 있었다.

한 관장의 지시 때문에 어쩔 수 없이 태주를 잡아 놓았지만, 오랜만에 태주와 작품 이야기를 할 수 있어서 설레는 마음이 앞섰다.

유경은 실없이 방망이질해 대는 심장을 진정시키며 떨리는 목소리를 뱉어 냈다.

"오수희 씨 작품전 끝나면 윤종겸 작가님 개인전 있어. 윤종겸 작가님은 너도 알지?"

"알아."

딱딱한 대답이 들려왔다. 그러지 말아야지 하는데, 또 들뜬 목소리가 흘러나왔다.

"나는 윤종겸 작가님 작품이 좋더라. 세잔이랑 화풍이 비슷해서 그런지, 어둡고 우울하지만 이상하게 위로가 돼. 보고 있으면 마음이 편안해지기도 하구. 조만간 방문하시기로 했으니까 너도 만나 뵈면……."

"아버지가 시켰어?"

태주가 조곤조곤 말하는 유경의 말을 자르며 멈춰 섰다.

"미술관 일 가르치라고 시켰냐고, 아버지가."

웃음기 없는 태주의 얼굴이 유경에게로 향했다. 유경은 한참을 망설이다가 입을 뗐다.

"관장님은…… 네가 미술관을 맡아 주길 바라셔."

"한선우 가지라고 해."

"태주야."

"이제 캔버스만 봐도 울렁거려. 연필 잡기도 싫고, 물감 냄새도 역겨워. 유명한 작가, 작품 다 관심 없어. 그냥 먹고 살려고 그리는 거야. 그이상의 의미 없어."

태주는 빠른 속도로 말을 쏟아 내고 숨을 크게 쉬었다.

"네가 그렇게 만들었잖아."

다시 느릿한 말투로 씹어 뱉듯 말한다. 유경은 할 수 있는 말이 없었다. 태주의 말이 전부 사실이니까.

"그런데 넌, 아직도 그림이 좋은가 보네."

태주는 유경에게서 시선을 거두고 벽에 걸린 그림을 바라봤다. 침대에서 잠을 자고 있는 남자의 그림이었다. 까만 배경 속, 일그러진 방 안의 풍경, 눈코입이 없는 남자의 얼굴.

"신기해. 나를 앞에 두고도 들떠서 얘기하는 널 보면. 널 미워하던 시간들이 생각나서 허무해져."

밉고 원망스럽다가 허무해지고, 그리워진다.

그리워지면 너를 믿고 싶어진다.

다른 사정이 있었던 건 아닐까. 아직도 나를 사랑하는 건 아닐까.

그러다가 문득, 안고 싶어진다.

"네가 매일 나를 마주치면 괴로워할 줄 알았는데, 너무 멀쩡하니까 김이 빠져. 내가 너를 과소평가했나 봐."

감정이 널을 뛰어서 주체하기가 힘들었다. 원망도 결국 지난 감정의 부스러기일까.

유경의 곁에서 맴돌수록 힘들어지는 건 그녀가 아닌 태주 자신이었다.

"앞으로는 너를 봐도 화내지 않으려고. 서로 무심해지자. 있는 듯 없는 듯 지나치면서."

그렇게 서서히 서로의 인생에서 지워가자. 좋았던 기억도, 아팠던 기억도.

"조만간 집 나갈 거야. 그게 너한테도 편하겠지. 미술관은 나올 테니까 걱정하지 마. 내가 안 나오면 너만 혼나는 거 알아."

태주는 담담했다. 다그치는 말투도 아니었다. 오히려 예전처럼 부드럽고 다정한 말투였다. 그런데 오히려 그 말들이 유경의 가슴에 커다란 돌덩이로 박혔다.

화를 내고 원망하는 말들도 이렇게 아프지는 않았는데, 다 내려놓은 듯 덤덤한 말에 마음 한구석이 한없이 가라앉았다. 깊이를 모르는 강에 떨어진 사람처럼 적막하게 잠겼다.

유경의 눈이 어둡게 가라앉았다. 서로 무심해지는 것. 태주가 편안해질 수 있는 유일한 길이라는 걸 그녀도 알고 있다. 하지만 마음은 이기적인 바람을 제멋대로 부풀린다.

화를 내도 좋으니까 집에 있으면 안 될까. 밥 맛있게 할 테니까 내가 차리는 아침 밥 매일 먹어 주면 안 될까. 무시해도 좋으니까 그 집에서 나를 스쳐 가면 안 될까.

하고 싶은 말들을 눌러 담으며 태주를 바라보았지만 그는 무심히 걸음을 옮겼다.

유경은 멀어지는 태주의 옷자락이라도 잡아 보려 손을 뻗었다.

"한태주!"

그러나 태주를 먼저 잡은 사람은 유경이 아닌, 낯선 여자였다. 아담하고 귀엽게 생긴 여자가 그의 팔을 붙잡으며 밝게 웃었다.

"나 오늘 밥 사 줘."

여자는 태주의 팔을 잡아당기며 칭얼댔다. 그러다 유경과 눈이 마주친 여자는,

"어? 강유경 씨다."

마치 오래된 친구인 듯 스스럼없이 다가섰다.

"강유경 씨 소개 안 해 줄 거야?"

하정이 태주의 팔을 잡고 흔들었다. 말로만 듣던 유경을 소개받을 생각에 그녀의 두 눈이 빛났다.

"연락도 없이 무슨 일이야?"

태주의 얼굴에는 당혹감이 서렸다. 전혀 반갑지 않은 말투에 하정은 서운한 듯 입을 삐죽 내밀었다.

"치. 우리 연락처 교환도 못 했거든?"

"아, 그랬나."

"밥 사 준다며. 왜. 그새 마음이 바뀌었니?"

"아니. 사 줄게. 일단 다른 데 가서……."

태주는 말끝을 흐리며 하정을 다른 곳으로 끌었다. 등 뒤에 우두커니 서 있을 유경이 신경 쓰였다.

하지만 하정의 움직임이 더 빨랐다. 그녀는 이미 활짝 웃으며 유경에게 인사를 건네고 있었다.

"안녕하세요. 강유경 씨 맞죠?"

"아, 네. 안녕하세요."

뒤에서 유경의 목소리가 들려왔다. 작고 가냘프면서도 감정을 쉽게 가늠할 수 없는 목소리였다.

태주는 들릴 듯 말 듯 한숨을 내뱉었다. 서로 무심해지자 고해 놓고 몇 분도 지나지 않아서 닥친 상황이라니. 하정에게 유경을 어떻게 소개해야 할지도 막막했고, 유경에게도 하정을 소개하기가 껄끄러웠다.

생각이 거기까지 미치자 얼굴이 확 달아올랐다.

껄끄러워? 도대체 왜.

강유경이 하정과의 사이를 오해할까 봐? 미국에서 온갖 마음고생은 다한 듯 말해 놓고, 새로운 사람 만나며 잘 지낸 것처럼 보일까 봐?

지금 그런 걸 왜 신경 쓰고 있는 건데.

"어머, 실제로 보니까 더 예쁘시다. 잡지에서 본 것보다 훨씬 날씬해요. 이래서 우리나라 카메라들 다 부셔야 된다니까요."

깔깔깔. 하정의 웃음소리가 장내를 울렸다. 태주는 호탕하게 웃는 하정의 옆에 서서 부자연스럽게 웃었다.

"인사해. 미국에서 만난 친구, 손하정. 서양화 전공이고 대학원생이야."

태주가 하정의 어깨에 손을 올리며 말했다. 철판을 까는 자신이 낯설어 괜스레 헛기침을 해 댔다.

그에 반해 유경은 아주 자연스러웠다. 그녀는 조금의 동요도 없이 점잖게 웃으며 하정에게 손을 내밀었다.

그 모습에 태주는 심사가 뒤틀렸다. 유경에게는 남은 감정이 터럭만큼도 없다는 사실을 다시 한번 확인받은 기분이었다. 태주의 방에 들락거리고, 들뜬 목소리로 말하던 행동들은 그저 버릇에 불과했다는 것을.

"반가워요. 저는."

입을 떼는 유경의 시선이 잠시 태주에게 머물렀다.

"강유경이에요. 아트라 장학생이라 태주랑 한집에서 자랐구요."

유경은 기계적으로 인사하며 웃었다. '아트라 장학생'을 말하는 목소리에는 오랜 피곤함이 묻어 나왔다.

"당연히 알죠. 저번에 다친 곳은 괜찮으세요? 저 깜짝 놀랐어요."

"괜찮아요. 걱정해 줘서 고마워요."

"다행이에요. 그때 태주가 허겁지겁 달려가던데. 같이 자라서 많이 친한가 봐요."

하정의 천진난만한 말에 태주의 얼굴이 굳었다. 유경도 한동안 대답이 없었다.

둘 사이에 묘한 침묵이 흐르자 하정은 눈치를 보며 태주와 유경을 번갈아봤다. 말실수라도 했나. 아님, 싸웠나. 아차 싶어 입술을 꾹 깨무는 사이, 유경이 밝게 웃었다.

"네. 친해요. 태주가 많이 챙겨 줬거든요."

태주는 유경의 거짓 미소를 빤히 바라보았다. 유경의 웃음은 마치 수학 공식 같았다. 이 상황에서는 옅은 미소, 이 상황에서는 조금 더 밝은 미소, 이 상황에서는 아주 환한 미소. 그리고 지금 짓는 미소는, 그녀가 가장 곤란할 때 나오는 미소였다.

"그래. 많이 친했지."

태주가 한쪽 눈썹을 추켜올리며 되새김질하듯 내뱉었다. 그녀의 태연한 반응이 몹시 마음에 들지 않는다. 무엇 때문인지는 몰라도.

"밥은 저녁에 먹고, 일단 커피 마시면서 얘기나 하자."

태주는 다짜고짜 하정의 손목을 잡아끌었다. 마음만 복잡해지는 이 상황을 얼른 빠져나가고 싶었다.

하정은 얼떨결에 끌려가면서도 기분이 썩 나쁘지 않은지 배시시 웃

었다. 그녀는 유경에게 꾸벅 고갯짓을 하곤 종종걸음으로 태주를 따라
나섰다.

유경은 멀어지는 하정과 태주를 가만히 바라보았다.

하정은 사랑스럽고 예쁜 사람이었다. 그리고 참 밝았다. 억지로 꾸며
낸 모습이 아니라 자라면서 자연스럽게 얻은 환한 기운. 한때 유경이
가지려 발버둥 쳤던 그런 기운을 가지고 있었다.

뒤늦게야 깨달았다.

사람에게서 풍기는 특유의 분위기는 결코 인력으로 얻을 수 없다는
걸. 미래는 바꿀 수 있어도 과거는 바꿀 수 없다는 걸. 그런 게, 사람의
팔자라는 것을.

그때부터였다. 유경은 얻을 수 없는 것을 얻으려 무리하게 노력하지
않았다. 그저 수긍하고 체념하게 되었다.

한 걸음. 두 걸음. 태주가 점점 멀어진다.

세 걸음. 네 걸음. 모습이 점점 흐릿해진다.

마지막 다섯 걸음. 태주는 완전히 모습을 감추었다.

태주가 사라지자마자 유경은 서서히 얼굴을 풀었다.

꽉 쥐고 있던 손의 힘을 빼고, 경련이 일어날 정도로 올라가 있던 입
꼬리를 내렸다. 얼굴 근육을 이완시키고 참았던 숨을 내뱉었다.

그리고 다시 웃는다. 늘 그래 왔듯, 아무렇지 않은 척.

하정은 파스타를 돌돌 말며 태주의 눈치를 살폈다. 낮에만 해도 기
분이 좋아 보이더니 지금은 얼굴에 온갖 근심이 가득하다.

"한태주. 나한테 뭐 화난 거 있어?"

하정은 포크를 내려놓으며 물었다. 태주는 그제야 고개를 들고 하정을 쳐다봤다.

"아니. 왜?"

"아니, 왜? 너 나랑 밥 먹으러 와서 몇 마디나 했는지 알아?"

"세 마디?"

"어머. 그걸 또 정확히 기억하네. 앉아. 뭐 먹을래. 그래. 이 세 마디 했어. 기분 나빠. 아무리 내가 먼저 밥 먹자고 했어도 그렇지. 너무한 거 아니야?"

하정이 투덜대며 물을 벌컥벌컥 들이켰다. 태주는 한 손으로 마른 얼굴을 쓸었다. 고개를 돌리자 야경을 담은 유리창에 얼굴이 비쳤다.

어두운 밤, 까만 유리창에 비친 그의 얼굴은 누가 봐도 죽상이었다. 낮에 하정을 유경에게 인사시킨 뒤, 쓸데없는 생각들이 꼬리에 꼬리를 물고 이어져 지금까지 맴돈 탓이었다.

왜 그렇게 태연했는지, 어떻게 그런 편안한 얼굴로 웃을 수 있는지 이해가 가지 않았다.

그리고 무엇보다, 그런 유경의 반응을 하나하나 신경 쓰는 자신이 가장 이해 불가였다.

"생각할 게 좀 있어서. 기분 나빴다면 미안해."

"정말이지? 나한테 화난 거 아니지?"

"내가 너한테 화날 일이 뭐가 있어."

"휴, 놀래라. 난 또, 저번에 너한테 개망나니라고 해서 화난 줄 알았잖아."

하정이 입을 삐죽이며 태주를 흘깃했다. 다시 튀어나온 '개망나니'라는 단어에, 태주는 처음으로 소리 내어 웃었다.

"맞다. 너 나한테 개망나니라고 했었지. 괜찮아?"

"뭐가?"

"망나니랑 겸상해도 괜찮냐고."

하정이 깜짝 놀라 손사래를 쳤다.

"어우 야, 그러지 마. 나 그때 이후로 남의 말만 듣고 사람 판단하지 않기로 했어."

"뭐, 완전히 틀린 말은 아니지."

"아니야. 틀렸어. 그리고 생각해 보니까 내가 너를 몰라본 중요한 이유가 하나 있어."

"뭔데?"

태주가 작게 웃으며 하정을 바라봤다. 하정은 말을 멈추고 태주를 응시했다. 무표정일 땐 남자답게 섹시하더니, 웃을 땐 인디언 보조개가 옅게 파여 귀엽다.

매력적인 놈. 하정은 마른침을 꼴깍 삼키고 입을 열었다.

"그 개망나니가 이렇게 잘생겼다는 말은 없었거든."

태주의 두 눈이 커졌다. 여태껏 이런 말을 대놓고 하는 사람은 없었다. 정작 말을 뱉은 당사자는 빙글빙글 웃고 있지만.

"미국에서도 느꼈는데 한국에서 보니까 더 멋있어. 내 스타일이야."

돌려 말하는 법을 모르는 걸까. 빤히 응시하며 툭툭 내뱉는 말에 태주는 아무 말도 할 수가 없었다.

"물론 난 네 성격도 마음에 들어. 미국에서 같이 그림 그릴 때 내가 참견 많이 했잖아. 이거 고쳐 봐라, 저거 고쳐 봐라. 귀찮았을 법도 한데 웃으면서 다 받아 주고. 같이 농담도 치고. 예술하는 사람들 괜히 쓸데없는 자존심 때문에 예민하게 구는 사람 많거든. 우리 친오빠가 좀 그래. 그래서 너 보면 신기하고 좋아."

"나는 네가 더 신기해."

"내가? 내가 왜? 나 되게 평범하지 않아?"

화제가 자신으로 넘어가자 하정의 두 눈이 흥미로운 듯 빛났다.

테이블에 두 팔을 괴고 몸을 앞으로 기울이며 두 귀를 쫑긋 세웠다. 한태주가 생각하는 자신은 어떤 이미지일까. 궁금해서 미칠 것 같았다.

"내가 아는 사람들 중에서 제일 솔직해. 가식 없고, 밝아."

"칭찬이지?"

"칭찬이야."

"여자로선? 나 여자로선 어떤 것 같아?"

딴에는 돌려 말한다고 한 말인데 태주의 얼굴이 어색하게 굳었다.

"아, 오해하지 마! 나는 그냥, 남자들한테 내가 매력 있는 타입인지 궁금해서……."

하정이 괜히 말끝을 흐리며 시선을 돌리자 태주가 작게 웃었다.

"왜 그런 생각을 해."

"응?"

"누가 될지는 몰라도 과분하지. 너 정도면."

하정은 멍한 얼굴로 태주를 바라봤다. 머릿속에 종소리가 띵띵 울렸다. 어느 남자가 너 같은 왈가닥을 데려갈지 불쌍하다는 오빠의 한탄에 하도 세뇌됐던 탓일까. 태주의 말은 황홀함 그 자체였다.

"너 충분히 매력 있어. 걱정하지 마."

하정은 감격스러운 얼굴로 고개를 끄덕였다.

그렇다면 내가 너를 선택해도 될까. 무의식적으로 튀어 나오려는 말을 꾹 참고 태주의 얼굴을 뜯어보았다.

"있잖아."

하정이 조심스레 운을 뗐다. 어떻게든 연을 이어 갈 구실을 만들어야 했다.

"이번 주 토요일에 오수희 씨 작품전 기념 파티 열리는 거 알아? 아트라 연회장에서 한다더라. 나는 오수희 씨랑 개인적으로 아는 사이라서 가야 할 것 같은데……."

"오수희 씨랑 아는 사이야?"

"응. 사실, 오수희 씨한테 미술 가르쳐 준 교수가 우리 엄마거든. 어제 깨진 작품도 우리 엄마 작품이야."

놀란 태주를 보며 하정은 멋쩍게 웃었다. 중요한 한마디를 꺼내기 위해 의도치 않게 불필요한 말들이 흘러나왔다.

"그래서 나는 그 파티를 꼭 가야 할 것 같아. 그런데 말이야. 나는 같이 갈 파트너가…… 없어."

뜸을 들이며 태주를 흘끔 바라보았다. 먼저 알아채고 말해 주길 바랐건만, 태주는 두 눈을 느리게 깜빡이며 입을 다물고 있었다. 결국 두 눈을 질끈 감고 에라 모르겠다, 말을 꺼냈다.

"그날 네가 내 파트너 해 주면 안 될까?"

꽉 감은 하정의 두 눈이 파들파들 떨렸다. 강심장이라는 소리를 듣고 자랄 만큼 이렇게까지 떨린 적은 없었는데. 이상하게 이 남자 앞에서는 심장이 제멋대로 뛰었다.

떨리는 마음을 애써 진정시키며 대답을 기다렸다. 몇 초 안 되는 짧은 침묵이 숨을 옥죄듯 길게 느껴졌다.

"그래. 같이 가자."

이윽고 웃음기 배인 담백한 대답이 들려왔다. 하정은 속으로 쾌재를 부르며 두 눈을 떴다.

순간 그녀의 마음속에 대지진이 일어났다. 옅게 웃고 있는 태주의 얼굴을 보자 심장이 미친 듯이 뛰기 시작했다.

어떡하지. 나 정말 사랑에 빠졌나 봐.

태주를 담은 하정의 눈동자가 일렁였다.

대헌에게서 연락이 왔다. 형이 오피스텔 계약 기간을 남겨 놓고 외국으로 떠나게 됐다는 소식이었다. 월세가 깡패긴 하지만 보증금 없는 걸로 퉁치고 살아 볼 생각이 없는지 물었다.

태주는 단번에 알겠다고 했다. 어디든 좋으니 이 답답한 집을 빨리 나가고 싶었다. 점점 말라 가는 유경을, 매일 아침 부엌에서 밥을 하는 그녀를 더 이상 보고 싶지 않았다.

한국에 돌아온 지 얼마 되지도 않아 집을 나간다는 아들의 말에 한 관장은 썩 탐탁지 않아했다. 그는 미술관은 계속 나갈 테니 걱정하지 말라는 말을 듣고 나서야 곧 만족스럽게 웃었다.

물론 태주는 미술관을 물려받을 생각 따윈 없었다. 그저 애꿎은 사람에게 불똥이 튈까 봐 대충 둘러댄 것뿐이었다.

따로 짐을 쌀 필요는 없었다. 대헌의 집에서 가져온 캐리어와 옷 몇 벌, 아버지한테 돌려받은 차 키, 아끼는 작품 몇 개.

그 정도면 충분했다. 차에 짐을 싣고 운전석에 올라타기만 하면 이사 준비는 끝이었다.

그런데 이상했다. 자꾸만 마음 한구석이 무겁고 허전했다. 마치 중요한 짐을 집 안에 두고 온 기분이 들었다.

태주는 차에 오르기 전에 다시 한번 집을 돌아보았다.

도대체 뭘 두고 온 걸까. 가져갈 짐들은 이렇게 가벼운데 두고 온 짐은 왜 무겁게 느껴지는 걸까. 곰곰이 생각하며 방 안의 물건들을 차례로 떠올렸다. 혹 놓고 온 물건은 없을까 곱씹고 또 곱씹으며 찜찜한 마음을 떨치려 했다.

그때였다. 철벽같이 단단한 대문을 열고 유경이 뛰어나왔다. 양손에는 반찬통이 가득 들려 있었다.

"태주야! 이거 가져가."

유경은 외투도 입지 않고 나와 반찬통을 내밀었다. 태주가 좋아했던 물김치와 비름나물 무침, 여러 가지 밑반찬들이었다.

"거기 가면 아무것도 없을 텐데⋯⋯."

걱정스럽게 말하는 유경의 입에서 차가운 입김이 흘러나왔다. 얇은 옷만 걸친 몸이 바람이 불 때마다 잘게 떨렸다. 태주는 그런 유경을 가만히 바라보았다.

처음 봤을 때처럼 여전히 작고 마른 몸. 사박사박 밟고 왔던 눈처럼 하얀 얼굴. 까만 머리카락, 짙은 눈동자. 말 한마디를 꺼낼 때도 수십 번, 수백 번 고민하고 힘겹게 열리는 입술. 그런 후에야 간신히 흘러나오는 가느다란 목소리.

그 목소리가 듣고 싶어서 괜히 장난을 걸고 괴롭혔다. 치사하게 미술 도구를 담보 삼아 협박도 하고, 교복 재킷을 감추고, 명찰을 숨겼다. 밥을 먹자고 조르고, 머리끈을 푸르기도 했다.

그러면 어김없이 들려오는 목소리가 좋아서. 하지 마. 작게 아름거리는 수줍은 음성이 간지러워서.

한 번 들으면 되겠지, 했는데 또 듣고 싶어졌다. 두 번 들으면 정말 되겠지, 했는데 또 듣고 싶어졌고 세 번, 네 번 들으면 될까 하다가 뒤늦게 깨달았다.

옆에 두고 계속 듣고 싶다. 붉어지는 네 얼굴을 보고 싶다. 당황할 때마다 꼼지락 거리는 하얀 손가락을 보고 싶다. 꼭 안아 주고 싶다. 울려도 보고 싶다. 서럽게 울면 얼굴을 쓰다듬으며 달래 주고 싶다.

괜찮아, 강유경. 불안해하지 마. 이제 행복해도 돼.

그렇게 계속 부르고 싶었다.

강유경.

네 이름을 계속 부르고 싶었다.

"강유경."

다시 한번 불러 본다. 똑같으면서도 다른 그 이름을.

"행복해?"

바람이 차다. 눈이 맵고 속이 시리다. 마음은 무겁다.

"아니다. 대답하지 마."

태주는 등을 돌렸다. 유경의 입에서 어떤 대답이 나오든 만족하지 못할 걸 알고 있었다. 알면서도 묻는 자신이 우스웠다.

유경을 외면하고 차에 올랐다. 뿌옇게 김이 서린 사이드미러로 유경의 모습이 흐릿하게 비쳤다.

차가 점점 멀어져도 유경은 움직일 생각을 하지 않는다. 무거운 반찬통을 두 손 가득 쥐고, 멀어지는 차에서 시선을 떼지 못한 채 위태로이 서 있을 뿐.

날이 이렇게 추운데, 찬 공기가 칼날처럼 파고드는데도 괴물 같은 집 앞에 우두커니 서 있다.

태주는 시선을 거두고 앞을 보았다. 유리에 조용히 내려앉는 진눈깨비를 보며 생각했다.

집에 두고 온 무거운 짐은, 네가 아닐까.

유경은 침대 밑에서 박스를 꺼냈다. 박스 안에는 작년 겨울에 입었던 연한 살구색 드레스가 새 옷처럼 보관되어 있었다.

무릎을 조금 덮는 길이의 홀터넥 원피스. 유행을 타지 않는 은은한 색이 마음에 들었다. 그리고 무엇보다 연한 홍색의 벚꽃 핀과 잘 어울렸다.

유경은 서랍을 열어 가장 안쪽에 보관해 두었던 핀을 꺼냈다. 거울 앞에 서서 머리를 높게 틀어 올린 뒤 오른쪽 옆머리에 핀을 살짝 꽂았다. 겨울에 이 핀을 하고 나가면 사람들은 꼭 한마디씩 거들었다.

이 겨울에 무슨 벚꽃 핀이에요? 유경 씨, 은근히 센스 없구나.

그럴 때마다 유경은 작게 웃으며 대답했다. 곧 봄이잖아요. 미리 맞고 싶어서요.

미소 띤 얼굴로 거울을 바라보던 유경의 얼굴이 서서히 굳었다. 오늘 파티에 태주도 온다는 걸 미처 생각하지 못했다.

유경에겐 추억이지만 태주에겐 악몽이 되어 버린 과거였다. 차라리 지워 버리고 싶을 기억일 텐데. 그런 기억을 다시 떠오르게 할 수는 없었다.

유경은 다급한 손길로 머리에서 핀을 뺐다. 혹시라도 누가 볼까 서랍 가장 깊숙한 곳에 꼭꼭 감추었다. 혼자만 봐야 한다. 태주를 추억할 수 있는 유일한 물건이니까.

다시 거울 앞에 섰다. 웃자. 웃는 연습을 하자.

노력해서 안 되는 일은 없다고 수녀님이 말씀하셨다. 신은 인간이 감당할 수 있을 만큼의 고통만 주시니 참고 노력하면 빛을 보게 될 거라고 말씀하셨다.

그러니 웃자. 사람들 앞에서도 웃고, 관장님 앞에서도 웃고, 한선우 앞에서도 웃고, 태주 앞에서도…… 웃자.

입꼬리를 올리며 싱긋 웃는 얼굴이 꽤 자연스럽다. 누가 보면 진짜인 줄 알겠다. 스스로도 대견해 설핏 웃던 찰나였다.

"뭐가 그렇게 즐거워?"

뒤에서 싸늘하게 가라앉은 목소리가 들려왔다. 유경은 거울에 비친 남자를 바라봤다.

인기척도 없이 들어온 선우가 벽에 비스듬히 기대어 서 있었다.

"할 말 있어요?"

유경은 뒤도 돌아보지 않고 물었다. 흘러내린 잔머리를 고정시키고 머리를 매만지는 사이 선우가 느린 걸음으로 다가왔다.

"꼭 할 말이 있어야 돼?"

비꼬는 말투에 유경은 인상을 쓰며 돌아섰다. 어느새 코앞까지 다가온 선우가 서늘한 눈으로 그녀를 내려다보고 있었다.

유경은 숨을 짧게 들이켰다. 눈빛과 목소리에 묻어 나오는 냉기가 평소보다 더했다. 건드리면 터질 것 같이 위태로워서 다시 몸을 돌렸다.

"할 말 없으면 나가요. 저녁에 연회장에서……."

선우는 유경의 말이 끝나기도 전에 그녀의 손목을 움켜잡고 침대로 끌었다. 순식간에 유경을 침대 위에 눕히곤 그 위에 올라탔다.

유경이 미처 저항할 틈도 없이 두 뺨을 우악스럽게 잡고 입술을 겹쳐 왔다.

갑작스런 통증에 그녀의 입술이 벌어지자 선우는 그 틈을 놓치지 않고 혀를 들이밀었다. 자그마한 입에서 짓눌린 비명이 흘러나왔다.

아무리 발버둥 쳐 봐도 선우는 꿈쩍하지 않았다. 오히려 손목을 더욱 단단히 움켜쥐며 그녀의 허벅지를 다리 사이에 가두었다. 선우의 몸은 벗어나면 벗어나려 할수록 강하게 죄어 오는 올무 같았다.

"그만……!"

숨이 막혀 왔다. 이대로 죽을 수도 있겠구나, 싶을 정도로 숨이 막혔다. 차라리 죽는 게 나을 것 같았다.

견뎌야 하는 고통이 이런 고통이라면 다 포기하고 죽어 버리는 게 낫지 않을까.

봄은 온다면서. 세상은 원래 동 트기 전이 가장 어둡다면서. 이 어두운 터널을 지나면 빛을 보는 날이 있을 거라면서.

그저 행복하고 싶었다. 남들처럼 소소하게 웃고 싶었고, 사랑하는 사람에게 아름다운 여자로 기억되고 싶었다.

그게 뭐가 그렇게 나빠서. 그게 뭐가 나빠서…….

선우를 밀어내던 유경의 팔에 툭, 힘이 빠졌다. 온몸이 축 늘어지고 죽은 사람처럼 움직임이 멈췄다. 선우는 그제야 입술을 떼고 가파른 숨을 몰아쉬었다. 호흡을 진정시키며 두 팔 안에 가둔 유경을 내려다보았다.

꼭 감은 두 눈 위에 드리운 긴 속눈썹이 파들파들 떨렸다. 길게 빠진 눈 꼬리에 맺혀 있던 눈물은 관자놀이를 타고 흘러내려 시트를 적셨다.

"왜 울어. 마음 대신 몸을 주겠다며. 원하는 대로 다 해 주겠다며."

지독하게 차가운 목소리가 좁은 방 안을 울렸다. 유경은 터져 나오는 눈물을 참으려 바들거리는 입술을 꾹 깨물었다.

"……다 가졌잖아요."

"뭘. 내가 뭘 다 가졌는데?"

"태주한테서 다 빼앗았잖아. 도대체 나한테 뭘 더 원하는 거예요. 내가 뭘 더…… 더 어떻게 해야 하는데요."

울음 섞인 목소리가 새어 나왔다. 유경은 눈물을 보이지 않으려 두 손으로 얼굴을 가렸다.

한 번 터진 눈물은 쉽게 멈추지 않았다.

"그러게. 다 빼앗은 것 같은데 이상하게 허전하단 말이야."

선우는 유경의 몸을 풀어 주며 자조적으로 웃었다.

자신도 알고 싶었다. 도대체 무엇을 더 빼앗아야 이 갈증을 떨쳐 낼 수 있는지. 갖지 못한 것. 그 한 가지가 무엇인지.

혹시 그 한 가지가 이 별 볼 일 없는 여자애는 아닌지 확인하고 싶었다. 저항할 거라곤 예상했지만 이 정도일 줄이야. 펑펑 울어 버리는 격한 반응에 어쩐지 기분이 더럽다.

"오늘 파티는 너 혼자 가야겠어. 나는 오수희의 파트너로 참석할 예정이거든."

선우는 침대에서 빠져나오며 흐트러진 타이를 만졌다. 거울 속에 웅크린 채 어깨를 떠는 유경의 뒷모습이 비쳤다. 그 모습에 불쑥 이유 모를 짜증이 솟구쳤다.

"상관없지? 네가 늘 입버릇처럼 말했잖아. 나랑 다니는 것보단 혼자가 낫다고."

유치한 걸 알면서도 시험해 보고 싶다. 사람들의 이목이 집중되는 행사에서 자신을 팽개치겠다고 하면 어떤 반응일지. 그마저도 아무렇지 않게 받아들일 수 있을지.

선우는 옷매무새를 다듬으며 유경이 누워 있는 쪽으로 신경을 곤두세웠다.

"……상관없어요."

예상한 대답이지만 화가 치밀었다. 다른 여자랑 간다는 게 상관없다는 건가, 아니면 혼자 다니는 게 상관없다는 건가. 심지어 오수희와 무슨 사이인지조차 묻지 않는다.

"상관없어?"

"네. 상관없어요."

유경은 단호히 대답하며 몸을 일으켰다. 말려 올라간 드레스를 끌어 내리고, 흐트러진 머리를 다시 묶으며 마음을 추슬렀다.

"그 고고한 자존심, 언제까지 지킬 수 있을지 궁금하네."

선우는 비틀린 미소로 마음을 감추었다. 싫다고 해. 기분 나쁘다고 해. 강요하고 싶은 욕심을 억누르며 유경을 바라보았다. 상체를 꼿꼿이 세운 채 얼굴에 번진 눈물 자국을 닦아 내는 모습이 가히 강유경다웠다.

그래. 넌 그래야지. 쉽게 휘어지지 말아야지. 언제든 꺾어 버릴 수 있도록.

"혼자서 깨끗한 척하지 마. 너도 네가 가진 것들을 잃기 싫었을 뿐이야."

선우가 작게 웃으며 방문을 열었다. 문이 닫히고 계단을 내려가는 발걸음 소리가 멀어지고 나서야 유경은 참았던 숨을 내뱉었다.

괜찮아. 아무 일도 아니야. 괜찮아.

무릎 사이에 얼굴을 묻고 스스로를 다독였다. 웅크린 어깨와 등이 가파른 호흡을 따라 잘게 떨렸다.

오수희의 작품전은 성공적으로 끝났다. 일반인은 물론 연예인들과 유명 인사들의 관람이 줄을 이었고 평론가들로부터 작품성이 훌륭하다는 호평도 받았다.

무엇보다 첫 작품전을 아트라에서 열었다는 점이 세간의 화제를 끌었다. 그녀에게 대놓고 물어본 기자는 없었지만, 다들 오수희와 아트라의 은밀한 관계를 의심하는 분위기였다.

그런 분위기를 눈치채고 그녀는 인터뷰마다 당찬 태도로 말했다.

"2년 전, 후원의 밤에서 한선우 이사장님을 알게 된 후로 계속 인연을 이어 오고 있어요. 이번 작품전도 이사장님의 도움이 컸고요. 그러니 이상한 상상은 말아 주세요."

그 말에 반박하는 사람은 없었다. 섹스 동영상 사건으로 그녀가 나락에 빠졌을 때, 그녀를 다시 빛으로 이끌어 준 건 '그림'이었다. 그리고 한선우 이사장은 그런 그녀를 후원하면서 아트라의 이미지를 끌어올렸다.

젊고 능력 있는 예술 재단 후계자와 감각을 인정받는 모델의 만남.

동종 업계 사람들은 그들의 관계를 단순한 비즈니스라고 여겼다. 두 사람의 모습에 미간을 찡그리는 사람은 오직 태주 한 명뿐이었다.

하정의 어머니이자 오수희의 스승인 남 교수의 축사가 끝나고 파티가 시작됐다. 태주는 하정의 손에 얼떨결에 끌려가 남 교수에게 인사를 했다. 그리고 자신을 미국에서 만난 친구라고 소개했다.

밝게 웃는 남 교수는 인자하고 너그러워 보였다. 놀라운 건 남 교수의 외모, 말투가 하정과 똑같다는 점이었다.

작고 통통한 체형과 톤이 높은 목소리, 크게 웃을 때마다 상대방의 팔을 툭툭 치는 습관까지. 하정의 미래를 보는 것처럼 쏙 빼닮아 있었다.

사람들과 마주치는 것도 일이었다. 태주를 알아보는 사람이 있을 때마다 인사말을 꺼내고 손을 내밀어야 했다. 그 과정은 생각보다 피곤했다. 억지 미소 한 번에 에너지를 잃는 기분. 그러다 끝내 방전되고 마는 느낌이었다.

인사를 끝낸 뒤 연회장 구석 테이블에 털썩 주저앉았다. 샴페인 한 잔을 물처럼 마시고 지친 상체를 늘였다.

고개를 젖히자 천장에 매달린 화려한 샹들리에가 보였다. 조명에 반짝이는 크리스탈이 느릿하게 움직였다. 그 모습을 계속 보고 있으니 최면에 걸리는 듯 몸이 나른해졌다. 태주는 잠시 눈을 감았다.

"여기서 뭐 해?"

눈을 감은 지 얼마나 되었을까. 익숙한 목소리가 들려왔다.

태주는 속으로 읊조렸다. 뭐 하긴. 쉬고 있잖아. 너는? 맛있는 거 많이 먹었냐.

"눈 떠봐. 나 오늘 어때?"

너야 예쁘지. 인정하기 싫은데 너는 늘 예뻤어.

그거 알아? 너는 꼭 안개 같아. 네가 앞에 있으면 세상이 뿌옇게 보여. 현실이 아득해지고 사리 분별이 안 돼.

그냥 멍해지는 기분. 너는 그걸 아는지 모르겠다.

"한태주!"

귓가에 성큼 다가온 목소리가 머리를 찡 울렸다. 그제야 태주는 눈을 번쩍 뜨고 상체를 일으켰다. 하정이 단단히 심통이 난 표정으로 태주를 내려다보고 있다.

"여기서 왜 이러고 있어. 나 오늘 어떠냐니까? 신경 써서 입었는데."

하정이 볼을 부풀리며 뾰로통하게 말했다. 태주는 흐릿한 눈을 비비며 하정을 바라보았다. 연보랏빛 짧은 원피스를 입고 머리를 둥글게 만 하정은 그녀답게 귀여웠다.

"귀여워. 잘 어울린다."

"귀여워? 귀엽다구?"

"응. 귀여워."

그녀의 얼굴에 실망감이 번졌다.

"귀엽다는 말은 남자들이 할 말 없을 때 하는 말이라던데."

착 가라앉은 목소리로 읊조리며 태주를 흘끔 쳐다보았다. 그녀가 원하는 대답은 따로 있었지만, 태주는 무심한 얼굴로 뒷목만 만지작거릴 뿐이었다.

우울해진 마음에 옆에 있던 와인을 벌컥벌컥 들이켰다. 그러곤 태주의 맞은편에 앉으며 얼굴을 들이밀었다.

"너 이상형이 어떻게 돼? 섹시한 스타일? 여리여리 청순 스타일? 아니면 나처럼 귀여운 스타일?"

결국 답답함을 참지 못하고 판을 깔아 버렸다. 태주는 재미있다는 듯 웃었다.

"왜 웃어? 진짜 궁금해서 물어보는 거야."

"그런 거 없어."

"너무 추상적이면 구체적인 예를 들어서……. 1번, 귀여운 스타일 손하정."

하정이 손가락으로 자신을 가리켰다. 태주는 여전히 웃으며 그 모습을 지켜보았다.

"2번, 섹시한 스타일 오수희."

이번에는 멀리서 한선우와 팔짱을 낀 채 돌아다니는 오수희를 가리킨다. 하정의 손가락을 따라간 태주의 시선이 선우에게 꽂혔다. 유경을 두고 다른 여자와 다니는 선우를 보니 저절로 인상이 찌푸려졌다.

"흠, 표정이 영. 그럼 3번. 청순한 스타일 강유경."

마지막으로 하정은 멀리에 있는 유경을 가리켰다. 강유경이라는 이름에 태주의 고개가 빠르게 돌아갔다.

조금 전까지만 해도 눈에 보이지 않던 유경이 어느새 테이블에 앉아 음식을 먹고 있었다.

납작한 접시 위에 이것저것 담아 와서 조곤조곤 잘도 먹는다. 꼭꼭 씹어 먹으면서 가끔씩 와인을 마시기도 한다.

태주는 얕은 한숨을 내쉬었다. 왜 짜증이 날까. 혼자 꿋꿋하게 음식을 먹는 모습이 꼭 살기 위해 먹는 사람 같아서 괜히 성질이 난다.

미간을 찌푸리며 유경을 주시했다.

사람들이 지나가면서 유경을 가릴 땐 고개를 뒤로 빼서 바라보았다. 그래도 보이지 않으면 사람들의 다리 사이로 보이는 살구색 드레스 자락을 바라보았다.

"뭐야……. 강유경 씨야?"

하정의 목소리가 미세하게 떨렸다. 태주는 유경에게서 시선을 거두고 새로운 샴페인 잔을 들었다. 기분이 점점 건조해진다.

"아니. 강유경은 아니야."

세뇌하듯 말하며 샴페인을 들이켰다.

"그럼 귀여운 스타일이 좋은 거네?"

들뜬 하정의 목소리가 들려왔다. 태주는 빈 잔을 내려놓으며 두 눈을 질끈 감았다. 심장이 빠르게 뛰었다.

"어머, 근데 저 작가 또 저러네. 개 버릇 남 못 준다니까."

하정이 혀를 끌끌 차며 말했다. 하정의 입에서 흘러나온 이름에 태주의 고개가 반사적으로 돌아갔다. 머리가 반쯤 벗겨지고 커다란 안경을 쓴 남자가 유경에게 말을 걸고 있었다.

"저 작가가 누군데?"

"있어. 유명한 사진 작가. 좀 다른 의미로 많이 유명하지."

"무슨 소리야? 제대로 말해 봐."

느른했던 태주의 목소리가 갑자기 날카로워졌다. 등을 바짝 세운 그가 두 눈을 가늘게 뜨며 하정을 응시했다. 처음 보는 날 선 모습에 하정은 당황했다.

"응? 아니, 뭐 별건 아니고. 저 작가가 여자 밝히기로 유명하거든. 작업하면서도 모델들한테 치근덕대고. 이번에는 유경 씨한테 작업 거나 싶어서……."

하정은 말끝을 흐리며 머리를 긁적였다. 말을 할수록 태주의 얼굴이 점점 무섭게 일그러졌다.

"어우, 야. 너무 걱정하지 마. 그 작가도 생각이 있을 텐데 설마 강유경 씨한테 그러겠니."

하정이 안심하라는 듯 크게 웃었다. 하지만 태주에게는 더 이상 그녀의 말이 귀에 들어오지 않았다. 시선을 돌린 사이 유경이 사라져 버린 탓이었다.

고개를 이리저리 돌려 봐도 없었다. 사람들의 다리 사이로 이따금씩 보이던 살구색 드레스도 보이지 않는다. 바글바글 몰려 있는 검은 정장의 무리들이 시야를 가려서 더 찾기가 어려웠다.

유경이 보이지 않자 심장이 불안하게 요동치기 시작했다.

"하정아, 잠깐만."

태주는 자리에서 벌떡 일어나 사람들이 모인 틈으로 성큼성큼 걸어갔다.

두 눈으로 확인을 해야 안심이 될 것 같았다. 빈 테이블에 혼자 앉아서 음식을 꼭꼭 씹어 먹는 모습을, 주변을 두리번거리면서 살며시 미소 짓는 얼굴을 눈에 담아야 마음이 편해질 것 같았다.

다가갔을 때 그 자리에 있어 주면 좋겠다. 여느 때처럼 미안하게 웃어 보이면 좋겠다. 그래서 불안한 마음을 차게 식혀 주면 좋겠다.

그게 분노든, 원망이든 상관없으니 너는 그냥 웃고 있으면 좋겠다.

"……."

하지만 유경은 그 자리에 없었다. 대신 빈 접시와 와인 잔만 덩그러니 남겨져 있었다.

"강유경!"

태주는 연회장 안의 룸을 하나하나 열어 보며 유경의 이름을 불렀다. 룸 안에는 금세 눈이 맞아 옷을 벗어젖힌 커플과 진한 키스를 하고 있는 연예인들이 침대를 차지하고 있었다.

그들은 태주가 방문을 열 때마다 몸을 가리며 뭐 하는 짓이냐고 소리를 빽빽 질러 댔다.

안으로 들어갈수록 가관이었다. 술에 취해 아무렇지 않게 쳐다보는 사람들도 있었고, 웃으며 같이 하자고 제안하는 사람들도 있었다.

그래. 이런 곳이었다.

겉보기엔 온갖 교양은 다 갖춘 척, 화려한 척하지만 실상은 처음 본 사람들과 몸을 섞으며 더럽게 놀아나는 곳. 그러면서 학벌을 따지고 집안을 따지고 능력을 따지며 같잖은 기준을 세워 놓는 곳. 그 기준에서 탈락하면 천한 인간으로 취급해 버리는 곳.

잠시나마 태주가 몸담으려 했던 곳은 바로 이런 곳이었다.

"유경아!"

다섯 번째 방문을 열었을 때였다. 조금 전에 보았던 사진 작가가 두 명의 여자들과 침대 위에 얽혀 있었다.

서로의 몸을 탐하는데 여념이 없어 낯선 이가 방에 들어온 지도 모르는 눈치였다. 그들의 격정적인 움직임이 멈췄을 때는 태주가 남자의 얼마 되지 않는 머리칼을 움켜잡은 때였다.

"뭐야?"

"유경이."

"뭐?"

"유경이 어디 있어?"

태주는 남자의 고개를 뒤로 꺾으며 침대에 뒹구는 여자들을 바라봤다. 한 명은 유명한 모델이었고, 한 명은 처음 보는 얼굴이었다. 다들 제정신이 아닌 듯 눈이 풀려 있었다.

"아니 그걸 왜 나한테 물어요? 그쪽이 누구신데."

남자가 느릿한 말투로 비아냥댔다. 씨익 웃는 얼굴이 묘하게 기분 나쁜 인간이었다.

"아까 강유경한테 말 걸었잖아. 유경이 어디 있냐고."

"그러니까 내가 어떻게 아냐고요. 같이 가자고 해도 안 따라온 여자를."

남자가 정신 나간 사람처럼 피식피식 웃었다. 태주는 한숨을 내쉬며 남자의 머리를 거칠게 놓았다.

더러워진 손을 툭툭 털고 방을 나와 다시 걸음을 옮겼다. 독한 향수 냄새가 둥둥 떠다니는 복도를 지나 사람이 드문 안쪽으로 향했다. 안으로 들어갈수록 향수 냄새가 옅어지고 시끌시끌한 말소리가 줄어들었다.

문득 확신이 들었다. 여기 어디쯤엔가 유경이 있을 것 같은 확신이었다.

근거 없는 믿음을 안고 마지막 방문을 열었다. 부드럽게 열리는 문 사이로 희미한 빛이 새어 나왔다.

"너 진짜⋯⋯."

문을 열자마자 태주의 입에서 깊은 한숨이 흘러나왔다. 아무도 없는 방 안 구석에서 유경이 몸을 잔뜩 웅크린 채 앉아 있었다.

"여기서 뭐 하는 거야."

소리치며 다그치고 싶었지만 태주에게는 그럴 자격이 없었다. 돌이켜 보면 별일 아니었고, 유경은 단지 방에 들어와서 쉬고 있는 것뿐이었다. 지레 짐작하고 불안해한 자신이 바보였다.

태주는 방문에 등을 기대어 거친 숨을 몰아쉬었다. 호흡을 따라 어깨가 크게 들렸다 가라앉고 꽉 다문 턱이 불거졌다.

유경은 그제야 무릎 사이에 묻어 두었던 얼굴을 천천히 들었다. 초점 없이 흐릿한 그녀의 두 눈이 그에게 향했다.

"한태주다."

유경이 무릎에 턱을 괴고 고개를 갸웃하며 옅게 웃었다. 말하는 혀는 반쯤 꼬여 있었다.

"태주야. 나…… 힘들어."

태주가 유경에게로 다가갔다.

유경은 가까이 다가 온 태주를 보려 고개를 한껏 젖혔다. 눈을 마주치려 고개를 이리저리 기울이기도 했다. 그는 그 시선을 피하며 팔을 잡아 일으켰다.

"힘들면 집에 가. 여기서 이러지 말고."

유경은 아이처럼 도리질을 쳤다. 늘어진 몸은 자꾸만 앞으로 고꾸라지고 고개는 아래로 꺾였다.

"너 도대체 왜 이래."

태주가 유경의 두 팔을 단단히 잡고 똑바로 세웠다. 억눌린 목소리가 탁하게 흘러나왔다.

"태주야."

유경은 느릿하게 고개를 들어 태주를 바라보았다. 하느작거리는 몸과 달리 또렷한 음성이었다.

"나…… 안아 줘."

그녀의 눈동자가 붉게 젖어 들었다. 울음을 머금은 목소리는 축축했다.

"한 번만…… 안아 줘."

그녀의 팔을 잡고 있던 태주의 손에 서서히 힘이 풀렸다. 태주는 한 걸음 물러났다. 그리고 흔들리는 눈으로 유경을 응시했다.

유경은 태주가 무슨 말을 하려는지 알고 있었다. 거절을 준비하는 눈이었다.

그래서 한 걸음 더 다가갔다. 대답하지 않길 바랐다. 그냥 미친 여자라고 생각해 주길 바랐다.

무작정 팔을 들어 태주의 목을 감았다. 발끝을 올려 태주의 얼굴에 다가갔고, 코끝을 마주한 채 눈을 감았다. 태주에게서 간헐적인 숨소리가 들려오고 옅은 알코올 향이 풍겼다.

목을 감은 팔에 더 힘을 주었다. 숨소리와 체온을 따라 태주의 입술을 찾았다.

이윽고 따뜻한 입술이 가까워졌을 때, 유경은 머뭇거리며 태주의 입술에 내려앉았다.

그리고 기도했다. 이대로 시간이 멈추길.

태주는 한동안 움직임이 없었다. 꽃잎처럼 내려앉은 유경의 입술을 느끼며 숨죽인 채로 서 있었다. 그렇게 얼마의 시간이 흘렀는지 모르겠다. 언제부터 움직였는지 모르겠다.

어느 순간, 태주는 유경의 허리를 꽉 끌어안으며 떨리는 입술을 머금었다.

생각이나 판단을 할 겨를 따위는 없었다. 꾹꾹 눌러 놓았던 무언가가, 간신히 붙잡고 있던 끈이 풀어졌다.

태주는 유경의 머리카락 사이에 손을 넣으며 뒤로 젖혀지는 얼굴을 강하게 끌어당겼다.

흔들지 마. 머리로는 부정하면서 잠시라도 떨어지지 않을 듯 깊게 입 맞췄다.

어쩌면 구실이 필요했던 건지도 모른다.

너를 안을 수 있는 구실.

5
화

그 밤

아무 말도 하지 않았다. 연회장에서 차를 타고 나와 태주의 오피스텔에 도착하기까지, 두 사람은 아무 대화도 하지 않았다. 태주는 묵묵히 운전만 했고 유경은 창밖의 흩날리는 눈발만 바라보았다. 이따금씩 떨리는 숨소리가 흘러나왔고 시끄러운 경적 소리가 귀를 울렸지만 그뿐이었다.

복잡한 도로를 지나 인적이 드문 주거 단지로 들어서자 작은 소리마저 희미해졌다. 차가 멈추고 태주가 내렸다. 뚜벅뚜벅 조수석으로 걸어와 문을 열고 유경에게 손을 내밀었다.

유경은 태주의 손을 거절하지 않았다. 그 순간만큼은 사랑에 빠진 평범한 여자가 되고 싶었다.

현관에 들어선 유경은 구두를 벗기 위해 허리를 굽혔다. 한 짝을 벗고 나머지 한 짝을 벗으려는데, 어느새 다가온 태주가 유경의 한쪽 구두를 마저 벗겨 냈다. 유경은 넘어지지 않으려 태주의 어깨를 꾹 잡았다. 부드러운 손길로 구두를 벗겨 낸 태주는 그대로 유경을 어깨에 걸친 채 침실로 들어갔다.

침대에 누울 겨를도, 숨을 고를 겨를도 없었다. 방문이 닫히자마자 태주는 유경을 벽으로 몰았다. 빛이 없는 어둠 속에서 두 사람은 서로를 마주했다.

낯선 집. 아무것도 보이지 않고 아무것도 들리지 않는 밤. 오직 서로의 숨소리에만 의지하는 공간.

태주는 얼굴을 내려 본능적으로 유경의 입술을 찾았다. 떨리는 입술에 가만히 대었다가 당기듯 물며 입술을 뗐다. 불규칙한 숨을 고르며 유경을 바라보았다. 눈 감은 얼굴이 겨울밤처럼 고요했다.

너는 왜 시간이 지나도 여전히 아름다운지. 금방이라도 녹아 버릴 눈처럼 위태로운지.

그래서 결국 이렇게 무너지게 만드는지.

끝까지 잔인하고 이기적인지.

원망스러운 마음조차 착각 같아서 태주는 유경의 가느다란 뒷목을 끌어당겨 다시 입 맞추었다. 서로의 혀가 얽히며 끊길 듯 끊이지 않는 키스가 한참 동안 이어졌다. 유경은 허물어지는 몸을 가눌 수가 없어 태주의 목에 팔을 둘렀다.

"그만하라고 해."

태주가 입술을 떼며 낮게 읊조렸다. 가파른 숨결에 넓은 어깨가 들썩였다. 유경은 태주의 목을 더 세게 끌어안으며 고개를 저었다.

"……해 줘."

대답이 떨어지자마자 태주는 유경의 허리를 강하게 끌어당겼다. 사실 대답은 중요하지 않았다. 그저 속절없이 무너지는 자신을 인정하기 싫어서였다.

입술을 거칠게 부딪치며 홀터넥 드레스의 끈을 풀었다. 흘러내린 드레스 사이로 유경의 하얀 가슴골이 드러났다. 몸에 닿는 찬 공기에 유경이 흠칫 떨며 입술을 뗐다. 태주는 잠시라도 떨어지지 않겠다는 듯 다시 입을 맞추며 속옷을 위로 들춰냈다.

소담한 가슴 위로 차가운 공기가 스치는 것도 잠시, 태주의 뜨거운 손이 유경의 가슴을 감쌌다.

"미칠 것 같아. 너를 다시 보는 게 아니었는데."

부드러운 젖가슴 사이에 얼굴을 묻으며 태주가 읊조렸다. 유경은 눈을 감은 채 살결 위로 느껴지는 태주의 입김을 느꼈다.

"안아 줘. 아무 생각도 들지 않게……."

애원하는 유경의 목소리가 방 안을 울렸다. 태주는 혼란스러운 감정을 뒤로하고 부푼 가슴을 꽉 움켜쥐었다. 손을 내려 유경의 속옷을 끌어내리곤 달콤한 애무도, 미련한 변명도 없이 그녀의 몸을 들어 올렸다.

두 다리를 벌리자 유경이 태주의 목을 당겨 안았다. 태주는 다시 그녀의 입술을 머금은 채, 단번에 유경의 몸을 가르고 들어섰다.

"하아……."

유경이 태주의 어깨 위로 손톱을 세우며 고개를 젖혔다. 벌어진 입술에서 뜨거운 숨결이 터져 나왔다.

"더 안아 줘. 세게…… 안아 줘."

더운 숨소리에 녹아든 유경의 목소리는 자극적이었고, 성급했던 탓인지 그녀의 안은 지나치게 건조했다. 태주의 목에 굵은 핏대가 불거졌다.

유경은 가느다란 손가락을 뻗어 딱딱하게 굳은 그의 얼굴을 쓸었다. 반듯한 이마, 높은 콧날, 날카로운 턱을 만지며 두 눈을 바라보았다.

어둠 속에서도 선명히 들어오는 태주의 얼굴이 그립다. 이렇게 가까이 있는데도 멀다.

더 깊이, 터질 것처럼 깊이 들어와 줘.

"강유······."

유경은 갈라져 나오는 태주의 목소리를 입술로 막으며 그를 안았다. 꼿꼿하게 선 가슴이 태주의 가슴에 짓눌렸다. 태주의 반듯한 미간이 구겨졌다. 더 이상 참을 수 없었다. 욕망과 이성 사이의 아슬아슬한 줄타기는 이미 욕망으로 기운지 오래였다.

태주는 유경의 허리를 한 팔로 감은 채 허리를 움직이기 시작했다. 강하게 들어갔다가 빠져나오고 다시 깊게 들어갔다. 그가 움직일 때마다 유경의 등이 벽에 부딪혔다. 거친 움직임에 유경의 몸이 수차례 허물어졌지만 이내 태주가 그녀를 다시 들어 올렸다.

"아······."

맞댄 입술 사이로 여린 신음 소리가 흘러나왔다. 태주는 그 소리마저 삼켜 버릴 듯 유경의 입술을 빨아들였다. 태주의 움직임이 빨라질수록 유경은 여린 꽃잎처럼 힘없이 흔들렸다.

유경은 태주의 팔을 지지대처럼 움켜잡고 널따란 어깨에 얼굴을 묻었다. 짙은 정사에 숨이 막혔다. 더 이상 들어갈 수 없을 정도로 깊이 들어왔는데 그보다 더 깊이 찌른다. 아랫배에 퍼지는 통증이 이상하리만치 달다.

불현듯 얕게 찰랑이던 무언가가 깊게 일렁이며 밀려오기 시작했다. 유경은 피 맛이 날 정도로 입술을 꾹 깨물었다. 참아 보려 했지만 속수무책이었다. 아랫배가 끊임없이 경련하고 정신이 아득해졌다.

"하아······."

작게 밀려오던 파도는 이윽고 커다란 해일이 되어 온몸을 뒤덮었다. 유경은 태주에게 매달리듯 안겨 그의 목에 얼굴을 묻었다.

태주는 터질 것 같은 고통을 참으며 이마에 핏대를 세웠다. 파들파들 떨리는 속살이 고스란히 느껴졌다.

하지만 아직 부족했다. 유경을 안아 들고 다시 침대에 눕혔다. 배려 없는 몸짓들이 그녀에게 깊은 상처를 냈으면 했다.

유경은 힘들다는 말 한마디 없이 고개만 끄덕인다. 그런 그녀가 야속하면서도 불처럼 번지는 욕망을 덮을 수 없다.

어쩌면 좋을까 너를. 그리고 나를.

셔츠를 벗으며 유경의 가슴을 베어 물었다. 동시에 뜨거운 손이 납작한 배를 지나 아래로 내려갔다. 축축하게 젖은 꽃잎에 손가락이 닿자 그녀의 몸이 움찔거렸다.

나른하게 풀린 까만 눈동자가 태주의 얼굴로 향했다. 그녀의 눈을 응시하며 젖은 속살 사이를 달래듯 어루만졌다. 다시 그녀의 다리가 벌어졌을 때, 아직 뻣뻣하게 서 있는 남성을 천천히 밀어 넣었다.

아래를 가르는 묵직한 통증에 유경은 고개를 젖혔다. 저절로 상체가 들리고 봉긋 솟은 가슴이 흔들렸다.

그 틈을 놓치지 않고 유경의 어깨를 그러쥔 채 부푼 가슴을 머금었다. 유경은 터져 나오는 소리를 참으며 침대 시트를 꼭 말아 쥐었다. 머리부터 발끝까지 찌릿한 전율이 흘렀다. 태주가 이를 세워 가슴을 깨물 때마다 발끝이 바짝 서고 다리가 꼬였다. 고개가 들리고 허리가 비틀렸다.

그의 입술이 지나간 곳곳마다 붉은 흔적이 새겨졌다. 하얀 가슴은 어느새 붉은 꽃밭이 되어 한 송이 장미꽃처럼 흔들렸다.

"너는. 너는 끝까지 왜."

뚝뚝 끊기는 말에 유경은 간신히 눈을 떴다. 허공에서 두 사람의 시선이 얽혔다. 태주를 보는 유경의 까만 동공이 축축하게 젖어 있었다.

많은 말을 담은 눈이었다. 유경은 손을 뻗어 태주의 뺨을 쓸었다.

"……미안해."

태주의 눈이 원망에서 분노로 짙어졌다. 듣기 싫었다. 그가 듣고 싶은 말은 고작 미안하다는 사과 따위가 아니었다. 얼굴을 만지는 유경의 손을 잡아채며 허리를 깊숙이 움직이기 시작했다.

"아……!"

달뜬 유경의 목소리는 기폭제가 되었다. 태주는 느릿하게 움직이던 허리를 점점 빠르게 움직였다. 유경의 다리를 들어 올리고 양손에 깍지를 끼운 채 더 세게 밀고 들어갔다.

그 움직임을 따라 유경의 몸이 하느작거리며 흔들렸다. 살과 살이 부딪히는 소리가 적나라했다. 커다란 침대는 작은 흔들림에도 쉿소리가 났다.

태주는 힘없이 늘어진 유경의 상체를 들어 올렸다. 마주 앉은 채 오목하게 파인 척추골을 달래듯 어루만지며 뿌리 끝까지 밀어 넣었다. 깍지 낀 유경의 손에 힘이 들어갔다. 태주가 그녀의 허리를 들어 올렸다가 다시 세게 끌어당길 때마다 크고 단단한 남성이 여린 속살을 가득 채웠다.

유경은 고개를 젖히며 숨을 내뱉었다. 축축하게 젖은 꽃잎은 어느덧 두 번째 절정에 올라 파들거렸다. 태주의 이마에 핏대가 붉어졌다. 쉼 없이 수축하는 길목에서 아직 단단한 분신이 아프게 조여들었다. 갈증이 밀려왔다. 시원한 물 한 잔이 간절했다.

"강유경. 나 봐."

태주는 반쯤 젖혀진 유경의 얼굴을 감쌌다. 땀 맺힌 뽀얀 뺨, 곡선을 그리며 떨어지는 턱을 쓰다듬었다. 흐트러진 눈동자를 마주하고 살짝 벌어진 입술을 손가락으로 쓸었다. 유경의 입술이 무언가 말하려는 것처럼 달싹거렸다.

유경은 말을 하는 대신 태주의 입술에 조용히 내려앉았다. 봄을 스치는 바람처럼 움직임 없는 입맞춤이었다. 태주는 유경의 머리칼 사이로 굵은 손가락을 집어넣었다. 부드러운 머리칼을 움켜쥐며 그녀의 입술을 머금었다.

태주의 움직임을 따라 유경의 입술이 벌어졌다. 뜨겁고 축축한 혀가 서로의 입술을 스치는 순간, 떨림의 여운이 진동하는 몸 안에서 태주도 함께 부서져 내렸다.

🦋

꿈을 꿨다. 태주에게 처음으로 안겼던 스무 살의 여름이었다. 그날 집에는 태주와 유경 단둘만 남아 있었다.

아무도 없는 집. 덥고 끈적거리는 날씨. 매미 소리가 시끄럽게 울려 퍼지는 밤. 더위 때문인지, 숨 막히는 분위기 때문인지 이상하게 잠이 오지 않던 열대야.

건드리면 터질 것 같은 긴장감 속에서 둘은 말없이 각자의 방에 들어가 있었다.

누군가 문지방을 넘어서는 순간 억지로 지켜 왔던 금기가 깨질 것임을 본능적으로 직감하면서.

"태주야. 나 들어가도 돼?"

금기를 깨트린 사람은 유경이었다. 방문을 두드리고 문지방을 넘어서는 짧은 시간이 아득한 우주의 시간처럼 느껴졌다. 그림을 봐달라는 구실로 입을 열었다. 괜찮네. 불퉁스런 대답이 흘러나왔다.

실망하고 나가려던 찰나, 태주가 유경을 뒤에서 끌어안았다. 그 후에는 시간이 느리게 흘렀는지, 빠르게 흘렀는지 기억나지 않는다. 시공간이 뒤틀려 마치 다른 세계에 떨어진 기분이었다. 아무도 없는 외딴섬에 둘만 갇힌 느낌. 그토록 아늑하고 따뜻한 시간이 또 있었을까.

첫 경험이었다. 서툴렀고, 거칠었고, 쾌락보다는 고통이 앞섰다. 유경은 그 고통마저 행복했다. 그녀는 제 흔적을 닦아 주는 태주를 보며 수줍게 웃었고, 태주도 얼굴을 붉히며 작게 웃었다.

눈 밑 보조개가 엷게 파이는 소년 같은 얼굴을 두 눈동자에 꼭꼭 담아 두었다. 잊어버리지 않도록, 필름에 새기듯 기억해 두었다.

"이게 뭐야?"

유경을 등 뒤에서 꼭 끌어안고 있던 태주가 그림을 가리키며 물었다. 까만 어둠 속에서 상공의 빛을 향해 날갯짓하는 작은 생명체였다. 유경은 대답 대신 희미하게 미소 지었다. 그러자 태주가 길고 곧은 손가락으로 그림을 만지며 말했다.

"나방이네."

태주의 말에 유경의 얼굴에 피어 있던 미소가 순식간에 사그라졌다.

"나방 아니야. 나비야."

속상했다. 그리고 두려웠다. 나방이라 확신한 태주에게 서운했고, 자신이 나비를 가장한 나방인 걸 들킬까 봐 초조했다.

"나비가 밤에 날아?"

태주가 순진한 얼굴로 되물었다. 유경은 말없이 입을 다물었다.

아니. 나비는 밤에 날지 않아.

찬란히 부서지는 태양 아래서 화려한 꽃들 사이를 유영하며 날아다니지. 어둠 속에서 빛을 갈망하는 나방과 달리 모두에게 사랑받으며 당당하게 날아다니지.

"태주야."

그때 털어놓으려 했다. 더 늦으면 정말로 말하지 못할 것 같아서.

서로의 마음이 깊어지기 전에 비밀을 말하고, 태주의 선택에 맡기는 게 옳다고 생각했다. 숨겨진 치부를 알고도 태주가 사랑해 준다면 끔찍한 과거는 잊고 행복한 미래를 꿈꿔 보려고 했다.

그는 유경의 인생에 빛이자 희망이었으므로.

"응?"

태주가 유경의 목에 얼굴을 묻으며 대답했다. 피부에 스며드는 온기에 옅은 웃음기가 느껴졌다. 그러자 문득 겁이 났다. 태주처럼 밝은 아이가 지독한 어둠을 이해할 수 있을까.

머리가 하는 이해와 가슴이 하는 이해는 달랐다. 겉으론 위로할지라도 깊은 곳 어디에선가 낯선 거리감과 찜찜함이 피어오르기 마련이니까. 그게 인간이니까.

"아니야. 아무것도."

유경은 결국 말을 꺼내지 못했다. 두려움보다 가식을 택했다. 아름답게 기억되고 싶은 욕심이 그녀의 결심을 흐렸다.
하지만 그때 말했어야 했다. 모든 걸 털어놓았어야 했다. 태주의 선택이 어떠했든 간에 용기 있게 말하고 받아들여야 했다.
그때 말하지 못한 벌을 지금 받는 걸까.

"살인자."

귓가에서 낮은 목소리가 울렸다. 유경은 가녀린 몸을 떨며 고개를 돌렸다. 태주의 얼굴이 배신감과 원망으로 무섭게 일그러져 있었다.

"더러운 살인자."

태주가 씹어 뱉듯 말을 내뱉었다. 그의 얼굴이 점점 다른 사람의 얼굴로 변했다. 선우였다.

"유경아."

부드러우면서도 차가운, 나긋하면서도 날카로운 목소리. 선우가 비릿하게 웃으며 유경을 바라보았다.

"아름다움의 반대말이 뭔지 알아?"

선우의 입 모양이 기괴하게 벌어졌다.

"더러움이야. 바로 너 같은 애들이지."

말이 끝남과 동시에 소름 끼치는 웃음소리가 울려 퍼졌다. 유경은 두 귀를 막았다. 선우에게서 멀어지려 했지만 몸이 말을 듣지 않았다. 숨도 쉬어지지 않고 목소리도 나오지 않는다. 가슴이 답답하고 숨 막히는 압박감이 밀려왔다.

온 세상이 까맣게 어두워지고 몸이 아래로 꺼지기 시작하는 찰나, 유경은 벌떡 일어났다.

"하아, 하아……."

꿈이다.

거친 숨을 몰아쉬며 옆을 돌아봤다. 태주는 깊은 잠에 빠져 곤히 자고 있었다. 유경은 얼굴에 맺힌 식은땀을 닦으며 어두컴컴한 방 안을 둘러보았다.

커다란 창을 통해 새벽의 어스름한 쪽빛 어둠이 새어 들어왔다. 방 안에 퍼진 무거운 고요가 온몸을 짓눌렀다. 빠르게 요동치는 심장 소리가 적막한 방 안을 울렸다.

유경은 조용히 침대를 빠져나왔다. 다리를 움직이자 허벅지 안쪽이 뻐근하게 아려 왔다. 뒤꿈치를 들고 조심조심 발걸음을 뗐다. 벗어 놓았던 드레스를 입고 두꺼운 코트를 걸친 뒤 가방을 챙겼다.

다행히 태주는 이따금씩 몸을 뒤척일 뿐 잠에서 깨지 않았다. 유경은 자고 있는 태주의 얼굴을 잠시 바라보고는 조용히 방을 빠져나왔다.

오피스텔 건물을 나서자마자 차가운 새벽바람이 피부 곳곳에 스며들었다. 걸음을 재촉했다. 알 수 없는 무언가에 쫓기는 기분이었다. 높은 구두를 신고 뛰기 시작했다. 뛰다가 걷고, 또 뛰기를 반복하며 휑한 도로 한복판에 다다랐다.

가쁜 호흡에 폐부 깊숙한 곳이 뭉근하게 아렸다. 붉은색 신호등이 선연한 횡단보도 앞에서 털썩 주저앉았다. 눈물이 차올라 붉은 등이 흐릿하게 번졌다. 새어 나오는 눈물을 막으려 입을 틀어막았다. 하지만 한 번 터진 눈물은 주체할 수 없었다.

신호등이 푸른색으로 바뀌고 다시 붉은색으로 돌아올 때까지. 유경은 무릎에 얼굴을 묻은 채 소리 없이 울었다.

"팀장님. 유경이…… 아니, 강유경 씨 아직 출근 안 했나요?"

공연장 소품 세팅을 도와 달라는 팀장의 부탁에 계단을 오르던 중이었다. 태주는 머뭇거리던 끝에 어렵사리 유경의 출근 소식을 물었다. 지 팀장은 고개를 갸웃하더니 반신반의하는 말투로 대답했다.

"유경 씨? 출근했나? 아까 본 것 같긴 한데. 잘 모르겠네."

무엇 하나 확신에 찬 대답이 아니었다. 태주는 검정색 뿔테 안경을 스윽 밀어 올리는 지 팀장을 한심하게 바라보다가 이내 고개를 돌렸다.

누가 누구를 탓하겠는가. 옆에서 자던 사람이 나간지도 모르고 곯아떨어진 자신이 제일 한심했다.

"저기 공연장 앞에 놓인 박스들 보이지? 일단 저 박스들, 안에 들여놓기만 해 줘. 설치하는 건 하청 업체 직원들이 와서 할 거야. 원래 그 사람들이 다 해야 하는 건데, 아무래도 우리 직원들이 아니다 보니까 책임감이 없어요. 태주 씨한테 자꾸 이런 잡일 시켜서 미안하네. 명색이 아트라 둘째 아들인데 말이야."

"잡일이 제일 편합니다. 들여 놓기만 하면 되는 거죠?"

"그래. 부탁해."

지 팀장은 태주의 어깨를 툭 치곤 다시 계단을 내려갔다. 그가 사라지자마자 태주는 미소를 지웠다. 미소가 사라진 자리에는 근심이 한가득 내려앉았다. 집에서 나와 미술관에 도착하기까지 유경의 생각 때문에 머릿속이 어지러워 미칠 것 같았다.

일어났을 땐 이미 그녀가 떠나고 난 뒤였다. 남은 흔적이라곤 잔뜩 구겨진 침대 시트와 은은한 향기, 베개 맡에 떨어져 있는 기다란 머리카락 몇 가닥이 전부였다. 태주는 밝아 오는 햇빛을 맞으며 얼굴을 쓸어내렸다.

순간의 욕망을 참지 못해 유경을 안아 버린 밤이 후회스러웠다. 사실 알고 있었다. 유경이 소리 없이 흐느끼고 있다는 걸. 알면서도 거칠게 밀어붙이기만 했다. 그렇게라도 안고 싶었고, 그렇게라도 상처 주고 싶었다.

그래도 날이 밝으면 물어보려고 했다. 많이 아팠는지, 너는 왜 불행해 보이는 건지.

정말로…… 형을 사랑하는 건지.

네가 아팠던 만큼 나도 아팠다고 변명도 하고 싶었다. 그런데 유경은 꿈속에 왔다 간 여자처럼 감쪽같이 사라져 있었다.

"짐승이냐."

태주는 자조적으로 중얼대며 박스를 들었다. 유경에 대한 생각을 애써 떨치며 어두운 공연장으로 박스를 날랐다. 박스를 전부 나르고 마지막 하나를 들던 때였다. 멀리 떨어진 화장실에서 유경이 나오는 게 보였다.

그새 옷을 갈아입고 출근한 그녀는 고개를 떨군 채 태주가 있는 쪽으로 걸어오고 있었다. 멀리서도 창백한 얼굴이 눈에 띌 정도로 안색이 안 좋았다. 태주는 박스를 바닥에 내려놓곤 유경을 바라보았다.

"강유경."

그의 낮은 목소리가 통로를 울렸다. 유경은 멈칫 하더니 천천히 고개를 들었다. 세수를 하고 나왔는지 얼굴에 물기가 맺혀 있었다.

"얘기 좀 해."

지금이 아니면 대화할 기회조차 없을 것 같았다. 미묘하게 달라진 유경의 눈빛이 그걸 말해 주고 있었다. 그녀는 오늘 하루 내내 태주를 피할 생각이었을 거다.

"미안. 전시회 준비로 좀 바빠서."

역시나 유경은 희미하게 웃으며 한 걸음 물러섰다.

"잠깐이면 돼."

유경의 손목을 움켜잡고 공연장 안으로 들어갔다. 텅 빈 공연장은 적막했다. 태주의 간헐적인 숨소리와 유경의 심장 소리만이 넓은 공간을 가득 메웠다.

"괜찮아?"

퉁명스런 말투와 달리 걱정이 배어 있는 목소리였다. 유경은 대답 없이 태주를 올려다보았다.

"그러니까 내 말은……."

태주는 말을 어떻게 꺼내야 할지 몰라 괜히 얼버무렸다. 어젯밤, 성급한 관계로 유경이 다치진 않았을까 아침 내내 신경이 쓰였다. 이마를 만지작거리며 유경의 대답을 기다렸다. 유경은 태주를 물끄러미 바라보다 짧은 한마디를 내뱉었다.

"괜찮아."

괜찮아. 예상을 빗나가지 않는 대답에 태주는 한숨을 내쉬었다. 단한 번도 괜찮지 않다고 대답한 적이 없는 여자다. 그런 여자한테 괜찮은지 묻다니.

"어젠……."

"어제는 미안해. 술 취해서 제정신이 아니었나 봐."

태주의 말이 끝나기도 전에 유경이 불쑥 끼어들었다. 마치 연습이라도 한 것처럼 정돈된 말이었다. 평온한 어조에 태주의 눈썹이 꿈틀거렸다.

잔잔한 눈동자와 달리 억지로 올라가는 입술. 그녀는 거짓말을 하고 있다.

"제정신이 아니었다고?"

"응."

"거짓말하지 마. 진심이 나온 거겠지."

유경은 잠시 굳는가 싶더니 다시 미소 지었다.

"진심 아니었어. 상처 줬다면 미안해."

그녀는 메마른 목소리로 대답하곤 태주에게서 등을 돌렸다. 굳게 닫힌 문으로 걸어가는 유경의 구두 소리가 공연장 안을 울렸다.

문이 열리며 환한 빛이 공연장 안으로 새어 들어오던 찰나, 태주가문을 닫곤 유경을 돌려세웠다. 공연장은 다시 캄캄한 어둠에 잠식당했다.

"처음부터 이상했어. 하루아침에 형을 좋아하게 됐다는 네 말도, 말과 달리 어두웠던 네 표정도. 도저히 믿을 수가 없어서 수십 번 되물었어. 정말로 형을 좋아하는 거냐고."

유경은 두 눈을 꼭 감았다. 그때의 일이 어젯밤 일처럼 생생했다. 배신감에 눈물을 쏟아 내던 태주의 붉은 눈을 아직도 잊을 수 없다.

"그런데 너 3년이 지난 지금도 그때 얼굴, 그때 표정이랑 똑같아. 아니, 그때보다 더 형편없어. 말해. 내가 모르는 게 뭔지, 너랑 한선우가 숨기고 있는 게 뭔지."

태주는 격한 말을 빠르게 쏟아 냈다. 유경은 흐릿한 눈으로 태주를 올려다보았다. 하고 싶은 말들이 입안을 맴돈다.

맞아. 거짓말이야. 나는 여전히 너를 사랑하고 네 앞에서 한없이 가슴이 떨려. 네가 알아주면 좋겠어. 다른 여자를 바라보지 않으면 좋겠어. 다시 나한테 사랑한다고 말해 줬으면 좋겠어.

"내 진심이 궁금해?"

준비해 온 말을 꺼냈다. 진심이라는 단어에 태주의 손에 힘이 들어갔다.

"그래. 궁금하면 말해 줄게. 이 말이 더 상처가 될지도 모르지만."

유경은 흔들린 마음을 들키지 않으려 단단한 목소리를 뱉어 냈다.

"선우 오빠를 사랑한 적 없어. 지금도 사랑하지 않아. 난 그저 오빠의 돈이, 명예가 좋을 뿐이야."

태주의 입가에 허탈한 웃음이 번졌다. 유경은 잠시 숨을 고른 뒤 말을 이었다.

"너는 몰라. 쌀이 없어서 수돗물로 배를 채우고, 집이 없어서 남의 집에 얹혀사는 설움을 모를 거야. 커다란 집에서 따뜻한 밥 먹으며 자란 네가 그런 인생을 어떻게 알겠어."

입 밖에 내뱉고 싶지 않은 과거였다. 과거를 팔아 추한 인생을 합리화 하고 싶지도 않았다. 다만 태주만은 이토록 끔찍한 불행의 굴레에서 벗어나길 바랐다.

"나는 아버지가 누구인지도 몰라. 덕분에 더러운 태생이라고 놀림

받으며 컸어. 그때 난 꿈도 희망도 없었어. 내가 매일 밤 뭐라고 기도하며 잠들었는지 알아? 제발 죽게 해 주세요. 내일 아침 눈뜨지 않게 해 주세요."

태주는 아무 말도 하지 않았다. 그저 혼란스럽고 어지러운 눈으로 유경을 내려다보았다. 지금 그녀는 그 어느 때보다 낯설고 위태로웠다. 악에 받친 목소리가 절벽 끝에 몰린 사람처럼 날카로웠다. 유경의 손목을 그러쥔 태주의 손에서 점점 힘이 풀렸다.

"그래. 널 사랑한 건 진심이야. 다정하게 내 이름을 불러 주는 네가 좋았어. 그렇게 아무 조건 없이 맹목적으로 사랑받아 본 건 처음이었으니까."

유경의 목소리가 미세하게 떨렸다. 태주는 처연하게 일그러지는 그녀의 얼굴을 차마 바라볼 수가 없었다.

"그런데 그게 뭐? 사랑이 무슨 힘이 있는데? 사랑이 나한테 해 줄 수 있는 게 뭔데? 넌 미술관 물려받을 생각도 없다며. 경영 같은 거 싫다며. 돈도, 명예도 필요 없다며. 그런데 난 그거 필요해. 나한테는 사랑보다 그게 더 중요해."

말을 마친 유경은 참았던 숨을 몰아쉬었다. 붉게 물든 그녀의 두 눈이 세차게 요동쳤고, 가녀린 어깨는 호흡을 따라 들썩였다.

태주는 유경의 손을 놓고 한 걸음 물러났다. 유경이 형을 사랑한다고 말했을 때보다 더 아팠다. 누군가 날카로운 칼로 쑤시고 난도질한 듯 가슴 한구석이 따끔거렸다.

유경의 말대로 태주는 다 필요 없다고 했었다. 돈, 명예 같은 건 필요 없다고. 너만 있으면 된다고. 돈, 명예보다 강유경 네가 더 크다고. 하지만 유경은 그 말을 기억하지 못한다.

"어제 안아 달라고 했던 건 별다른 이유 없어."

유경은 두 눈을 꼭 감은 채 마지막 한마디를 내뱉었다.

"그냥 네 몸이 그리웠어. 그뿐이야."

그녀가 순식간에 쏟아 낸 말들은 공중에서 처참히 부서져, 태주의 살갗에 가시처럼 박혔다.

"지금 네 말이 진심이든 아니든."

잠시 말을 멈춘 태주의 두 눈이 가늘어졌다.

"참 잔인하다. 강유경."

무겁게 흘러나온 말끝에 정적이 내려앉았다. 먼저 공연장을 나간 사람은 태주였다. 그가 사라지자 공연장에는 전보다 더 짙은 어둠이 밀려왔다.

홀로 남은 유경은 멍한 눈으로 텅 빈 무대를 바라보았다. 무대에는 곧 상영될 연극의 포스터가 걸려 있었다.

포스터 속 행복해 보이는 여자의 얼굴을 물끄러미 바라보았다. 언젠가, 저 여자처럼 행복해질 수 있을까 상상해 보았다.

유경의 입가에 곧 쓴 미소가 떠올랐다.

도무지 행복한 제 모습을 상상할 수 없었다.

남루한 행색의 남자가 건들건들한 걸음으로 사무실에 들어왔다. 선우는 남자에게 시선 한 번 주지 않고 나지막이 입을 열었다.

"간이 부었나 보네. 여기까지 발을 들이는 걸 보니."

남자는 선우의 말을 가볍게 무시하곤 사무실 안을 둘러보았다. 느릿하게 걸으며 책장에 꽂힌 책들과 곳곳에 놓인 장식품들을 괜히 툭툭 건드렸다.

"간땡이가 부은 건 내가 아니라 우리 이사장님 같은데. 이번 달 돈이 안 들어 왔더라고요."

선반 위의 장식품이 덜그덕 소리를 내며 바닥으로 떨어졌다. 그 소리에 선우가 인상을 쓰며 고개를 들었다.

"아. 착오가 있었나 본데."

선우가 입꼬리를 살짝 올렸다. 남자는 비릿하게 웃으며 고개를 끄덕였다.

"그쪽도 사람인데 깜빡깜빡할 수 있죠. 그냥 지금 현금으로 주시죠."

"아직 얘기 못 들었나?"

"무슨 얘기?"

"이제 쓸데없는 곳에 돈 쓰지 않기로 했어."

남자가 이해하지 못하겠다는 듯 두 눈을 끔뻑거렸다. 선우는 성가시다는 얼굴로 한숨을 푹 내쉬었다.

"왜 한 번에 못 알아들어. 너 같은 쓰레기한테 줄 돈 없다고."

남자는 당황한 듯 얼굴을 굳히다가 이내 느긋하게 웃으며 소파에 앉았다. 등받이에 팔을 걸치고 상체를 늘이며 고개를 절레절레 흔들었다.

"그렇게 말씀하시면 안 되죠. 내 입이 얼마짜리 입인데. 내가 입 여는 순간 이사장님이나 강유경 그년, 그리고 이 으리으리한 궁전까지 다 아작 나는 건데. 사람들한텐 이미지라는 게 엄청나거든. 요즘 세상, 이미지에 한 번 금가면 회복하기 힘들어요. 똑똑한 그쪽이 더 잘 알지 않나?"

선우는 느른하게 웃으며 담배 하나를 빼어 물었다. 제 딴에는 딜을 해 보겠다는 심산 같은데 그 따위 술수가 먹힐 리 없다.

"착각하지 마. 내가 네 입에 돈다발까지 물린 건 아트라를 위해서도, 그 누구를 위해서도 아니야. 시간을 끌었던 거지."

강유경을 더 높은 곳에서 떨어트리기 위한 과정이었다. 그사이에 이런 벌레들이 꼬이지 않도록 약을 친 것뿐.

"그래서 뭐, 온 세상에 다 떠벌려도 상관없다는 말인가? 그런 거야? 어?"

"마음대로 해."

선우는 어깨를 으쓱 들어 올리며 픽 웃었다. 하루아침에 달라진 선우의 태도에 남자는 얼이 빠진 표정이었다.

재활용도 안 되는 쓰레기.

선우는 담배 연기를 길게 내뿜으며 고개를 젖혔다. 환한 백열등이 어지럽게 이지러졌다.

어젯밤, 유경이 태주와 함께 연회장을 나갔다는 소식에 종일 저기압이었다. 강유경을 한태주에게서 빼앗으면 속이 후련할 줄 알았는데. 태주가 돌아온 뒤 자신은 안중에도 없는 그녀를 보며 마음이 유치하게 뒤틀렸다.

일부러 오수희와 공식 석상에 얼굴을 드러내기도 하고 다정한 척 굴기도 했지만 강유경의 시선은 늘 한 곳만 향해 있었다.

한태주. 닿지도 않을 만큼 멀리 떨어져 있는 한태주를 바라보고 있었다.

자존심이 상했다. 한태주도 갖는 걸 왜 나는 가질 수 없을까.

처음에는 태주를 비참하게 만들 목적으로 유경을 협박했고, 소중한 사람을 잃는 기분이 어떤 건지 뼈저리게 느껴 봤으면 했다. 하지만 태주의 아픔은 생각보다 크지 않은 듯했다. 오히려 파티에 다른 여자를 데려올 정도로 잘만 살아가고 있으니.

이제 선우에게 더 이상 태주의 심정 따위는 중요하지 않다. 일그러지는 한태주의 얼굴보다, 한태주를 향한 강유경의 눈빛을 보는 게 더 화가 나니까.

무엇 때문에 갈증이 나는지 알지 못했는데 비로소 그 답을 찾았다.

강유경. 한태주만 바라보는 강유경 때문이다.

강유경을 가져 봐야겠다. 한태주가 가졌던 너를 나도 가져 봐야겠다. 그 어떤 수치스러운 말에도 꼿꼿한 너를, 목을 조르고 싶을 정도로 아름다운 너를 꺾어 버려야겠다.

내게 애처로이 구걸하는 네 모습을 봐야겠다. 기어코 꺾이지 않으려 버티면 나락으로 떨어트려서라도 가져야겠다. 아무도 거들떠보지 않도록 더럽히고 망가트려서라도.

그렇게라도 가지고 말겠다.

6
화

혼돈

집에 돌아온 유경은 곧장 부엌으로 향했다. 가슴이 답답해서 차가운 물 한 잔이 간절했다.

하지만 유경은 부엌 문턱에서 얼음처럼 굳어 버렸다. 평소보다 창백한 안색의 선우가 약을 먹고 있었다.

무심결에 아프냐고 물어보려던 유경은 정신을 차리고 말을 삼켰다. 값싼 걱정 집어치우라며 면박 준 게 하루 이틀인가.

"아픈 것 같아."

눈길 한 번 주지 않고 지나치자 선우가 덥석 그녀의 손목을 잡았다. 유경은 인상을 쓰며 돌아봤다.

"뭐라고요?"

"아픈 것 같다고, 나."

나른하게 풀린 갈색 눈동자가 유경의 얼굴을 쓸었다. 손목에서 느껴지는 열기가 뜨거웠다.

생전 이런 적이 없던 사람이었다. 유경은 선우를 낯설게 바라보며 손을 빼냈다.

"그럼 약 먹어요."

"잤어?"

선우가 다시 손목을 잡아채며 물었다. 입가에는 태연한 미소가 걸려 있었다.

"무슨 말이에요?"

"태주랑 잤냐고."

유경은 들릴 듯 말 듯 한숨을 내쉬었다. 잠시나마 유해졌다고 생각한 건 크나큰 착각이었다. 대답할 가치를 못 느끼고 몸을 돌리자 선우가 다시 그녀를 돌려세웠다.

"대답해."

"대답할 이유 없어요."

"이유? 난 네 애인이야. 곧 약혼할 사이이기도 하고."

"이럴 때 보면 참 바보 같고 뻔뻔해."

유경이 안타깝다는 얼굴로 흐릿하게 웃었다.

"어차피 연극일 뿐인데 왜 자꾸 몰입해요? 다 가짜잖아. 나와의 관계도, 마음도."

미소 짓던 선우의 얼굴이 싸늘하게 식었다. 맞는 말이다. 애인이라는 관계는 대외적인 관계일 뿐 전부 가짜가 맞는데, 이상하게도 화가 난다. 그의 얼굴이 미세하게 일그러졌다.

"그런 식으로 말하면."

말끝을 삼킨 선우가 갑자기 유경의 손목을 부러트릴 듯 세게 움켜잡았다. 그러곤 유경이 저항할 틈도 없이 방으로 끌고 가기 시작했다.

"이거 놔요!"

유경이 손을 비틀며 소리쳤지만 소용없었다. 선우는 유경을 방으로 거칠게 밀어 넣고 문을 잠갔다.

"왜 이래요."

선우가 한 걸음 다가가면 유경은 한 걸음 물러났다. 그러다 벽에 몰려 더 이상 물러날 곳이 없어졌을 때, 유경은 떨리는 숨을 뱉으며 입을 열었다.

"이러지 말아요."

겁먹지 않은 척 차분하게 읊조렸다. 어르고 달래 보자. 힘으론 벗어날 수 없는 사람이라는 걸 오랜 시간 겪어 보지 않았나.

하지만 선우는 유경의 말을 듣지 않는 듯했다.

그는 비스듬히 웃으며 깔끔하게 틀어 올린 유경의 머리카락 사이에 손가락을 넣었다. 힘주어 끌어당기자 검정색 머리끈이 순식간에 바닥으로 떨어졌다. 동시에 부드럽고 풍성한 머리카락이 어깨 위로 흘러내렸다.

유경은 당황한 얼굴로 선우를 바라봤다.

"놔 줘요."

선우에게 잡힌 어깨가 아파 왔다. 강한 완력에 뼈가 으스러지는 느낌이었다. 유경은 선우의 노골적인 시선을 피해 고개를 돌렸다. 두 사람 사이에 무겁고 낯선 침묵이 흘렀다. 오랜 침묵을 깨트린 건 어디선가 톡톡 울리는 가랑비 떨어지는 소리였다.

"뭐 하는 거예요?"

유경의 시선이 아래로 향했다. 기다란 손가락이 유경의 셔츠 단추를 하나씩 풀고 있었다.

"그만해요. 소리 지를 거야."

유경이 뭐라 하건 선우는 개의치 않고 계속 단추를 풀어 나갔다. 선우의 손이 가슴 부근에 다다르자 유경은 황급히 그의 손을 막았다. 불현듯 예전과는 다른, 그때보다 더 큰 두려움이 밀려왔다.

"도대체 왜 이래요. 목적 달성했잖아. 태주를 버리기만 하면 된다고
했잖아."

애원하듯 말했다. 화도 내지 않고, 소리치지 않으면서 침착하게 말해
보았다. 이렇게 하면 들어 줄까, 조금이라도 동정하며 봐주진 않을까
실낱같은 희망을 품어 보면서.

선우는 나지막이 웃더니 흘러내린 머리칼을 넘겨 주었다.

"원하는 게 하나 더 생겼어."

머리칼을 쓰다듬던 손이 유경의 턱을 잡아 올렸다.

"강유경, 너."

"……."

"가짜 말고, 진짜 강유경."

혼란스러운 눈으로 선우를 바라봤다. 끔찍하게도 그의 얼굴은 진심
을 담고 있었다. 유경은 황급히 선우의 손을 뿌리치고 방문으로 향했
다. 하지만 선우의 움직임이 더 빨랐다.

그는 얕은 한숨을 뱉으며 유경을 다시 벽으로 밀쳤다. 꽉 잡힌 어깨
와 부딪힌 등에 아릿한 통증이 밀려왔다.

"생각해 봤어. 한태주도 갖는 걸 왜 나는 갖지 못할까."

선우의 기다란 손가락이 유경의 붉은 입술을 꾹 짓눌렀다.

"생각해 보니 갖지 못할 이유가 없더라고. 그래서 나도 널 가져 보려
고. 나중에 버리더라도 한 번쯤은 가져 봐야겠어."

"왜요?"

"왜라니?"

"오빠 입으로 그랬잖아. 나 같은 건 더럽고 끔찍하다고 그랬잖아. 그
랬으면서 왜 이래요. 나 좀 내버려 둬요. 거슬리지 않게 알아서 잘 피해

다닐 테니까, 제발……."

유경은 말을 잇지 못하고 입을 다물었다. 터져 나오는 울분을 참아 내느라 몸이 바르르 떨렸다. 선우는 그 모습을 빤히 응시하며 그녀의 얼굴을 감쌌다. 새하얀 뺨을 손가락으로 쓸며 금방이라도 울 것 같은 눈동자를 마주했다.

"맞아. 넌 더러워. 그런데."

선우가 손을 내려 가느다란 목을 부드럽게 움켜잡았다. 유경의 까만 동공이 커다랗게 번졌다.

"한편으론 죽이고 싶을 만큼 아름답기도 해."

목을 쥔 손에 살며시 힘을 주었다. 지그시 누르자 유경이 짧게 숨을 들이켰다. 겁먹은 얼굴에 선우가 낮게 웃으며 힘을 풀었다.

"다른 여자들은."

선우는 입을 떼며 유경의 하얀색 셔츠로 손을 옮겼다. 유경은 점점 아래로 향하는 선우의 손을 부여잡고 고개를 저었다. 온몸에 서늘한 두려움이 밀려왔다. 그만하라는 말조차 쉽게 흘러나오지 않았다.

단추를 하나둘 풀어 나가던 선우는 일순 미간을 좁히더니 남은 단추를 신경질적으로 뜯어냈다.

힘없이 뜯겨 나간 단추가 바닥 위로 소리를 내며 떨어졌다. 그 소리에 적막한 방 안이 더욱 고요해졌다.

"내 앞에서 다리를 쉽게 벌려. 하지만 그런 애들은 재미가 없어. 왜냐면."

벌어진 셔츠 사이로 하얀 가슴골이 드러나기 시작했다. 유경이 있는 힘껏 몸을 비틀어 봐도 소용없었다.

그럴수록 더욱 유경에게 밀착하며 그녀의 몸을 짓눌렀다. 선우가 힘 주어 앞섶을 벌리자 속옷 사이의 가슴골이 적나라하게 드러났다. 소담한 가슴이 가쁜 숨결을 따라 오르내렸다. 그의 두 눈이 짙어졌다.

"쉬운 만큼 여운이 짧거든."

유경이 벌어진 셔츠를 여미려 하자 선우가 그녀의 두 손을 결박해 버렸다. 유경은 더 이상 할 수 있는 일이 없었다. 달려오는 자동차의 헤드라이트 앞에서 몸이 **뻣뻣하게** 굳는 것처럼 몸도 갇히고, 손도 쓸 수 없는 속수무책의 상황이었다.

그간 선우에게 수치스러운 일을 당하면서도 작게나마 저항했던 그녀지만 이번에는 목소리조차 쉽게 흘러나오지 않았다. 유경은 두 눈을 감고 고개를 돌렸다.

대수롭지 않게 생각하자고 되뇌었다.

발가벗겨진 기분, 평생 느꼈던 기분이니까.

"……몇 번이나 했어?"

차게 식은 목소리가 들려왔다. 유경은 서서히 눈을 떴다.

"몇 번이나 허리를 흔들고 몇 번이나 쓰러졌어? 내 앞에선 차가운 얼굴로 딱딱하게 굴어 놓곤 그 자식 앞에선 어떤 얼굴로 허물어졌지? 간드러지는 신음 소리도 냈나? 아님, 애절하게 이름이라도 불렀어?"

선우의 얼굴이 매섭게 일그러졌다. 늘 차분하던 목소리는 낯설 만큼 격했다.

"온몸 곳곳에 한태주의 흔적을 남겨 놓고서, **뻔뻔해? 내가?**"

서늘한 눈동자가 호흡을 따라 오르내리는 하얀 가슴으로 향했다.

당장이라도 만지고 싶고, 움켜쥐고 싶었다. 보는 것만으로도 부드러워 얼굴을 묻고 싶을 정도인데, 그런 가슴에 붉은 흔적들이 가득했다. 곳곳에 피어 있는 한태주의 흔적들. 하얀 가슴을 수놓은 붉은 흔적들을 보자 분노가 치밀었다.

두 사람이 겪었을 밤이 머릿속에 펼쳐졌다.

한태주는 강유경의 깊은 곳에 자신을 묻고 부푼 가슴을 베어 물며 하얀 살결을 빨아들였을 거다.

강유경은 평소에 볼 수 없는 흐트러진 얼굴로 한태주의 이름을 불렀겠지. 그 모습을 상상하자 견딜 수 없이 화가 났다.

"무슨 대답을 원해요. 내가 뭐라고 해야 오빠 마음이 풀릴까요."

유경이 체념한 채 물었다. 이제 저항하는 것도 힘에 부쳤다.

"대답하지 말고 반항하지도 마. 그냥 가만히 있어."

선우가 낮게 그르렁대며 유경의 얼굴을 가까이 당겼다. 화가 나는데 왜 화가 나는지 모르겠다. 이유도 모르고 유경의 입술을 베어 물었다.

"하지……"

선우는 유경의 입에서 흘러나오는 목소리까지 삼켜 버리며 그녀의 입술을 삼켰다. 움직이지 못하도록 얼굴을 잡고 도톰한 아랫입술을 세게 물었다.

유경이 선우에게서 벗어나려 입술을 깨물고 팔을 꼬집고 손톱으로 긁어도 봤지만 그는 조금도 꿈쩍하지 않았다. 눌린 비명 소리만 입안에서 흩어질 뿐, 유경이 반항할수록 더 강하게 그녀를 옥죄었다.

유경이 간신히 피하면 선우가 다시 턱을 움켜잡고 입 맞추기를 여러 번. 집요하고 폭력적인 입맞춤에 유경의 입안에서 비릿한 피 맛이 났다.

선우가 양 볼을 꽉 움켜진 탓에 숨조차 제대로 쉴 수 없었다. 온몸에 힘이 빠져나가 금방이라도 주저앉을 것 같았다.

눈앞이 흐릿해지며 몸이 허물어지던 순간, 그의 손이 유경의 가슴을 움켜쥐었다. 유경은 정신을 번쩍 차리고 사력을 다해 선우를 세게 밀어 냈다.

그제야 유경에게서 한 걸음 물러난 선우가 입술에 묻은 피를 손등으로 닦아 내며 비스듬히 웃는다. 유경은 숨을 거칠게 몰아쉬며 선우를 노려봤다.

"진짜 더러운 건 내가 아니라 오빠야. 미쳐도 단단히 미쳤어."

화내는 그녀를 보며 선우는 낮게 웃었다. 유경의 말대로 자신은 정말 미친 것 같았다. 갑자기 왜 강유경의 모든 걸 소유하고 싶을까. 도대체 왜, 이 쓸모없고 자그마한 여자애를 볼 때마다 욕망이 피어오를까.

도무지 모를 일이었다. 그저 강유경의 세포 하나하나를 씹어 먹고 싶다. 저 작은 입술을 한 가득 머금고, 은은한 향이 나는 살에 얼굴을 파묻고, 밑에 깔려 아파하는 소리도 들어 보고 싶다.

"기대해. 천천히 시간을 두고 가질 테니까."

싱긋 웃는 선우를 보며 유경은 고개를 저었다. 제정신이 아니었다. 유경은 재빨리 방문으로 향했다.

한 손으론 셔츠를 여민 채 다른 손으로 문고리를 돌리려는 찰나, 선우가 다시 유경을 돌려세웠다. 어깨를 잡고 방문으로 밀치더니 하얀 목덜미에 얼굴을 묻는다.

"태주한테 말해. 이건 내가 만든 거라고."

말이 끝남과 동시에 선우의 입술이 유경의 목을 깊게 빨아들였다. 짙은 머스크 향이 유경의 코끝을 찔렀다. 따끔한 통증과 함께 지독한 모멸감이 그녀를 뒤덮었다.

꼭 감은 유경의 두 눈 사이로 차가운 눈물이 흘러나왔다.

붉은 흔적을 만족스레 쳐다보던 선우는 유경의 턱에 맺힌 눈물방울까지 남김없이 삼켜 버렸다.

태주는 무심코 달력을 보았다. 겨우 며칠밖에 지나지 않았는데 유경을 안았던 밤이 옛일처럼 아득하게 느껴졌다.

아침부터 머리가 지끈지끈 아파 왔다. 열이 나는 것 같았다. 급한 대로 약을 찾아봤지만 이 집엔 그 흔한 두통약 하나가 없었다. 일요일이라 약국도 다 닫았을 테고, 막상 몸을 움직이려니 귀찮기도 해서 그냥 소파에 드러누웠다.

TV를 켜자 시끄러운 예능 프로가 흘러나왔다. 깔깔대는 웃음소리가 오늘따라 더 시끄러웠다.

끊임없이 이어지는 말장난과 슬랩스틱 개그들. 신나게 웃는 사람들을 보니 위화감이 들었다. 꼭 혼자만 외딴섬 같아서 다시 TV를 꺼 버렸다.

눈을 감으니 살짝 열린 테라스 문틈으로 정오의 나른한 소음이 들려왔다.

아이의 이름을 부르는 엄마의 목소리, 우다다 뛰어가는 어린애들의 발소리, 남학생들의 걸쭉한 욕지거리, 자동차 엔진 소리. 그리고 무슨 연유에선지 갑작스레 깔깔대는 중년 여인들의 웃음소리까지.

한데 섞인 소리들이 귓가에 내려앉았다가 점점 멀어진다. 정신이 아득해지고 몸이 붕 뜨는 기분이다.

은근한 기운에 잠 속으로 빨려 들어가던 찰나였다. 탁자 위에 올려놓은 휴대폰이 부르르 몸을 떨었다. 태주는 눈을 감은 채 이마를 찌푸렸다. 단잠을 깨운 불청객에 불쑥 짜증이 솟구쳤다.

탁자 위를 더듬어 휴대폰을 들었다. 발신자 확인도 않고 통화 버튼을 누르자 쨍한 목소리가 귀를 울렸다.

—한태주! 너 진짜 너무한 거 아니야?

태주는 그제야 발신자를 확인했다. 하정이었다.

—어떻게 파트너를 내팽개치고 혼자 갈 수가 있어? 내가 얼마나……
얼마나 민망했는지 알아?

　하정의 말이 몽롱한 정신을 깨웠다. 지금에서야 떠올랐다. 파트너였
던 그녀를 두고 유경과 나가 버린 일. 그 뒤에도 유경 때문에 머리가 복
잡해서 하정에게 연락할 생각을 못 했다.

　차마 입을 열지 못하고 뜨거운 이마만 매만졌다. 자신이 얼마나 형
편없는 놈인지 새삼 깨닫는 순간이었다.

　"하정아. 진짜 미……."

　—됐어! 미안하단 말 좀 그만해! 그렇게 미안할 일을 왜 하냐구!

　울먹이던 목소리는 분노 섞인 목소리로 바뀌었다.

　태주는 깊은 한숨을 내쉬었다. 유경에게 미안하단 말 좀 그만하라고
짜증냈던 자신이 정작 하정에게는 그 말을 가장 많이 하고 있었다.

　"밥…… 사 줄까?"

　둘 사이에 무거운 침묵이 내려앉았다.

　—내가 무슨 식충인 줄 알아? 그동안 진짜로 배고파서 너한테 밥 먹
자고 한 줄 알았니?

　하정은 어이가 없다는 듯 소리쳤다. 태주는 더 이상 말을 잇지 못하
고 입을 다물었다. 항상 밝은 모습만 보여 주던 그녀가 이토록 날카롭
게 소리치기는 처음이었다.

　머리가 더 지끈거려왔다. 태주는 면목이 없어 낮은 한숨만 내쉬었다.

　그에게서 아무 말이 없자 씩씩대던 하정의 숨소리가 점차 가라앉았
다. 한참 후에야 그녀가 선심 쓰듯 퉁명스레 말했다.

　—정 미안하면 밥이라도 사 주든가! 마침 오늘 날씨도 좋네.

　태주는 미간의 주름을 짚으며 어렵게 입을 뗐다.

　"하정아. 내가 미안하다는 말 다시는 하고 싶지 않았는데. 오늘은 몸

이 많이 안 좋아. 내일 저녁 어때?"

―몸이 안 좋아? 왜! 어디가 어떻게 아픈데!

"감기 기운이 있어서. 오늘 만나면 너한테 제대로 못……."

―지금 그런 게 중요하니? 요즘 감기는 사람 잡는 감기라던데! 약은 먹었니?

"쉬다 보면 나을 거야."

―감기 바이러스는 아주 초기에 조져…… 아니, 퇴치해야 돼! 너 이사 간 집이 어디니? 주소 좀 불러 봐. 내가 감기약이랑 죽 가지고 갈게.

하정이 다급한 목소리로 빠르게 뱉어 냈다. 태주가 당황해서 얼버무리자 얼른 말하라는 호통이 이어졌다.

결국 얼떨결에 집 주소를 읊었다. 휴대폰 너머로 '금방 갈게'라는 씩씩한 목소리가 들려옴과 동시에 전화가 뚝 끊겼다.

멍한 눈으로 허공을 응시했다. 담배 생각이 간절해지는 순간이었다.

'금방 갈게'라는 말은 빈말이 아니었다. 하정은 옆 동네에 살지 않고서는 올 수 없는 총알 같은 속도로 태주의 집에 찾아왔다.

바로 튀어 나왔다고 해도 못 믿을 판인데 그녀의 양손에는 무언가가 잔뜩 들려 있었다. 약봉지와 죽, 유자청과 모과청. 거기다 생강즙까지.

태주는 들고 온 물건들을 식탁 위에 주르륵 늘어놓는 하정을 놀란 얼굴로 바라보았다.

"이게 다 뭐야……?"

"뭐긴 뭐야. 감기에 좋은 거지. 면역력 개선에도 좋고. 사실 복분자도 가져오려다가 말았어."

하정이 씩 웃으며 태주의 옆구리를 콕 찔렀다. 태주는 그저 어색하게 웃었다.

"앉아. 커피 마실래?"

"커피는 있니?"

"믹스커피. 괜찮아?"

"어머, 딱 내 취향이다."

턱을 괴며 배시시 웃었다. 사실 믹스커피는 인스턴트 특유의 텁텁함 때문에 싫었다. 그러나 한태주가 타주는 커피라면 최고급 커피 저리가라 할 정도로 맛있을 것 같았다.

태주가 부엌에서 커피를 타는 동안 하정은 두 눈을 빛내며 집 안을 둘러보았다.

이사한 지 얼마 안 됐다더니 기본 가구를 제외하곤 변변한 물건이 없었다. 꽤 훌륭한 작품들도 바닥에 방치된 채 기울어져 있었다.

그 흔한 장식품 하나가 없어서 그런지 집이 더 휑해 보였다. 안 그래도 혼자 살기에는 큰 집 같은데.

문득 하정은 자신의 물건들로 이 집을 꽉꽉 채우고 싶은 욕구가 치솟았지만, 여기까지 온 것도 만족스러웠다. 아프다는 태주가 걱정되기도 했지만, 그보다는 태주의 집에 발을 들이고 싶은 마음이 더 컸으니까.

어쨌든 간신히 첫 번째 문턱은 넘었다. 이제 몇 번의 문턱을 넘어야 하나. 커피를 가져오는 태주를 보며 하정은 의미심장하게 웃었다.

"너 아프니까 더 섹시한 것 같다. 얼굴이 붉게 달아올라서 묘하게 귀여워."

"손하정."

그가 하정의 맞은편에 앉으며 그녀를 불렀다. 평소와 달리 경직된 목소리였다. 하정은 커피를 마시는 척 컵으로 얼굴을 가렸다. 성까지 붙여서 부르는 이름에 불길한 촉이 느껴졌다.

"으응?"

"나 좋아해?"

잠시 잊고 있었다. 한태주는 하고 싶은 말을 삼키는 사람이 아니라, 웃으면서도 할 말은 다하는 놈이라는 걸. 자신만큼이나 솔직한 사람이라는 것을.

한국에서 본 그는 전과 다른 사람 같아서 그 사실을 까맣게 잊고 있었다.

하정은 들고 있던 커피 잔을 조심스레 내려놓았다. 태주와 눈도 마주치지 못한 채 손가락만 꼼지락거리며 고개를 끄덕였다.

"왜?"

대뜸 날아든 질문에 입이 굳었다. 왜라니. 사람 좋아하는데 이유가 있을까.

뭐라고 대답해야 수긍을 하려나.

하정은 짧은 시간 내 빠르게 머리를 굴렸다.

"그야, 넌 잘생겼고 성격도 좋고 우린 같은 분야에 관심이 있으니까. 아니야. 이런 건 다 표면적인 이유고. 사실 이유 같은 거 없어. 그냥 미국에서부터 좋았어. 넌 사람 좋아할 때 이유 따지면서 좋아하니?"

"아니."

"거 봐. 그나저나 어떻게 알았어? 티 났니?"

"엄청 많이."

"숨긴다고 숨겼는데……."

"나 좋아하지 마."

태주가 조금의 망설임도 없이 단호하게 말했다. 김이 모락모락 피어나는 커피를 한 모금 마시면서 짙은 눈동자로 하정을 응시한다.

이번엔 하정이 왜라고 묻고 싶었다. 하지만 불현듯 이유를 물으면 안 될 것 같은 느낌이 들었다. 그녀의 입가에 맴돌던 미소가 순식간에 사그라졌다.

"내가 싫어?"

"그런 거 아니야."

차라리 싫다고 하면 납득이라도 가련만. 하정은 떨리는 입술을 꾹 깨물었다.

"그럼?"

조심스레 되물었다. 태주는 점점 뜨거워지는 이마를 짚었다. 또다시 강유경이라는 세 글자가 머릿속을 맴돌기 시작한다.

애달프게 목을 끌어안던 가느다란 팔. 흐릿하게 바라보던 눈동자. 흔들리던 가슴. 얼굴에 맺힌 땀을 닦아 주던 손길.

그 밤의 유경은 분명 진심이었다. 그녀는 눈빛과 손길까지 꾸며 낼 만큼 거짓에 능숙하지 않다.

형의 돈과 명예를 보고 선택했다는 그녀의 말도 전부 진심은 아닐 거라고 태주는 믿고 있었다.

다만 그렇게까지 해서라도 자신에게 상처 주려는 유경이 미웠다.

이해하려 해도 이해할 수 없었고, 생각을 하면 할수록 원망스러운 감정만 커졌다. 생각하고, 원망하기를 수없이 반복하다보면 허무하게도 결론은 하나였다.

보고 싶다. 밉고 원망스럽지만 그저, 보고 싶다.

"놓지 못하는 여자가 있어."

열 때문인지 낮게 잠긴 목소리가 갈라져 나왔다.

"못 잊는 거야? 아직도 사랑해서……?"

태주는 쓸쓸히 웃으며 고개를 저었다.

"……아직도 미워서."

태주가 숨을 깊게 들이쉬며 곧은 눈으로 하정을 응시했다. 하정은 미간을 찌푸렸다.

"그게 무슨 소리야?"

"새로운 사람을 좋아하는 마음보다 그 애를 원망하는 마음이 더 클 것 같아."

"그래서?"

"그래서 지금은 아무도 만나지 않으려고. 다른 사람한테 똑같은 상처 주기 싫어."

뒤늦게야 태주의 말을 이해한 하정은 조용히 입을 다물었다. 그러고는 묵묵히 태주를 바라보았다.

친한 친구가 그런 말을 한 적이 있었다.

남자의 추억 속에 존재하는 여자를 질투하는 게 얼마나 비참한지, 절대 이길 수 없는 싸움에서 혼자만 전전긍긍하는 모습이 얼마나 초라한지를.

너는 절대 그런 사랑을 하지 말라고 쓰게 웃으며 말했었다.

그런데 이 남자는 그 여자를 미워한다고 말한다.

차라리 그리워한다고 말하면 이해라도 할 텐데, 그리움보다 짙은 원망이라니. 얼마나 사랑했기에 원망이 더 큰 걸까.

하정의 얼굴이 어둡게 가라앉았다.

"모르겠다. 나는 앞뒤 재는 스타일이 아니거든. 그냥 좋으면 좋은 거고, 아니면 아닌 거야. 몇 년 만에 끌리는 사람이 나타나서 설레고 그저 좋았어."

하정은 숨을 몰아쉬었다. 이번에도 남자한테 고백받기는 글렀구나, 생각하면서.

"그래도 네가 아직 준비가 안 됐다니까 기다릴게. 대신 그 동안 나

피하면 안 돼. 마음 정리 다 되면 나한테도 기회를 줘. 그리고 또……."

잠시 말을 끊고 태주를 빤히 응시했다. 그의 눈동자에 복잡하게 얽힌 마음이 고스란히 드러났다.

"드라마에서나 나오는 이런 말, 정말 하기 싫었는데. 아무리 노력해도 그 여자를 놓지 못하겠으면……. 나 이용해도 괜찮아."

신파적인 대사를 들으면서 웩웩거리던 자신이 이런 말을 하게 될 줄이야.

"그래도 결국엔 나를 좋아하는 마음보다 그 여자를 원망하는 마음이 더 크면, 그땐 솔직하게 얘기해 줘. 놓아 줄게."

태주는 아무런 대꾸 없이 하정을 바라보았다. 하정은 식탁에 놓인 태주의 손을 감싸며 빙그레 웃었다.

"쟤, 목 왜 저래?"

"아무래도 그거 같습니다."

"그거?"

"대리님도 참, 다 아시면서. 그거요, 키스 마크."

남직원들의 수군거림이 태주의 귀에 선명하게 꽂혔다. 태주는 전시될 작품의 네임 택을 정리하며 멀리에 있는 유경을 흘긋 보았다.

그녀는 팀장과 이야기를 나누면서도 연신 목을 만지작거리고 있었다. 유경의 손가락 사이로 정사각형 모양의 커다란 밴드가 눈에 띄었다.

"입술에도 상처가 있지 않습니까. 그리고 결정적인 건……."

"뭔데. 빨리 말해 봐."

"이사장님 입술에도 상처가 있다는 겁니다. 제가 오늘 출근하면서 봤습니다."

태주는 유경에게서 시선을 거뒀다. 감기 기운이 가시지 않았는지 아직도 머리가 뜨거웠다. 택을 정리하면서 애써 되뇌었다.

이제 신경 끄자. 네 여자 아니야.

"저기요."

뒤에서 시끄럽게 떠들던 대리가 태주를 불러 세웠다. 태주가 무심한 얼굴로 돌아보니 의미심장하게 웃는다.

"강유경 씨랑 무슨 사이예요? 저번에 그쪽이 강유경 씨 안고 휴게실 들어왔잖아요."

쟤들은 일을 하러 오는 걸까, 아님 강유경을 씹으러 오는 걸까. 태주는 네임 택 박스를 신경질적으로 내려놓으며 눈썹을 추켜올렸다.

"그러면 사람이 다쳤는데 가만히 있어요?"

"그쪽 그냥 알바생 아니죠? 지 팀장님이랑 아는 사이인 것 같던데."

"네. 아주 잘 압니다만."

"낙하산인가? 이쪽에 연줄 있죠? 여기 어떻게 들어왔어요? 정체가 뭐예요?"

연줄로 생색내고 싶진 않았다. 하지만 이 인간들 앞에만 서면 모든 걸 까발린 후 시끄러운 입들을 닫아 버리고 싶은 충동이 일었다.

목구멍까지 차오르는 말을 꾹 삼키곤 한숨을 내쉬었다.

"나는."

잠시 말을 끊자 직원들 사이에 침묵이 흘렀다. 다음 대답을 기다리는 눈빛들이었다.

"그냥 용돈 벌러 온 망나니예요. 됐습니까?"

태주의 말에 직원들이 바람 빠지는 웃음소리를 냈다.

저 새끼 뭐래냐. 미치겠다. 또라이 아니야? 수군대는 수준을 넘어 대놓고 욕하는 말들이 뒤통수에 울려 퍼졌다. 그러거나 말거나 대충 일을 마무리하고 돌아서던 때였다.

웅성거리는 소리가 전시장을 가득 메우기 시작했다. 사람들의 시선이 일제히 한 남자에게로 향했다.

행색이 지저분한 남자가 한 손에 소주병을 든 채 전시장 안으로 비틀거리며 들어왔다.

두리번거리며 누군가를 찾던 남자는 한 여자 앞에 멈춰 섰다. 유경이었다. 그녀는 창백하게 질린 얼굴로 굳어 있었다.

"뭐야? 왜 저래."

"저 남자, 뭐 하는 거야?"

직원들이 공포에 질린 목소리로 읊조렸다. 남자가 술을 병째 마시더니 유경의 머리채를 움켜잡곤 그녀를 질질 끌고 가기 시작했다. 수군대던 사람들의 목소리가 더 커졌다.

가까이 있던 직원들이 다가가서 말렸지만 남자는 그들을 단번에 내동댕이쳤다.

남자가 지나가자 구경 중이던 사람들이 홍해처럼 갈라지며 몸을 사렸다.

태주는 생각할 겨를도 없이 박스를 내동댕이치곤 유경에게로 달려갔다.

"당신 뭐야."

남자가 유경을 끌고 미술관 입구에 다다랐을 때였다. 태주가 앞을 막으며 그의 팔을 움켜잡았다.

"어라?"

남자가 재미있다는 듯 태주를 위아래로 슥 훑었다. 그사이 태주는 재빨리 유경을 등 뒤로 끌었다. 그 모습에 남자가 비릿하게 웃었다.

"너 이 집 둘째 아들 맞지? 어렸을 때 저년이랑 눈 맞았던 새끼."

남자의 입에서 역한 냄새가 풍겼다. 반듯했던 태주의 미간이 무섭게 일그러졌다.

"나와."

태주가 남자의 멱살을 잡고 입구로 끌었다. 사람들이 수군거리며 두 사람을 주목하기 시작했다. 그러자 남자가 다 들으라는 듯 커다란 목소리로 쩌렁쩌렁 외쳤다.

"근본 없는 년이랑 떡치는 기분은 어떠냐? 저년이 지 애미 닮아서 아주 기가 막힐 거야. 죽이든? 졸라 맛있디?"

남자의 목소리가 미술관 안을 울렸다. 일순 싸늘한 정적이 맴돌았다. 작은 수군거림마저 볼륨을 줄인 듯 사그라졌다.

정적을 깬 건 뒤이어 들린 둔탁한 마찰음이었다. 남자의 얼굴로 태주의 주먹이 날아들었다.

갑작스런 가격에 남자가 정신을 못 차리고 비틀댔다. 그사이 태주는 남자를 바닥에 눕힌 채 죽일 듯이 때리기 시작했다. 주먹을 휘두를 때마다 검붉은 코피가 대리석 바닥 위로 흩어졌다. 묵직한 마찰음과 남자의 신음 소리가 오랫동안 이어졌다.

뒤늦게 소식을 전해 들은 보안 직원들이 떼거지로 몰려왔다. 다섯 명이 넘는 직원들이 태주를 떼어 내려 안간힘을 썼지만 소용없었다. 태주는 잠시 떨어졌다가도 다시 미친 사람처럼 달려들기를 반복했다.

아무리 말려도 멈추지 않는 태주 때문에 직원들도 서서히 지쳐 갈 즈음, 누군가의 신고로 경찰이 들어왔다.

태주는 그제야 거친 숨을 몰아쉬며 남자에게서 떨어졌다. 이미 바닥이 피로 흥건하게 젖은 후였다.

"아니, 맞은 건 나라니까? 난 아무 짓도 안 했는데 저 새끼가 다짜고 짜 나를 때렸다고요."

남자는 검붉은 피가 엉긴 입술을 삐죽 내밀며 억울하다는 듯 호소했다.

"이봐. 이유도 없이 사람을 때렸으면 사과라도 해야 하는 거 아니야? 어?"

태주가 싸늘한 눈으로 바라보자 남자는 보란 듯이 목소리를 높였다.

"뭘 봐? 애비 빽 믿고 눈에 뵈는 게 없냐?"

비아냥대는 남자의 꼴이 보기 싫어 태주는 다시 눈을 감아 버렸다. 남자에게 긁힌 눈 밑이 따끔따끔 아려 왔다.

"거 입 좀 다물어요. 보니까 절도랑 폭행 전과도 있던데. 당신이 먼저 시비를 걸었다면서."

자판을 두드리던 경찰이 탁상 위를 짜증스레 내려쳤다. 남자는 분해 죽겠다는 얼굴로 입을 쩍 벌렸다.

"와. 민중의 지팡이가 이래도 되는 건가? 돈 많은 놈들한테만 지팡이 노릇이지, 시팔."

"뭐라고? 당신 모욕죄까지 추가하고 싶어?"

소란스런 고성이 오가는 사이, 태주는 경찰서 구석에 앉아 있는 유경에게 시선을 돌렸다. 그녀는 몸을 잔뜩 웅크린 채 벌벌 떨고 있었다. 남자에게 꺼들린 머리칼은 어지럽게 헝클어져 있었고, 얼굴빛은 창백했다.

태주는 고개 숙인 유경을 보며 천천히 입을 뗐다.

"빨리 끝내 주시죠."

태주의 말에 일순 침묵이 흘렀다. 경찰은 그제야 남자와의 말씨름을 멈추고 자판을 두드리기 시작했다.

경찰이 두 사람의 기본 신상을 적고 추가 질문을 하려던 때였다. 경찰서 문이 벌컥 열리며 세 명의 남자가 들어왔다.

소식을 듣고 달려온 한 관장과 선우, 그리고 그의 비서였다.

칼같이 빼입은 검은 슈트에서는 왠지 모를 위압감마저 느껴졌다. 경찰이 누구냐고 묻기도 전에 윤 비서가 저벅저벅 경찰에게로 다가가 무어라 작게 속삭였다.

그사이 선우는 좁은 경찰서 안을 빠르게 훑었다. 구석에 웅크리고 있는 유경을 발견하자마자 선우의 눈이 차게 식었다.

"으흠. 뭐 직원들 증언도 있었고 이 사람은 전과도 있는 사람이니까. 일단 한태주 씨는 훈방 조치하겠습니다. 가셔도 됩니다."

경찰의 말에 남자의 얼굴이 터질 듯 붉어졌다. 얻어 터져 피딱지가 눌러 붙은 입에서는 연신 천박한 욕지거리가 흘러나왔다.

한 관장은 남자와 한 공간에 있는 것조차 불쾌하다는 듯 인상을 찌푸렸다.

남자를 보던 한 관장의 시선이 구석에 있는 유경에게로 향했다. 남자와 유경을 느릿하게 번갈아 보던 그는 이내 입을 굳게 다물고 경찰서를 나섰다.

한 관장의 뒤를 윤 비서가 따랐고 그 뒤를 선우가 따랐다. 태주와 유경은 먼 거리를 두고 그들을 따랐다. 맨 앞에서 말없이 저벅저벅 걷던 한 관장이 돌연 멈춰 섰다.

그는 몹시 마음에 들지 않는다는 표정으로 유경을 한참이나 바라보더니, 이내 발걸음을 옮겨 검은색 외제차에 올라탔다. 그러곤 윤 비서와 함께 경찰서를 떠났다.

한 관장이 떠난 후 경찰서 앞에 남은 세 사람 사이에 무거운 침묵이 흘렀다. 침묵을 깬 사람은 선우였다.

"가자."

선우가 유경에게 손을 내밀었다. 유경에게서 아무런 반응이 없자 선우가 그녀의 손을 잡고 차로 끌고 갔다. 그때 뒤따라오던 태주가 먼저 두 사람 앞을 가로막았다.

"그 손 놔."

대답을 들을 시간도 없었다.

"강유경한테 할 말 있어."

태주는 말을 끝내자마자 선우에게 붙들려 있는 유경의 손을 빼냈다.

경찰서 뒤편의 주택가에는 후미진 골목들이 많았다. 버려진 폐품들만 즐비하고 인기척도 없는 공간.

태주는 그곳으로 유경을 데려갔다. 껍질이 벗겨진 시멘트 벽에 유경을 세우고 어깨를 붙들었다.

"잘 들어. 마지막 기회야. 솔직하게 대답한다고 약속해."

유경은 천천히 고개 들어 태주를 바라보았다.

"네가 많이 밉고 원망스러웠어. 그래서 어떻게든 너한테 상처 주고 싶었어."

태주의 짙은 눈동자가 유경의 얼굴을 쓸었다. 흘러나오는 목소리가 불안하게 떨렸지만 유경은 아무런 미동도 없었다.

"그런데 정작 상처 받는 건 네가 아닌 나였어. 왜 그랬을 것 같아?"

태주의 목울대가 격하게 오르내렸다.

"강유경, 네가 나보다 더 컸으니까."

3년. 너를 잊고도 충분할 줄 알았던 시간. 다른 사람을 사랑할 수 있을 거라 생각했던 시간.

하지만 달라진 건 아무것도 없었던 시간.

"그러니까."

태주가 잠시 말을 끊자 유경의 까만 동공이 천천히 움직였다. 그녀의 눈동자가 태주의 눈 밑에 난 상처와 떨리는 입술로 향했다.

"날 믿어. 나를 믿고 진실을 말해 줘."

진실이 무엇이든 상관없었다. 모든 걸 사실대로 털어놓기만 한다면 태주는 언제든 다시 유경을 받아 줄 준비가 되어 있었다.

"……싫어."

유경은 작지만 단호하게 대답했다. 그녀의 까만 눈동자가 붉게 젖어들었다.

"강유경!"

"싫어! 말 안 할 거야! 나 좀 내버려 둬! 제발 그만해. 그만…….''

유경은 귀를 막고 주저앉았다. 무릎에 얼굴을 묻고 두 눈을 꼭 감았다.

비릿하게 웃던 남자의 얼굴이 떠올라 속이 메스꺼웠다.

고개를 들면 그 남자와 마주칠까 무서웠다. 남자를 보면 어김없이 지난날의 악몽이 떠올랐다.

무엇보다 견딜 수 없는 건, 악마 같은 남자의 얼굴 위로 겹치는 더럽고 추악한 과거였다.

"유경아."

유경의 머리 위로 태주의 목소리가 내려앉았다.

지금이 아니면 유경은 영영 진실을 말하지 않을 게 뻔했다. 잡으려 할수록 도망가고, 알려 할수록 숨어 버리는 강유경. 태주는 그런 유경 때문에 늘 두려웠다.

어느 순간 보이지 않는 캄캄한 암흑 속으로 사라질까 봐. 원래 없었던 사람처럼 흔적도 없이 지워질까 봐.

"작품 깨진 날, 네가 그랬잖아."

태주가 느릿하게 운을 뗐다. 무겁게 가라앉은, 그러나 변함없이 따뜻한 목소리. 유경은 울컥 쏟아지려는 눈물을 꾹 참아 냈다.

"조각이 남았으니까, 커다란 조각이 남았으니까 다시 붙일 수 있다고 말했잖아."

"그만해."

유경이 귀를 막고 고개를 저었지만 태주는 멈추지 않았다.

"나한테는 아직도 네가 너무 커. 네가 나를 버렸을 때도, 너 때문에 미국으로 떠났을 때도 네 조각이 너무 커서 잊을 수가 없었어. 그러니까 유경아……."

골목을 울리는 그의 목소리가 미세하게 떨렸다. 목소리만 듣고도 알 수 있었다. 그가 얼마나 힘겹게 이런 말들을 꺼내고 있는지. 하지만 이런 말에 흔들려서는 안 된다.

유경에게 태주는 사막 위의 신기루였다.

죽음 직전의 갈증 앞에서 아른아른 떠오르는 오아시스.

살 수 있다는 안도, 찰나의 행복 같은 것. 그러나 끝내 닿을 수 없는 것. 태주는 그런 존재였다.

괜찮다. 사막 같은 인생에서 잠시 환상을 보았다고 생각하면 된다. 네 기억 속에 나는 꽃처럼 아름다운 여자로 남아 주길. 나쁘고 잔인할지라도, 그럼에도 불구하고 아름다웠다고 말할 수 있는 여자로 남아 주길.

"……네가 돌아온 후로 하루하루 숨이 막혀."

유경의 입에서 거짓된 목소리가 흘러나왔다.

"너 때문에 불행해. 너를 보면 과거의 별 볼 일 없던 내가 떠올라. 너는 내가 지우고 싶은 과거야."

유경은 귀를 막고 두 눈을 감았다. 태주가 보이지 않고, 태주의 숨소리가 들리지 않도록.

그녀의 말끝에 무거운 침묵이 내려앉았다. 침묵은 오래 이어졌고 묵직했다.

심장을 죄는 정적이었다. 유경은 귀를 막았던 손을 떼고 태주를 바라보았다.

한 걸음 떨어진 거리에 태주가 있었다. 공허한 눈으로 그녀를 바라보며 서 있었다.

"지우고 싶은 과거? 미래라고 했잖아."

태주가 한 걸음 더 물러나며 유경의 말을 곱씹었다.

"내가 네 미래라고, 네가 그랬잖아."

낮게 잠긴 목소리가 유경의 귀에 박혔다. 한때는 그랬었다. 태주에게 '네가 내 미래였음 좋겠어' 라고 입버릇처럼 말하던 때가 있었다. 분수도 모르고 주제도 모르고 그런 말을 했었다.

"너는 다 부정하고 싶겠지만, 한 가지는 부정할 수 없을 거야."

태주가 얼굴을 쓸어내리며 쓰게 웃었다. 유경은 그런 태주를 고개 돌려 외면했다.

"내가 너를, 강유경 너를 많이 좋아했다는 거."

유경은 눈을 감았다. 단단했던 마음이 무너지기 시작했다.

"사랑했어."

사랑. 그 단어는 한없이 달콤하면서 날카롭다. 단어의 조각이 그녀의 가슴에 날카롭게 박혔다.

"네가 나를 배신했을 때도, 형 옆에서 웃고 있을 때도 나는 널 사랑했어."

다시 귀를 막았다. 한 층 무너졌던 마음이 이제는 와르르 속절없이 무너져 내렸다.

"너를 잊은 줄 알고 다시 돌아왔을 때도, 미련하게 널 사랑하고 있었어."

태주는 눈을 감고 귀를 막은 유경을 담담히 바라보았다.

"너도 알지? 내가 너 사랑했던 거. 네가 더 잘 알잖아."

유경은 태주 자신보다도 더 잘 알고 있을 것이다. 그가 얼마나 유경의 깊숙한 곳까지 사랑을 주려 했는지, 닿지 않는 곳에 닿으려 얼마나 노력했는지를.

"내가 지우고 싶은 과거라는 말. 진심이야?"

미련인 걸 알면서도 태주는 부정하고 싶었다. 하지만 유경은 입술을 꽉 깨문 채 고개를 끄덕였다.

"하나만 묻자."

태주가 허탈하게 웃었다.

"날 사랑하긴 했어?"

숨 막히는 정적이 흘렀다.

유경의 눈동자가 태주의 얼굴에 머물렀다. 입안에 아픈 한마디가 맴돈다.

사랑하지 않은 적이 없었어.

그 말을 곱게 씹어 목구멍 안으로 삼켰다. 끝내 대답하지 않는 그녀를 보며 태주의 얼굴이 실망과 절망, 참담함으로 일그러졌다.

"그래. 네 마음 잘 알겠어. 그만할게."

태주는 두 눈을 꼭 감았다 떴다.

이제는 바보 같은 사랑을 하지 않겠다.

결국 돌아서는 유경을, 외면하려는 그녀를, 한때 미래라 말했던 남자에게 기억하고 싶지 않은 과거라 말하는 여자를,

"나는 이제…… 네가 무섭다."

더 이상 사랑하지 않겠다.

7
화

체념

유경과 태주가 사라지고 난 뒤, 선우는 다시 경찰서에 들어가 남자를 찾았다. 아직 조사 중인 남자는 경찰 앞에서 온갖 욕을 지껄이며 울분을 토하고 있었다.

선우가 다가가자 말씨름 중이던 남자와 경찰이 동시에 선우를 올려다봤다.

"말씀 중에 죄송합니다. 이분이랑 잠시 얘기 좀 해도 될까요?"

경찰의 허락이 떨어지자마자 남자를 데리고 사람이 없는 복도로 향했다. 사방이 꽉 막힌 구석에 다다라서야 걸음을 멈추고 천천히 뒤돌아섰다.

남자를 바라보는 선우의 눈은 서늘하다 못해 날카로웠다. 건들거리며 뒤따라온 남자는 느릿하게 턱을 쓸며 피식 웃었다.

"거 봐요. 쓰레기한테 돈을 안 주면 이런 일이 벌어진다니까."

남자의 말에 선우는 조그맣게 웃었다.

"그러게. 내가 판단을 잘못했네."

"이제야 말이 통하네. 역시 배운 사람은 달라."

남자가 입꼬리를 씰룩거리며 손바닥을 비볐다. 얼른 돈을 내놓으라는 제스처였다. 선우는 남자의 손을 물끄러미 내려다보며 나지막하게 입을 열었다.

"너 같은 쓰레기는 재활용이 아니라 폐기 처분을 해야 했는데 말이지."

예상을 빗나가는 말에 남자의 표정이 서서히 굳었다.

"내가. 강유경한테 직접 손대라고 한 적 있었나?"

선우가 남자에게 저벅저벅 다가가며 물었다. 한마디씩 씹어 뱉는 말들은 부드러우면서도 위협적이었다.

"네 추잡한 욕심 때문에 상황이 더 꼬여 버렸어."

웃고 있던 선우의 얼굴에 어두운 그늘이 드리워졌다. 남자는 선우를 피해 물러나며 뒤를 돌아보았다. 한선우의 실체를 까발릴 절호의 기회인데 주변에는 개미 새끼 한 마리도 보이지 않는다.

"왜 일을 크게 만들어. 번거롭게."

선우가 도망가려는 남자의 어깨를 짓누르며 낮게 속삭였다. 가라앉은 갈색 눈동자가 차갑게 빛났다.

"앞으로 강유경 일에 끼어들지 마. 그냥 닥치고 있어. 썩은 내가 진동하는 소굴에서 너 같은 쓰레기들이랑 같이 뒹굴어 봐. 넌 아무런 도움도 안 되는 사회악, 그 자체니까."

선우는 남자의 어깨를 거칠게 밀어내며 손을 털었다. 경찰서에서 몸을 벌벌 떨고 있던 유경을 떠올리자 피가 거꾸로 솟는 기분이었다.

이 쓰레기 같은 인간이 강유경을 건드렸다는 사실에 미치도록 화가 났다. 하지만 무엇보다 더 화가 나는 건, 그 자리에 자신이 아닌 태주가 있었다는 사실이다.

선우는 차에 오른 뒤 골목을 비추는 사이드미러를 한참이나 바라보았다. 태주가 유경을 데리고 사라진 골목이었다.

불현듯 이유 모를 감정이 울컥 치밀었다. 선우의 얼굴이 무섭게 일그러졌다. 도저히 추스르기가 힘들었다.

숨을 거칠게 몰아쉬며 핸들에 얼굴을 묻었다. 신경질적인 클랙슨 소리가 경찰서 주변을 시끄럽게 울렸다.

태주의 연락에 술집으로 달려온 하정은 테이블 위에 널브러진 소주병을 보고 기함했다. 적어도 혼자 소주 10병은 먹은 듯했다.

게다가 태주가 술을 마신 곳은 도심 한복판의 포장마차였다. 사람들이 삼삼오오 모여 시끄럽게 떠들고 있는 포차 속에서 태주 혼자 덩그러니 뻗어 있었다. 하정은 깊은 한숨을 내쉬며 태주에게 다가갔다.

"한태주, 나 왔어. 괜찮아?"

하정이 엎드려 있는 태주의 어깨를 흔들었다. 태주는 그제야 느릿하게 고개를 들어 하정을 바라봤다.

"어? 손하정. 진짜 왔네."

태주가 바람 빠지는 웃음소리를 냈다. 하정은 달아오르는 열을 식히며 허공을 바라봤다. 더 좋아하는 쪽이 약자라는 말을 이토록 뼈저리게 느낄 줄이야.

"네가 오라며. 가자. 데려다줄게."

하정은 어금니를 꽉 깨문 채 애써 빙긋 웃었다. 아무리 생각해도 남녀가 뒤바뀐 것 같았다.

그래도 뭐 남자만 흑기사 하라는 법 있나. 대수롭지 않게 생각하며 태주의 팔을 잡고 일으켰다. 그런데 그 순간, 힘없이 늘어져 있던 태주가 갑자기 하정의 팔을 끌었다.

"잠깐만. 잠깐만 있어 주라."

태주가 하정의 배에 얼굴을 묻으며 중얼거렸다. 갑작스런 상황에 하정은 돌처럼 굳었다. 당황스러웠지만 한편으론 설레기도 했다.

하정은 숨을 참으며 태주를 내려다봤다. 아이처럼 얼굴을 묻고 뜨거운 숨결만 이따금씩 내뱉는 남자. 가끔은 짙은 남성의 향기를 풍기기도 하고, 가끔은 이렇게 한없이 소년 같기도 하다. 그래서 더 알고 싶어지는 남자였다.

흐트러진 까만 머리칼을 멀거니 내려다보던 하정은 태주의 머리를 살며시 쓰다듬었다. 자꾸만 웃음이 새어 나왔다. 못된 생각이지만 앞으로도 종종 술을 먹여야겠다고 생각했다.

태주가 하정에게 기댄 지 꽤 오랜 시간이 지났을 때였다.

티셔츠가 점점 축축해지는 느낌에 하정은 조심스레 그의 얼굴을 들었다.

"너…… 울어?"

하정이 깜짝 놀라 눈을 동그랗게 떴다. 태주가 울고 있었다. 세상을 다 잃은 얼굴로 서글프게 흐느끼고 있었다.

"야, 한태주. 너 왜 그래, 무슨 일이야? 응?"

당황한 하정이 휴지를 한 뭉치 뽑아 태주에게 건넸다. 그 와중에도 태주는 계속 똑같은 말만 반복했다.

"……났어."

"응? 뭐라고?"

하정이 되묻자 태주가 허탈하게 웃으며 얼굴을 쓸어내렸다. 붉어진 눈에서 굵은 눈물방울이 툭 떨어져 내렸다.

"다 끝났어. 이제 정말…… 끝났어."

태주는 끝났다는 말만 반복하며 두 손에 얼굴을 묻었다.

처음 보는 약한 모습에 하정은 입을 꾹 다물었다. 듣지 않아도 알 것 같았다. 한태주가 힘들어 하는 이유. 그때 말했던 그 여자 때문인 게 분명했다.

도대체 어떤 여자일까. 어떤 여자기에 이 남자를 울게 만드는 걸까. 하정은 정체 모를 그 여자가 부럽기도 하면서 한편으론 화가 났다.

"바보야. 나 이용하라고 했잖아."

하정은 소리 없이 흐느끼는 태주의 어깨를 꽉 끌어안았다. 정말 미쳤나 보다. 다른 여자 때문에 눈물 흘리는 모습까지 멋있어 보이다니.

"잘했어. 앞으로도 힘들 땐 오늘처럼 나 불러. 나 그냥 막 이용해. 네 상처 다 나을 때까지. 네 마음 아물 때까지."

태주는 하정의 목소리를 들으며 눈을 감았다. 술기운 때문에 어지럽게 흔들리는 머릿속에서 유경의 얼굴을 그려 보았다.

유경은 상상 속에서조차 멀다. 까만 어둠 속으로 점점 멀어지는 그녀를 달려가 잡아 보지만 유경은 감정을 가늠할 수 없는 얼굴로 돌아볼 뿐이다.

웃고 있는 건지, 울고 있는 건지 알 수 없는 얼굴. 한참이나 유경을 붙들고 있던 태주는 끝내 그녀의 손을 놓아 버렸다. 그러자 유경은 망설임 없이 걸어간다. 어딘지 모를 곳으로 저벅저벅 걸어간다.

유경아.

불러보지만 돌아보지 않는다. 들리지 않는 걸까.

강유경.

또 한 번 불러보지만 유경은 대답이 없다. 뒷모습조차 하나의 점이 되어 까맣게 이지러질 뿐.

집으로 돌아온 유경은 넓은 집 안을 둘러보았다.

모든 불이 캄캄하게 꺼져 있는 집. 겉보기엔 화려하지만 그 속은 까맣게 썩어 있는 집. 항상 불안을 안고 살아야 했던 이곳. 그 집의 한가운데에 자신이 서 있었다.

유경은 선우의 방으로 힘없이 걸었다. 걸음을 옮길 때마다 사락사락 옷 스치는 소리가 고요한 정적을 깨트렸다. 달칵. 노크도 없이 방문을 열었다. 달빛이 들어오는 어둠 속에서 까만 실루엣이 보였다. 술을 마시며 창밖을 보고 있는 선우였다.

인기척에 선우가 천천히 뒤를 돌아보았다. 방문 앞에 창백한 얼굴의 유경이 서 있었다. 유경은 한참이나 말없이 그를 바라보더니 방 안으로 한발씩 걸음을 들였다. 금방이라도 쓰러질 듯 위태로운 움직임이었다.

선우는 눈썹을 추켜올리며 다가오는 그녀를 예민하게 주시했다. 어느새 선우 앞에 다가온 유경은 걸음을 멈추고 그를 빤히 바라보았다. 그사이, 벽에 걸린 시계의 초침 소리가 선우의 귀에 선명히 꽂혔다.

들고 있던 술잔을 내려놓았다. 유경은 오랫동안 자신과 눈을 마주친 적이 없었다. 평소와 다른 낌새를 눈치챈 그가 입을 떼려던 찰나, 그녀가 털썩 주저앉으며 발밑에 무릎을 꿇었다.

"무슨 짓이야."

낮게 가라앉은 목소리가 방 안을 울렸다. 유경의 어깨가 잘게 떨렸다.

"……지켜 줘요."

유경의 입에서 부서질 듯 가느다란 목소리가 새어 나왔다.

"나 좀 지켜 줘요. 그 남자가 내 앞에 나타나지 못하게, 태주 앞에 나타나지 못하게 해 줘요."

선우는 조그맣게 웃었다. 술 한 모금을 들이켜며 무릎 꿇은 유경을 내려다보았다.

"지켜 주면. 넌 나한테 뭘 해 줄 건데?"

그의 말에 유경은 파리해진 얼굴을 들었다. 그녀의 눈동자는 금방이라도 죽을 사람처럼 생기가 없었다.

"다. 다 할게요. 오빠가 시키는 거 뭐든 다 할게요. 반항하지 않을게. 다른 사람 없을 때도 잘할게요."

낮에 보았던 태주의 얼굴이 하루 종일 맴돌았다. 자신을 바라보던 끔찍한 눈. 온갖 정이 떨어진 얼굴로, 이제는 정말 네가 무섭다는 눈으로 바라보던 태주가 떠올라 미칠 것 같았다.

"뭐든지 다 할 테니까 제발…… 더러운 내 모습을 숨겨 줘요."

그런 눈으로 보지 마. 그렇게 끔찍하다는 눈으로 바라보지 마.

너만큼은. 너만큼은 나를…….

네가 나를 무서워하는 건 싫어. 내 추한 모습을 아는 게 싫어. 너까지 망가트리고 싶지 않아. 너를 지켜 주고 싶어.

그러니까, 나쁘고 속물 같은 여자로 남아도 좋으니 부디 네 기억 속에 남는 나의 마지막 모습은,

"나 좀…… 살려 줘요."

아름다운 모습이기를.

이른 아침부터 한 관장의 호출이 왔다. 밥을 먹기도 전에 호출이 온

건 드문 일이었기에 유경은 호흡을 가다듬고 한 관장의 방으로 향했다. 노크를 하고 문을 열자 굳은 표정의 한 관장이 보였다.

"부르셨어요?"

한 관장이 유경의 발밑으로 얇은 책자 하나를 던졌다. 유경은 조심스레 책자를 들어 올렸다.

아트앤워크. 얼마 전 그녀가 인터뷰했던 문화 예술 잡지였다.

"넘겨 봐라."

영문도 모른 채 페이지를 넘겼다. 몇 장 안 되는 페이지를 넘기자 유경의 인터뷰가 실린 특집 기사가 나왔다. 대문짝만 한 유경의 사진과 함께 커다란 글씨의 표제가 눈에 띄었다.

"배은망덕이라는 말은 이럴 때 쓰는 말이겠지."

한 관장의 목소리가 유경의 귀에 날카롭게 꽂혔다. 책자를 든 그녀의 손이 가늘게 떨렸다. 유경은 굵은 글씨의 제목을 찬찬히 훑었다.

아트라의 상징, 강유경. 인내심은 생존 본능? 도대체 무슨 일이 있었기에…….

"나 같은 사람이 살아남으려면 잘 참아야 하거든요."

인터뷰 말미에 잠깐 뱉었던 말들을, 그것도 기자의 개인적인 질문이라기에 비공식적으로 했던 대답이 마치 인터뷰의 핵심인 양 표제로 달려 있었다. 기자의 이름을 확인했다.

장하나. 따뜻하게 웃던 기자의 얼굴이 스쳐 갔다. 유경을 인터뷰했던 그 기자가 틀림없었다.

"요즘 불미스러운 일이 많구나."

웬만해선 어조가 없는 한 관장의 목소리가 다소 격해졌다. 유경은 차마 고개를 들지 못하고 책자를 접었다.

"이상한 남자가 미술관에 들이닥치질 않나, 난데없는 기사가 실리질 않나. 너한테 실망이 크다. 그리고 내가 분명히 얘기했을 텐데. 선우와 의 관계는 빨리 정리하라고."

유경에게서 아무런 대답이 없자 한 관장이 불쾌한 듯 목소리를 한 톤 높였다.

"나는 너를 가족으로 받아들인 게 아니다. 너는 내가 후원하는 장학 생일 뿐이지 그 이상도 이하도 아니야."

유경은 치맛자락을 꾹 움켜쥐었다. 이런 일이 있을 때마다 한 관장 은 어김없이 그녀의 위치를 확인시키곤 했다.

"다시는 내 입에서 이런 잔인한 말이 나오지 않도록 해 주면 좋겠구 나."

"알고 있습니다. 죄송합니다."

대답이 떨어지고 나서야 한 관장은 예의 인자한 미소를 지었다. 공 식 석상에서 보여 주는 거짓 미소였다.

유경은 고개를 들고 애써 웃었다. 그녀의 미소 또한 거짓 미소임을 한 관장도 알고 있었다. 어차피 거짓으로 시작된 관계에서는 진심인 쪽 이 약자일 뿐이었다.

"나가 보거라."

유경이 나가자마자 한 관장은 순식간에 미소를 지웠다. 그러고는 무 섭게 굳은 얼굴로 누군가에게 전화를 걸었다. 미국에 있는 김 실장이었 다.

"날세. 이번 주 내로 귀국해. 알아볼 게 있는데 김 실장이 좀 도와줘 야겠어."

한 관장의 시선이 유경이 나간 방문으로 향했다.

"강유경에 대해 샅샅이 뒤져 봐. 수녀원으로 들어가기 전에 어떻게 살았는지, 그때 무슨 일이 있었는지. 그리고……."

탁상 위를 두드리던 한 관장의 손가락이 멈췄다. 그의 얼굴이 어둡게 그늘졌다.

"태주와의 관계도 알아 봐."

선우는 타이를 매며 어젯밤 일을 떠올렸다. 먼저 방에 찾아온 것도 모자라 무릎을 꿇다니.

자존심 빼면 시체인 그녀가 지켜 달라고, 살려 달라고 했다. 거울 속 그의 얼굴이 딱딱하게 굳었다.

이상했다. 무너지는 강유경을 누구보다도 보고 싶어 하지 않았나. 그런데 막상 그 모습을 보니 기분이 썩 좋지만은 않았다.

뻐근하게 뭉친 목을 풀며 탁상에 놓인 손목시계를 찼다. 혼란스러운 생각을 떨치고 방을 나서려는데 노크 소리가 들려왔다. 대답하기도 전에 문이 열렸다.

"출근 같이 할까요?"

이미 출근 준비를 끝낸 유경이 옅게 웃으며 물었다. 선우는 눈을 가늘게 떴다. 유경이 아침부터 특별한 용건 없이 그의 방에 들어온 적은 처음이었다.

"무슨 꿍꿍이야?"

날 선 목소리에 유경은 연하게 미소 지었다.

"어제 약속했잖아요. 오빠한테 잘하겠다고."

그는 고개를 비스듬히 기울였다. 슈트 주머니에 손을 꽂은 채, 속을 알 수 없는 유경의 얼굴을 가만 바라보았다. 창틈 새로 들어온 늦겨울의 햇살이 웃는 얼굴 위로 내려앉았다.

"우리 앞으로 출근 같이 해요."

햇빛 사이로 언뜻언뜻 보이는 유경의 얼굴이 곧 사라질 아지랑이처럼 아른거렸다. 이상하게 가슴 한구석이 울렁거렸다. 마음이 어지럽게 흐트러지는 듯하여, 선우는 눈을 감아 버렸다.

겨울인데도 날이 좋았다. 차창으로 따스한 햇살이 새어 들어왔다.

선우는 신호를 기다리는 동안 옆에 앉은 유경을 흘긋 보았다. 단정한 남색 원피스를 입은 그녀는 묵묵히 창밖만 응시하고 있었다.

오목한 이마와 곡선을 그리는 코. 작지만 도톰한 입술. 간지러워 보이는 잔머리까지. 그녀의 옆모습을 하나하나 뜯어보았다. 뚫어져라 쳐다보는데도 절대 창밖에서 시선을 거두지 않는다.

다시 차를 출발시키며 선우는 자기도 모르게 설핏 웃었다. 늘 가시를 세우고 날카롭게 굴던 유경의 모습에 익숙해진 터라 영 적응이 되지 않았다.

강유경답지 않게 순순한 태도. 쉽게 꺾이면 재미가 없을 거라 생각했는데 의외로 나쁘지 않다.

문득 우스운 생각이 스친다. 앞으로도 이렇게 지내면 좋겠다는…….

그 순간 정신이 번쩍 들었다. 선우는 급하게 브레이크를 밟았다. 스스로도 놀라 정신을 차리고 숨을 몰아쉬었다.

"도착했어요."

유경이 의아하다는 눈으로 선우를 바라봤다. 선우는 그제야 고개를 들고 앞을 봤다. 어느새 아트라에 도착해 있었다.

두 사람은 출근하는 직원들 사이에서 나란히 계단을 올랐다. 함께 출근하는 두 사람을 보며 여기저기서 숙덕거리기 시작했다. 주변 시선을 의식한 유경이 그의 팔을 부드럽게 감았다. 선우의 어깨가 움찔 떨렸다. 그녀는 작정한 듯 아예 다른 사람이 되어 있었다.

아트라 입구로 들어서는 순간까지 유경은 팔을 빼지 않았다.

그는 웃고 있는 유경을 바라보았다. 기계적인 미소. 입은 웃고 있지만 눈은 울고 있는 거짓 미소. 그 미소를 보자 불현듯 마음이 비틀렸다.

왠지 모르게 화가 난다. 강유경에게도, 이 이상한 기분에 빨려 들어가는 자신에게도.

선우와 유경이 아트라 입구에 다다랐을 때였다. 웬일로 슈트를 빼입고 나타난 태주가 느릿하게 걸어왔다. 셔츠의 깃은 엉망진창인데다가 구김이 많고 넥타이도 느슨하게 풀어져 있었다.

"안 들어가?"

태주가 무심한 눈길로 선우와 유경을 번갈아보았다. 시선은 선우의 팔을 감은 유경의 손에 머물렀다.

"보기 좋네."

태주가 한쪽 입매를 비스듬히 올리며 유경을 바라보았다. 그 말에 유경은 선우를 잡은 손에 힘을 꽉 주었다.

"아주 잘 어울려, 두 사람."

비아냥대는 말을 마지막으로 태주는 두 사람을 지나쳤다. 태주가 건물 안으로 사라지자마자 유경의 손에 힘이 풀렸다. 동시에 선우의 눈도 어둡게 가라앉았다.

미술관은 윤종겸 작가의 전시회 때문에 바빴다. 권위 있는 작가의 작품전인 만큼 신경 쓸 부분이 많았다. 웬만해선 전시회 일에 잘 개입하지 않는 한 관장까지 미술관에 나오자 직원들의 손과 발은 더 분주해졌다.

"이번 전시회로 세간의 관심이 큽니다. 취재하겠다는 기자들이 너무 많아서 메이저 언론사들만 추려 내는 중이에요. 역시 작가님의 명성은 시간이 지나도 여전합니다."

한 관장의 칭찬에 윤 작가는 겸허히 웃었다.

"저보다는 아트라에 대한 관심이 더 크겠지요. 요즘 문화계에서 가장 뜨거운 관심을 받고 있지 않습니까."

"작가님 실력에 겸손하시기까지 하면 이거 너무 불공평한데요?"

"별말씀을."

두 중년 남자의 웃음소리가 전시회 안을 울렸다. 아트라를 둘러보며 전시회와 문화 산업을 주제로 한참 동안 대화를 이어 가던 중, 윤 작가가 불현듯 멈춰 섰다.

"아, 그런데 말입니다. 관장님 자제분 중에 혹시 미술을 전공한 분이 있습니까?"

한 관장은 잠시 멈칫하더니 이내 겸연쩍게 웃었다.

"우리 둘째 놈을 말씀하시는 것 같군요."

"둘째 아드님이 미술을 전공했군요. 제가 작품 외에는 문외한이라 몰랐습니다. 혹 실례가 안 된다면 둘째 아드님을 만나 뵐 수 있을까요?"

한 관장이 영문을 모르겠다는 얼굴로 윤 작가를 보았다. 그러자 윤 작가가 조용히 웃었다.

"사실, 얼마 전에 예술 고등학교 교사들이 주최한 포럼에 갔다가 한 그림을 봤습니다. 톤이 다채로워서 감명 깊게 봤는데 알고 보니 한 관장님 아드님이 고등학생 때 그린 그림이라고 하더군요."

윤 작가의 말에 한 관장은 뿌듯한 미소를 감추지 못했다. 아직 철이 덜 들긴 했지만 태주는 확실히 미술에 소질이 있는 놈이었다. 그런 아들이 미술을 관둔다고 했을 땐 속이 타들어 가는 기분이었다.

한 관장은 서둘러 주변을 둘러봤다. 지나가는 직원 한 명을 붙잡고 무어라 지시하니, 직원이 빠르게 고개를 주억거리곤 어디론가 달려갔다.

얼마 지나지 않아 태주가 걸어왔다. 걱정했던 바와 달리 옷맵시가 깔끔하게 정돈되어 있었고 걸음도 단정했다.

"작가님께서 말씀하신 제 아들놈입니다. 얼마 전부터 여기서 일을 배우고 있습니다."

한 관장이 자랑스럽게 웃으며 태주를 소개했다.

태주는 엉겁결에 끌려나온 것치곤 당황한 기색 없이 점잖게 인사했다. 그러고는 넉살 좋게 웃으며 처음 보는 윤 작가와 이런저런 대화를 나누었다.

"아버지. 저 작가님이랑 작품 좀 둘러보고 올게요."

"그래. 그렇게 해라."

성숙해진 태주의 태도에 한 관장은 내심 놀랐지만 티내지 않았다. 태주는 마치 전혀 다른 사람처럼 웃더니 윤 작가를 미술관 안쪽으로 안내하며 멀어졌다.

"대리님! 그 망나니 알바생 있지 않습니까. 그 망나니가 한 관장 둘째 아들이랍니다!"

직원 한 명이 헐레벌떡 휴게실 문을 열며 소리쳤다. 그 말에 커피를 마시던 대리와 다른 직원들이 일제히 콜록거리며 그를 돌아봤다.

"뭐라고?"

"아까 관장님이 미소 씨한테 자기 아들을 데리고 오라고 하더랍니다. 그래서 미소 씨가 한선우 이사장님 말씀하시는 거냐고 했더니, 한태주 씨 데리고 오라고 하셨다고……."

"헐. 그래서 강유경이랑도 아는 사이였구나."

성준환 대리는 들고 있던 커피 잔을 내동댕이치며 깊은 한숨을 내쉬었다.

잘 보여도 모자랄 판에 강유경의 험담을 하고 그와 언쟁까지 벌였으니, 한 관장의 귀에 어떤 말이 흘러들어 갈지 불 보듯 뻔했다.

"비굴하게 잘리느니 확 먼저 사표 내 버릴까?"

대리가 비장한 표정으로 말했다. 다른 직원들은 하릴없이 고개만 저었다.

"들어가도 됩니까?"

심드렁한 목소리에 직원들이 깜짝 놀라며 뒤를 돌아보았다. 호랑이도 제 말하면 온다고, 태주가 열린 문틈에 비스듬히 기대어 무심한 얼굴로 그들을 바라보고 있었다.

직원들은 꿀 먹은 벙어리가 되어 서로를 곁눈질했다. 태주는 개의치 않고 휴게실로 성큼성큼 들어와 빈 소파에 풀썩 누웠다.

"저, 혹시 필요한 거 없으세요? 커피 드릴까요?"

가장 먼저 말을 꺼낸 직원은 사표를 내겠다던 대리였다. 얍삽한 처세술에 다른 직원들이 가자미눈으로 그를 흘겨보았다.

"됐어요."

태주는 쌀쌀맞게 답하며 눈을 감았다. 피로가 급격히 밀려왔다. 일도, 사람도, 그리고 강유경 생각도. 모든 게 다 부질없고 피곤하다.

"저기, 그동안 죄송했습니다. 정말 그럴 의도가 아니었는데……."

"저희 원래 그런 사람 아니거든요. 오해 마셨으면 좋겠어요."

딱히 무슨 말을 꺼낸 것도 아닌데 직원들은 지레 겁먹고 사시나무 떨 듯 벌벌거렸다. 태주는 감았던 눈을 살며시 떴다. 직원들의 말은 하나도 귀에 들어오지 않았다. 다만 이제야 의문이 든다.

왜 강유경을 직원 휴게실에서 한 번도 본 적이 없을까. 그 애는 이곳을 사용하긴 할까. 맘 편히 드나든 적이 있긴 할까. 생각이 거기까지 미치자 또다시 머릿속이 복잡해졌다.

태주는 애써 유경을 떨쳐 버리며 다시 눈을 감았다.

"그러지 마세요. 불편하거든요."

태주의 말에 직원들은 안도한 듯 작게 숨을 내뱉었다. 그러자 태주가 다시 입을 뗐다.

"그런데요."

이어지는 말에 직원들이 바짝 긴장한 채 고개를 들었다. 태주는 무언가를 곰곰이 생각한 후에야 느릿하게 입을 뗐다.

"뒤에서 험담하는 버릇은 고치는 게 좋겠어요. 어린애들 아니잖아요."

직원들은 민망한 듯 고개를 푹 숙였다. 귀까지 붉게 달아오른 얼굴을 감추기에 바빴다.

"죄송합니다."

"저도 죄송합니다……."

합창하듯 들려오는 말에 태주는 쓰게 웃었다.

사람이란 참 간사하다. 이렇게나 쉬운 일이었다니. 사람의 위치가 이렇게 모든 일을 쉽게 만든다니.

다시 눈을 감았다. 윤 작가를 응대하느라 곤두섰던 신경이 조금씩 풀리는 느낌이었다.

한숨 자고 일어나면 편해질까. 점점 무뎌질까. 생각에 생각이 꼬리를 물며 오후의 나른한 잠이 밀려들었다.

유경은 직원 휴게실 앞에서 한참을 서성거렸다. 윤 작가가 태주에게 전해 달라고 부탁한 작품집 때문이었다.

점심시간이 끝나기 전에 전해 줘야 할 텐데. 태주는 아직도 깊은 낮잠에 빠져 있는 듯했다.

머뭇거리던 유경은 심호흡을 크게 한 뒤 휴게실 문을 열었다. 끼익 소리와 함께 문이 열리자 커튼이 쳐져 어두운 실내가 보였다.

조심스레 문을 닫고 안을 둘러보았다. 직원들 말로는 휴게실 소파에서 자고 있다고 했는데, 소파 위에는 쿠션 몇 개만 덩그러니 놓여 있을 뿐 태주는 없었다.

조용히 발걸음을 옮겨 소파 옆에 있는 탁자로 향했다. 짧은 메모와 함께 작품집을 올려놓고 나가려는 생각이었다.

그런데 그때, 유경의 뒤에서 낮게 잠긴 목소리가 들려왔다.

"나 찾아?"

태주였다. 유경은 한참을 대답 없이 서 있다가, 마음을 단단히 먹은 후에야 뒤돌아섰다.

"용건이 뭔데?"

유경은 숨을 짧게 들이켰다. 태주가 생각보다 너무 가까이 서 있었다. 흠칫 놀라 뒤로 물러나자 다리가 탁자에 걸려 몸이 휘청거렸다. 넘어질 뻔한 유경을 태주가 잡아 끌어당겼다.

다시 가까워진 거리. 코끝이 닿을락 말락 한 거리에, 유경은 숨을 참

앗다. 입을 꾹 다물고 눈을 내리깐 채 태주의 시선을 피했다. 짙으면서
도 은은한 태주의 향이 코끝을 스쳤다.

"용건이 뭐냐고."

태주가 한마디씩 힘주어 말했다. 짙은 눈동자는 유경의 얼굴을 집요
하게 쓸었다.

"작품집. 윤 작가님이 너 전해 주라고 하셔서."

태주는 탁자 위에 놓인 작품집을 보더니 유경의 팔을 거칠게 놓았
다. 유경의 몸이 또다시 휘청거렸지만 이번에는 그녀를 잡아 주지 않았
다. 벽에 비스듬히 기댄 채, 간신히 중심을 잡은 유경을 물끄러미 바라
볼 뿐이었다.

"앞으로도 그런 식으로 말할 거야?"

태주가 다소 비아냥대는 말투로 물었다.

"직장에서 그렇게 격 없이 말할 거냐고. 이름 부르고 반말하고. 다른
직원들은 벌써부터 설설 기던데 너는 너무 건방지네."

달라진 태주의 태도에 유경 아무 말도 못 하고 그를 바라보았다. 태
주는 대답 없는 유경을 보며 입꼬리를 올렸다.

"세상에서 가장 좋은 줄이 탯줄이라더니. 그 말이 맞긴 맞나 봐. 다
들 내 앞에서 굽실거리기 바빠."

유경은 어둠 속에 서 있는 태주를 조용히 바라보았다. 비틀려 올라
가는 그의 입술이 낯설었다.

"이런 맛에 형이 자기 자리를 지키려고 그렇게 고군분투했나. 이런
맛에 너는 한선우를 선택한 거고."

태주는 아무 대답 없는 유경에게 한 걸음씩 다가갔다. 경직되어 있
는 그녀의 얼굴을 가까이서 마주했다.

"미술관 물려받을 거야. 그동안 내가 너무 병신 같았지. 네 말대로

사랑이 밥 먹여 주는 것도 아닌데 말이야."

유경은 매섭게 변한 태주의 얼굴을 지그시 쳐다보았다. 태주의 얼굴을 만지고 싶은 충동을 참아 내며 두 눈을 꼭 감았다 떴다.

"네 앞에서 보란 듯이 달라질게. 보란 듯이 행복해질 테니까 잘 지켜 봐."

태주는 작게 웃곤 유경에게서 한 걸음 물러났다. 서늘한 눈으로 유경을 보며 느슨하게 풀린 타이를 조였다.

"그리고 강유경 씨, 이제 직장에서는 예의 갖추기로 하죠."

"네. 알겠습니다."

짧은 대답을 마지막으로 유경은 망설임 없이 뒤돌아섰다. 유경이 문을 열고 휴게실을 나갈 때까지, 태주는 그녀의 뒷모습을 빤히 바라보았다.

이윽고 혼자 남은 휴게실에 무거운 정적이 내려앉았을 때, 태주는 얼굴에 띠운 미소를 지웠다.

작품전 준비를 마치자 어느덧 퇴근 시간이 다가왔다. 불어난 업무에 지쳐 있던 직원들이 갑자기 소란스러워졌다. 누군가 직원들에게 도넛과 커피를 샀다고 했다.

유경은 준비 중인 작품에 덮개를 씌우며 몰려 있는 직원들을 흘긋 바라보았다.

가 볼까 생각하다가 고개를 저었다. 직장에서 친한 사람이라곤 한 명도 없는 데다, 대부분의 직원들이 유경을 탐탁지 않게 생각하는 걸 잘 알고 있기 때문이었다.

엘리트 코스를 밟은 사람들에게 유경은 눈엣가시였다. 좋은 집안에서 태어나 고급 교육을 받은 그들은 그녀와 한 직장에서 일하는 것만으로도 자존심이 상했을 것이다. 그래서 유경도 애써 그들과 가까워지려 하지 않았다.

"유경 씨!"

북적거리는 직원들 틈에서 익숙한 여자가 튀어나왔다. 하정이었다. 그녀는 도넛과 커피를 양손에 쥔 채 유경에게 달려왔다.

"유경 씨! 유경 씨도 먹어요!"

하정이 밝게 웃으며 유경에게 음식을 건넸다. 유경은 어색하게 웃으며 손을 저었다.

"아니에요. 전 배가 불러서. 하정 씨 많이 드세요."

"왜요, 유경 씨도 먹지. 제가 사 온 거란 말이에요."

"네? 하정 씨가 사 온 거예요?"

"태주 것만 사 오기가 뭐해서 그냥 직원들 것까지 다 사 왔어요."

하정이 어린아이처럼 해맑게 웃었다. 유경은 몰려 있는 직원들을 바라봤다.

"정말 안 먹을 거예요? 이거 되게 비싼 건데. 맛있어요!"

"아……. 네, 그럼 먹을게요. 슬슬 배고파지는 것 같네요. 고마워요."

유경이 도넛과 커피를 받아 들자 하정이 신난다는 듯 박수를 쳤다. 그런 하정을 보며 유경은 옅게 웃었다. 보면 볼수록 예쁜 사람이다. 밝고, 순수하다.

"그나저나 태주는 어디 있어요? 아직 안 끝났나?"

"곧 있으면 나올 거예요."

유경은 작품 정리를 서둘렀다. 태주와 마주치지 않도록 얼른 자리를 피해 줄 생각이었다.

"어? 한태주다!"

하정은 태주를 보자마자 몸을 틀고 거울을 꺼내 화장 상태와 앞머리, 아이라인, 립 상태를 확인했다. 그러고는 활짝 웃으며 태주에게로 달려가 자연스레 팔짱을 꼈다.

두 사람이 뒤에서 대화를 나누는 사이 유경은 괜스레 작품을 살피는 척했다. 돌아보지 않아도 등이 시린 기분이었다.

"넷이 저녁 먹을까?"

태주의 목소리가 유경의 귀에 선명히 꽂혔다. 그는 분명 하정에게 말하고 있었지만, 시선은 유경에게 고정되어 있었다.

"넷이?"

하정이 묻자 태주가 고개를 끄덕였다.

"너랑 나, 강유경이랑 형. 이렇게 넷이."

살며시 올라간 입매와 달리 태주의 눈은 서늘했다. 그의 시선이 미술관 중앙의 계단으로 향했다.

선우가 윤 비서와 함께 계단을 내려오고 있었다.

네 사람이 향한 곳은 아트라 근처 호텔의 고급 레스토랑이었다.

"집에 가서 자랑해야겠어요. 아트라 식구들이랑 같이 밥 먹었다고."

하정이 들뜬 목소리로 조잘댔다. 멍하니 스테이크를 응시하던 유경은 그제야 고개를 들었다. 맞은편에 나란히 앉은 태주와 하정은 누가 봐도 잘 어울리는 한 쌍의 커플 같았다.

"뭐 대단한 일이라고."

"매스컴에 자주 오르내리는 분들이잖아. 같이 셀카 찍어서 가보로 남겨 두고 싶은데 너무 주책없어 보일까 봐 꾹 참고 있는 거야."

태주는 피식 웃으며 와인을 한 모금 들이켰다.

유리잔 너머로 어두운 표정의 선우와 유경이 보였다. 선우는 묵묵히 스테이크만 썰고 있었고, 유경은 쉬지 않고 말하는 하정을 조용한 눈으로 바라보고 있었다.

"맞다, 유경 씨. 저 궁금한 게 있는 데요. 태주 고등학생 때 어땠어요? 유경 씨랑 같이 자랐다면서요."

불쑥 튀어나온 하정의 말에 스테이크를 썰던 태주의 손길이 멈췄다.

그녀의 물음에 당황한 사람은 태주만이 아니었다. 말없이 앉아 있던 선우도, 연하게 웃고 있던 유경도 못 들을 말을 들은 사람처럼 딱딱하게 굳었다.

하정은 세 사람의 묘한 분위기를 눈치채지 못하고 계속해서 말을 꺼냈다.

"지금은 남성미 물씬 풍기는데, 고등학생 때는 되게 귀여웠을 것 같아요."

유경은 대답 대신 어색하게 웃었다. 선우는 들고 있던 나이프를 내려놓으며 차가운 물을 들이켰고, 태주는 메마른 눈으로 유경을 응시했다. 오랜 침묵 끝에 유경이 싱긋 웃으며 대답했다.

"착했어요."

"에이! 그렇게 좋은 말만 하지 말구요. 음, 뭐 공부를 더럽게 못했다든가 여자가 많았다든가 이런 거요."

유경은 적색 와인이 반쯤 담긴 투명한 유리잔을 물끄러미 바라보았다.

열여덟의 태주. 찬란했던 그 시절의 태주를 기억 속에서 끄집어낸다.

가장 먼저 떠오르는 기억은 머리카락을 스치던 감촉이다.

살며시 다가와 머리끈을 푸르고 지나가던 손길. 고개를 들면 모르는 척 천연덕스럽게 앞서 가는 태주가 있다.

빠르게 걸어 태주의 교복 재킷을 잡는다. 그제야 멈춰 선 태주는 퉁명스레 뒤돌아선다.

"돌려줘."

눈도 마주치지 못하고 작게 아름거리면, 태주는 고개를 갸웃하며 짓궂게 물었다.

"뭘?"

그러면 유경은 붉어지는 얼굴을 숨기며 애원하곤 했다.

"머리끈. 머리끈 줘."

그 짧은 단발머리를 왜 묶느냐는 물음에 대답하지 않고 같은 말만 반복했다.

"얼른 줘. 하나밖에 없단 말이야."

사실은 무서웠다. 예전처럼 머리채를 잡힐까 봐 두려웠다. 그 끔찍한 공포를 더 이상 느끼고 싶지 않았다.

태주는 유경의 속도 모르고 머리끈을 높이 들어 올리며 얄밉게 놀렸다.

"싫어."

그러다 불쑥 허리를 숙여 얼굴을 마주하고는,

"나랑 밥 먹자. 밥 먹으면 돌려줄게. 너 뭐 좋아하냐. 떡볶이? 돈가스?"

환하게 웃으며 말하곤 했다. 미워할 수 없는 모습에 유경은 결국 못 이기는 척 웃어 버리고 말았다. 태주는 그런 유경을 빤히 바라보다가 낯간지러운 말을 툭 내뱉었다.

"이제야 웃네. 넌 웃는 게 예쁘더라."

빛나던 너. 빨강, 초록, 노랑, 보라색처럼 선명하던 그때의 너.
"유채색…… 같았어요."
유경의 입에서 몽롱한 목소리가 흘러나왔다. 태주는 멈칫하고 유경을 쳐다봤다. 그녀는 꼭 꿈속에 있는 사람처럼 잔잔하게 웃고 있었다.
"어머, 유경 씨는 천생 예술인인가 봐요. 어떻게 그런 표현을 하지."
"네? 아, 제가 뭐라고 했죠?"
"유채색 같았다고 했어요. 태주가 좀 튀는 짓을 많이 했나 봐요?"
하정이 다소 경박스럽게 깔깔 웃어 댔다. 그제야 정신을 차린 유경은 흘긋 태주의 표정을 살폈다. 다행히 아무것도 듣지 못한 눈치였다.
"태주야, 그럼 유경 씨는? 유경 씨는 어땠어? 이사장님. 유경 씨는 어땠어요?"
하정이 궁금해 미치겠다는 얼굴로 태주와 선우를 번갈아보며 물었다. 선우는 기계적인 미소만 지을 뿐 대답하지 않았다. 그러자 태주가 건조한 목소리로 답했다.

"글쎄. 기억이 잘 안 나네."

허공에서 태주와 유경의 눈이 마주쳤다. 태주는 미세하게 흔들리는 유경의 눈을 오랫동안 바라보다가 곧 외면해 버렸다.

대화의 8할은 하정의 몫이었다. 하정은 끊임없이 화제를 꺼냈고, 아는 이야기가 다 떨어지면 태주에 관해 꼬치꼬치 캐물어 댔다.

선우는 하정의 말을 한 귀로 듣고 한 귀로 흘려버렸다. 하정처럼 말이 많고 시끄러운 여자는 딱 질색이었다.

"그나저나 괜히 웰던으로 시켰나 봐. 너무 안 썰려."

하정이 구시렁거리며 끙끙댔다. 소란스럽게 접시를 긁는 나이프 소리에 유경과 선우, 태주의 시선이 하정에게로 쏠렸다.

민망해진 하정이 배시시 웃자 태주가 무심한 손길로 스테이크를 썰어 주었다. 하정은 동그란 눈을 빛내며 태주의 옆모습을 빤히 쳐다보았다.

"어쩜 고기도 잘 썰어? 못하는 게 뭐니?"

"미국에서 이걸로 먹고 살았잖아."

"몰라. 이유가 뭐든 멋있어."

하정이 홀딱 반한 눈으로 읊조렸다. 눈을 반짝거리는 그녀를 유경은 물끄러미 쳐다보았다. 하정은 자신과 너무 다른 사람이었다.

솔직하면서 사랑스럽고 예쁜 사람. 그런 사람이 태주의 옆에 있어 다행이었다.

하지만 한편으론 서글펐다. 태주가 다른 사람의 곁에서 새로운 사랑을 쌓아 가는 동안, 유경의 흔적은 더 깨끗하게 지워질 터였다.

그런 생각이 스치자 문득 우스워졌다. 태주를 버려 놓고, 잔인하게 상처 주고 무슨 자격으로 서운해하는 거지.

유경은 시린 눈을 감추려 시선을 내렸다. 가슴이 자꾸만 아려 왔다.

"별게 다 멋있대. 자, 먹어."

태주가 다 썰린 스테이크를 하정에게 건네며 유경의 접시를 흘긋 보았다. 먹는 건지, 뱉는 건지. 유경의 접시는 음식이 처음 나온 모습 그대로였다.

"형은 안 해 줘?"

어쩐지 비꼬는 말투에 선우가 고개를 들었다.

"뭘?"

"강유경. 제대로 못 먹는 것 같은데."

웃는 입매와 달리 태주의 눈은 날카로웠다. 선우는 안경을 추켜올리며 여유롭게 웃었다.

"우린 각자 하는 게 편해."

그 말에 태주가 작게 실소를 터트렸다. 이유 모를 웃음에 하정은 어리둥절한 표정으로 태주를 바라봤다.

"다쳤잖아."

순식간에 웃음기를 지운 태주가 낮은 목소리로 짧게 내뱉었다.

"강유경 손 저번에 다쳤잖아. 기억 안 나?"

웃고 있던 선우의 얼굴이 매섭게 굳었다. 유경은 두 눈을 질끈 감고 치맛자락을 꽉 쥐었다. 손끝에서부터 전해지는 긴장감에 온몸이 딱딱하게 굳는 기분이었다.

아슬아슬한 긴장 속에서 자유로운 사람은 세 사람의 관계를 모르는 하정뿐이었다.

"아, 맞다! 유경 씨 손 다쳤죠! 이제 좀 괜찮아요? 제가 썰어 줄까요?"

"아, 아니에요. 거의 다 나았어요."

"가만 보니까 이사장님이 살짝 무뚝뚝하신 것 같아요. 뭐랄까, 다른 여자에겐 차갑지만 내 여자에게만은 따뜻한 스타일?"

농담으로 던진 말인데 웃어 주는 사람은 아무도 없었다. 세 사람 사이를 맴도는 침묵은 무겁다 못해 살벌하기까지 했다. 하정은 그제야 묘한 분위기를 감지하곤 싸해진 분위기를 무마시키려 괜히 크게 웃으며 이야기를 해댔다.

하지만 그녀의 목소리 뒤에는 공허한 메아리만 남았다. 침묵은 꽤 오래 이어졌다. 먼저 입을 연 사람은 딱딱하게 굳은 얼굴의 선우였다.

"손은 어때."

선우는 유경에게 시선조차 주지 않은 채 물었다. 유경은 빠르게 고개를 저었다.

"괜찮아요. 제가 알아서 먹을게요. 그냥 오늘따라 안 먹혀서 그래요."

유경은 무언가에 쫓기는 사람처럼 황급히 스테이크를 썰기 시작했다. 나이프를 쥔 그녀의 손이 살며시 떨렸다.

태주는 칼질하는 유경의 손을 바라보다가 그녀의 얼굴로 시선을 옮겼다. 핏물 가득한 고기 조각을 보며 살짝 인상을 찡그리더니, 두 눈을 꼭 감은 채 입안에 넣는다. 고기를 씹을 때마다 하얀 미간이 참기 힘든 듯 오므려진다.

이윽고 힘겹게 씹은 고기 조각이 유경의 목을 타고 넘어가는 순간, 태주의 한쪽 눈썹이 움찔 떨렸다. 동시에 유경이 자리에서 벌떡 일어났다.

"유경 씨? 왜 그……."

하정이 채 말을 끝내기도 전이었다. 유경은 두 손으로 입을 가린 채 자리를 박차고 나갔다. 갑작스러운 상황에 하정도 무작정 유경을 따라나섰다. 반면에 선우는 대수롭지 않은 일이라는 듯 태연하게 입을 닦았다.

"뭐 하자는 거야?"

선우가 무서울 만큼 침착한 목소리를 뱉어 냈다. 시종일관 부드러웠던 인상은 차게 식어 있었다.

그 모습에 태주의 미간이 신경질적으로 구겨졌다. 애인이라는 여자가 갑자기 뛰어나가는 이런 상황에서 차분하게 따지고 드는 선우의 행동이 도무지 이해가 가질 않았다.

"형이야 말로 뭐 하자는 건데. 강유경, 왜 저러는지 알기나 해?"

"원래 예민한 애잖아. 그리고 네가 상관할 일이 아닌 것 같은데. 유경이 이제 네 여자 아니야."

"그래. 네 말대로 내 여자 아니야. 그런데 넌 왜 나보다 강유경을 더 모를까."

선우의 눈이 매섭게 가늘어졌다.

"요점만 말해."

"강유경, 핏물 고인 건 입에 대지도 못해."

선우는 그제야 메뉴를 주문할 때 무심코 내뱉은 말을 떠올렸다.

같은 거로 주세요. 식사를 할 때마다 메뉴를 정하는 건 늘 선우의 몫이었고, 유경은 언제나 그랬듯 군말 없이 그의 결정을 따랐다. 이번에도 자신의 입맛대로 주문한 후 유경의 선택권을 묵살해 버렸다.

"연기를 하려면 똑바로 해. 너랑 강유경 관계가 의심될 때마다 내가 보낸 3년이 억울해지거든."

선우의 눈가에 짧은 경련이 일어났다.

"입 다물어. 네가 지금 화가 나는 이유를 말해 줘? 넌 강유경을 잃어서 화가 나는 게 아니야. 너를 좋아했던 사람이 결국 나를 택했다는 사실에 기분이 더러운 거겠지. 넌 모든 사람들이 너만 사랑할 거라고 생각하잖아. 안 그래?"

이제야 본색을 드러내는 선우를 보며 태주는 비스듬히 웃었다.

"너보다 나를 좋아하는 사람들이 많아서, 그래서 화가 났던 거야? 날 엿 먹이려고 유경이를 빼앗은 거고?"

"닥치라고 했어."

"형. 생각보다 훨씬 불쌍한 사람이구나."

"한태주!"

태주는 들고 있던 나이프를 테이블 위로 집어던지며 자리에서 일어났다. 분노에 몸을 떠는 선우를 깔아 보며 느릿하게 입을 열었다.

"이제는 너랑 강유경 관계가 거짓이든 아니든 상관없어. 넌 나를 배신했고 강유경은."

태주는 잠시 멈칫했다. 유경의 이름을 내뱉자 귀밑이 시큰거렸다.

"나를 믿지 않았으니까."

그 말을 마지막으로, 태주는 선우만 남긴 채 레스토랑을 빠져나갔다.

8
화

증오하는
너에게

하정은 막 화장실에서 나온 유경을 걱정스레 쳐다봤다. 안 그래도
하얗던 얼굴이 더 창백하게 질려 있었다.

"유경 씨, 괜찮아요? 왜 그래요. 체했어요?"

"괜찮아요. 원래 가끔 이래요. 저 때문에 괜히…… 미안해요."

"미안하긴요. 속 안 좋으면 집에 갈래요? 데려다줄게요."

"아뇨. 저 혼자 가도 돼요. 하정 씨는 태주랑 더 있다 오세요."

유경은 파리해진 얼굴로 애써 웃어 보였다. 핏기 없이 하얀 얼굴이
었다. 하정은 그런 유경을 안쓰럽게 바라보다가 선우의 태도를 생각하
며 인상을 구겼다.

자기 여자가 갑자기 뛰쳐나가 구역질을 하는데 애인이라는 사람은
코빼기도 보이지 않다니. 한선우 이사장을 참 좋게 봤는데, 오늘은 여
러모로 그에게 실망스러운 날이었다.

"일단 나가요. 마침 요 앞에 약국 있더라고요. 거기서 소화제라도 사
먹어요."

"정말 괜찮은……."

하정은 유경의 말을 듣지도 않고 그녀를 끌었다. 한사코 괜찮다는 유경을 끌고 무작정 호텔 입구로 향하던 찰나였다. 무섭게 굳은 얼굴의 태주가 입구로 저벅저벅 걸어 들어왔다. 그의 손에는 구겨진 약봉지가 들려 있었고, 어깨에는 빗물이 묻어 있었다.

유경은 로비에 나 있는 창을 바라봤다. 어둑어둑한 유리창 너머로 약한 빗소리가 들려왔다. 오후에 비가 내린다더니 이제야 쏟아지기 시작한 모양이었다.

"어? 태주, 너 나갔다 왔어? 약 사 온 거야? 마침 잘됐다. 안 그래도……."

하정이 반가운 듯 말을 꺼냈다. 하지만 태주는 하정의 말이 들리지도 않는 것처럼 유경에게 성큼 다가갔다.

"너 뭐야."

터져 나오는 울분을 억누르는 목소리였다. 유경의 적막한 눈이 태주의 관자놀이에 흐르는 빗물로 향했다. 무안해진 하정은 괜히 헛기침만해 대며 머리를 긁적였다.

"못 먹는 거, 싫어하는 거 표현 못 해?"

태주가 유경에게 한 걸음 다가가며 다그쳤다. 태주의 얼굴이 분노인지 슬픔인지 모를 감정으로 일그러졌다. 화내는 태주를 조용히 바라보던 유경은 오랜 침묵 끝에야 차가운 목소리를 뱉었다.

"그냥 체한 거야. 과민 반응하지 마."

손끝이 살짝 떨려 왔지만 대수롭지 않은 일이었다. 비릿한 음식을 먹으면 어김없이 올라오는 구역질. 예민한 신경 탓에 고질병처럼 짊어온 증상 아니던가. 유경은 태연한 척 표정을 굳히곤 태주를 지나쳤다. 두 사람 사이에서 어쩔 줄 모르고 끼어 있는 하정에게 못할 짓이었다.

그러나 태주가 먼저 그녀의 팔을 잡아챘다. 그는 들고 있던 약봉지를 신경질적으로 뜯더니 작은 환약 몇 알을 꺼내 유경의 손에 올려놓았다.

"삼켜."

유경은 고개 들어 태주를 바라봤다. 어깨에 묻은 빗물. 잔뜩 좁혀진 미간, 화난 눈. 다시 시선을 내려 손바닥에 놓인 환약을 보았다. 유경이 체할 때마다, 태주가 황급히 뛰어나가 사 왔던 그 약이었다.

"앞으로 네 몸은 네가 챙겨. 바보처럼 휘둘리지 말고."

"……."

유경은 동그란 환약을 물도 없이 삼켰다. 꼭 감은 두 눈이 파들파들 떨렸다. 어쩌면 음식 때문에 구역질이 나는 게 아니라, 이기적인 욕심에 구역질이 나는 건지도 모른다. 다른 여자와 함께 있는 모습에 질투를 느끼는 자신이 역겨워서.

무거운 정적 속에서 창을 때리는 빗물 소리가 커다랗게 울려 퍼졌다. 빗줄기가 굵어지고 있었다. 태주는 유경이 약을 삼키는 모습을 보고 나서야 하정과 함께 호텔을 나섰다. 그리고 두 사람이 탄 검정색 차는 뿌연 김을 뿜으며 비가 쏟아지는 어둠 속으로 자취를 감추었다.

홀로 남겨진 유경은 태주의 온기가 스친 손을 가만히 쥐었다 펴보았다. 숨을 크게 쉬며 태주의 향기가 떠다니는 공기를 들이켜도 보았다. 은은하면서도 축축한 비 냄새가 폐부 깊숙이 스며들었다.

그립고, 아프고, 서러운 냄새. 태주를 가득 담은 비 냄새였다.

비가 오면서 날이 더 추워졌다. 주변을 맴도는 공기가 평소보다 날카롭게 살갗을 파고들었다. 이런 지독한 추위에는 태주도 한몫을 하고 있었다. 하정은 입술을 지근지근 깨물며 태주의 옆모습을 바라보았다.

검정색 슈트를 단정하게 차려입고선 묵묵히 핸들만 잡고 있는 남자. 그녀가 알던 한태주가 아닌 것 같았다.

"저기……."

차가 신호 앞에 멈췄을 때 하정이 조심스레 입을 열었다.

"나 뭐 물어볼 게 있는데."

태주는 그제야 하정을 바라봤다. 하정은 조금 전에 본 유경과 태주의 모습을 떠올리며 마른침을 삼켰다. 아무리 자신이 눈치가 없다고 해도, 그 정도의 묘한 분위기는 충분히 캐치할 수 있었다.

묘하다 못해 찜찜한 분위기. 태주와 유경 사이에는 그 형용할 수 없는 분위기가 흐르고 있었다. 찜찜함을 떨쳐 내기 위해선 이유를 알아야 할 것 같았다. 그래서 패기 있게 운을 뗐건만, 하정은 태주의 얼굴을 보자마자 하려던 말을 삼켰다.

"아, 아니야. 다시 생각해 보니까 안 물어보는 게 나을 것 같아."

"뭔데? 말해 봐."

다정한 듯 무심한 목소리. 이런 목소리를 들을 때마다 하정은 태주에게 낯선 거리감을 느끼곤 했다.

보이지 않는 벽. 알지도 못하는 한 여자가 둘 사이에 끼어 있는 느낌. 하정은 완강히 고개를 저었다.

"됐어. 솔직히 나도 오늘은 기분이 별로네. 따지고 보면 손님 초대해 놓고 저녁 식사한 건데 대접이 영 꽝이었어. 한선우 이사장님도 실망스럽고, 너도 실망스러워."

사실 태주에게 실망스러운 부분은 없었다. 처음부터 끝까지 잘 챙겨 줬고 남자로서의 매너도 최대한 지켰다. 서운한 점이 있다면 딱 하나.

조금 전, 자신을 없는 사람 취급하며 유경에게 다가간 점이었다.

물론 충분히 그럴 만한 상황이기는 했다. 그런데도 이상하게 화가 나고 질투가 났다.

왜 질투가 난 걸까. 곰곰이 생각하던 중에 문득 위험한 생각이 스쳤다.

혹시, 태주가 말한 그 여자가 강유경 씨라면.

아니다. 말도 안 되는 생각이다. 설마 형의 여자를 좋아할 리가. 황급히 고개를 저지만 마음 한구석에서 자꾸만 불길한 느낌이 엄습했다.

"한태주. 혹시……."

"우리 사귈까?"

하정이 입을 열던 찰나, 태주가 먼저 말을 가로챘다. 갑작스레 튀어나온 말에 하정은 말문이 막혔다.

그는 도로 갓길에 차를 세우더니 '사귈까'라는 말을 꺼낸 사람치곤 초연한 표정으로 하정을 응시했다. 빗소리만 울려 퍼지는 어둠 속, 태주의 얼굴은 어쩐지 위험해 보였다.

"나한테 너 이용하라고 했지."

하정은 대답 대신 고개만 살짝 끄덕였다. 자신이 했던 말을 그대로 곱씹었을 뿐인데 이상하게 가슴이 떨렸다. 설렘과 긴장과 불안. 여러 감정이 소용돌이쳤다.

"그 말, 아직도 유효해?"

하정은 또다시 고개를 끄덕였다. 이번에는 조금 더 세찬 끄덕임이었다.

"상처 줄지도 몰라. 오래 걸릴 지도 모르고."

"난…… 네 마음이 어떻든 내 마음에 솔직할 거야."

하정은 이미 굳게 결심한 듯 단호했다. 태주는 그런 하정을 보며 낮게 잠긴 목소리를 뱉어 냈다.

"오늘 불편했다면 미안해."

그가 씁쓸히 웃으며 덧붙였다.

"나도 이런 내가 싫다."

태주는 차창 밖으로 시선을 돌렸다. 마주 오는 자동차의 불빛이 태주의 얼굴 위로 이따금씩 내려앉았다. 그럴 때마다 그의 이마와 콧날, 턱으로 이어지는 선이 날카로우면서도 부드럽게 빛났다.

하정은 어둠 속에서도 선명한 태주의 얼굴로 손을 뻗었다. 단단하면서도 부드러운 태주의 뺨을 만지고, 비를 머금은 듯 축축한 눈을 바라보았다.

"나는 이런 네가 좋아. 솔직하게 말해 줘서, 네 감정을 꾸미지 않아서 좋아."

그래서 알기 싫다. 네가 온 마음을 다해 사랑했던 그 여자, 알기 싫어.

하정은 조용히 마지막 말을 묻어 두었다.

한 관장이 지방으로 출장을 가 버린 탓에 집에 남은 사람은 유경과 선우 오직 둘뿐이었다. 저녁 식사 후 선우는 아무런 말이 없었고, 집에 온 뒤에도 유경에게 말 한마디 붙이지 않았다.

유경은 더 불안했다. 평소 같으면 온갖 꼬투리를 다 잡아서라도 상처를 내고 흠집을 냈을 사람이었다. 더군다나 선우가 그토록 싫어하는 태주와의 저녁 식사가 아니었나. 태주의 이름을 꺼내며 유경의 속을 수십 번도 더 뒤집어 놔야 직성이 풀리던 그가 지금은 무서울 만큼 차분했다.

"먼저 들어가 볼게요."

방으로 향하는 선우의 등에 대고 유경이 작게 읊조렸다. 그 말에 선우는 걸음을 멈췄다. 무언가 할 말이 있는 눈치였다.

그가 쉽게 입을 열지 않자 유경은 걸음을 옮겨 계단으로 향했다. 그때, 집안을 울리는 선우의 목소리가 유경의 발목을 잡았다.

"오늘은 내 방에서 자."

유경은 걸음을 멈추고 돌아섰다. 선우가 어둠 속에서 유경을 빤히 응시하고 있었다.

"뭐라고…… 했어요?"

"내 방에서 자라고."

선우가 곱씹듯 말을 내뱉었다. 그의 얼굴은 피로와 나른함, 무기력함으로 물들어 있었다. 유경은 방문 앞에 서 있는 선우를 멀거니 바라보았다.

"알겠어요."

유경은 순순히 대답하며 계단을 내려갔다. 예전 같으면 무슨 헛소리냐고 날카롭게 쏘아붙이며 제 방으로 향했을 그녀였지만, 이제는 그럴 필요가 없었다. 그녀는 이 모든 일에 체념한 지 오래였다.

우두커니 서 있는 선우를 지나쳐 먼저 방으로 들어간 유경은 문이 닫히자마자 입고 있던 원피스의 지퍼를 내렸다. 그러곤 속옷을 가리고 있던 얇은 슬립마저 벗기 시작했다.

예상치 못한 행동에 선우가 유경의 팔을 강하게 잡아챘다.

"뭐 하는 짓이야?"

유경이 생기 없는 눈동자로 선우를 응시했다.

"오빠 방에서 자라면서요."

"그냥 내 방에서, 내 옆에서 자라고. 누가 뭐 하자고 했어?"

선우의 가슴이 크게 부풀었다가 가라앉았다. 유경은 그런 선우를 의아하게 바라보았다. 이해할 수 없다는 듯 쳐다보더니 감정 없는 목소리를 툭 내뱉었다.

"다른 의미인 줄 알았어요."

그 말끝에 무거운 정적이 내려앉았다. 선우의 손에 서서히 힘이 풀리자 유경은 반쯤 벗었던 슬립을 다시 걸쳤다. 그리고 조용히 침대에 올라 벽을 등지고 누웠다.

"……오빠가 그랬죠. 태주도 가져 본 나를 오빠도 가져 봐야겠다고. 나중에 버리더라도 한 번쯤은 가져 봐야겠다면서요."

유경은 무서울 정도로 담담하게 말을 이었다.

"언제든 말해요. 원하는 대로 해 줄게. 대신 날 가지고 나면."

유경은 잠시 말을 멈췄다. 선우는 가만히 숨을 고르는 유경의 뒷모습을 바라보았다. 이불 위로 드러난 여린 어깨가 도드라져 보였다.

그녀는 한참이나 뜸을 들인 후에야 나직한 한마디를 내뱉었다.

"꼭 버려 줘요."

그 순간, 선우는 작게 웅크린 유경의 뒷모습에서 한 여자를 보았다.

자신의 처지를 부정하다가 끝내 인생을 체념하고 말았던 여자. 할 수만 있다면 기억에서 지워 버리고 싶은 여자.

그의 어머니였다.

눈꺼풀 위로 쩅한 아침햇살이 내려앉았다. 밝고, 날카로운 빛. 창밖을 보니 가닥가닥 뻗은 나뭇가지마다 새하얀 눈이 쌓여 있었다. 햇빛이 밤에 쌓인 눈에 반사되어 더 따가운 모양이었다.

선우는 눈을 느리게 감았다 뜨며 창밖을 한참이나 바라보았다. 물에 젖은 솜처럼 무거운 몸을 이끌고 창문 앞에 서자 정원의 풍경이 한눈에 들어왔다.

10년 넘게 반복되는 겨울, 숨 막히도록 하얀 세상, 그럼에도 여전히 낯선 풍경. 문득 공허한 웃음이 흘러나왔다.

느릿하게 걸음을 옮겨 침대 끝에 걸터앉았다. 유경은 벽을 향해 잔뜩 웅크린 자세로 누워 있었다. 이따금씩 작은 어깨가 들썩였지만, 숨소리 한 번 편히 내지 못하는 것 같았다.

날개뼈가 툭 불거진 등. 하얀 뺨을 지나 어깨 밑으로 흘러내린 까만 머리카락. 살갗도 닿기 싫다는 듯 웅숭그린 몸. 모든 게 강유경다웠다.

"강유경."

선우가 어깨 위로 흘러내린 머리카락을 조심스레 움켜쥐며 날숨 같은 목소리를 내뱉었다.

강유경. 오늘따라 낯선 이름을 괜히 불러본다.

"강유경……."

강유경. 네 이름을 이렇게 곱씹은 적이 있던가.

"강유……."

작게 읊조리던 목소리를 삼켰다. 어느새 잠에서 깬 유경이 새카만 눈으로 선우를 응시하고 있었다.

"……."

서로를 마주한 채 찰나의 침묵이 흘렀다. 유경은 눈앞에 다가온 선우를 빤히 쳐다보았고, 선우는 손가락 사이사이에 흐르는 부드러운 머리카락을 꽉 움켜쥐었다.

"강유경."

흐릿하던 목소리에 일순 힘이 들어갔다. 흩날리던 문장에 마침표라
도 찍듯 선명한 어조로 유경의 이름을 불렀다.

강유경.

자꾸만 부르게 되는 네 이름에 답이 있으면 좋겠다. 미칠 것처럼 혼
란스러운 이 감정을, 네가 설명해 주면 좋겠다. 아무것도 아니라고. 그
저 지독한 독기와 외로움에 미쳐 가고 있을 뿐이라고.

"그럴 리 없잖아."

너 같이 천한 여자애를.

"말해. 아니라고."

맥락도 없는 혼잣말에 유경의 얼굴이 굳었다.

"뭘…… 말하라는 거예요."

"모르겠어. 나도 모르겠으니까 그냥 아니라고 해."

선우는 점점 유경과의 거리를 좁혔다. 그가 다가올수록 유경은 침대
끝으로 물러났다. 유경은 최대한 두려움을 숨긴 채, 평소답지 않게 흐
트러진 선우를 꼿꼿하게 마주했다.

"그래요. 아니에요."

"그래. 아니야."

"이제 비켜요."

하지만 선우는 비켜 줄 생각을 하지 않았다. 오히려 유경의 뒷목을
강하게 끌어당겼다. 그의 얼굴이 순식간에 코앞으로 다가오자 유경은
숨을 참았다.

"네 말대로 아무것도 아니야. 그런데 난, 왜 화가 나서 미칠 것 같
지?"

선우의 얼굴에는 불안감과 자괴감이 번져 있었다. 어둡고 위험했다.
분노와 처연함, 누구든지 삼켜 버릴 것 같은 무모함. 그런 것들이 어지

럽게 뒤섞인 얼굴이었다.

"왜 그랬어."

그땐 왜 그랬어.

"왜 다가왔어."

아무도 신경 쓰지 않던 내게, 왜 먼저 다가왔어.

"왜 그런 위선을 부렸어?"

너도 똑같을 거면서. 결국 한태주한테 갈 거면서.

선우의 목소리가 점점 격해졌다. 울부짖듯 갈라지는 목소리에 유경은 침대 시트를 꼭 말아 쥐었다. 목에 닿은 선우의 손이 뜨거워서 데일 것 같았다.

그는 늘 위태로운 사람이었다. 유경을 숨 막히게 만드는 두려움은 그의 분노에서 비롯되는 게 아니라, 언제 무너질지 모르는 위태로움에서 비롯되곤 했다.

"……가족이 될 줄 알았어요."

유경의 입에서 떨리는 목소리가 흘러나왔다.

"내가 더 노력하면 가족으로 받아 줄까 봐. 그래서 그랬어요."

유경의 얼굴에 쓴웃음이 번졌다. 선우는 그 미소를 빤히 바라보다가 커다란 손으로 그녀의 얼굴을 감쌌다. 반항할 틈도 주지 않았다. 작은 얼굴을 강하게 끌어당겨 코끝을 마주했다. 조금만 더 끌어당기면 입술이 부딪힐 거리였다.

하지만 선우는 그 거리를 더 이상 좁히지 못했다. 묻어 두었던 옛 기억이 유경의 얼굴 위로 피어오르는 탓이었다.

스물다섯이 되던 해였다.

대학 졸업을 앞두고 미술관 경영 공부에 온 신경을 곤두세우고 살던 때. 너는 머리는 좋지만 가슴으로는 느낄 줄 모른다며 아버지로부터 탐탁지 않은 시선을 받던 때. 그러면서도 겉으로는 여유로운 척 웃어야만 했던 시절.

선우는 사귀던 애인에게 이별 통보를 받았다. 감정 없는 로봇과 사귀는 느낌이라고 했다. 사랑 없이 장신구처럼 데리고 다니던 여자였지만, 먼저 헤어지자는 소릴 들으니 기분이 썩 더러웠다.

그날, 선우는 집으로 돌아오자마자 독한 술을 꺼냈다. 차갑게 식혀 둔 술을 무작정 들이켰다. 취해서 온몸이 뜨거워질 때까지. 너희들이 말하는 뜨거운 가슴, 그거 한번 만들어 보겠다고 미친 듯이 술을 마셨다.

마시고 토하고 또 마시기를 반복하며 죽기 살기로 술을 퍼붓던 어느 순간, 심장이 터질듯 벌떡거리기 시작했다. 가슴이 뜨겁게 달아올라 숨 쉬기도 힘들 만큼 조여 왔다.

그런데 그 순간, 우습게도 강유경이 생각났다.

"날이 춥죠?"

유경이 이 집에 처음 발을 들였던 겨울, 그녀는 정원에 서 있는 선우에게 다가와 괜스레 한마디씩 던지곤 했다.

"음, 그래도 저는 여름보다 겨울이 좋아요. 오빠는요?"

귀찮았다. 근본도 모르는 계집애가 다가와 적선하듯 말을 걸어 줄 때마다 태주에게 느꼈던 비슷한 감정이 되살아났다. 그래서 철저히 무시하고 외면했다.

하지만 유경은 날이 갈수록 말이 많아졌다. 점심은 먹었는지 물었고 담배는 몸에 좋지 않다고 훈계도 했다. 가끔은 '관장님이 오빠를 많이 믿으시는 것 같다' 라는 듣고 싶지 않은 말들까지 끊임없이 쏟아 냈다.

"고아들은 누구한테 말을 배우지? 낳자마자 버려졌을 텐데."

비스듬히 웃으며 내뱉은 말이었다. 부드럽고 선한 얼굴로 비수를 꽂았던 말에 점점 사그라지던 그 애의 미소. 그 짧은 순간을 선우는 지금도 또렷하게 기억한다.

"그래서 지금이라도 하려구요. 어릴 때 많이 못 해서."

유경은 멋쩍게 웃었다. 그러더니 지치지도 않고 또다시 말을 이었다. 오빠는 틀린 게 아니라 다른 거예요. 나는 똑똑한 오빠가 부러워요.
소외된 사람을 지나치지 못하고 끊임없이 재잘대던 입. 말이 많지도 않으면서 많은 척, 밝지도 않으면서 밝은 척 누군가를 위로해 주려던 그 입.
술을 마시고 가슴이 뜨거워지니 그 작은 입이 보고 싶었다. 그 입에서 흘러나오는 목소리가 듣고 싶었다. 이성이 휘발되고 주체 못할 감정만 잔재로 남았던 때, 선우는 한 손에 술을 들고 한 손으로는 계단 난간을 잡은 채 비틀비틀 2층으로 올랐다. 머리로는 끊임없이 2층에 올라온 구실을 찾으면서, 발걸음은 구석에 자리한 자그마한 문 앞으로 옮겼다.
문고리를 잡고 돌리려는 때였다. 방 안에서 가느다란 웃음소리가 들렸다. 선우는 방문을 살짝 열어 보았다. 열린 방문 틈으로 형광등 불빛이 희미하게 새어 나왔다. 그 사이로 침대에 앉아 밝게 웃고 있는 유경이 보였다.

그리고 그곳엔 태주가 있었다.

태주의 커다란 손이 유경의 얼굴을 부드럽게 감쌌다. 유경은 가만히 눈을 감았다. 하얀 얼굴 위로 태주의 얼굴이 드리워졌다.

두 사람의 얼굴이 점점 가까워지고 입술이 맞닿으려던 찰나, 선우는 재빨리 등을 돌리고 계단을 내려갔다. 남은 술을 들이켜며 아무렇지 않게 웃었다.

몸이 떨리는 이유는 술기운 때문이라고 되뇌었다. 괜찮았다. 괜찮지 않을 이유가 없었다.

강유경이 뭐라고. 그깟 계집애가 뭐라고.

너 같은 게 뭐라고.

"가족? 내가 가족이 될 줄 알았어?"

선우는 유경의 턱을 거칠게 들어 올렸다. 가늠할 수 없는 선우의 행동에 유경은 이미 체념 상태였다.

"……오빠."

"오빠라고 부르지 마."

"가끔은 그런 생각이 들어."

유경이 천천히 운을 뗐다.

"오빠는 날 증오하는 걸까, 아니면……."

유경은 말을 삼키며 선우를 빤히 응시했다. 차마 내뱉지 못한 말은 선우가 대답해 줬으면 했다. 그가 이러는 이유가 도대체 무엇 때문인지. 비단 태주를 향한 분노 때문인지, 그게 아니면…….

"증오해."

선우의 입에서 낮은 대답이 흘러나왔다. 그의 대답엔 비릿한 웃음기가 배어 있었다.

"미칠 만큼 증오해. 네 세포 하나하나를 씹어서라도 널 망가뜨리고 싶어."

"……다행이야."

유경이 희미하게 웃었다.

"끝까지 날 싫어해 줘요. 나도 오빠를 끝까지 미워할 수 있게."

선우의 눈에 짧은 경련이 일었다. 그녀가 나지막하게 내뱉는 말에는 높낮이도 없었다. 세상을 잃은 사람처럼 껍데기 같은 미소만 띠고 있었다.

마치 태주가 세상이었고 삶이었다는 듯 선우를 바라보고 있었다.

"이 그림들이 이번에 새로 선보이는 연작 '나비'입니다. 3년 간 전국 곳곳을 돌아다니며 그린 그림이죠. 예전부터 모네의 '수련' 같은 연작을 한번쯤 그려 보고 싶었는데, 다 늙은 이제야 그리게 되었네요. 모네만큼은 아니지만 많은 사람들에게 감동을 주는 그림으로 남았으면 좋겠습니다."

"벌써부터 '나비'에 대한 극찬이 상당합니다. 한 가지 더 여쭙자면, 왜 굳이 '나비'를 소재로 삼으신 건가요?"

기자의 질문에 그림을 소개하던 윤종겸 작가가 우뚝 멈춰 섰다. 그는 뒷짐을 진채 나비가 그려진 커다란 그림을 멀거니 바라보았다. 상념에 잠긴 듯 한참을 우두커니 서 있던 그가 천천히 입을 열었다.

"아름다우니까요. 빛과 꽃과 날개. 모든 아름다움이 나비에게 있지 않습니까."

윤 작가의 대답에는 조용한 울림이 있었다. 장내의 소란스러움마저 그의 무게감 있는 목소리에 묻히는 느낌이었다.

유경의 시선이 윤 작가의 그림으로 향했다. 그림 속에는 화려한 꽃잎 사이를 유영하고 있는 나비가 있었다. 환한 햇살을 맞으며 반짝이는 날개. 금방이라도 그림에서 튀어나와 날아다닐 것 같은 생동감. 아름다웠다.

아름다움. 그 단어를 얼마나 오랜 시간 곱씹으며 살아왔던가.

아름답고 싶어서 몸부림치던 날들.

"작가님."

말없이 뒤를 따르던 유경이 나지막하게 입을 열었다.

"……아름답다는 건 뭘까요."

유경이 그림에서 눈을 떼지 않고 물었다. 윤 작가는 물론 인터뷰하던 기자들이 놀란 표정으로 그녀를 돌아봤다. 유경이 먼저 말을 꺼내는 일은 흔치 않은 일이었다.

"속은 썩고 문드러져도 겉보기에 예쁘면 그게 아름다운 건가요."

유경의 말에 어색한 침묵이 흘렀다. 유경은 윤 작가의 대답을 기다렸지만 그는 대답 대신 묘한 미소를 지었다. 한참 뒤에야 입을 연 그는 의미심장한 대답을 내놓았다.

"아름다움은 정의할 수 없습니다. 길가의 돌멩이라도 누군가 아름답다고 한다면, 그건 아름다운 겁니다."

윤 작가는 말을 마치고 유경의 뒤로 시선을 옮겼다. 대리석 바닥을 울리는 구두 소리가 점점 가까워지고 있었다.

"유경 씨를 아름답다고 말해 준 사람이 있나요?"

유경도 윤 작가의 시선을 따라 고개를 돌렸다.

"만약 한 사람이라도 있다면, 유경 씨는 아름다운 사람인 겁니다."

윤 작가의 말이 끝남과 동시에 구두 소리가 멈췄다.

유경은 앞에 다가온 한 남자를 올려다봤다. 처음이자 마지막으로 그녀에게 아름답다고 말해 준 사람. 강유경, 넌 아름다워. 쉬운 듯 어려운 그 말을 입버릇처럼 달고 다니던 사람, 태주가 서 있었다.

천둥 번개가 치던 여름이었다. 그날도 어김없이 유경은 잠을 설쳤다. 노한 하늘에게 쫓기다가 끝내 무자비하고 캄캄한 어둠 속으로 빨려 들어가 죽을 것 같은 막연한 두려움이 밀려왔다.

그리고 언젠가, 그 두려움이 자신을 삼켜 버릴 거라고 생각했다.

유경은 터져 나오는 눈물을 삼키며 베개에 얼굴을 묻었다. 울음소리가 밖으로 새어 나가지 않도록 온몸에 힘을 주고 이 끔찍한 밤이 지나가길 기도했다.

"유경아."

열린 문틈으로 낮은 목소리가 들려왔다. 그저 흔하디흔한 이름을 불러 주는 것뿐인데, 네 목소리는 왜 그리도 따뜻하던지.

네가 유경아, 하고 부를 때마다 생각했다.

어쩌면 나도 너에게로 가서 꽃이 될 수 있겠구나, 하고.

"이리 와."

태주는 이유를 묻지 않았다. 울지 말라고 다독이지도 않았다. 침대 끝에 걸터앉아 이리 와, 한마디와 함께 유경을 끌어안았다.

유경은 태주의 가슴에 얼굴을 묻고 토하듯 울음을 뱉어 냈다. 태주는 제 옷이 축축이 젖는지도 모른 채 유경의 등을 다정하게 토닥여 주었다.

"내 인생은 온통 검은색이야. 밝은 부분이라곤 하나도 없어. 그래서 밤이 싫어. 나랑 너무 똑같아서……."

유경이 태주의 품에서 울먹이자 태주는 더 꼭 그녀를 끌어안았다.

"왜. 나는 검은색이 제일 좋은데."
"……거짓말."
"세상의 모든 색을 섞으면 검은색이 되잖아."

유경은 눈물을 훌쩍이며 고개를 들었다. 그러자 태주가 따뜻하게 웃어 보였다.

"네가 검은색이라면, 네 안에 너무 많은 색이 들어 있어서 그런 거야."

태주는 유경의 이마에 입 맞추며 나지막하게 속삭였다.

"강유경. 넌 아름다워."

"부르셨다고 해서요."
검은색 슈트를 멀끔하게 차려입은 태주가 윤 작가에게 가볍게 묵례했다. 그는 유경을 잠시 쳐다보더니 머지않아 차갑게 시선을 돌렸다.

윤 작가는 한국현대미술전의 축전으로 쓰일 그림에 유경과 태주의 그림을 싣고 싶다고 했다. 국내 유명 화가들의 작품을 한 캔버스에 콜라주할 계획인데, 아트라의 대표로 유경과 태주의 공동 작품을 넣고 싶다는 거였다.

윤 작가는 특히 태주가 반드시 참여해 주면 좋겠다고 했다. 그가 사용하는 다채로운 톤과 특유의 밝은 기운은 다른 작가에게서 찾아볼 수 없다는 이유 때문이었다.

윤 작가의 통보 아닌 통보에 유경은 당황했다. 그런데 태주는 무슨 생각에선지 싫다는 말을 하지 않았다. 평소 성격이라면 아무리 유명한 작가 앞에서라도 제 의견을 굽히지 않던 그가 이번에는 웬일인지 조용했다. 유경이 거절을 하기도 전에 태주가 먼저 고개를 끄덕였다. 좋은 기색도, 거북한 기색도 없는 담담한 얼굴이었다.

"나는 빼 달라고 할게. 작가님한테는 잘 말씀드릴 테니까 걱정하지 마."

앞서 걷는 태주의 등에 대고 유경이 빠르게 내뱉었다. 그 말에 태주가 우뚝 멈춰 섰다.

"무슨 이유로?"

그가 신경질적으로 미간을 좁혔다.

"내가 신경 쓰여?"

"……아니."

"그럼 내가 널 신경 쓸까 봐?"

"자꾸 부딪쳐 봤자 좋을 거 없잖아."

유경의 말에 태주는 재미있다는 듯 웃었다. 한참을 웃던 그는 이내 얼굴을 굳히곤 유경에게로 다가갔다.

"뭔가 착각하고 있는 모양인데."

태주가 유경의 얼굴을 내려다보며 느릿하게 입을 열었다.

"난 이제 너랑 있어도 아무렇지 않아. 그러니까 앞서가지 마."

"네가 아무렇지 않아도 내가 싫어."

태주의 입가에 비틀린 미소가 번졌다. 유경의 눈은 야속할 만큼 초연했다.

"싫어? 술에 취하면 내 몸을 찾고, 정신이 멀쩡할 때는 내가 싫어지고. 편리하네."

태주의 시선이 유경의 목에 머물렀다. 붉은 흔적이 아직도 연하게 남아 있었다.

"아, 혹시 말이야. 저번처럼 내 몸이 그리워지면 말해. 마음 없이 몸 섞는 일쯤은 너한테 아무것도 아니잖아."

마음이 하염없이 뒤틀린다. 한 여자를 잊으려 다른 여자를 이용하는 주제에, 오로지 자신만 피해자인 척 행동하는 게 스스로도 우스웠다.

"그래. 말할게."

가시 돋친 말에도 유경은 담담히 대답했다. 태주는 흔들리는 마음을 감추려 입매를 올렸다.

"이렇게 밝히는 여자인지 몰랐네. 어떻게 참았어? 나 없는 3년을."

"그래. 사실 힘들었어. 네 말대로 난 밝히는 여자라서."

태주의 얼굴이 천천히 식었다. 유경은 아예 작정한 사람처럼 말을 이었다.

"그러니까. 네 몸이라도 좋으니까 내가 안아 달라고 하면……."

"그만해."

태주는 점점 격해지는 유경의 말을 끊어 버렸다. 유경은 말을 멈추고 입을 다물었다. 빨라진 호흡을 고르며 태주를 바라보았다. 태주의 얼굴은 화난 사람처럼 무섭게 굳어 있었다. 심장이 불규칙하게 뛰었다. 누구의 심장 소리인지 알 수 없었다.

"너랑 싸울 때마다, 너한테 못된 말을 지껄일 때마다 오히려 내 기분이 더러워져. 왜 그런지 알아?"

유경을 보는 태주의 눈이 시린 듯 가늘어졌다.

"너는 나보다 더, 너한테 가혹하게 구니까."

"……무슨 말이야."

"네가 내 앞에서 손목을 긋는 기분이야. 내 앞에서 네가 칼을 꽂는 기분이라고. 네가 자해하고 난도질하는 모습을 내가 지켜보는 기분, 알아?"

심술이 나서 던진 돌인데 그 돌을 주워 자학한다. 무엇보다 화가 나는 건, 유경이 그럴 때마다 아직도 가슴이 불안하게 뛴다는 거다.

모든 게 말처럼 쉽다면 얼마나 좋을까. 정말 아무 상관없을 수만 있다면.

"너랑 싸우려고 윤 작가 제의 받아들인 거 아니야. 공과 사는 구분하자는 뜻이었어."

태주가 지친 얼굴을 쓸어내리며 등을 돌렸다. 유경을 대할 때면 온몸의 신경이 곤두서서 피로가 몰려왔다.

우두커니 서 있는 유경을 등지고 빠르게 걸었다. 점심시간을 맞춰 무리지어 나오는 직원들 사이를 비집고 미술관을 나섰다.

밖으로 나오자마자 꾹꾹 눌러 두었던 감정이 울컥 치밀었다. 토하듯 뱉어 낸 설움은 차가운 입김이 되어 겨울 하늘에 피어올랐다.

한 관장이 귀국한 김 실장을 대동하고 가장 먼저 향한 곳은 경찰서였다. 불미스러운 일로 어쩔 수 없이 발걸음을 했던 이곳에 그가 다시 찾아온 이유는 오직 하나였다.

"전과가 있어서 이번엔 쉽지 않을 거라던데."

한 관장은 유치장에서 뭉그적대며 걸어 나오는 남자를 향해 낮게 웃었다. 남자는 한 관장을 발견하자마자 비릿한 미소를 띠었다.

"아이고, 대단하신 관장님께서 왜 나 같은 놈을 만나러 오셨을까."

"쓸데없는 서론은 거두지. 돈을 좋아한다고 들었네."

"돈 안 좋아하는 사람도 있습니까? 돈이면 다 되는 세상이잖아요. 아시다시피."

남자는 혀를 굴리며 입맛을 다셨다. 돈의 맛에 중독된 인간의 전형이었다.

"그래. 때때로 돈은 추한 진실을 묻기도 하고, 묻혀 버릴 뻔했던 진실을 드러내기도 하지."

남자가 피식 웃었다. 한 관장이 자신을 찾아온 속내가 뻔히 보였다.

"우리 관장님이 좀 늦네. 이제야 강유경의 실체가 궁금하신 겁니까? 아들보다 늦으면 어떡해요."

아들이라는 말에 한 관장이 눈이 커졌다.

"아들이라니……?"

"아, 모르셨어요? 그 첫째 아들 있잖아요. 싸가지 없는 새……. 아니, 아무튼 그 아드님은 진작부터 알고 있던데. 그분 덕에 제가 배불리 먹고 살지 않았습니까."

한 관장이 미간을 구겼다. 무슨 말인지 도통 알아들을 수가 없었다. 선우는 이익이 되지 않는 일에 절대 돈을 쓰는 성격이 아니었다. 그의 얼굴이 서늘하게 굳었다.

"뭔가 잘못 알고 있는 것 같군. 더 이상 대화 할 가치가 없겠어."

"저, 그런데 관장님."

김 실장이 난감한 얼굴로 한 관장을 바라봤다.

"남자의 삼촌이라는 사람이 면회를 왔다는데, 우리한테 할 말이 있답니다."

"무슨 할 말."

"강유경 씨에 관한……."

김 실장의 말이 끝나기도 전에 한 관장의 시선이 바깥으로 향했다. 그곳엔 유치장의 남자와 같은 핏줄이라고는 믿어지지 않을 만큼 선한 인상을 가진 중년 남자가 서 있었다.

그는 한 관장과 눈이 마주치자마자 고개 숙여 인사했다. 남자의 깊고 어두운 눈에는 진실이 담겨 있었다.

9
화

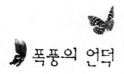

폭풍의 언덕

사람에겐 타고난 팔자가 있다는 걸 믿으세요? 관장님 같은 부유층 엘리트는 이해하지 못할 테지만, 저는 팔자를 믿습니다. 그것도 아주 고약한 팔자요.

그 애, 유경이 엄마는 강원도 작은 마을에서 태어났어요. 강릉 바닷가를 지나 깊숙이 들어가면 나오는 작은 마을이요. 이웃집 똥개가 새끼를 몇 마리 낳았는지조차 훤히 다 아는 작은 마을에서, 그 애는 꼭 다른 나라 사람 같았어요.

백옥처럼 하얀 피부에 예쁘장한 얼굴, 거기에 뛰어난 미술 실력까지. 홀아비 밑에서 없이 자란 아이치곤 아주 고왔지요. 그런 애가 새장처럼 작은 마을에 갇혀 사는 게 얼마나 숨이 막혔겠어요.

그 애는 누구보다 열심히, 독하게 공부해서 서울에 있는 미대에 장학생으로 붙었어요. 거기까진 문제가 없었죠.

마을 사람들은 그 애가 이 마을을 떠나고 싶어 한다는 걸, 이 마을과 어울리지 않는다는 걸 잘 알고 있었으니까. 우리는 그 애가 이 마을로 다시는 돌아오지 않을 거라 생각했어요. 마을을 떠날 때 그 애의 얼굴에 번진 해방감이 너무나 행복해 보였거든요.

그런데 마을 사람들의 예상과 달리, 그 애는 마을을 떠난 지 고작 몇 년만에 다시 돌아왔어요. 돌아올 때는 혼자가 아니었어요. 핏덩이 같은 아기를 안고 부쩍 핼쑥해진 얼굴로 왔어요. 그때 그 애의 나이가 스물셋이었어요. 스물셋이라니. 한 아이의 엄마가 되기에 얼마나 어리고 약한 나이랍니까. 현실의 지독함을, 사람의 잔인함을 전혀 모르는 나이였지요.

그 애가 돌아온 뒤 마을에는 온갖 소문이 돌았어요. 아이 아빠가 유부남이다, 대학 교수라고 하더라는 소문에서부터 성폭행을 당했다는 말까지. 스물셋 여자애가 견디기 힘든 소문들이 기정사실처럼 떠돌았어요.

마을 여인들은 심심하면 그 애를 가십거리 삼아 씹어 댔고요. 빨래를 하면서, 옆집 밭일을 거들면서, 마을 정자에 앉아 고스톱을 치면서 갓난아이의 아빠가 누군지 맞히기에 여념이 없었죠.

어쨌든 결론은 하나였어요. 다 큰 처녀가 얼굴 믿고 조심성 없이 나대다가 애를 밴 거라고. 다들 남편 간수 잘해야 한다고. 안 그러면 그년이 또 누구를 건드릴지 모른다고.

그 애도 처음에는 삶의 의욕이 넘쳤어요. 우는 아이를 등에 업고 이집 저집 밭일을 도우면서 돈을 벌었죠. 마을 아이들의 미술 공부를 도와주면서 분유 값을 벌었어요. 그 곱고 하얀 손으로 소여물을 만지면서 기저귀 값을 벌었지요. 그 애는 떠도는 소문에 귀 기울일 여유도 없이 살아가는데 바빴어요. 지켜야 할 아이가 있었으니까요.

그렇게 지내길 몇 년. 유경이가 초등학생이 되던 해에 일이 터졌죠. 홀아비였던 그 애 아빠가 죽은 거예요. 자살이었죠. 농약을 먹었어요. 몇 모금만 마셔도 온몸의 장기가 타는 독한 농약인데, 그걸 마신 거죠. 바로 병원에 데려갔지만 가망이 있을 리가 없었죠. 며칠간 뜬눈으로 괴로워하다 죽었어요. 입이 시퍼렇게 변해서, 말 한마디도 남기지 못하고.

그 애가 변한 게 그때부터였던 것 같아요. 모진 일이라도 씩씩하게 해 나가던 그 애는 종일 집에 처박혀 있기 일쑤였어요. 입에 대지도 않던 술을 마시기 시작했죠. 말 그대로 폐인이었어요. 어린 딸에게 밥을 해 주지도, 학교 갈 준비를 도와주지도 않았죠. 모든 건 유경이가 혼자 해야 했어요.

그 애, 유경이 엄마는 더 이상 고생해서 돈 버는 일을 하지 않았어요. 밤이 지날 때마다 그 애와 잤다는 남자들이 생겨났어요. 이장님 댁 노총각 아들부터 혼자 사는 늙은 노인네까지. 온 마을의 남자들이 그 애와 잤다고 떠들어 댔어요. 물론 소문일지도 모르겠지만, 그런 소문이 돈 뒤로 늘 그 애의 집에 쌀이 차고, 떡이 생겼어요.

그때까지 나는 한낱 방관자였어요. 가정이 있었기 때문에 그 애와 엮이지 않으려 했죠. 그런 내가 더 이상 방관자가 될 수 없는 사건이 생겼어요. 그 애와 엮일 수밖에 없던 일이요.

내 동생 놈이 그 애한테 관심을 보이기 시작한 거예요. 제수씨가 병으로 죽은 후에 외동아들 하나와 살아가던 놈이었는데, 동생이 그 애를 마음에 두고 있었나 봐요. 일을 도와주면 돈을 준다는 조건으로 그 애와 유경이를 제 집으로 데려갔어요.

그 애도 의지할 곳이 없던 터라 내 동생과 동거를 하게 됐어요. 물론 마을 사람들 눈에 좋게 보일 리가 없었죠. 그래도 내 동생은 그 애한테 진심이었어요. 표현이 투박하긴 해도 그 애를 사랑했던 건 분명해요. 평생 밭일만 하며 살던 동생이 그 애 때문에 여자 옷집에 들락거릴 정도였으니까.

그런데 참. 사랑이라는 게 웃겨요. 사람을 구름 위로 둥둥 뜨게 만들다가도, 한순간 삐끗하면 끝이 안 보이는 나락으로 떨어트리거든요. 나는 동생을 보면서 사랑과 혐오가 종이 한 장 차이라는 걸 느꼈어요.

그 애가 동생과 살아가는 중에도 마을에는 안 좋은 소문들이 끊임없이 떠돌았어요. 그 애한테 앙심을 품은 남자들이 지난밤 그 애와 잤다고 헛소문을 퍼트린 거죠.

그 애가 봉제 공장에서 일을 하느라 밤늦게 들어올 때면, 동생은 다른 남자와 자고 온 건 아닌지 의심했어요. 그러다 그 의심이 병적으로 심해지고 급기야 폭력을 휘두르게 됐어요. 어느 정도였냐면, 옆집에 매일 발로 차는 소리가 울려 퍼지고, 유경이가 우는 소리에 잠 못 이룰 정도였다고 해요.

하지만 마을 사람들은 동생의 폭력을 알면서도 숨겼어요.

시골이란 곳이 그래요. 겉보기엔 인정이 넘치는 곳이지만 실상은 가장 폐쇄적이고 음침하고 잔인한 곳이죠. 나요? 그래요. 나도 그 모든 사실을 알면서 묵인했어요. 내 동생과 그 애의 불행에 휘말리고 싶지 않았거든요. 나는 그렇게 비겁한 놈이었어요.

폭력은 처음에만 공포지, 시간이 지나면 일상이 돼요. 그게 얼마나 끔찍한 일인지 관장님은 모르실 겁니다.

그 애가 체념하며 살아간 지 몇 년이 흐르고 유경이가 중학생이 되던 해였어요. 유경이도 그 애를 빼닮아 아주 예쁘게 컸죠. 마을의 모든 남자들이 소녀에서 숙녀가 되어 가는 유경이를 음흉한 눈으로 지켜봤어요. 유경이를 어떻게든 해 보려고 치근덕대는 놈들이 한둘이 아니었거든요. 당시 내 동생은 도박에 빠져 돈을 탕진한 상태였어요. 그리고 그게 비극의 시작이었죠.

동생은 이미 미친 상태였어요. 왜, 도박에 빠지면 자식도 판다는 말이 있잖아요. 자식도 파는 마당에, 피 한 방울 안 섞인 유경이는 얼마나 좋은 담보였겠어요.

그놈이 무슨 일을 벌였는지 아세요? 마을 남자들에게 돈을 받고 유경이를 넘기려고 했어요. 유경이랑 자고 싶어 하던 놈들이 널려 있었거든요.

그런데 말이에요. 조금 전에 제가 한 말 기억나세요? 폭력이 일상이 되면 얼마나 끔찍한지 아시냐고 했던 거요. 그때 당시 그 애, 유경이 엄마는 제정신이 아니었어요.

머리채를 잡힌 채 끌려가는 유경이를 구해 주지 않은 거예요. 그저 멍하니, 삶을 포기한 사람처럼 지켜보고만 있었죠. 다행히 제가 먼저 유경이를 발견하고 동생에게서 유경이를 떼어 놓았지만, 나는 아직도 후회가 돼요. 그때 유경이를 그 집에서 빼냈어야 했는데. 그랬다면 그런 일은 일어나지 않았을 텐데…….

동생의 폭력은 멈추지 않았어요. 오히려 더 심해졌죠. 그날도 동생은 유경이를 남자들에게 끌고 가려 했어요. 유경이는 끝까지 버티려 했죠. 하지만 열네 살짜리 여자애가 어떻게 성인 남자의 힘을 이기겠어요. 아마, 유경이는 그때 극심한 생명의 위협을 느꼈을 거예요.

여기서 끌려가면 정말 죽을 수도 있겠구나, 엄마처럼 되겠구나 하는 두려움. 살기 위해선 눈앞의 괴물을 죽여야 한다는 경고가 머릿속을 울렸겠죠.

현장을 발견한 건 동생의 아들이었어요. 지금 유치장에 있는 내 조카 놈이요. 조카가 경찰을 불렀고 작은 마을에 온통 사이렌 소리가 울려 퍼졌어요. 난리도 아니었어요. 경찰이 동생의 집에 도착했을 때 이미 일은 벌어진 후였죠.

마당 한가운데에는 검붉은 피가 낭자했어요. 피를 철철 흘리며 엎어져 있는 동생 앞에는 유경이가 몸을 달달 떨며 주저앉아 있었어요. 피 묻은 가위를 손에 든 채로.

상상이나 해 보셨어요? 교복을 입은 작은 여자아이가 날카로운 가위로 사람을 찔러 죽인 광경을 말이에요. 그 와중에도 유경이 엄마는 정신 나간 사람처럼 멍하니 하늘만 바라보고 있었어요.

다행히 여성 인권단체에서 유경이의 사정을 알고 아이를 데려갔어요. 그리고 한참 후에 유경이가 수녀원에 들어갔다는 소식을 들었어요. 그 뒤로는 더 이상 유경이에 관한 소식을 들을 수 없었습니다. 한 관장님이 유경이를 아트라 장학생으로 데려갔다는 뉴스를 보기 전까지요.

"나한테 이런 이야기를 하는 이유가 뭡니까."

남자의 말이 끝난 후, 한 관장이 긴 침묵을 깨고 입을 열었다. 남자는 담배 연기를 길게 내뱉으며 씁쓸히 웃었다.

"조카는 유경이 때문에 인생을 망쳤다고 생각해요. 피해망상에 빠진 것도 죽은 지 애비와 똑같죠."

"그래서요."

"조카가 하는 말을 곧이곧대로 믿으실까 봐 미리 얘기해두는 겁니다. 유경이는 불쌍한 애예요. 그 애는 행복해질 권리가 있어요. 아니, 행복해야 해요. 그래야…… 내 마음이 편할 테니까요."

남자의 눈이 회한으로 얼룩졌다. 그는 한 관장을 물끄러미 바라보다가 조용히 등을 돌렸다. 불어오는 바람이 남자의 굽은 등에 닿았다. 낡은 재킷이 펄럭이고 성긴 머리칼이 흩날렸다.

그가 멀어져 갈 즈음, 한 관장의 목소리가 남자의 발목을 잡았다.

"한 가지 궁금한 점이 있습니다."

남자가 우뚝 멈춰 섰다. 한 관장은 뒤돌아 있는 남자의 등에 대고 물었다.

"나는 유경이가 고아라는 말을 듣고 데려온 겁니다. 생모는 이미 사망했다고 알고 있습니다만."

남자는 고개를 짧게 끄덕였다.

"맞아요. 죽었습니다. 그 일이 터지고 며칠 후에 뒷산에서 목매달아 죽었어요."

그는 잿빛 하늘을 올려다보며 한숨 같은 혼잣말을 내뱉었다.

"……그래서 고약한 팔자라는 겁니다."

"한태주 작업실에는 뭐가 있을까? 어떤 모습일까? 죽기 전에 한 번이라도 가 보면 소원이 없겠다."

퇴근 시간 미술관으로 찾아온 하정은 입에 모터가 달린 것처럼 쉴 새 없이 '작업실'을 노래 불렀다.

태주의 작업실에 가 보는 게 죽기 전 소원이란다. 태주는 넥타이를 느슨하게 풀며 어이없는 웃음만 흘렸다.

"물감 냄새만 진동하는 곳에 그렇게 가 보고 싶어?"

"물감 냄새만 나겠니? 한태주 냄새도 나겠지. 데려가 줄 거야? 응?"

"쥐 나올지도 몰라."

"어머! 쥐 나오면 너한테 안겨야겠다. 나는 세상에서 쥐가 제일 무섭거든. 진짜야."

하정은 두 눈을 동그랗게 뜨며 짐짓 인상을 썼다. 구실도 참 여러 가지다. 무서워하기는커녕 맨손으로 때려잡을 것 같은데. 태주는 하정을 빤히 바라보다가 픽 웃었다.

"나는 네가 더 무서운데 어떡하지. 쥐한테 안겨야 하나?"

장난스러운 말에 하정은 입술을 삐죽 내밀었지만 서운해 하는 것도 잠시, 이내 배시시 웃으며 태주의 팔에 팔짱을 꼈다.

"데려가 줘. 데려가 줄 거지? 응?"

하정이 계속해서 졸라 댔지만 태주는 대답 대신 손목에 찬 시계를 바라봤다.

6시. 모두들 퇴근하는 시간에 오직 한 사람만 멈추지 않을 기세로 일을 하고 있었다.

시계에 머물렀던 태주의 눈이 짐짝을 옮기는 유경에게로 향했다. 무거운 짐을 들고 몇 번이나 왔다 갔다 하는 건지.

"태주야. 내 말 듣고 있어?"

아무런 반응이 없자 하정이 그의 시선을 따라갔다. 태주의 시선 끝에는 묵묵히 일하고 있는 유경이 있었다.

"한태주. 내 말 듣고 있냐고."

하정의 목소리가 낮게 가라앉았다. 태주는 그제야 하정을 돌아봤다.

"듣고 있어. 가자, 작업실."

"또 강유경 씨 본 거니?"

"또, 라니?"

"그때도 강유경 씨 보고 있었잖아. 내 파트너로 참석했던 파티 때 말이야."

하정의 목소리는 차분했다. 화가 난 목소리도, 평소처럼 들뜬 목소리도 아니었다. 태주는 하정을 물끄러미 응시했다. 하정이 무표정한 얼굴로 정곡을 파고들 때마다 그녀가 낯설었다.

"무슨 대답을 원해?"

태주의 반응에 하정은 쓰게 웃었다. 평소 같으면 아니라고 딱 잘라 대답했을 그가 지금은 되묻는다. 무슨 대답을 원하냐고. 역시 한태주는 눈치가 빠른 놈이었다.

"솔직한 대답."

하정은 흔들림 없는 눈동자로 태주를 응시했다. 태주도 하정의 눈을 피하지 않았다.

"그래. 강유경을 봤어."

"왜?"

하정이 애써 입꼬리를 올렸다. 태주는 반문하는 하정을 보며 생각했다.

그녀는 이미 알고 있는지도 모른다. 레스토랑에서 저녁을 먹은 그날, 비를 맞으며 유경의 약을 사 왔던 그날, 차 안에서 너를 이용해도 되겠냐고 물었던 그날. 그녀는 알아챘을 것이다.

두 사람 사이에 그림자처럼 서 있는 여자가 유경이라는 사실을.

그런 면에서 손하정은 단순한 듯 어려웠다.

"이유는 없어. 그냥 내 눈이 강유경을 따라가. 습관 같은 거야."

"습관……."

"이게 내가 할 수 있는 최선의 답이야."

최선의 답. 그 말에 하정은 허탈하게 웃었다. 변명이라도 해 주길 바랐는데. 이 남자는 그 흔한 변명조차 하지 않는다.

"최선의 답이라……."

하정은 입술을 꾹 깨물었다. 왜 항상 이렇게 흘러갈까. 왜 진정 갖고 싶은 건 갖지 못하고 쓸데없는 잔챙이들만 내 것이 되는 걸까.

어릴 때부터 늘 그랬다. 남들이 보기엔 부족함 없는 가정에서 밝게 자란 막내딸이지만, 정작 그녀는 진심으로 원하는 걸 가진 적이 없었다.

하정이 좋아하는 사람은 그녀를 첫 번째로 생각하지 않았고, 결국 두 번째, 세 번째로 밀려나다가 끝나곤 했다.

부모님조차도 마찬가지였다. 그녀를 사랑하긴 했지만, 첫 번째는 항상 그녀의 오빠였다. 살면서 누군가의 첫 번째가 된 적이 있긴 할까.

"그래. 그럴 수 있지. 오랜 시간 남매처럼 자랐을 거 아냐. 유경 씨가 힘들게 일하니까 당연히 걱정할 만해."

불현듯 못된 질투가 마음을 휘저었다. 하정은 아무것도 모르는 척 활짝 웃고는 돌연 유경에게로 다가갔다.

"유경 씨, 저 지금 태주 작업실에 갈 건데 같이 가요."

유경은 하던 일을 멈추고 고개를 들었다. 그러자 하정이 밝게 웃으며 유경에게만 들릴 정도로 작게 속삭였다.

"태주한테 얘기 들었는지 모르겠는데 우리 진지하게 만나기로 했거든요. 그런데 난 태주에 대해 잘 모르잖아요. 유경 씨 도움이 필요할 것 같아서요."

유경의 눈에 일순 미동이 일었다. 하정은 두 눈을 접으며 거짓 미소를 지었다. 태주에게 그 대답이 최선이었듯, 그녀에게도 이 방법이 최선이었다. 알고 싶지 않았다. 한태주의 첫 번째 여자 따윈.

하지만 알고 싶기도 하다.

어떻게 하면 그의 첫 번째가 될 수 있는지.

3년 만에 찾은 태주의 작업실은 변함이 없었다. 먼지가 켜켜이 쌓이긴 했어도 여전히 그의 성격대로 깔끔하고 정갈했다.

하정은 작업실 문이 열리자마자 보물 창고의 문이 열리기라도 한 듯 환호하며 뛰어 들어갔다.

그런 하정과 달리 유경은 쉽게 발을 들이지 못하고 문 앞에 우두커니 서 있었다.

"들어갈 거야, 말 거야."

낮게 잠긴 태주의 목소리가 유경을 흔들었다. 그녀는 그제야 정신을 차리고 고개를 번쩍 들었다.

"난 하정 씨가 부탁해서 어쩔 수 없이 온 거야."

그녀의 말끝에 정적이 가라앉았다. 태주는 벽에 비스듬히 기댄 채 무심한 눈길로 유경을 바라봤다. 이유가 무엇이든 이제 정말 상관없다는 표정이었다.

"알아. 너한테 난 지우고 싶은 과거일 뿐이라는 거."

태주가 담담히 말했다. 비꼬는 말투도 아니었다. 그런데 왜일까. 차분하게 가라앉은 그의 목소리에 가슴이 무너지는 이유는.

상처 받지 말아야지, 생각하면서도 상처 받은 얼굴로 태주를 보게 된다. 서러워 말자, 생각하면서도 서럽게 일그러지는 눈으로 태주를 보게 된다. 말하지 않아도 알아주길 바라는 건 지나친 욕심이겠지.

유경은 지친 듯 벽에 기대어 서 있는 태주를 한참 동안 바라보았다.

태주는 사랑도, 그리움도, 원망도 모두 내려놓은 얼굴로 유경을 응시하고 있었다. 작업실 안에서는 빨리 들어오라며 재촉하는 하정의 목소리가 들려왔다. 유경은 그제야 태주에게서 시선을 거두고 발걸음을 옮겼다.

"유경 씨. 태주 작업실에 자주 와 봤어요?"

커피 잔을 쥔 유경의 손에 일순 힘이 들어갔다. 뜨거운 김이 작업실의 낮은 천장 위로 모락모락 피어올랐다.

"……아뇨. 가끔 와 봤어요."

"거짓말."

유경은 놀란 얼굴로 고개를 들었다. 짧은 순간이었지만 낯설 만큼 차가운 목소리였다. 하정은 농담이라는 듯 곧 밝게 웃었다.

"남매처럼 자랐다면서요. 자주 와 봤겠죠. 나 의식하지 않아도 돼요."

하정이 피식 웃으며 커피를 한 모금 들이켰다. 그녀는 미술 도구를 정리 중인 태주의 등을 보며 말을 이었다.

"있잖아요. 나는 내가 굉장히 미래지향적인 사람인 줄 알았어요. 좋아하는 사람의 과거 따윈 중요하지 않을 거라고 생각했죠. 한마디로 쿨한 여자인 줄 알았어요, 내가."

유경도 하정의 시선을 따라 태주의 뒷모습을 보았다. 태주는 셔츠 소매를 반쯤 걷어 올린 채, 3년 간 방치되었던 도구를 묵묵히 정리하고 있었다.

유경은 언뜻언뜻 스치는 태주의 옆모습을 보았다. 매끈한 관자놀이에 송골송골 맺힌 땀방울을 본다. 반듯하게 선을 이루는 이마와 콧날을 본다. 굳게 다문 입술을 본다.

어느새 어른이 되어 버린 너를 본다.

"그런데, 난 저 애의 과거가 궁금해요."

과거. 유경은 선반 구석에 버려진 듯 놓여 있는 그림을 바라봤다. 얇은 천으로 다리만 가린 채 누워 있는 나체의 여자. 눈, 코, 입이 완성되지 않은 미완의 그림.

"과거보단 현재가 중요하지."

어느새 정리를 마친 태주가 몸을 일으키며 툭 내뱉었다. 그러곤 소파에 앉아 있는 하정을 응시하며 천천히 입을 열었다.

"난 과거에 붙잡혀 사는 거, 질색이니까."

태주는 작게 웃으며 유경에게로 시선을 돌렸다. 그의 건조한 두 눈이 유경을 담았다. 3년 만에 이곳에 찾아온, 과거의 여자를.

사랑, 그리움, 원망. 아픈 감정조차 행복해서 벅찬 시절이 있었다.

"이, 이렇게?"

"아니, 그러니까……. 잠깐만."

태주는 결국 연필을 놓고 소파에 누워 있는 유경에게로 다가갔다.

다리를 가린 천이 자꾸만 흘러내리는 탓에 작업이 도통 진행되지 않았다.

"그러게 괜찮다고 했잖아. 학교에서 일하는 모델 있다니까."
"……나 때문에 번거로워?"
"아니, 번거로운 게 아니라."

차라리 번거로우면 다행이지. 오히려 그 반대였다. 사실 흘러내리는 천 때문에 작업이 안 된다는 건 비겁한 변명이었다.

진짜 이유는 눈앞의 이 여자 때문이었다. 상반신만 드러낸 나체의 모습이 지나치게 야한 강유경 때문에.

몇 번이나 안았는데도, 몇 번이나 내 여자라는 걸 확인했는데도 또 안고 싶을 만큼 자제가 안 된다.

"난…… 싫단 말이야."

유경이 얇은 천을 가슴까지 끌어올리며 입을 삐죽댔다.

"뭐가 싫어?"
"……보는 거."
"뭐라고? 잘 안 들려."
"네가 다른 여자 알몸 보는 거 싫다구!"

유경이 그녀답지 않게 소리를 빽 질렀다. 순간 썰렁한 침묵이 맴돌았다.

태주는 커진 눈을 끔뻑거리며 유경을 바라봤다. 유경도 민망했는지 새빨갛게 물든 얼굴로 고개를 푹 숙였다. 그 모습에 태주는 참지 못하고 그만 품, 소리를 내어 웃어 버렸다.

이런 모습은 처음이었다. 이렇게 솔직한 강유경은 도저히 적응이 안 된다. 안 되는데…….

"강유경. 이런 거 어디서 배웠어?"

사랑스러워 미칠 것 같다. 너는 알까, 네가 얼마나 사랑스러운지.

"뭐, 뭘!"
"앙탈 부리는 거 어디서 배웠냐고. 어떤 자식이 가르쳐 줬어? 어?"

태주가 유경의 양 손목을 꽉 붙든 채 짓궂게 물었다. 유경은 태주에게서 빠져나가려 안간힘을 썼다. 창피해서 죽을 것 같았다. 쥐구멍이 있다면 쥐가 되어 숨고 싶은 기분이었다.

"가르쳐 주다니 무슨……."

태주와 유경이 실랑이를 벌이는 사이, 유경의 몸을 가리고 있던 천이 흘러내려 소파 밑으로 떨어졌다. 유경은 돌처럼 뻣뻣하게 굳었다.

이렇게 밝은 곳에서, 이렇게 적나라한 나체를 태주에게 보여 준 적은 처음이었다. 그에게 안길 때도 늘 불 꺼진 어두운 방 안에서였다.

"하, 한태주! 고개 돌려!"

"뭐 어때. 새삼스럽게."

"싫어! 창피하단 말이야! 빨리 고개 돌려!"

유경이 작은 손으로 몸을 가리며 소리를 질러 댔다. 태주는 그 모습이 재미있다는 웃어 대기 바빴다.

결국 유경이 한 손으로 몸을 가린 채 다른 손으로 천을 잡으려는 찰나, 태주가 먼저 천을 잡아들었다. 그는 얇은 천으로 유경의 몸을 감싸더니, 그녀를 제 다리 위에 앉히고 얼굴을 마주했다.

"나 그림 못 그리겠어."

태주가 짙어진 눈으로 유경을 응시했다. 목소리도 한층 낮게 잠겨 있었다.

"왜, 왜? 내가 방해한 거야?"

"응. 무지 방해돼."

"미안해. 그럴 의도는 아니었는데. 그럼 빨리 다른 모델 구해서……."

유경의 말이 끝나기도 전이었다. 태주가 갑자기 작게 오물거리는 유경의 입술을 머금었다. 유경이 깜짝 놀라 입술을 떼었지만, 태주는 조금의 틈도 주지 않고 다시 유경의 목을 끌어당겼다.

끊기지 않는 입맞춤은 흘러가는 시간을 무시했고, 시계 초침 소리는 두 사람의 숨소리에 묻혔다.

긴 키스가 이어지면서 하얀 천이 아래로 흘러내렸다. 유경의 몸을 가려 주는 건 태주의 커다란 손이 전부였다.

작업실을 떠돌던 습한 공기가 유경의 하얀 나체에 들러붙었다. 톡톡, 가랑비 떨어지는 소리가 들려왔다. 셔츠 단추가 풀리는 그 소리는 꼭, 몸에 닿은 공기가 터지는 소리처럼 들렸다.

"여기서 하면, 나 너무 짐승 같지?"

유경을 소파에 눕히며 태주가 물었다. 묻는 말과 달리 목소리는 이미 거칠게 달아올라 있었다.

"뭐라고 대답해야 돼?"
"짐승 같다고 해."
"그럼 그만둘 거야?"

유경이 못내 서운한 듯 물었다. 태주는 짓궂게 미소 지으며 유경의 목에 입술을 묻었다.

"그럴 리가."

태주는 대답과 동시에 유경의 눈을 가렸다. 환하던 세상이 별안간 캄캄해졌다.
당황한 유경이 고개를 틀자 태주가 그녀의 턱을 잡고 부드럽게 입맞추었다.
그리고 이어졌던 축축하고 뜨거운 몸짓. 작은 웃음소리마저 서로의 몸에 고스란히 옮겨지던 시간들.
작업실 곳곳에 자국처럼 남아 있는 과거의 공기.

아득했던 시간. 아득했던 공간. 다시는 돌아갈 수 없는…….

"나도 과거에 붙잡혀 사는 건 싫어요."

유경은 태주의 시선을 피하며 옅게 웃었다.

순식간이었다. 둔탁한 마찰음이 울리면서 시야가 뿌옇게 흐려졌다.

물건에 맞은 걸까. 아니면 우악스러운 손에 맞은 걸까. 갑작스러운
통증에 머리가 멍해지고 날카로운 이명이 들려왔다.

사망을 알리는 기계음처럼 높고 일정한 소리. 그 소리는 한참이나
이어졌고, 이명이 점점 사라질 즈음 통증은 고통이 되어 잔상처럼 번졌
다.

"언제부터 알고 있었니."

아들을 때린 사람치곤 무서울 만큼 침착한 목소리였다. 그제야 정신
이 돌아오기 시작했다. 늦은 밤에 아버지가 찾아왔고, 다짜고짜 뺨을
맞았다.

"아버지답지 않은 행동인데요. 이성 빼면 시체인 분이."

선우는 상체를 숙여 바닥에 떨어진 안경을 집어 들었다.

"언제부터, 어디서부터 알고 있었냐고 물었다."

"알아듣게 말하세요."

"강유경. 그 애에 대해 넌 어디까지 알고 있는 거야!"

한 관장의 목소리가 사무실 안을 날카롭게 울렸다. 그의 말끝에 무
거운 정적이 내려앉았다.

태연하던 선우의 얼굴이 일순 차갑게 굳었다.

"그래. 어쩌다 알게 됐을 수는 있다. 그런데 왜 그런 쓸데없는 짓을

한 거냐."

"쓸데없는 짓이라뇨."

"넌 모든 사실을 알았을 때 당장 내게 말했어야 해. 그 애가 그런 과거를 가지고 있었다는 것도, 태주와 사귀었다는 사실까지도. 하지만 넌 나한테 다 털어놓기는커녕, 유경이를 협박하는 남자한테 돈까지 물려서 입을 막았어!"

선우는 비스듬히 웃었다. 털어놓았다면 강유경을 가만 두었을까.

위선자. 아버지란 작자는 더러운 위선자다.

"재밌어서 그랬어요. 초조해하는 강유경을 보면 재밌더라고요. 아버지도 알잖아요. 나는 아버지가 애지중지하는 태주와 달라요. 동정심이라곤 눈곱만치도 없는 인간이죠."

선우는 자조적으로 웃으며 소파로 걸어가 앉았다.

"살면서 제일 재밌었던 일이에요. 그 누구도 나한테 그만한 즐거움을 안겨 주지 못했거든요."

"넌 내가 왜 화를 내는지 조금도 모르는구나."

조금 전보다 한층 누그러진 한 관장의 목소리가 들려왔다. 그는 안타깝다는 눈으로 아들을 바라보고 있었다.

"나는 너를 잘 알아. 너는 내 아들이니까."

"아, 그러세요?"

선우가 작게 코웃음을 쳤다. 한 관장은 개의치 않고 말을 이어 나갔다.

"너는 대가 없는 일에 돈과 시간을 쓰는 애가 아니다. 너는 합리적이고 이성적이지."

"그래서요."

"그런 네가 유경이 때문에 돈과 시간을 썼어. 나한테 그 애와 약혼하겠다는 말까지 했고."

"말했잖아요. 강유경을 가지고 노는 게 재밌었다고."

한 관장은 선우에게서 시선을 떼지 않은 채 고개를 저었다.

"아니."

평온함을 유지하던 그의 얼굴이 쓴 약을 삼킨 듯 일그러졌다.

"선우 너는, 그 애한테 진심인 거야."

한 관장의 말에 웃고 있던 선우의 얼굴이 싸늘하게 굳었다. 그 순간 몸이 땅 아래로 깊숙이 꺼지는 느낌이 들었다.

간신히 지탱하고 있던 무언가가 무너지는 기분. 예전에도 딱 한 번 이런 기분을 느껴 본 적이 있었다.

온몸이 뜨거워질 때까지 술을 마시고 강유경의 방을 찾았을 때. 그 방에서, 태주와 입 맞추고 있는 그 애를 보았을 때. 그때도 이런 느낌을 받았다. 한없이 아래로, 아래로 침잠하는 기분.

"이 애비는 그게 가장 화가 나는구나."

그 말을 마지막으로, 한 관장은 조용히 사무실을 나갔다.

"그만해. 당신 손에서 피 나."

문이 열리며 익숙한 목소리가 들려왔다. 선우는 산산이 깨진 유리잔 조각을 손에 쥔 채 뒤를 돌아봤다. 수희였다.

"나가."

"미안한데 다 들었어. 고의는 아니었어. 당신 만나러 왔는데 관장님 목소리가……."

"나가라고."

선우가 날 선 목소리로 읊조렸다. 수희는 그의 말을 무시하고 사무실 안으로 발을 들였다. 그녀가 발걸음을 옮길 때마다 바닥에 흩어진 유리 조각이 부서졌다.

"우리 못 본 지 너무 오래됐잖아. 당신은 나 안 보고 싶었어? 나는 당신 보고 싶었는데."

"너랑 얘기할 기분 아니야."

선우의 목소리가 가뭄처럼 갈라져 나왔다. 수희는 그의 손으로 시선을 옮겼다. 유리 조각을 쥔 손가락 사이사이로 검붉은 피가 뚝뚝 흐르고 있었다. 손등을 지나 바닥으로 떨어진 피는 회색 러그를 붉게 물들였다.

"선우 씨, 피 많이 난다. 약 사 올 테니까 잠깐만 기다려."

"너도 날 동정하는 거야?"

선우가 비릿하게 웃으며 수희에게 다가왔다. 수희는 입을 다물고 고개를 저었다. 그는 금방이라도 쓰러질 사람처럼 창백하게 질려 있었다.

"난…… 당신을 사랑하는 거야."

"사랑?"

"그래, 사랑. 그러니까 아프지 마. 당신이 아프면 나도 아프단 말이야."

수희가 떨리는 목소리로 울먹였다. 너무 오랫동안 만나지 못해서, 갑자기 마음이 떠나 버린 건 아닌지 불안해서, 당신이 원하는 건 몸 뿐이어도 좋으니까 그저 보고 싶어서. 그래서 자존심도 버리고 찾아왔다.

그런데 우연히 충격적인 대화를 들어 버렸고, 그 어느 때보다 위태로운 그를 마주하고 말았다.

"이 세상에 사랑 같은 건 없어. 사랑하는 척하는 인간들만 있을 뿐이지. 너도 결국엔 내 돈이, 내 몸이 좋은 거잖아. 안 그래?"

선우가 얼굴을 쓸어내리며 수희에게 한 걸음씩 다가왔다. 수희는 대답 대신 고개만 저었다.

처음에는 선우의 사회적 지위에 끌렸던 건지도 모른다. 하지만 어느 순간 그런 것들은 중요하지 않게 됐다.

후원의 밤 행사에서 만나 몇 번의 관계를 가지면서, 수희는 그의 지독한 외로움에 동질감을 느꼈다.

선우의 말대로 첫 감정은 동정이었을 수 있다. 돈도 명예도 부족하지 않은 사람에게서 왜 쓸쓸한 냄새가 풍길까, 하는 호기심이 생겼다. 그 호기심은 곧 관심이 됐고 관심은 점점 집착으로 변했다.

그런 수희를 보며 지인들은 말했다.

집착은 사랑이 아니라고. 집착에서 벗어나야 한다고.

하지만 누가 사랑을 정의할 수 있단 말인가. 집착은 사랑이 아니라니. 그것 또한 그녀가 사랑하는 방식이었다.

"당신은 누군가 보고 싶은 적 없었니? 아무것도 안 해도 좋으니까, 옆에만 있어 주길 바란 적 없었어? 그 사람이 당신 아닌 다른 사람을 바라볼 때 가슴이 꽉 막히고 귀밑이 시큰해지는 기분, 그런 기분 느껴 본 적 없어?"

붉어진 수희의 두 눈에 뿌연 눈물이 고였다. 꾹 눌러 두었던 설움이 북받쳤다.

"난 당신을 보면서 그런 기분을 수백 번, 수천 번 느꼈어. 당신이랑 건조한 섹스를 하고, 당신 등만 보면서 가슴이 가라앉는 기분을 수없이 느꼈다고. 왜 그런 기분을 느꼈겠니? 몸만 섞는 관계라면 내가 왜, 왜 그렇게 아팠겠냐고……."

관계가 끝나고 눈을 뜨면 늘 공허한 등이 보였다. 언젠가 마주 보는 날이 오겠지. 그렇게 생각하며 그녀는 외로움을 견뎠다.

"당신을 사랑해서 그런 거잖아……. 그런 게 사랑이야. 대단한 게 사랑이 아니라, 그런 기분이, 그런 사소한 것들이 사랑이야."

선우는 수희에게서 한 걸음 물러났다. 미동도 없던 그의 눈동자가 미세하게 흔들렸다.

"선우 씨, 당신은 살면서 단 한 번도 그런 기분 느껴 본 적 없니?"

선우의 얼굴이 충격으로 물들었다. 불현듯 유경의 방문 앞에서 느꼈던 감정이 떠올랐다.

가슴이 가라앉는 기분. 귀밑이 시큰거리다 못해 불쾌할 정도로 아리던 통증.

"……있구나."

수희의 입가에 슬픈 미소가 걸렸다.

선우는 고개를 저었다. 뒤통수를 세게 얻어맞은 느낌이었다. 그럴 리가 없다. 10년 넘게 부정했던 사실인데, 이제 와서 그 감정이 진심이라고, 사랑이라고 한다.

"강유경 씨, 맞지?"

선우는 피 맛이 날 정도로 입술을 깨물었다. 턱이 불거지고, 유리 조각에 찢긴 손이 움찔움찔 떨려 왔다.

"바보 같은 사람……."

처음 본 순간부터 강유경이 싫었다. 더러운 태생이 혐오스러웠다.

한태주의 품에 안겨 행복해 하는 모습을 볼 땐 끔찍할 만큼 증오스러웠다.

언젠가 그 애가 나락에 빠져 고통스러웠으면 했다.

그런데.

"당신은 그 여자를 사랑하는 거야."

이상하게도 늘, 그 애가 보고 싶었다.

"강유경 씨, 참 예쁜 것 같아."

하정의 담담한 목소리가 침묵을 깨트렸다. 태주는 감았던 눈을 천천히 떴다.

수명이 다 되어 가는 전등이 천장에 매달려 느리게 흔들거렸다. 벽에 걸린 시계를 보니 시간은 벌써 밤 11시를 가리키고 있었다.

작업실에 들어온 지 얼마 되지 않았을 때, 유경은 갑자기 집에 일이 생겼다고 했다. 표정이 어두웠다. 짐작건대 아마도 선반 위의 그림을 본 듯했다.

가장 사랑했던 시절, 가장 행복했던 시간이 담긴 그림.

태주는 유경에게 아무것도 묻지 않았다. 그 조용한 집에 무슨 일이 생길 리 없다는 걸 누구보다 잘 알고 있었지만, 그런 핑계를 대서라도 이곳을 벗어나고 싶은 그녀의 마음 또한 잘 알고 있었다.

"그래. 가 봐."

유경은 흔들리는 눈동자로 태주를 바라보았다. 핸드백을 쥔 손이 미세하게 떨렸다.

"미안."

유경은 또 미안하다고 했다.
미안이라니. 도대체 뭐가.

너는 늘 모든 게 미안했지. 사랑한다고 속삭일 때도 너는 미안하다는 말만 했다. 사랑받는 게 왜 미안한 건데. 나는 그저 너라서 사랑한 것뿐인데. 고작 미안하다는 말을 들으려 너를 사랑한 게 아닌데.

우리 관계가 끝날 때도 너는 미안하다는 말밖에 하지 않았어. 지금도 미안하단 말뿐이지.

태주는 솟구치는 많은 감정들을 억누른 채 유경을 보았다. 유경은 미안하다는 말과 함께 조용히 작업실을 나갔다.

그리고 유경이 떠난 자리엔 그녀의 자취만 쓸쓸히 남았다.

"……나가자. 데려다줄게."

태주가 소파에서 몸을 일으키며 말했다. 하정은 일어날 생각도 않고 태주를 올려다보았다.

"나는 여기 더 있고 싶은데."

"늦었어. 부모님 걱정하시겠다."

태주가 하정의 손목을 잡아 일으켰다. 그러자 하정이 잔뜩 심통이 난 얼굴로 손을 쳐냈다.

"좋아하는 척이라도 해 주면 안 돼? 보통의 남자들은 좋아하는 여자랑 조금이라도 더 있고 싶어서 난리거든."

그녀도 유치하다는 걸 안다. 태주가 마음을 열기까지 시간이 필요하다는 것도.

하지만 하정은 초조했다. 태주가 사랑했던 여자가 강유경이라는 사실을 짐작한 순간부터 마음이 불안해졌다.

"하정아."

태주가 무겁게 가라앉은 목소리로 하정을 불렀다. 하정은 대답 대신 두 눈을 질끈 감았다.

"내가 어떻게 하면 좋을까."

하정은 천천히 눈을 떴다. 한숨 섞인 태주의 목소리가 이어졌다.

"너한테 상처 주고 싶지 않아. 그렇다고 내 마음을 꾸며서 너를 속이기도 싫어."

태주는 천천히 몸을 숙여 하정과 시선을 맞춰 앉았다.

"나는 아직 시간이 필요해. 그 애를 온전히 잊을 시간도 필요하고, 새로운 사람한테 마음을 열 시간도 필요해."

아무 대꾸도 못 하고 입술만 꾹 깨물었다. 이렇게 나오면 할 말이 없어진다. 이렇게 흔들림 없는 눈으로 바라보면 투정을 부릴 수도 없다.

"알아. 내가 성급하다는 거. 처음엔 나도 괜찮을 거라 생각했어. 초조해지지 않을 거라고 생각했어. 그런데……."

"유경이 때문이야?"

하정은 두 눈을 동그랗게 떴다. 태주의 입에서 그 여자의 이름이 나온 건 처음이었다.

"네가 왜 유경이를 데려왔는지 알아. 불안한 거겠지. 확인해 보고 싶고."

그의 말에 힘없이 고개를 끄덕였다. 왠지 모르게 서글퍼서 눈물이 차올랐다.

"유경이는 내 10대와 20대의 전부였어. 그건 바꿀 수 없어. 앞으로 너 아닌 다른 사람을 만나더라도 나한테 유경이는, 평생 지울 수 없는 추억이고 원망이고 그리움이야."

조금씩 차오르던 눈물은 어느새 두 눈 가득히 그렁그렁 맺혔다.

추억이고 원망이고 그리움이라니.

태주에게 강유경이란 여자가 얼마나 큰 존재인지 실감이 나서 더 서러웠다.

"그러면 어떡해? 앞으로 너를 좋아하는 여자는 강유경 씨의 그림자랑 계속 싸워야 하는 거잖아. 그건 너무 잔인하지 않니? 추억, 원망, 그리움. 그런 거 다 미련이 있어서 생기는 거야. 네가 미련을 버려야 돼. 네가 그 여자를 놓아야 한다고."

하정은 태주의 어깨를 꾹 잡으며 울먹였다. 이유 모를 눈물이 자꾸만 비집고 나와 뺨을 타고 흘러내렸다.

살면서 이렇게 끌리는 남자는 처음이었다.

이 남자를 놓치고 싶지 않았다.

그런데 그가 사랑했던 여자가 하필이면 강유경이란다. 얼굴도 예쁘고, 성격도 착하고, 그림도 잘 그려서 어디 하나 빠지는 구석이 없는 그런 여자.

무엇보다도 그 여자는 태주의 형과 공식적인 연인 사이였다. 두 사람이 결혼이라도 한다면 평생 안 보고 살 수 없는 그런 관계가 되어 버리는 건데, 생각만 해도 끔찍했다.

"강유경 씨를 쳐다보는 네 눈빛이 어떤지 너는 아니? 시려. 보고 있으면 내 눈이 다 아픈 것처럼 시리단 말이야. 그런 네 눈을 보고 있으면 내가 너무 비참해져."

하정은 꾸역꾸역 말을 뱉으며 눈물을 펑펑 쏟아 냈다.

"나를 이용해도 좋다는 말은 나를 병풍처럼 놓고 그 여자를 바라보라는 말이 아니었어. 네 마음이 늦게 열려도 좋으니까 노력해 줘. 눈으로 그 여자를 찾는 습관 같은 거, 나한테 들키지 마."

그녀의 말에 한참이나 하정을 응시하던 태주는 조용히 그녀의 눈물을 닦아 주었다.

"알았어. 노력할게."

"약속해."

"약속. 이제 뚝 해. 얼굴 붓는다."

태주가 엷게 웃으며 하정의 머리를 쓰다듬었다. 그제야 눈물을 멈추고 그의 어깨에 얼굴을 묻었다. 태주는 그녀의 등을 토닥이며 선반 위의 그림을 바라보았다.

낡아서 누렇게 바랜 기억은, 썩기 전에 버려야 하는 걸까.

불현듯 수줍게 웃는 유경이 떠오른다. 그림을 그리다 입을 맞추고, 뜨겁고 축축한 관계를 가졌던 그날. 알몸으로 품에 안겨 어린아이처럼 웃던 유경의 모습이 생생하다.

뭐가 그렇게 좋아? 하고 물으니 유경이 대답했다.

"처음으로, 태어나길 잘했다고 생각했어."

"하나씩 버릴게."

그렇게 말하고 너는 내게 물었지. 태주야. 내가 행복해도 되는 걸까?

"원망도 그리움도 없이…… 다 지울게."

사실 네가 행복하지 않길 바랐다. 너는 늘 나를 보며 행복해 했으니까. 너의 행복이 다 채워지면 더 이상 나를 찾지 않을까 봐.

그래서 네가 조금은 덜 행복했으면, 하는 못된 바람도 있었다.

너의 마지막 행복은 나였으면 해서.

그래. 나도 참 이기적이었다. 그만큼 너를 원했다. 그때 하지 못한 대답을 이제야 한다.

그럼. 행복해도 돼.

도망치듯 작업실을 나와 집으로 돌아온 유경은 눈앞에 펼쳐진 광경에 치맛자락을 꽉 쥐었다.

어두운 집 안에 빈 술병들이 어지럽게 흩어져 있었다. 그리고 그 가운데에는 힘없이 늘어져 있는 선우가 있었다.

유경은 떨리는 걸음으로 선우에게 다가갔다. 걸음을 옮길 때마다 바닥에 널브러진 술병이 날카로운 소리를 내며 발에 채였다.

"다쳤……어요?"

선우의 손에 흰 붕대가 칭칭 감겨 있었다. 붕대 위로 붉은 피가 새어 나왔다. 선우가 느릿하게 고개를 들었다. 붉게 충혈되어 반쯤 풀린 두 눈이 유경의 얼굴로 향했다.

"아파."

"……."

"아파. 아픈데 어떻게 해야 할지 모르겠어."

유경은 두 귀를 의심했다. 선우는 웬만한 일에 감정을 드러내지 않는 사람이었다. 물론 아프다고 투정을 부린 적도 없었다.

문득 유경의 머릿속에 지난 일이 떠올랐다. 선우가 그녀를 방으로 데려가 겁을 줬던 그날. 그날도 '아픈 것 같아'라는 말로 트집을 잡아 심술을 부렸었다.

이번에도 그런 수법일 게 분명하다. 유경은 선우에게서 시선을 거두고 차갑게 등을 돌렸다.

그때, 뜨거운 온기가 불쑥 유경의 손목을 잡아챘다.

"나 좀…… 안아 봐."

선우의 입에서 깊게 잠긴 목소리가 흘러나왔다. 손목을 쥔 손에 점점 힘이 들어갔다.

"내가 시키는 거 다 한다고 했잖아. 그러니까 나 좀 안아 봐."

유경의 고요한 눈동자가 일렁였다. 어떤 말을 꺼내야 할지 판단이

서질 않았다.

"오빠."

"그 오빠란 소리 좀 집어치워. 듣기 싫으니까. 잔말 말고 그냥 좀 안
아. 한태주한테 네가 더러운 살인자라는 거 다 말하기 전에."

선우는 말을 내뱉자마자 두 눈을 질끈 감았다. 늘 이런 식이었다. 입
은 꼭 제멋대로 지껄이지.

다시 눈을 떴다. 역시나 유경의 얼굴은 어둡게 그늘져 있었다. 그 얼
굴을 보니 또다시 가슴이 죄어 왔다.

"알아요. 나 더러운 거. 그렇게 강조하지 않아도……."

말이 끝나기도 전이었다. 선우가 유경의 팔을 잡아끌어 그녀의 배에
얼굴을 묻었다. 그러곤 두 팔로 유경의 허리를 꽉 둘러 안았다. 숨이 막
힐 정도로, 놓아 주지 않을 것처럼.

갑작스런 상황에 유경은 돌처럼 굳었다. 셔츠 위로 선우의 뜨거운
체온이 느껴졌다. 그가 숨을 들이쉬고 내뱉을 때마다 알싸한 알코올 향
이 풍겼다.

"내가 물어본 적 있었죠. 정말 나를 증오하느냐고."

유경은 아이처럼 안겨 있는 선우를 적막하게 바라보았다. 선우는 대
답하지 않았다. 대신 유경의 품 안으로 더 깊숙이 파고들었다.

"마지막으로 물을게요. 오빠, 나한테 다른 감정 있어요?"

가쁘던 호흡이 멈췄다. 배를 적시던 뜨거운 숨결도 멎었다.

선우는 유경의 품에서 얼굴을 떼고 그녀를 올려다보았다. 어둠 속에
서도 차분한 얼굴. 이런 너를 들뜨게 만드는 사람은, 오직 한태주뿐이
었지.

"다른 감정? 그게 뭔데. 아무도 나한테 그런 감정을 알려 준 적이 없
어서."

선우가 비아냥대며 유경의 팔을 잡아 더 가까이 끌었다. 유경은 불안한 얼굴을 하면서도 그의 힘에 순순히 이끌려 주었다. 마음만 먹으면 평소처럼 뿌리칠 수 있는 악력인데도 아무런 저항 없이 선우와 시선을 맞춰 앉았다.

이것 또한 그녀의 알량한 동정임을, 선우는 잘 알고 있었다.

"혹시 이런 게, 다른 감정인가."

유경의 목을 잡아끌며 선우가 읊조렸다. 얼굴이 가까워지자 특유의 달큰한 향기가 선우의 코끝을 찔렀다. 뒷목을 잡은 손에 점점 힘이 들어갔다.

코끝이 닿았을 때, 선우는 두 눈을 감았다. 그리고 유경의 입술을 찾아 천천히 고개를 내렸다.

입술을 보면 입을 맞추고 싶었다. 아파할 만큼 물어뜯고 싶기도 했다. 울어도 좋으니까, 그 눈물이 한태주 때문이 아니었으면 했다. 그러다 끝내 너를 향한 증오와 서운함이 뒤섞여, 가늠할 수 없는 감정이 되어 버리곤 했다.

그런 감정이 네가 말하는 다른 감정이라면.

"아니. 착각하는 거예요. 오빠는 나를 싫어해. 그리고 나도, 오빠를 싫어해요."

입술이 닿기 직전, 유경이 또렷한 음성으로 말했다. 선우는 감았던 눈을 천천히 떴다. 흔들림 없는 눈동자로 선우를 응시하는 유경이 보였다.

선우는 유경의 눈, 코, 입을 하나하나 집요하게 뜯어보았다.

어떤 대답을 해야 강유경을 묶어 둘 수 있을까.

맞다고. 너를 증오한다고 해야 잠잠해지려나. 그녀에게 태주의 원망보다 더 끔찍한 건, 선우가 품고 있는 다른 감정일 터였다.

하지만 이제 깊게 생각하지 않기로 했다.

태주를 향한 원망 때문에 유경을 빼앗았지만, 어느 순간부터 선우에게 태주는 관심 밖이었다.

지금 그가 진정으로 갈망하는 건 오직 하나였다.

"상관없어."

대답과 동시에 선우는 유경의 얼굴을 감싸고 입을 맞췄다.

10
화

진실

비가 추적추적 내리던 가을밤이었다.

"사람을 죽였어?"

어디선가 섬뜩한 말이 들려왔다. 방 안에 웅크려 있던 유경이 화들짝 놀라 뒤를 돌아봤다.

"오빠……."

선우가 방문에 비스듬히 기댄 채 유경을 응시하고 있었다. 비에 흠뻑 젖은 탓인지, 아니면 예상치 못한 선우의 등장 때문인지 유경의 몸이 바들바들 떨렸다.

"다 들었어. 너랑 어떤 남자가 하는 얘기."

문을 잠그고 방 안으로 들어오며 선우가 태연하게 말했다.

그가 한 걸음씩 다가올 때마다 유경은 몸을 끌며 뒤로 물러났다. 빗물에 젖은 유경의 얼굴이 형용할 수 없는 공포로 파리해졌다.

"돈 달라고 협박하던데. 줄 돈은 있어?"

유경은 달달 떨리는 몸으로 간신히 고개를 저었다. 몸이 떨릴 때마다 이가 닥닥 부딪히는 소리가 났다.

"그 돈, 내가 줄까?"

찰나의 순간, 유경의 눈동자가 미세하게 흔들렸다. 하지만 유경은 이내 고개를 저었다. 자신을 받아 준 은혜를 그런 식으로 갚을 수는 없었다.

"그러면 아버지한테 말해야겠네. 아니, 태주한테 말해야 하나. 너 태주랑 사귀잖아."

태주랑 사귀잖아. 그 말에 유경은 멍하니 선우를 바라보았다. 남자가 자신을 협박하러 왔다는 사실보다, 선우가 그녀와 태주의 관계를 알고 있었다는 사실이 더 충격적이었다.

유경은 세차게 고개를 저었다. 태주가 추한 비밀을 알게 되는 일은 상상만 해도 끔찍했다.

"이기적이네. 아버지한테 말하는 것도 싫고, 태주한테 말하는 것도 싫어?"

유경은 말을 꺼내는 대신 선우의 바지 자락을 붙잡았다. 제발 말하지 말아 달라는 눈으로 그를 올려다보았다.

선우는 유경을 차갑게 내려다보더니, 천천히 시선을 맞춰 앉았다.

"그러면 태주랑 헤어져."

바지 자락을 잡고 있던 유경의 손에서 힘이 풀렸다. 선우가 고개를 살짝 기울인 채 안타깝다는 눈으로 유경을 보았다.

"태주가 알게 되면 어차피 헤어지자고 할 텐데. 네가 먼저 발 빼는 게 낫지 않아?"

"난…… 태주를 믿어요."

그는 유경의 말이 재미있다는 듯 한참을 웃었다.

"유경아. 아름다움의 반대말이 뭔지 알아?"

부드러우면서도 차가운, 나긋하면서도 날카로운 목소리.
유경은 그의 말을 듣지 않으려 귀를 막았다.

"더러움이야. 바로 너 같은 애들이지."

듣지 않아도 알 수 있었다.

선우의 입 모양이 말하는 단어가 '더러움' 이라는 것을.

유경도 알고 있었다. 자신은 더러운 인간이라는 걸. 죽을 때까지 끌어안고 갈 죄라는 것을.

그래 놓고 사랑하길 원했다. 사랑받길 원했다. 피 묻힌 손을 감춘 채 깨끗하고 순수한 척 태주를 안았다.

"태주는 그런 일로 나를 버릴 애가 아니에요. 내가 사정을 얘기하면 이해해 줄 거야."

"그래. 태주는 그러고도 남을 애지. 그런데 말이야. 너 때문에 태주까지 더러워진다면?"

유경이 혼란스러운 얼굴로 선우를 바라보았다. 선우가 한쪽 입매를 비스듬히 올리며 천천히 말을 이었다.

"태주 같은 애들은 자기 자신한테 더 가혹해. 태주는 너를 감싸 주겠지만, 정작 자기가 더럽다는 걸 알면 견디지 못할 거야. 사랑받으며 살아온 애들은 그래. 상처에 면역이 없어. 작은 흠집에도 세상이 무너진 듯 울어 버리지."

"그게…… 그게 도대체 무슨 말이에요."

"태주가 혼외 자식이라는 거 알고 있어?"

방 안에는 일순 무거운 정적이 맴돌았다. 선우는 그런 말을 내뱉은 사람치고 태연하게 웃고 있었다.

유경은 숨이 멎은 듯 멍하니 선우를 바라보았다. 숨소리도, 맥박 소리도 들리지 않던 찰나의 시간. 그녀의 까만 동공이 속절없이 일렁였다.

"태주는 어머니 아들이 아니야. 누가 생모인지도 모르는 사생아지."

선우의 말이 이어졌지만 그런 말들은 하나도 귀에 들어오지 않았다. 유경의 머릿속을 잠식하는 생각은 오직 하나였다.

태주가 이 사실을 알게 됐을 때 그가 느낄 절망의 크기. 그 걱정뿐이었다. 머릿속이 어지럽게 엉키고 눈앞이 하얘졌다.

"오빠가 잘못 알고 있는 거예요. 태주가 어머니를 얼마나 사랑하고 그리워하는데……."

태주는 아직도 어머니가 주신 사랑을 생생하게 기억하고 있었다. 엄마 덕분에 그림을 그릴 수 있었다고, 늘 입버릇처럼 말하곤 했다.

"그러니까 말이야. 그렇게나 어머니를 사랑하는 태주가 이 사실을 알면 얼마나 혼란스러울까? 너도 겪어 봐서 알잖아. 근본 없는 태생의 비참함을. 그 비참함이 사람을 어떻게 망가뜨리는지도."

유경의 머릿속에 지난 10여 년간의 기억이 주마등처럼 스쳐 지나갔다.

엄마와 단둘이 살면서 손가락질 받던 기억들. 더럽다는 수군거림, 함부로 대하던 사람들, 끝끝내 알지 못했던 아버지란 사람.

결국 그녀에게 남은 건 살인이라는 죄뿐이었다.

"너는 살인자, 태주는 사생아. 서로한테서 비슷한 냄새를 맡은 건가? 궁금하네. 태주가 모든 비밀을 알았을 때 과연 어떤 표정을 지을지. 네 말대로 상관없다고 웃어 줄지, 아니면 절망하며 울부짖을지."

태주야. 너를 믿지 못한 게 아니야. 그저, 너를 지켜 주고 싶었을 뿐.

입을 맞춘 지 오랜 시간이 지났다. 선우는 유경의 아랫입술을 세게 깨물기도 했고, 당기듯 물며 부드럽게 어르기도 했다. 열리지 않는 입을 두드리며 제발 받아 달라고, 동정이라도 좋으니 이 외로움을 알아 달라고 애원했다.

하지만 유경은 아무런 반응도 보이지 않았다. 영혼 없는 인형처럼 가만히 있을 뿐이었다. 선우는 천천히 입술을 떼고 유경을 바라봤다.

"왜 가만히 있는 거야."

미동도 없던 유경의 눈동자가 선우에게로 향했다.

"오빠 마음대로 해요."

"마음대로?"

"어차피 껍데기일 뿐이잖아."

유경은 건조하게 미소 지었다.

"대신 그 이상은 바라지 말아요. 다른 건 줄 생각 없으니까."

선우는 신경질적으로 유경의 어깨를 부여잡았다. 언제나 강유경은 이런 식이었다. 그를 오직 몸만 원하는 짐승이라고 여겼다. 아니, 어쩌면 유경은 이미 그의 마음을 알아챘는지도 모른다.

"거짓말 하지 마. 말로는 네 마음대로 하라면서, 내가 입 맞추면 너는 늘 나를 벌레 보듯 보고 세상을 잃은 사람처럼 나를 원망했어."

이제야 깨달았다. 그는 늘 유경을 끌어안고 싶었고, 거칠게 몸을 섞고 싶었다. 하지만 그 욕망보다 그녀의 원망이 더 두려웠다.

"머릿속으로는 수십 번도 더 너를 안았어. 네 옷을 벗기고, 온몸을 물어뜯으면서 너를 안는 상상을 했다고. 그런데 내가 왜 너를 가만히 뒀는지 알아?"

이성을 잃은 선우의 목소리는 격했다. 줄곧 차분하던 유경의 얼굴에 일순 두려움이 번졌다. 우려했던 일이 현실이 되어 버린 이 감정의 소용돌이에서 할 수 있는 일이 무엇일까.

"절망할 네 모습이 뻔해서. 그 꼴이 보기 싫어서 그랬어."

폭풍 같은 말을 쏟아 낸 선우는 거칠게 숨을 몰아쉬며 쓰게 웃었다. 그의 얼굴이 슬프게 일그러졌다.

"네가 그랬지. 너를 가지고 나면 꼭 버려 달라고. 웃기지 마. 너를 버릴 생각 따윈 애초에 없었어. 그러니까 그냥, 이렇게 가끔씩 안아 달라고 할 때 안아 주기만 해."

선우가 무언가를 애타게 갈구하는 얼굴로 유경을 바라보았다. 그 모습은 꼭 엄마를 잃은 어린아이 같았다. 선우를 멍하니 바라보던 유경은 나지막하게 입을 열었다.

"나는요, 오빠. 매일매일 태주가 그리워. 나를 보고 웃어 주던 태주가 그리워서 미칠 것 같아요. 앞에 있는데도 만질 수가 없어서 미칠 것 같단 말이야."

그립다는 말을 내뱉자마자 꾹꾹 가둬 두었던 그리움의 둑이 터졌다.

그리움이, 추억이 주체할 수 없을 만큼 밀려온다. 깊은 곳 어딘가에서 차오른 눈물은 이윽고 바들거리는 입술 사이로, 붉게 물든 눈동자 사이로 터져 버렸다.

"나는 이렇게 만들어 놓고 오빠 감정만 얘기하면 어떡해. 태주는 내 인생에 빛이었어. 그런데 오빠가 앗아갔잖아. 오빠 때문에 아무것도 보이지 않게 됐잖아. 그래 놓고 나한테…… 나한테 왜 많은 걸 바라는데요."

유경은 두 손에 얼굴을 묻은 채 아이처럼 울기 시작했다. 흘러내리는 눈물을, 북받치는 설움을 막을 길이 없었다. 동그랗게 웅크린 유경의 등이 가냘프게 들썩였다.

"그거 알아?"

선우는 비틀거리며 자리에서 일어났다. 우는 유경을 보며 그가 피식 웃었다.

"네가 던진 동정이 얼마나 무책임했는지."

그녀가 다가와 말을 걸어 주던 시간들. 귀찮은 척했지만 사실 싫지 않았다. 가녀린 목소리를 들을 때마다, 늘 어둠뿐이던 일상이 조금은 밝아지는 기분이었다.

어디서부터 잘못된 걸까. 서투른 표현이 잘못이었을까. 아니면 태주를 향한 질투심이 문제였을까. 그것도 아니면 비열한 방법만이 이 작은 여자애를 얻는 길이라고 생각했던, 부족한 자신감 때문이었을까.

그때는 그것이 빛인 줄도 몰랐다. 그 기분이 어떤 감정인지조차 몰랐다.

다만 원했던 건 하나.

너만큼은 한태주가 아닌 나를 먼저 봐 주길. 나를 혐오해도 좋으니까 내 옆에서 울어 주길.

"네가 무심코 던진 값싼 동정, 알량한 관심이 나한테는 빛이었거든."

286

선우는 그 말을 남기곤 방으로 향했다.

쾅, 소리와 함께 방문이 닫혔고, 적막한 집 안에는 유경의 숨죽인 울음소리가 오랫동안 이어졌다.

태주는 잠을 설친 탓에 평소보다 일찍 출근했다. 아무도 없는 미술관에는 고요한 정적이 맴돌았다.

부유하는 먼지들이 어스름한 새벽빛을 받아 푸른색으로 반짝였다. 멍한 눈으로 먼지를 응시하던 그는 걸음을 옮겨 창고로 향했다. 일찍 온 김에 물건이나 정리할 참이었다.

창고 문을 열자마자 태주는 일순 굳어 버렸다. 창고에는 유경이 있었다. 그의 시선이 유경을 따라 움직였다. 그녀는 무슨 이유에선지 퉁퉁 부은 얼굴로 재고를 확인하고 있었다.

"일찍 왔네."

뒤에서 들리는 목소리에 유경이 깜짝 놀라며 돌아봤다. 목소리의 주인공이 태주임을 확인하자마자 재빨리 고개를 돌렸다. 부은 얼굴을 보여 주고 싶지 않았다.

"할 게 많아서. 너도 일찍 왔네."

괜스레 들고 있는 재고 목록을 바삐 넘겼다. 이상하게 태주만 마주치면 제 발 저린 도둑처럼 진땀이 나곤 했다. 태주는 한참 동안 아무 말이 없더니 유경이 있는 곳으로 저벅저벅 걸어왔다. 창고 안을 울리는 발자국 소리에 그녀의 신경이 바짝 곤두섰다.

발소리가 바로 옆에서 멈췄을 때, 천천히 고개를 들었다. 어느새 훌쩍 다가온 그가 팔짱을 낀 채 선반에 기대어 서 있었다.

눈이 마주치자마자 어색하고 불편한 분위기가 엄습했다.

빠르게 머리를 굴렸다. 무슨 말을 꺼내야 할까. 때마침 창고 구석에 준비해 둔 캔버스와 물감 재료가 눈에 띄었다.

"어, 그…… 윤 작가님이 제의하신 작업 말이야. 곧 시작해야 할 것 같은데. 재료는 내가 준비해 놨어."

긴장한 탓인지 평소보다 높은 목소리가 흘러나왔다.

"말하지 그랬어. 같이 준비했을 텐데."

태주가 다정하면서도 무심한 목소리로 말했다. 유경은 빠르게 고개를 저었다.

"괜찮아."

어색한 침묵이 또다시 이어졌다. 머릿속에 입력된 단어라곤 '괜찮아'와 '미안해' 밖에 없는 것일까.

유경은 마른침을 삼키고 아랫입술을 깨물었다. 어디에 눈을 둬야 할지 몰라 미술 도구가 가득 채워진 선반을 멀거니 쳐다보기도 했다. 사방이 막힌 공간이라서 그런지 태주의 향이 더 짙게 스며들었다.

"왜 울었어?"

불쑥 튀어나온 말에 유경이 당황한 얼굴로 고개를 들었다. 그러자 어김없이 태주의 시선에 붙들렸다. 언제나 곧고, 맑고, 거짓 없는 눈. 유경은 그 눈동자를 홀린 듯 바라보다가, 이내 정신을 차리고 다시 고개를 돌렸다.

"안 울었는데."

"울었는데."

퉁명스러운 말일 뿐인데 유경의 얼굴이 붉게 달아올랐다.

고등학생 때부터 그랬다. 그녀는 태주의 사소한 말에도 실없이 설레곤 했다.

"그냥 잠을 잘못 자서 부었나 봐. 걱정하지……."

"아. 걱정이 아니라, 그런 얼굴로 돌아다니면 보기 안 좋으니까."

태주는 유경의 말을 차갑게 잘라 버렸다. 유경은 애써 웃으며 고개를 끄덕였다.

무거운 정적이 꽤 오랫동안 이어졌다. 유경은 괜히 다른 곳을 쳐다보며 구두 앞코를 톡톡 쳤다.

"밴드 있어?"

침묵을 깨고 먼저 말을 꺼낸 사람은 태주였다. 뜬금없는 질문에 유경은 두 눈을 깜박였다. 태주는 낮게 한숨을 쉬더니 다시 또박또박 물었다.

"상처에 붙이는 밴드 있냐고."

그제야 알아듣곤 고개를 끄덕였다. 그녀는 황급히 구석의 서랍으로 향하더니 밴드를 한 움큼 꺼내 들었다. 그 모습을 지켜보던 태주가 저벅저벅 다가와 유경의 손에 들린 밴드를 가져갔다.

유경이 영문을 모르고 서 있는 사이, 태주가 갑자기 그녀의 팔을 잡아끌었다.

"왜, 왜 그래?"

"가만히 있어."

태주가 돌연 그녀의 목으로 밴드를 가져다 댔다. 유경은 자기도 모르게 눈을 질끈 감았다. 소매에 밴 태주의 향기가 코끝을 스치는가 싶더니 목에 따뜻한 온기가 닿았다.

밴드를 붙이는 손길이 서러울 만큼 다정했다. 접착 부분을 조심스레 붙이곤, 떨어지지 않게 살며시 눌러 준다. 찰나의 시간이 아득할 만큼 길게 느껴졌다.

"됐어."

유경은 서서히 눈을 떴다. 왼쪽 목을 만져 보니 밴드가 붙어 있었다. 이유를 모르겠다는 얼굴로 쳐다보니 태주가 미간을 찌푸렸다.

"아직 남아 있잖아. 자랑하고 다닐 거야?"

남아 있다니. 생각을 정리하던 찰나 문득 떠올랐다. 선우가 억지로 만들었던 키스 마크. 깨달은 순간 수치심이 밀려왔다.

목에 붙은 밴드를 매만지며 태주의 시선을 피했다. 그가 오해하고 있을 게 분명했다.

벌레에 물린 상처라고 할까. 아니, 그게 더 구차하다. 누가 봐도 그런 흔적이 아닌가. 태주에게 안길 때마다 가슴과 아랫배, 등에 수없이 남았던 흔적들인데.

머릿속에 오만 생각들이 스쳤지만 다 헛된 생각이었다. 이제 와서 변명한들 그게 무슨 소용일까.

"한선우 짓이지?"

유경이 여러 생각들과 싸우는 사이, 태주가 먼저 말을 꺼냈다.

"한선우한테 말해. 뒤에서 말 나오니까 보이는 곳에 남기지 말라고."

마치 오랜 친구를 걱정하듯 나무라는 말투였다. 그 말에 유경의 머릿속을 맴돌던 변명들은 흔적도 없이 부서졌다.

이제 태주에겐 그녀가 선우와 잤는지 아닌지는 중요하지 않아 보였다. 태주는 이미 두 사람의 관계를 받아들이고 있었다. 그러자 불현듯 가슴이 서늘해졌다. 웃기는 일이다. 그가 화라도 내길 바랐나 보다.

"작업은 어디서 할래?"

"아직…… 생각 안 해 봤어."

"일 끝나면 내 작업실에서 해. 다른 곳 빌리기도 어렵잖아."

유경은 아무 말이 없었다. 태주는 대답 없는 그녀를 물끄러미 쳐다보다가 등을 돌리며 말했다.

"그 그림은 버렸어. 이제 생각날 일 없을 거야."

점심시간에 아트라로 찾아온 대헌은 세상의 종말을 알리러 온 사람처럼 흥분하고 있었다.

"너희 아버지 측근인지 뭔지, 아무튼 검은 양복 쫙 빼입은 남자가 우리 학교 동창들을 다 뒤지고 다니면서 물어봤대. 한태주랑 강유경이 특별한 사이였냐고."

김 실장이 분명했다. 정리해가는 중이었는데 이제 아버지가 끼어들다니. 태주는 깊은 한숨을 내쉬며 이마를 짚었다.

"너는. 너는 끝까지 아니라고 했지?"

"나만 아니라고 하면 뭐하냐. 나를 제외한 모든 동창들이 다 맞다고 했다는데. 특히 그, 상철이 새끼 기억 나냐? 자꾸 강유경 미술 도구 망가트려 놔서 네 야마 돌게 한 새끼. 네가 식당에서 그 새끼 식판 엎고 둘이 미친개처럼 싸웠었잖아."

"그래서 뭐. 너는 꼭 말하다가 삼천포로 빠지더라."

"아무튼 그 새끼가 너랑 강유경, 몰래 키스하는 것도 다 봤다고 말했단다. 더 놀라운 게 뭔지 알아? 상철이가 강유경을 짝사랑했다는 거야. 쇼킹하지 않냐."

태주는 빈 음료수 캔을 신경질적으로 구기며 대헌을 바라봤다.

"그런데 너는 이런 얘기 다 어디서 들었냐?"

"음, 요즘 내가 작업 거는 애가 있는데 말이야. 알고 보니 걔가 상철이 여동생이더라고."

"……미친놈."

호탕하게 웃는 대헌을 보며 태주는 땅이 꺼져라 한숨을 내쉬었다. 정리가 필요하다. 태주는 고개를 젖히고 눈을 감았다.

아버지는 이미 둘의 관계를 알고 있는 게 분명했다. 생각보다 더 깊은 관계였다는 걸 들키면 유경에게만 불똥이 튈 게 뻔했다. 아버지는 자신의 명예를 위해서라면 없는 잘못도 뒤집어씌우는 사람이었다.

그렇다고 아무 관계도 아니었다 말하기엔 이미 늦었다. 사실을 다 알고 나서도 이렇게 조용한 걸 보면 벌써 다른 일을 꾸미고 있는 건지도 모른다.

한선우는 아버지가 눈치챘다는 사실을 알고 있을까. 그러자 문득 쓸데없는 후회가 들었다. 이럴 줄 알았으면, 형에게 빼앗기는 것도 모자라 아버지에게 허무하게 들킬 줄 알았으면, 숨기지 말 걸. 사람들 사이에 혼자 서 있는 네 손을 꽉 잡아 줄걸. 더 많이 웃어 줄걸.

그땐 모든 게 영원할 줄 알고 지키려고만 했다. 어리석게도.

"야, 쟤…… 강유경 아니냐."

생각에 잠긴 사이, 대헌이 일급 비밀이라도 되는 양 목소리를 낮추며 속삭였다. 태주는 감았던 눈을 뜨고 앞을 바라봤다. 두 사람이 앉은 벤치의 맞은편으로 유경이 지나가고 있었다.

"나쁜 계집애. 예쁘기는 하네."

대헌이 유경을 노려보며 빈정댔다.

"예쁘지, 강유경."

그의 말 뒤로 나지막한 목소리가 이어졌다. 대헌이 기겁하며 태주를 쳐다봤다.

"뭐야. 설마 너, 아직도 강유경 못 잊고 있는 거냐?"

태주가 피식 웃으며 고개를 저었다.

"아니. 이제 진짜로 잊어 보려고. 그러니까 이런 말도 하지."

그럼에도 대헌의 눈초리는 여전히 의심스러웠다.

"사실 강유경은 항상 예뻤어. 보기 아까울 정도로."

태주의 시선이 유경의 뒷모습에 머물렀다. 높은 구두를 신고 종종 걸음으로 어디론가 향하는 그녀를 본능처럼 좇았다. 그러다 불현듯 하정과의 약속이 떠올라 얼른 시선을 거두었다.

"대헌아. 사람을 잊는 방법에는 두 가지가 있대. 부정하기와 받아들이기. 첫 번째는 해 봤는데, 강유경을 부정하는 건 아무리 해도 안 되더라. 그래서 하나씩 받아들이려고. 그래. 내가 많이 사랑했지. 예쁘기도 했지. 미워도 했지. 이렇게 받아들이면서 놓아 주는 거야. 어떠냐, 이 방법."

대헌은 같잖은 소리라는 듯 이맛살을 찌푸렸다.

"그게 뭔 개소리야. 잊는다는 건 말이야. 모든 게 흐릿해지는 거야. 그 여자 얼굴, 느꼈던 감정, 같이 있었던 장소. 그러다 그 사람 이름까지 가물가물 할 때 '아, 진짜 잊었구나' 하고 말할 수 있는 거다. 인마."

흐릿해지는 것. 그 말을 곱씹으며 태주는 쓰게 웃었다.

"혹시 아버지한테 무슨 말 못 들었어?"

작업실에 도착하자마자 태주가 물었다. 유경은 캔버스를 내려놓으며 고개를 저었다.

"아니. 왜? 무슨 일 있어?"

아버지라는 말을 꺼내자마자 유경의 얼굴에 불안감이 번졌다. 태주는 잠시 고민했다. 말을 하는 게 좋을까.

"아니. 아무것도."

아버지가 먼저 입을 열지 않는 이상 굳이 말할 필요는 없을 것 같았다. 무엇보다도 유경은 아버지와 한집에서 살고 있었다. 이 사실을 유경이 안다면 집에서 아버지를 볼 때마다 불안해 할 게 뻔했다.

"만약에. 이건 만약인데, 아버지가 너랑 내 관계를 물으면."

태주가 물감 재료를 정리하며 운을 뗐다. 유경은 초조한 얼굴로 태주의 다음 말을 기다렸다. 그는 유경을 흘깃 쳐다보고는 차분하게 말을 이었다.

"너는 끝까지 아무 사이 아니었다고 해. 나머지는 내가 알아서 할 테니까."

태주는 다시 작업을 준비하기 시작했다. 유경은 멀거니 서서 태주의 등을 한참이나 바라보았다.

작업은 생각보다 신속하게 진행됐다. 소재는 윤 작가의 요청대로 '나비'였고, 전체적인 그림은 유경이 생각해 놓은 구상대로 스케치를 했다. 유경은 태주의 아이디어도 듣고 싶었지만, 그는 어떤 구상이든 상관없다고 했다. 빨리 끝내고 싶다는 말이 전부였다.

커다란 캔버스를 바닥에 놓고 마주 앉은 채 스케치를 시작했다. 한 시간이 지나도, 두 시간이 지나도 두 사람 사이에 대화는 없었다. 이따금씩 들리는 숨소리와 기지개 켜는 소리, 똑딱이는 시계 초침 소리가 전부였다.

아무 말도 오가지 않았지만 유경은 이 시간이 편안했다. 그림에 미쳐 살던, 태주의 사랑에 혼미했던 그 시절로 돌아간 기분이었다.

마치 따뜻한 물속에 잠겨 있는 느낌 같기도 했고, 햇볕에 바싹 말려 보송보송한 솜이불을 머리끝까지 덮는 느낌 같기도 했다. 기분 좋은 나른함, 퍽 오랜만이었다.

"그때 그림이랑 비슷하네."

나긋한 침묵을 깬 사람은 태주였다.

유경은 스케치를 멈추고 얼굴을 들었다. 태주는 반쯤 그린 스케치를 물끄러미 내려다보며 말을 이었다.

"네가 나한테 보여 줬던 그림이랑 비슷해. 밤하늘에 나방이 날갯짓하던 그림."

"……나방 아니야. 나비였어."

유경이 태주의 눈을 피하며 작게 아름거렸다. 그 말에 태주가 고개를 갸웃거렸다.

"비슷하잖아. 나방이나, 나비나."

"달라. 나비는 아름답고, 나방은 추해."

태주는 스케치하던 손을 멈추고 유경을 쳐다봤다. 유경은 꼭 화난 사람처럼 입을 앙다문 채 연필을 움직이고 있었다.

"아니."

태주가 단호히 말했다. 나비의 날개 부분에 신경질적으로 직선을 긋던 유경의 손이 뚝, 멈췄다.

"내 눈엔 둘 다 아름다워. 낮에 살든 밤에 살든 날아가는 건 똑같으니까."

톡, 캔버스를 누르던 연필심이 부러졌다. 유경은 천천히 고개를 들어 태주를 바라봤다. 그는 아무 일도 없었다는 듯 다시 스케치를 하고 있었다. 연필을 쥔 유경의 손이 잘게 떨렸다.

"태주야. 만약에……."

만약에 내가 나비가 아니라 나방이어도, 네가 생각하는 것만큼 아름다운 여자가 아니어도, 너는 내게 아름답다고 말해 줄 수 있을까.

내가 사실 너를 배신한 게 아니라 다른 이유 때문에 너를 버릴 수밖에 없었다고 한다면. 그러면 다시 나한테 돌아와 줄 수 있을까.

그 어떤 끔찍한 진실도 다 감당할 수 있을까.

많은 말들이 입안에서 맴돌았지만 유경은 차마 내뱉을 수 없었다.

"강유경."

유경이 머뭇거리는 사이 태주가 먼저 입을 열었다. 붉어진 눈으로 그를 응시했다.

"네가 나한테 물은 적 있었지. 행복해도 되냐고. 그때는 내가 대답을 못 했는데. 아니, 안 했는데."

유경은 차오르는 눈물을 꾹 참으며 입술을 깨물었다.

"행복해도 돼, 강유경."

울지 마. 스스로를 다독였다. 참아야 돼. 달래듯 되뇌었다.

"나도 행복해질게."

태주의 말을 마지막으로 더 이상의 대화는 없었다. 태주는 묵묵히 스케치를 했고, 유경은 터져 나오는 눈물을 몰래 참아 낼 뿐이었다.

"일주일 간 맨해튼 문화 단지에 다녀오거라."

아침부터 선우를 서재로 부른 한 관장이 신문을 읽으며 태연하게 말했다. 선우에게서 아무런 대답이 없자 한 관장이 고개를 들었다.

"애비가 말하는데 왜 대답이 없어."

대답 대신 서늘한 눈동자가 한 관장의 얼굴로 향했다. 그날 밤 이후로 선우는 눈에 띄게 피폐해져 있었다.

"무슨 속셈이세요."

싸늘한 정적이 흐른 후에야 선우의 입술이 열렸다. 한 관장은 작게
웃었다.

"속셈이라니."

"일주일로 충분하시겠어요?"

"무슨 소리냐."

"강유경을 떼어 낼 시간. 고작 일주일로 충분하시겠냐는 말이에요."

선우의 입가에 경멸스러운 비소가 걸렸다.

"집어치우세요. 아버지한테 놀아날 생각 없습니다."

선우는 냉정하게 등을 돌렸다. 그러자 무겁게 가라앉은 목소리가 그
의 등을 울렸다.

"네가 이럴수록 그 애가 더 곤란해진다는 것만 알아 둬라."

나긋한 목소리와 달리 협박조의 말투였다. 그 말에 선우는 걸음을
멈추고 우뚝 섰다.

"넘겨짚지 마라. 단순히 업무일 뿐이야. 나는 그런 애한테 신경 쓸
만큼 한가하지 않다."

그리고 낮게 웃으며 한 관장을 돌아봤다. 아버지를 보는 아들의 눈
에는 오랜 시간 쌓여 온 불신과 독기가 뒤섞여 있었다.

"좋아요, 다녀올게요. 대신."

말을 멈춘 선우의 눈이 어둡게 짙어졌다.

"강유경 건드리지 마세요. 아버지도 곤란해지고 싶지 않다면요."

평온하던 한 관장의 얼굴이 일순 꿈틀거렸다.

그 애 때문에 변한 걸까, 아니면 원래 이런 아이였을까. 그가 봐 왔
던 아들은 아무런 이득도 없이 타인을 보호하는 아이가 아니었다.

한 관장은 속내를 감춘 채 거짓 미소를 지었다.

"물론이다."

유경은 불안한 얼굴로 한 관장을 바라봤다. 오늘 그는 확실히 평소와 달랐다.

"밥이 아주 맛있구나."

매번 말없이 밥만 먹고 자리를 뜨던 사람이 갑자기 칭찬을 하질 않나.

"어디 아픈 데는 없고?"

10년간 단 한 번도 묻지 않았던 건강 상태를 묻는다.

"괜찮습니다."

유경은 식탁을 정리하며 한 관장을 힐끔 바라봤다. 그는 여느 때와 달리 편안하게 웃고 있었다. 꼭 딸을 대하는 아버지처럼.

"다행이다. 아, 그리고 태주는 일에 잘 적응하고 있는지 모르겠구나."

한 관장의 입에서 태주란 이름이 나오자 식탁을 치우던 유경의 손길이 멈칫했다. 불현듯 태주가 했던 말들이 떠올랐다.

"아버지한테 무슨 말 들은 거 없어? 혹시 아버지가 우리 사이를 물으면 아무것도 모른다고 해."

설마.

유경은 떨리는 손을 감추며 한 관장을 바라봤다. 그는 모든 사실을 다 알고 있는 사람치곤 너무 인자하게 웃고 있었다.

아닐 거다. 한 관장은 모든 사실을 알고도 가만히 있을 사람이 아니었다.

"다행히 잘 적응하고 있는 것 같아요. 작가님들도 좋아하시고요."

유경이 애써 미소 지으며 말했다. 한 관장은 그런 유경을 지그시 바라보더니 작게 웃었다.

"유경이 네가 그렇게 말해 주니 마음이 놓인다."

작업은 어느새 끝을 달리고 있었다. 스케치를 마치고 채색 작업에 들어간 태주는 마주 앉아 있는 유경을 흘긋 보았다.

오늘 그녀는 왠지 기분이 좋아 보였다. 입가에 걸린 옅은 미소가 꼭 예전의 강유경을 보는 것 같았다.

"좋아 보인다, 오늘."

태주의 말에 붓을 움직이던 유경의 손이 멈췄다. 티 내지 않으려고 했는데. 자꾸만 가벼워지는 기분을 어쩔 도리가 없었다.

갑자기 달라진 한 관장의 태도는 작은 위안으로 다가왔다. 의미 없이 던진 말일지라도, 한 관장이 건넨 따뜻한 말에 10년의 설움이 조금이나마 녹는 기분이었다.

"관장님이 달라지신 것 같아서."

"아버지가?"

"다정해지셨어. 밥이 맛있다고 칭찬도 해 주시고, 건강도 물어봐 주시고. 물론 내 기분 탓일 수도 있지만……."

붓을 쥔 태주의 손에 힘이 들어갔다. 그럴 리가. 아버지는 태주와 유경의 관계를 다 알고 있었다. 더 쌀쌀맞아졌다면 모를까 다정해졌다니.

불길한 예감이 스쳤지만 그런 사실을 알려 주기엔 유경의 표정이 너무 평온했다. 태주가 미국에서 돌아온 뒤, 여태껏 본 유경의 모습 중에 가장 편안해 보였다.

"강유경. 아버지는……."

태주는 차마 말을 잇지 못하고 입을 다물었다.

아버지는 그런 사람이 아니야. 누구보다도 계산적이고 속물스러워. 그러니까 믿지 마. 절대 믿지 마.

내뱉지 못하는 말이 목구멍에서 맴돌았다. 태주의 속도 모르고 유경은 아이처럼 웃기만 했다.

"사실 나, 많이 힘들었어. 관장님께 짐이 되지는 말아야겠다는 생각에 한시도 편할 날이 없었거든. 이제야 마음이 놓여."

태주의 턱이 불거졌다. 밥이 맛있다는 말 한마디에, 아버지의 태도하나에 편해지는 마음이라니. 10년간 유경을 짓눌렀던 불안과 강박의 무게를 태주는 감히 상상조차 할 수 없었다.

"미안……. 이런 얘기 듣기 싫지?"

나비의 날개에 보라색 물감을 칠하며, 유경이 수줍게 웃었다. 태주는 들고 있던 붓을 내려놓고 자리에서 벌떡 일어났다. 알 수 없는 감정이 울컥 솟구쳐 도저히 작업을 계속할 수 없었다.

"잠깐 쉬었다 하자."

귀밑이 뜨거워지고 목이 메었다.

유경은 태주의 작업실을 좋아했다. 밤이 되면 달빛이 새어 들어오고, 창문을 열면 별 박힌 밤하늘을 볼 수 있어서 좋았다.

무엇보다도 이곳에 오면 온 우주에 두 사람만 고립된 느낌이 들었다. 그래서 유경은 태주의 작업실에 올 때마다 아이 같은 얼굴로 탄성을 자아내곤 했다.

몇 년이 지난 지금도 그때와 달라진 건 없었다. 밤하늘은 여전히 풍요롭게 빛났고 불어오는 바람은 기분 좋을 정도로 시원했다. 달라진 건 오직 하나, 풍경을 바라보는 두 사람이었다.

작업실에 올 때마다 유경을 뒤에서 꼭 끌어안고 밤하늘을 바라보던 태주는, 이제 유경과 몇 발자국 떨어진 거리에 완벽한 타인으로 서 있었다.

"오랜만이다. 여기서 보는 밤하늘."

유경은 김이 모락모락 피어오르는 커피 잔을 꼭 쥔 채 꿈을 꾸듯 말했다. 불어오는 바람에 그녀의 긴 머리칼이 흩날렸다.

"여전히…… 아름답네."

그녀의 말을 들으며 태주는 생각했다. 끝내 말하지 못했지만, 너도 여전히 아름답다. 한순간도 아름답지 않은 적이 없었다.

"태주야."

유경이 나지막한 목소리로 태주를 불렀다.

"오늘 하루만 내 부탁 들어줄 수 있어?"

그녀가 활짝 웃으며 물었다. 곱게 휘어지는 눈이, 살며시 말려 올라가는 입술이 이상하게 불안했다.

사귀던 시절에도, 그리고 지금까지도. 유경의 웃는 모습은 늘 태주의 가슴을 철렁이게 만들었다.

"무슨 부탁."

"작은 부탁이야. 들어준다고 약속해."

태주는 쉽게 대답하지 못했다. 웃고 있는 유경의 모습은 금방 사라질 신기루 같아서 겁이 났다.

"들어줄 거지?"

태주의 눈가가 움찔 떨렸다.

그렇게 웃지 마. 너를 되찾겠다는 게 아니야. 너는 행복해지기만 하면 돼. 너는 나의 청춘이었고, 빛이었으니까.

그런데 그렇게 웃어 버리면.

금방이라도 사라질 사람처럼 웃어 버리면.

하고 싶은 말들이 입안에 맴돌았지만 한마디도 꺼낼 수 없었다. 평소의 유경답지 않은 간절한 애원에 무너질 뿐이었다.

"들어줘. 마지막으로 부탁하는 거야. 다시는 이런 부탁, 하지 않을게."

태주는 서글프게 웃고 있는 유경을 한참이나 바라보다가 뒤늦게 고개를 끄덕였다.

"잠깐만 가까이 와 볼래?"

벌어진 둘의 사이만큼 떨어진 거리에서, 유경이 작게 손짓했다. 태주는 조용히 걸음을 옮겼다.

한 걸음, 두 걸음, 세 걸음. 유경의 옅은 숨소리가 가까이서 들릴 즈음, 태주는 멈춰 섰다.

"나도 오늘 내가 왜 이러는지 모르겠어. 모르겠는데…… 왠지 오늘이 아니면 안 될 것 같아서."

유경의 입에서 가느다란 목소리가 흘러나왔다.

"한 번만…… 한 번만 만져 볼게."

유경은 천천히 눈을 감고 떨리는 숨을 작게 내뱉었다. 하얗고 마른 손을 뻗어 태주의 얼굴을 찾았다. 서늘한 손가락에 태주의 얼굴이 닿자 유경은 입술을 깨물었다.

태주의 이마. 반질거리는 이 이마를 좋아했다. 창가에 서 있으면 너의 이마 위로 따스한 햇볕이 내려앉곤 했는데. 그런 너를 볼 때마다 이 세상의 모든 색을 끌어와 칠하고 싶은 충동이 일었다. 네가 빛 속에 파묻히던 그 순간을, 모네처럼 담고 싶었다.

매끈하고 뾰족한 코는 시도 때도 없이 내 볼을 찔렀지. 네가 내 얼굴에 코를 묻고 비비적거릴 때마다 얼마나 아팠는지 너는 모른다. 그래도 좋았다. 그런 행복한 아픔은 처음이었으니.

부드러운 입술 사이로 네가 내뱉던 달콤한 말들. 그 말들을 삼키면서 내 혀는 수도 없이 마비됐었다. 형태도 없는 말들이, 사랑한다는 한마디가 내 안에 차곡차곡 쌓여 먹지 않아도 늘 배가 불렀지.

너는 그 입술로 내 몸 곳곳에 서툰 욕망을 새겨 놓았고, 나는 너의 뜨거운 욕망에 녹아 죽어 버리고 싶었다.

사랑하다 죽어 버리라는 말처럼, 너를 사랑하다 죽고 싶었어.

"……똑같다."

너는 달라진 게 없구나. 그때와 똑같다.

"이제 됐어."

유경은 서서히 눈을 떴다. 시린 눈의 태주가 찬 바람을 고스란히 맞으며 서 있었다.

"고마워. 부탁 들어줘서."

나 같은 애를 사랑해 줘서.

"태주야. 우리, 꼭 행복해지자."

유경의 웃는 얼굴 위로 달빛이 부서졌다. 달빛에 물든 하얀 얼굴을, 태주는 오랫동안 바라보았다.

밤바다처럼 고요한 눈동자가 좋았다. 입가에 스며드는 미소가 사랑스러웠다. 수줍게 드러나는 고른 이가 간지러웠다. 방울 같은 눈물이 불안했고, 헤어지자 말하는 입술이 미웠다.

그리고 사랑했다.

"그래. 행복해지자."

그의 대답에 유경은 활짝 웃었다. 과거로 빛바랜 추억들이 그녀의 얼굴 위로 너울졌다.

아침부터 윤 작가가 아트라로 찾아왔다. 태주는 유경과 함께한 작품을 윤 작가에게 넘겼다. 그림을 받아 든 윤 작가는 한동안 말을 잇지 못했다. 만감이 교차한 얼굴이었다.

태주는 윤 작가에게 구도와 색감이 마음에 드는지 물었다. 윤 작가는 형식 따윈 전혀 중요하지 않다고 대답했다.

두 사람의 그림을 홀린 듯 바라보던 그는 한참 후에야 천천히 입을 열었다.

"……이 그림, 제목이 뭔가요?"

태주는 잠시 머뭇댔다. 그러고 보니 제목을 정하지 않았다. 나비를 소재로 한 연작이라 제목의 필요성을 느끼지 못했다. 그때, 태주의 머릿속에 문득 어떤 기억이 스쳐 갔다.

유경을 처음으로 품었던 밤, 그녀가 보여 준 그림의 제목이었다.

어둠 속 상공의 빛을 향해 날갯짓하던 생명체.

나방이 아니라 나비라고 강조하던 고집스러운 입술. 나방이든 나비든 상관없다며 투명한 목덜미를 깨물고, 말랑한 가슴을 지분거리면서 이어지던 몸짓.

단단한 몸 아래에서 할딱이던 유경에게 태주가 물었다.

"그런데 저 그림, 제목이 뭐야?"

유경은 태주의 목을 끌어당기며 신음 섞인 목소리를 뱉어 냈다.

"야반도주. 어둠 속에 갇혀 있던 나비가 탈출하는 거야. 빛이 있는 곳으로."

"……야반도주입니다."

윤 작가가 다음 작품에도 참여할 의향이 없냐고 물었다. 태주는 시간을 주면 생각해 보겠다고 했다.

윤 작가는 꼭 같이 작업할 수 있게 되면 좋겠다고 말했다. '강유경 씨도 함께하면 좋겠네요'라는 말을 덧붙이면서.

대화를 마치고 휴식을 취하던 때였다. 축 늘어진 몸 위로 부르르 떨리는 진동이 느껴졌다.

태주는 재킷 안주머니에서 휴대폰을 꺼내 들었다. 액정 위로 '손하정'이라는 세 글자가 정 없이 떠 있었다. 저장된 이름을 바꿔야 하나. 짧은 생각이 스쳤다. 하정이 보면 매정하다고 투덜댈 게 분명하다.

―태주야. 아트라니?

"응. 너는?"

―나야 학교지. 지도 교수님 작품전 기획 도와드리고 있었어. 일하고 있는 거야?

"윤 작가님 만났어."

―아, 윤 작가님이 콜라주 제의하셨다고 했지. 마음에 들어 하셔?

"다행히 좋아하시는 것 같아."

하정에게는 유경과의 합작인 걸 말하지 않았다. 딱히 속이려 한 건 아니었다. 말해서 좋을 게 없었을 뿐.

―오늘 저녁에 뭐 해? 요즘 재미있는 영화 많이 나왔다고 하던데.

태주는 한쪽 손으로 눈가를 꾹꾹 눌렀다. 작업이 끝난 지 얼마 되지 않아서일까. 아니면 밝게 웃던 유경의 얼굴이 머릿속을 떠나지 않아서일까.

매일매일 피로가 쌓이는 기분이었다. 누군가 어깨를 짓누르는 것 같았다.

"영화 보러 갈까? 일 끝나고 만나자."

티내지 않을 것이다. 의식적으로라도 유경을 지우고, 부자연스러울 만큼 하정을 위해 노력할 것이다.

"어우, 로맨틱 코미디 영화에 무슨 코미디만 그득해. 로맨스가 없잖아. 안 그래?"

그러나 그는 아직 자신이 없었다. 유경이 아닌 다른 사람에게 과연 사랑을 말할 수 있을지.

"재미없었어?"

"음, 영화는 별로였지만 너랑 같이 봐서 좋았어."

그래도 굳이 다른 사람을 만나게 된다면 그 사람이 하정이었으면 했다. 하정은 밝고 솔직해서 좋았다. 쉴 새 없이 재잘대고, 눈을 마주치고, 제 반응을 살폈다. 그런 하정과 같이 있으면 다른 생각이 끼어들 틈이 없었다.

무엇보다도 그녀는 이미 태주가 품은 비밀을, 아픈 과거를 아는 여자였다. 그의 날카로운 조각들을 알면서도 과감히 따라가겠노라 말하는 여자였다. 조각에 긁히고 다쳐도 참아 내겠노라 말하는 여자였다.

그런 하정을 위해서라도 노력하고 싶었다. 아니, 노력해야만 했다. 그 마음만은 진심이었다.

"다음에 또 보러 오자. 네가 하고 싶은 거 하나씩 다 하자."

하지만 스스로에게 되묻는다. 그 노력이 정말 하정을 위한 노력이냐고. 너의 진심은 무엇이냐고. 수십 번, 수백 번의 질문 끝에서 알고 싶지 않은 추한 마음이 스멀스멀 얼굴을 내민다.

진심의 이면에 자리한 또 다른 본심. 비겁하고 치졸해서 떠올리기조차 싫은 마음.

사실 인생에서 유경 이외의 여자는 하정으로 끝났으면 했다.

더 이상 새로운 사람을 만나고 싶지 않았다. 이름을 말하고, 나이를 말하고, 집안을 말하는 과정들이 귀찮았다. 밥을 먹고 영화를 보는 일들일랑 생각만 해도 지겨웠다. 사랑하지도 않으면서 사랑하려 노력하는 자신의 모습이 역겨웠다.

그리고…… 살면서 문득문득 비집고 나올 강유경이 두려웠다.

11화

야반도주

한낮에 아트라 관장실로 찾아온 태주는 묻지도 않은 말을 대뜸 내뱉었다.

"사귀는 사람이 있어요. 아버지도 좋아하실 거예요. 남 교수님 딸이거든요."

한 관장은 안경을 벗으며 태주를 응시했다. 아들을 바라보는 그의 진회색 눈동자가 날카롭게 빛났다.

"왜 갑자기 묻지도 않은 말을 하는지 모르겠구나."

"아시잖아요. 제가 왜 이런 말을 하는지."

한 관장은 낮게 웃었다. 이럴 때 보면 선우와 태주는 틀림없는 형제였다. 돌려 말하는 법이 없고 정면으로 달려든다.

"아버지. 저한테 유경이는 이미 과거예요."

태주의 눈가가 움찔 떨렸다. 스스로 내뱉은 말이 가슴을 서걱 베었다.

"얕은 관계였고 금방 잊었어요. 갑자기 미국으로 갔던 건."

잠시 말을 멈추고 마른침을 삼켰다. 손에 힘이 들어갔다.

"치기 어린 반항이었어요. 유경이를 형한테 빼앗겼다는 생각에 자존심이 상해서. 한창 철없던 나이잖아요. 사랑이 전부인 줄 아는."

치기 어린 반항.

하정이 그가 아트라의 둘째 아들인 걸 모르던 때 했던 말이다. 둘째 망나니 아들의 행동은 그저 치기 어린 반항일 뿐이라고. 웃어 넘겼던 그 말을 자신의 입으로 하고 있었다.

"이제 유경이랑 제 사이에는 아무것도 없어요. 아버지가 걱정하시는 그런 일 전혀 없을 테니까."

태주는 또다시 말을 멈췄다. 목이 메고 가슴이 먹먹하였다. 이상하다. 너와의 관계를 부정할수록 네가 그리워진다.

"……유경이는 건드리지 마세요. 부탁드릴게요."

한 관장은 아무런 대꾸 없이 태주를 바라보았다. 주먹을 꽉 쥐고 한 마디씩 씹어 뱉듯 말하는 아들의 모습에 머리가 용암처럼 끓어올랐다.

애지중지 키운 아들놈들이 한 여자를, 그것도 추한 과거에 얽매인 천애고아를 좋아한 것도 모자라 그 애 만큼은 건드리지 말라고 애원하고 있다니. 기함할 노릇이었다.

"그래. 알겠다."

한 관장은 부러 인자하게 웃었다. 물론 거짓이었다. 미래가 창창한 아들을 고작 그런 여자와 얽히게 할 순 없었다.

전염병 같은 그 아이는 분명 아들의 인생까지 망칠 게 분명했다.

아트라는 평소보다 소란스러웠다. 전시회를 찾은 관람객들을 응대하느라 직원들이 분주하게 움직이고 있었다.

태주는 걸음을 멈추었다. 검은 정장을 입고 돌아다니는 직원들 사이로 유경이 보였다. 먼 거리에서 두 눈으로 하염없이 그녀를 좇았다. 그녀를 제외한 모든 풍경이 흑백으로 물들며 흐릿해졌다.

열여덟, 열병처럼 앓았던 첫사랑을 떠올린다.

머리끈을 푸르고 교복을 숨기던 장난. 짓궂은 행동에도 얼굴만 붉히던 모습. 수업이 끝나면 교실 앞으로 찾아가 납치하듯 데려가던 시간.

눈이 뒤집혀서 너를 괴롭히던 놈들에게 주먹을 날리던 무모함. 인적이 드문 학교 뒷문에서, 머리에 묻은 벚꽃 잎을 떼어 주는 척 몰래 입맞추던 순간. 추억들이 조각처럼 부유한다.

영화를 많이 보여 주고 싶었다. 남산 꼭대기에 올라 진부한 자물쇠도 채워 보고 싶었다. 한강 둔치에 앉아 시원한 맥주를 마시고 싶었다. 비몽사몽인 너를 데리고 북한산 등반을 해 보고 싶었다. 뚜렷한 행선지도 없이 지하철을 타고, 버스를 타고 하루 종일 돌아다니고 싶었다.

그러다 마침내, 너를 알고 나를 아는 많은 사람들 속에서 당당하게 네 손을 잡고 싶었다.

"태주 씨? 여기서 뭐 해요."

지나가던 직원이 태주의 이름을 불렀다. 소란스러운 틈에서 부르느라 목소리가 컸다. 사람들에게 작품 설명을 해 주던 유경의 시선이 태주에게로 향했다.

"막 나가려던 참이었어요."

눈이 마주치자마자 태주는 등을 돌렸다. 그리움과 미련은 뒤로하고 곧은 걸음으로 문을 향해 걸었다.

이윽고 태주가 미술관에서 로비를 가로질러 문을 열고 나가기까지, 유경의 눈은 한참 동안 그의 뒷모습에 머물러 있었다.

남 교수가 태주를 집으로 초대했다. 부담스럽게 생각하지 말고 주말 저녁을 함께하자는 연락이었다. 하정은 제발 앞서나가지 좀 말라며 난감한 얼굴로 제 엄마를 나무랐다. 전화를 하면서도 흘끔흘끔 태주의 눈치를 봤다.

옆에서 전화 내용을 묵묵히 듣던 태주는 하정의 휴대폰을 대신 받았다. 더 듣지도 않고 주말에 가겠노라 대답했다. 하정이 말릴 틈도 없었다.

약속 전날, 태주는 남 교수에게 줄 선물을 사기로 했다. 하정에게 물어 남 교수가 가장 좋아한다는 재스민 티를 샀다. 어쩐지 차 하나로는 부족한 것 같아서 백화점에 들렀다.

매장을 어색하게 둘러보다가 중년 여성에게 어울릴 만한 스카프를 추천해 달라고 했다. 직원은 신상품이라며 은은한 색감을 띤 녹색 스카프를 추천했다. 무난하면서도 고급스러워 보였다.

선물을 사고 나오던 길에 태주는 구두 매장 앞에서 멈춰 섰다. 쇼윈도에 다양한 구두가 진열되어 있었다. 태주의 시선이 선명한 붉은색 구두에 머물렀다.

하얀 피부에 잘 어울릴 것 같은 구두. 하지만 색이 너무 튄다고 싫어하겠지. 부질없는 생각이었다. 이내 시선을 거두고 다시 걸음을 옮겼다.

하정의 본가는 아트라와 그리 멀지 않은 곳에 있었다. 남 교수는 태주를 반갑게 맞이했다. 다행히 그녀는 태주가 사 온 선물을 아주 마음에 들어 했다.

"우리 하정이 어디가 마음에 들었나요?"

특별한 대화 없이 저녁을 먹고 있을 때였다. 남 교수가 얼굴 한가득 미소를 머금고 물었다. 하정은 엄마 또 그런다, 하며 남 교수를 흘겨보았다.

태주는 물을 삼키며 생각했다. 무슨 대답이 좋을까. 하정에게 미안했지만 대답이 쉽게 떠오르지 않았다.

"밝아서 좋습니다."

"어머, 그래요? 나를 닮아서 밝긴 하죠."

남 교수가 크게 웃는 걸로 봐선 괜찮은 대답인 것 같았다. 그렇게 다시 화기애애한 분위기가 이어지던 찰나였다.

문이 열리며 한 남자가 들어왔다. 하정과 닮았지만 어딘가 예민한 분위기가 풍기는 남자였다. 하정이 가끔 말했던 그녀의 오빠인 것 같았다.

태주는 숟가락을 놓고 자리에서 일어났다. 예의를 갖춰 인사하려고 하자 그가 무표정한 얼굴로 고개를 갸웃했다. 어쩐지 싸늘한 분위기에 하정이 먼저 선수를 쳤다.

"오빠, 인사해. 나랑 만나고 있는 사람이야. 그…… 한 관장님 둘째 아들이야."

"한 관장이면…… 아트라?"

남자의 목소리가 날카롭게 변했다. 그가 이해할 수 없다는 눈빛으로 태주를 바라보았다.

"그쪽이 지금 왜 여기에 있는 거죠?"

"말을 왜 그렇게 해? 내가 남자 친구 데려온 게 그렇게 못마땅해?"

태주가 상황 파악을 하기도 전에 하정이 먼저 소리쳤다.

남자의 말에 태주의 표정도 서서히 굳었다. 의뭉스러운 억양만으로도 어렴풋이 알 수 있었다. 무언가 문제가 생긴 게 분명했다.

"지금 여기 있을 때가 아니잖아요."

"오빠! 갑자기 들어와선 무슨 소리 하는 거야?"

하정이 미간을 구기며 소리쳤다. 남자는 동생의 목소리는 들리지도 않는 듯이 태주를 바라보았다.

"뉴스 보세요. 아트라, 난리 났어요."

그가 한숨 섞인 목소리로 말했다. 한심하다는 말투였다.

"살인자라면서요, 강유경."

태주의 귀에 다른 말은 들리지 않았다. 강유경이라는 이름 세 글자만 꽂힐 뿐이었다.

"태주야, 잠깐만! 잠깐만 기다려!"

뒤도 돌아보지 않고 뛰쳐나왔다. 하정이 뒤따라왔지만 그녀를 신경 쓸 겨를이 없었다. 머릿속을 맴도는 사람은 오직 한 명이었다.

"한태주! 지금 이 시간에 어디로 가려고!"

가까스로 태주의 옷자락을 잡아챈 하정이 다급하게 소리쳤다. 태주는 주차된 차 앞에서 우뚝 멈춰 섰다. 키를 쥔 손이 움푹 패여 얼얼하게 아려 왔다.

"하정아, 미안해. 정말 미안한데…… 나 가 봐야 돼. 유경이한테 가야 돼."

태주가 급박하게 말했다. 뚝뚝 끊기는 호흡이 그의 상태를 말해 주고 있었다. 하정의 손에서 점점 힘이 풀렸다. 태주의 눈은 하정을 담고 있지 않았다.

그는 이미 떠나 있었다. 강유경에게로. 저 멀리 어딘가로.

"너 지금 이렇게 가면 나 앞으로 너 안 볼 거야."

지금 강유경에게 닥친 현실을 생각하면 하정도 태주의 행동을 이해할 수 있었다. 하지만 그가 돌아오지 않을 거란 사실 또한 너무 잘 알고 있었다.

"……미안하다."

태주는 끝내 말뿐인 사과만 남기고 차에 올랐다. 그는 우두커니 서 있는 하정을 뒤로한 채 망설임 없이 차를 출발시켰다.

인적이 드문 주택가를 나와 경적 소리가 울리는 도로로 접어들자마자 태주는 차의 속도를 높였다.

위험하게 차선을 드나들고 추월하며 바들바들 떨리는 입술을 꽉 깨물었다. 자꾸만 눈물이 흘러나와 시야가 흐릿해졌다. 손등으로 눈물을 닦고 또 닦아 냈지만 헛수고였다.

참아 보자. 유경을 만날 때까지만 참자. 10년을 넘게 참아온 그 애를 생각해서라도 참자.

그런 다짐은 소용없었다. 꽉 다문 입술 새로 바보 같은 울음소리가 새어 나왔다. 터져 나오는 후회를 막을 도리가 없었다.

너는 어떤 심정이었을까.

그 잔인한 일을 깊숙한 곳에 묻어 두고 곪아 터질 때까지 꾹꾹 눌러 참아 오면서 어떤 심정으로 살았을까.

입버릇처럼 자신을 더럽다 말하던 너에게 속없이 웃기만 하던 나를 보면서, 비밀을 안고 초조해 하면서, 내게 거짓된 이별을 고하면서, 그 이별에 불같이 화를 내던 나를 대하면서, 행복해지라 말하는 나를 보면서, 그런 내게 행복해지겠노라 웃어 주면서…….

너는 어떤 심정이었니, 유경아.

늦겨울의 백화점은 이미 봄을 준비하느라 여념이 없었다. 각 매장의 쇼윈도에는 두꺼운 코트 대신 얇은 재킷이, 따뜻한 재질의 니트 대신 봄의 색을 담은 티셔츠가 진열되고 있었다.

"이걸로 포장해 주세요."

유경은 남성복 매장에서 점잖은 컬러의 넥타이를 골랐다. 간단하게 포장을 해 달라고 하니 매장 직원이 그녀를 흘낏하며 조용히 물었다.

"혹시 강유경 씨 아니세요?"

작게 웃으며 고개를 끄덕였다. 직원이 과장되게 반가워하며 누구에게 선물하는 거냐고 물었다.

"관장님이요."

직원의 물음에 유경은 수줍게 대답했다. 백화점을 나선 유경은 사람들로 붐비는 거리를 걸었다. 날이 풀리면서 많은 사람들이 밖으로 나와 거리를 누비고 있었다.

교복을 입고 무리지어 다니는 학생들, 서툰 화장이 어색하여 얼굴을 붉히는 여대생들, 아직은 익숙함보다 설렘이 더 큰 커플들.

유경은 형형색색의 모습을 담으며 꿋꿋하게 걸음을 옮겼다. 비록 이 다양한 풍경에 스며들진 못했지만, 스스로 괜찮다고 위로하였다. 잠시나마 행복한 미래를 꿈꾸던 시절이 있었으니 얼마나 다행인가 생각하였다.

욕설과 폭력, 비난과 간섭이 난무하던 시골에서 빠져나와 이 뜨거운 도시에 발 디딜 수 있었음에, 한 관장에게 후원을 받으며 분에 넘치는 교육을 받을 수 있었음에, 태주를 만날 수 있었음에, 사랑이 무엇인지 알게 되었음에, 사랑해서 놓아 준다는 말을 이해하게 되었음에. 그 모든 일들에 얼마나 감사한지 되뇌어 보았다.

팔짱을 꼭 끼고 돌아다니는 저 커플이 되진 못했지만. 꿈꾸던 미래가 현실이 되진 못했지만. 너만 행복하게 살아 준다면 무엇을 더 바랄까.

"헐, 웬일이야. 인터넷 봤어? 실시간 검색어에 떴어."

"진짜 살인자래? 대박. 그 여자 가끔 TV에도 나왔잖아."

유경이 광장을 지날 때였다. 길을 걷던 사람들이 휴대폰과 옥외 전광판을 보며 수군거리기 시작했다.

"고상하게 생겨서는 완전 사기꾼이네. 결국 한 관장만 피해 본 거 아니야."

지나가던 여자의 무심한 목소리가 유경의 귀에 꽂혔다. 유경은 사람들이 모여 있는 곳으로 천천히 발걸음을 옮겼다. 수많은 사람들의 머리 위로 번쩍이는 전광판이 보였다. 전광판에는 '문화계 특보'라는 붉은 글자가 도드라져 있었다.

사람들의 수군거림은 더욱 거세졌다. 대부분 아트라와 한 관장을 걱정하는 목소리들이었다. 유경은 재빨리 등을 돌렸다. 달달 떨리는 손을 꼭 감싼 채 걸음을 재촉했다. 당장 이곳을 벗어나야 한다는 생각밖에 들지 않았다.

마주 오는 사람들과 부딪히면서 들고 있던 선물이 땅에 떨어졌다. 유경은 떨어진 넥타이를 멀거니 바라보다가 시선을 거두었다. 그리고 다시 걷기 시작했다. 걸음을 늦추지 않았다. 늦출 수 없었다.

한시라도 빨리 벗어나야 한다. 누군가 알아보기 전에 도망가야 한다. 그녀를 아는 사람이 없는 곳으로, 아니, 아무도 없는 곳으로.

진실 따위는 중요하지 않은 이런 곳에서 도망가야 한다.

집에 도착한 유경이 장롱에 있는 옷가지를 꺼내어 가방 안에 무작정 쑤셔 넣고 있을 때였다.

"결국 이렇게 되다니. 나도 마음이 아프다."

방 안에 들어온 한 관장이 차분한 목소리로 말했다. 유경은 옷을 챙기던 손을 멈추고 한 관장을 돌아봤다. 창백한 얼굴에 눈물 자국이 가득했다.

"……왜 그러셨어요."

"너야말로 왜 그런 거니?"

"제가…… 뭘 잘못한 거죠?"

터져 나오는 울분을 참아 내려 입술을 꽉 깨물었다. 유경의 물음에 한 관장이 낮은 한숨을 내쉬었다. 주름진 이마를 긁적이던 그는 소름 끼칠 만큼 부드러운 목소리를 내뱉었다.

"선우도 모자라 태주까지. 너무 염치가 없더구나, 너는."

옷을 쥔 유경의 손에 힘이 들어갔다. 한 관장은 다 알고 있었다. 알면서도 감추고 있었던 거다. 이렇게 터트리기 위해서. 계획한 날에 모든 걸 끝내 버리기 위해서.

"사람한테는 격이라는 게 있는 법이지. 나는 그저 유경이 네가 격에 맞는 사람을 만났으면 한다. 그간 내 덕에 분에 넘치는 삶을 살았잖니. 여기서 더 바라면 그건 지나친 욕심이지."

한 관장의 말에 유경은 허망한 웃음만 흘렸다. 반박하고 싶지만 할 수 없었다. 그녀에게 태주는 과분한 사람이라는 걸, 누구보다도 잘 알고 있었다.

유경은 입술을 꾹 깨물며 물었다.

강유경. 네가 제일 잘하는 게 뭐니?

스스로 대답하였다.

참는 것. 너는 참는 걸 제일 잘해. 습관처럼, 으레 그래야 하듯.

한 관장에게서 시선을 거두고 다시 짐을 싸기 시작했다. 잡히는 대로 아무 옷이나, 아무 물건이나 가방에 넣었다. 그러다 문득문득 눈물이 흘러나오면 고개를 젖히고 입술을 깨물며 참아 냈다.

"태주가 그러더구나. 남 교수 자제와 만난다고. 나이도 찼으니 이제 곧 결혼하겠지."

옷을 마구잡이로 구겨 넣고 가방을 닫을 때였다. 한 관장의 목소리가 유경의 귀를 찔렀다.

가방을 들던 유경의 손이 멈칫했다. 목이 울컥하고 가슴이 싸하게 가라앉았다. 모르는 사람들이 살인자라고 욕할 때보다, 지금 한 관장의 말에 심장이 더 죄어 왔다.

"유경아. 사람은 다 본인과 맞는 짝을 찾아가게 되어 있단다. 태주 앞길까지 망치고 싶지 않다면 우리 인연은 여기서 끝내는 게 좋겠구나."

유경은 울지 않으려 눈을 크게 깜박였다.

"거실 탁상 위에 필요한 여비는 챙겨 놓았다."

한 관장이 손목시계를 바라보며 나직하게 말했다. 유경은 문 앞에 우뚝 서 있는 한 관장을 지나쳐 계단을 내려가기 시작했다.

한 계단 내려가니 가슴이 저려 왔다. 두 계단, 세 계단 내려가니 애써 참았던 눈물이 터져 나왔다.

현관문을 열고 정원을 가로질러 대문으로 향하는 동안, 유경은 아이처럼 엉엉 울었다.

어울리지 않는 사람이라는 걸 알았다. 과분한 남자라는 걸 알았다.

알면서도 사랑하고 싶었다. 그의 품에서 행복해지고 싶었다. 그와 함께 행복해질 수 없다면 멀리서나마 그의 행복을 지켜보고 싶었다. 그게 그렇게나 과한 욕심이었을까.

굳게 닫혀 있는 무거운 철제문을 열었다. 귓가에 익숙한 목소리가 맴돌았다.

그가 습관처럼 묻던 말.

강유경. 행복해?

유경은 오도카니 솟은 커다란 저택을 바라보았다. 뺨을 타고 흘러내린 눈물이 땅 위로 떨어져 내렸다.

아니. 행복은 나한테 사치야.

"강유경 씨와 무슨 사이십니까?"

"강유경 씨에게 살인 전과가 있다는 사실을 알고 계셨습니까?"

"방금 강유경 씨를 봤다는 제보가 들어왔는데요. 살인 전과가 드러나자 야반도주를 했다는 말이 사실입니까?"

집 앞에는 벌써 기자들이 몰려 있었다. 태주는 개떼처럼 모여드는 기자들 틈을 비집고 들어갔다.

유경이 아직 집에 있을까 연거푸 벨을 눌러 보고, 굳게 닫힌 대문을 신경질적으로 두드려 보았지만 어둡게 꺼진 집에서는 아무런 반응도 없었다. 허공에 놓인 손을 꽉 쥐었다 폈다. 머리가 산산조각 나는 기분이었다.

"강유경 씨의 고향 주민들 말로는 강유경 씨가 가난한 형편 때문에 몸까지 팔았다고 하던데, 사실입니까?"

뒤에서 한 남성 기자가 우렁찬 목소리로 소리쳤다. 그 말에 소란스럽던 기자들의 목소리가 볼륨을 줄인 것처럼 일순 조용해졌다.

몰랐던 사실이라는 듯 수군대며 제각기 휴대폰을 열어 누군가에게 연락을 취하기 시작한다. 문 앞에서 우두커니 서 있던 태주가 말을 꺼낸 기자에게 저벅저벅 다가갔다.

"지금 뭐라고 했어요?"

기자의 앞에서 걸음을 멈춘 태주가 조용히 물었다. 기자는 들고 있던 수첩을 태주의 눈앞에 펼쳐 보였다.

"오늘 기사 터지자마자 강유경 씨 고향 주민과 통화한 내용입니다. 주민들 말로는 강유경 씨 어머니와 강유경 씨가 마을 남자들에게……."

말이 끝나기도 전에 태주가 기자의 멱살을 잡아챘다. 주변에 있던 기자들이 화들짝 놀라며 한 걸음 뒤로 물러났다

"저기요. 왜 이러세요. 말로 하셔야죠."

"뚫린 입이라고 함부로 지껄이지 마."

"고향 주민이 한 말이라고요."

"당신이 봤어? 유경이가 그러는 거 봤냐고. 당신이 유경이를 알아?"

분노인지 설움인지 모를 감정이 끓어올랐다. 한 사람의 인생을 한낱 가십거리로 여기는 사람들과, 그 가십을 확대하고 퍼 나르는 인간들을 마주한 순간 참을 수가 없었다.

"당신들이 뭘 알아. 유경이에 대해 뭘 아는데. 그 애가 어떻게 살아왔는지, 어떻게 참아 왔는지 당신들이 알아?"

꾹 눌러 놓은 말들이 목구멍까지 솟구쳤다.

가족도 없이 세상에 혼자 남겨진 기분을 알아? 살아 보겠다고 수녀원을 전전하다 낯선 집에 들어와 눈치를 보며 사는 기분을 알아? 작은 손으로, 서툰 솜씨로 밥을 해 보겠다고 아등바등 애쓰던 그 애의 노력을 알아? 칼에 베이고, 불에 데어도 아프다는 소리 한 번 못 해 보고 살아온 그 애를 알아?

괜찮다는 말이 습관처럼 배어 버린 그 애를, 웃을 일이 없어서 웃는 법을 억지로 배운 그 애를, 토해 내는 것보다 참는 게 익숙한 그 애를,

원망조차 제 몫이라 받아들이는 그 애를. 이제야 행복이라는 말을 꺼내던 그 애를.

"모르잖아. 인간 강유경에 대해서는 눈곱만치도 관심 없잖아. 예술계의 샛별이니 희망이니 실컷 떠들어 댈 때는 언제고, 뭐? 몸을 팔아?"

기자의 멱살을 움켜쥔 태주가 다른 기자들을 둘러보며 악에 받친 목소리를 뱉어 냈다.

"좋은 말로 할 때 다들 가세요. 무단 점거로 고소하기 전에."

태주는 수군대는 기자들 틈을 헤치고 나와 유경에게 전화를 걸었다. 하지만 무거운 신호음만 길게 이어질 뿐, 유경은 끝내 전화를 받지 않았다. 다시 차에 올라탄 그는 지친 눈으로 유리창을 응시했다.

잠겨 있는 기억들을 끄집어낸다.

너는 어디로 갔을까. 서울. 우리가 다니던 고등학교. 아트라. 네가 좋아하던 호수. 자주 가던 카페. 인적이 드문 미술관. 남산 근처의 도서관. 어디에 있을까.

이미 서울을 떠났을까. 공기는 맑은 곳이지만 사람들의 시선에 숨이 막혔다는 고향으로 갔을까. 아니, 아픈 기억만 남은 그곳으로 다시 갔을 리는 없다.

기억을 역순으로 더듬었다. 유경이 살아온 시간을, 그녀가 지나온 장소를 거꾸로 되짚어 보았다. 그러자 기억의 끝에서, 유경이 갈 만한 유일한 곳이 떠올랐다.

당장 대헌에게 전화를 걸었다. 휴대폰 너머로 너 지금 어디냐는 걱정 어린 목소리가 들려왔다. 태주는 대헌의 말이 더 길어지기 전에 빠른 속도로 말을 뱉어 냈다.

"경기도 외곽에 있는 수녀원 주소 좀 보내 줘. 나오는 대로 다. 빨리 좀 부탁한다."

태주는 대헌의 대답은 듣지도 않고 전화를 끊었다. 시동을 걸고 액셀을 밟았다.

달리는 차창 위로 어느새 빗방울이 후드득 내려앉았다.

겨울의 끝을, 봄의 시작을 알리는 비였다. 더 이상 지체할 틈이 없었다.

🦋

어떻게 왔는지 모르겠다. 어떤 정신으로, 무엇을 타고, 어느 길을 걸어 여기까지 왔는지 기억이 나지 않는다. 걸음을 멈췄을 때는 이미 수녀원 앞이었고, 몸은 빗물에 축축이 젖어 있었다.

유경은 젖은 솜처럼 무거워진 가방을 흙바닥 위에 내려놓았다. 고개를 드니 우산을 들고 그녀를 마중 나온 보나 수녀가 보였다.

어렸을 때부터 유경을 돌봐 준 수녀님이었다. 수녀원 입구에는 키작은 아이들이 호기심 어린 눈으로 유경을 빼꼼 바라보고 있었다.

"마리안……."

보나 수녀가 유경의 머리 위로 우산을 씌워 주었다. 10년 만에 마주한 그녀의 얼굴에는 자잘한 주름이 늘어 있었다.

"수녀님……."

"네 잘못이 아니란다."

"저는…… 열심히 살았어요. 누구보다 열심히 살았어요."

꿋꿋하게 참아 냈다. 죽은 이의 아들이 했던 협박도, 그 협박을 빌미로 거짓 관계를 강요하던 한선우마저 참아 내며 인생의 전부였던 태주까지 버렸다.

그 모든 걸 참아 냈는데, 왜.

"알아, 마리안."

"뭘…… 아신다는 거죠?"

유경의 눈이 어둡게 가라앉았다. 눈물인지 빗물인지 모를 물기가 얼굴을 타고 뚝뚝 흘러내렸다. 보나 수녀는 차게 식은 유경의 손을 조용히 잡아 주었다.

"수녀님이 뭘 아시는데요?"

"마리안."

"제가, 제가 겪었던 고통을 아세요?"

"진정해. 마리안. 하느님은 모든 걸 용서하셨어."

용서라는 말에 유경의 얼굴이 창백하게 굳었다.

"용서라니요?"

"하느님께서 너의 죄를 다 용서하셨단다."

"죄? 제가 무슨 잘못을 했는데요. 뭘 잘못했는데요!"

유경이 보나 수녀의 손을 거칠게 뿌리쳤다. 그녀는 바들바들 떨리는 얼굴로 도리질을 치며 한 걸음씩 물러났다. 걸음을 옮길 때마다 비에 젖은 흙이 질퍽한 소리를 내며 흩어졌다.

"그 사람, 죽을 만한 사람이었어요. 그 사람이 안 죽었으면 제가 죽었어요! 도대체 저한테 무슨 잘못이 있다는 거죠? 사람들은 왜 제 탓만 하는 건데요? 제가 왜 용서를 받아야 해요?"

"마리안……."

"용서는! 제가 그 사람한테 해야 하는 거예요! 왜 수녀님까지…… 수녀님까지 그렇게 말씀하세요?"

수녀원은 마지막 보루였다. 그녀를 받아 줄 마지막 안식처, 진실을 알아주는 곳, 세상 사람 모두가 손가락질을 해도 따뜻하게 품어 주는 곳. 유경에게 수녀원은 그런 곳이었다.

그런데 이곳에서마저 용서를 받아야 한다. 아니, 이미 하느님이 용서했다고 한다. 죄가 있었으니 용서했다고 한다.

"수녀님. 하느님이 있긴 한가요? 신이 있어요?"

유경이 허탈하게 웃었다. 눈에서는 굵은 눈물 줄기가 쉴 새 없이 흘러나오고 있었다.

"수녀님. ……신은 없어요."

그 말을 마지막으로 유경은 수녀원을 등지고 빠르게 걷기 시작했다. 뿌옇게 김이 서린 도로를 건너 어두운 밤하늘에 솟은 산을 보며 무작정 걸었다.

점점 거세지는 빗물이 유경의 몸을 너덜너덜하게 적셨다. 빗물이 눈앞을 가려 시야가 흐릿해졌다.

뒤에서는 마리안을 외치는 보나 수녀의 다급한 목소리가 울려 퍼졌다. 하지만 유경은 절대 멈추지 않았다. 걷다가 넘어지고, 질펀한 흙에 온몸이 더러워져도 다시 일어섰다.

아무도, 아무도 없는 곳으로 가야 한다.

사람도, 빛도, 신도 없는 곳. 오직 어둠만 존재하는 곳으로.

"마리안을 찾아 주세요. 쫓아가 보려고 했지만 속수무책이었어요. 저는 경찰에 연락을 할 테니 먼저 가서 마리안을 찾아 주세요. 제발……."

태주가 수녀원에 도착하자마자 들은 말이었다. 혼비백산이 된 수녀가 그에게 매달리며 울먹였다. 수녀의 무릎은 돌부리에 찢어져 피가 흥건했다.

당장 수녀원 건너편의 산으로 향했다. 좁은 도로와 작은 논밭을 지나면 나오는 산이었다.

뿌연 안개와 어둠이 짙게 깔린 산의 모습은 사람을 잡아먹을 듯 기괴하고 흉측했다. 예감이 좋지 않았다.

"강유경!"

쏟아지는 빗속에서 유경의 이름을 외쳤다. 하지만 돌아오는 건 허망한 메아리뿐이었다.

"유경아, 대답해! 강유경……!"

빗물이 눈앞을 가리고 나무뿌리에 발이 걸려 자꾸만 앞으로 고꾸라졌다. 비에 젖은 흙과 작은 돌덩이들이 부서져 내려 산을 오르기가 쉽지 않았다.

캄캄한 어둠과 비에 젖은 공기가 무거운 몸을 휘감았다. 날것의 풀냄새는 예민한 코를 찔러 댔다. 문득 두려워졌다. 이 어둠보다, 보이지 않는 막막함보다, 유경을 찾지 못할 태주 자신이 두려웠다.

"유경……."

몇 번이나 넘어졌다 일어나며 유경을 찾아 헤매던 때였다. 거친 빗소리가 하나의 커다란 물줄기가 되어 흐르는 소리가 들려왔다.

태주는 소리가 나는 쪽으로 걸음을 옮겼다. 조금 더 걷자 커다랗게 드리운 나무 사이로 뿌연 물안개가 보였다. 계곡이 있는 곳이었다.

"유경아!"

그곳에는 유경이 있었다. 계곡으로 이어지는 절벽 위에, 한 발을 내딛으며 우두커니 서 있었다.

"유경아. 이리 와."

눈을 찌르는 빗물을 손등으로 닦아 내며 그녀에게 다가갔다.

질퍽한 발걸음 소리를 들었는지, 아니면 자신을 부르는 소리를 들었는지 유경이 천천히 뒤돌아보았다.

비록 어둠 속에 서 있었지만 태주는 볼 수 있었다. 초점 없는 유경의 눈동자를. 삶을 내려놓은 얼굴을.

"나한테 와."

태주가 한 발 다가가며 떨리는 목소리로 말했다. 그러나 유경은 한 걸음 물러났다. 그녀의 뒤에는 아찔한 절벽과 빠른 유속으로 흐르는 계곡이 있었다.

"나…… 더럽지."

유경의 입에서 웃음 섞인 목소리가 흘러나왔다. 차가운 입김이 까만 어둠 속으로 흩어졌다.

"그런데 태주야. 나 그런 애 아니야. 너한테는 들키기 싫었는데. 정말…… 싫었는데."

차분하던 목소리가 위태롭게 떨렸다. 유경은 바들바들 떨리는 입술을 꾹 깨물었다. 죽고 싶지 않았다. 엄마처럼, 할아버지처럼 허망하게 생을 포기하기는 싫었다. 다만 이렇게 살기는 싫었다. 이렇게 살고 싶지는 않았다.

"나는…… 태주야, 나는. 너한테 아름다운 여자로 남고 싶었어. 그래서……."

"알아. 말 안 해도 알아. 그러니까 이리 와, 유경아. 제발……."

유경에게 다가가며 애원했다. 하지만 그럴수록 유경은 점점 절벽과 가까워졌다. 결국 태주는 걸음을 멈추고 유경과 멀찍이 떨어진 거리에서 떨리는 숨을 몰아쉬었다.

"아무 말 하지 말고 나한테 와."

천천히 몸을 낮춰 손을 내밀었다.

해 주고 싶은 말이 많지만 꾹 참겠다. 모든 말들은 너를 내 품에 안고 해 줄 거다. 네가 내 품에 와서 마음 놓고 울 때, 그때, 하지 못한 말들을 해 줄 것이다.

"나한테 와, 유경아."

태주의 말에 유경의 몸이 작게 떨렸다.

"그래야 내가 행복할 수 있어."

행복. 그 단어를 듣는 순간 유경의 입술 새로 작은 울음소리가 새어 나왔다.

두려웠다. 늘 그의 손을 잡고 싶었지만 그 손을 잡으면 태주마저 망쳐 버리고 말 것 같았다. 더럽게 물들일까 봐 겁이 났다. 그런데 너는 왜, 내가 있어야 행복하다고 말하는 걸까.

"왜…… 내가 뭔데. 나 같은 게 뭔데. 나는 너를 망쳐 버릴 거야. 나는 결국 너를……."

"아니. 너만 나를 행복하게 해 줄 수 있어."

유경이 땅 위로 주저앉았다. 간신히 참고 있던 울음소리가 그간의 설움과 고통을 쏟아 내듯 입 밖으로 터져 나왔다.

"……와 줘."

유경이 꺽꺽대며 말하였다.

"네가…… 와 줘."

한마디를 꺼내는 것도 힘에 겨워 어깨가 들썩거렸다.

"태주야. 네가……."

유경의 말이 끝나기도 전이었다. 태주는 미끄러운 흙길을 내려가 유경에게 달려갔다.

그녀의 손을 꽉 잡고 절벽 위에 아슬아슬하게 걸쳐 있는 여린 몸을 당겨 안았다. 다시는 도망가지 못하게, 품에서 벗어나지 못하게 바스라지도록 안았다.

"고마워."

할 말이 참 많았는데. 너를 품에 안자마자 나오는 말은 고작 이것 하나다.

"견뎌 줘서 고마워……."

태주는 유경의 머리 위에 입 맞추며 참았던 눈물을 쏟아 냈다.

12
화

악몽

남자가 우악스러운 손으로 머리채를 잡았다. 창호지가 겹겹이 붙여진 문이 열리며 순식간에 몸이 질질 끌려갔다. 입에서는 비명조차 나오지 않았다. 엄마는 정신 나간 사람처럼 허공만 멍하니 응시하고 있었고, 마을 사람들은 모두 한통속이었다.

남자에게 끌려가는 짧은 시간 동안 유경의 머릿속에 온갖 생각이 스쳤다. 혀를 깨물고 죽은 척을 해 볼까. 살려 달라고 빌어 볼까. 아니면 미친 사람처럼 발악이라도 할까.

머리가 뜯겨 나가는 고통에 이성 따위는 남아 있지 않았다. 그저 살아 나갈 방법만이 머릿속을 가득 메웠다. 그때 마침 유경의 눈에 들어온 그것은 그녀를 구원해 줄 유일한 구세주였다. 그것만이 살 길이었고, 그것만이 자신을 지킬 방법이었다.

남자의 배를 찔렀다.

살아야 한다. 엄마처럼 될 수는 없었다. 남자는 윽, 소리를 내더니 더 강한 힘으로 머리채를 움켜잡았다.

다시 한번 찔렀다. 살아야 한다.

남자가 욕설을 지껄이며 뺨을 내리쳤다. 입안에 피가 고이고 귀가 멍해졌다.

안 돼. 살아남아야 해. 이 사람을 죽이지 않으면 내가 죽어. 살아서 빛을 보고 말 거야. 살자. 꼭 살아서 행복해지자.

고통이 사라지더니 캄캄한 암흑이 밀려왔다. 주변을 둘러보았지만 아무것도 보이지 않았다. 망망한 우주에 홀로 남겨진 기분이었다. 몸을 웅크리고 앉아 하염없이 울었다. 살아남았는데. 이렇게 간신히 살아남 았는데 왜 아무도 없는 걸까.

"너는 웃는 게 예쁘더라."

한참을 울고 있을 때였다. 웅크린 몸 위로 따뜻한 목소리가 내려앉 았다. 유경은 훌쩍이며 고개를 들었다. 어둠 속에서 한줄기 빛이 새어 들어왔다. 그 빛은 점점 가까워지더니 눈앞에서 선명해졌다.

"강유경. 애들이 괴롭히면 화를 내."

교복을 입고 시린 눈으로 유경을 바라보는 태주가 서 있다. 태주의 얼굴에는 여기저기 피딱지가 앉아 있고 밴드가 붙어 있었다.

"바보같이 가만히 있으니까 저 새끼들이 더 그러잖아."

이상하다. 화내는 얼굴이 애달파서 눈물이 난다.

"너…… 울어? 아니, 너한테 뭐라고 하는 게 아니라. 아, 미치겠네. 울지 마. 뚝. 미안해. 내가 미안."

아니야. 미안해하지 마. 그냥 좋아서 우는 거야. 네가 있어서.

"울지 말고 이리 와."

태주가 팔을 벌렸다. 유경은 웅크린 몸을 풀고 일어섰다. 태주에게 다가가려 한 걸음 내딛었다. 그런데 발이 움직이지 않았다. 아무리 몸부림 쳐도 발이 떨어지질 않는다.

그사이 태주는 점점 멀어져 갔다. 실망한 얼굴로, 슬픈 얼굴로 유경을 바라보더니 돌아서서 저벅저벅 멀어져 갔다.

유경은 멀어지는 태주에게 손을 뻗으며 하릴없이 울었다. 나오지 않는 목소리를 쥐어짜며 태주를 불렀다. 그때 불현듯 아래에서 서늘한 기운이 느껴졌다. 유경은 천천히 아래를 내려다보았다.

그곳엔 유경의 발목을 잡고 있는 선우가 있었다.

"하아……."

잠에서 깨어난 유경은 거친 숨을 몰아쉬었다. 심장이 방망이질을 하듯 빠르게 뛰고 온몸이 땀에 젖어 흥건했다. 호흡을 고르며 눈동자를 굴렸다. 익숙한 천장, 분유 냄새, 벽에 걸린 아이들의 옷가지. 수녀원이다.

유경은 그제야 안심하고 몸을 일으켰다. 이마에 있던 물수건이 다리 위로 툭 떨어졌다. 미지근해진 수건을 만지작거리며 벽에 걸린 시계를 바라보았다.

9시. 아침이었다. 작은 창문 사이로 밝은 햇살이 새어 들어왔다. 목이 뻐근하고 다리가 아팠다. 여기에 얼마나 있었던 걸까. 어제 태주를 본 것 같은데. 그건 꿈이었을까.

꿈이었던 게 분명하다. 태주가 여기까지 찾아왔을 리 없다. 태주는 이미 다른 사람과……

"깼어?"

미닫이문이 드륵 열리며 익숙한 목소리가 들려왔다. 유경은 두 귀를 의심하며 고개를 들었다.

"몸은 좀 어때?"

태주였다. 꿈에서 본 태주가 눈앞에 있었다.

"어디 보자."

방 안으로 들어온 그가 유경의 앞에서 몸을 낮췄다. 유경의 이마에 손을 얹고 다른 손으론 제 이마를 짚어 본다.

"어제보다는 좀 내렸네."

태주가 빙그레 웃으며 그녀의 두 뺨을 감쌌다. 얼굴에 닿는 체온이 따뜻하다 못해 뜨거웠다. 유경은 멍한 얼굴로 태주를 쳐다보았다.

"이제 가자."

헛것이 아니었다. 진짜, 태주였다.

수녀원에서 출발하기 전, 태주는 대헌에게 전화를 걸었다.

"대헌아. 미안한데 부탁 하나만 더 하자. 지금 오피스텔 앞에 기자들 있나 봐 줘. 있으면 다시 연락 좀 주라. 아, 그리고."

태주는 유경을 흘긋 보며 말을 이었다.

"오피스텔 근처에 병원 있잖아. 그 밑에 죽집이랑 약국 있거든. 전복

죽이랑 감기약 좀 사다 줘. 소독약이랑 밴드도. 한 시간 후에 도착할 거
야. 부탁 좀 할게."

유경은 통화 내용을 들으며 차창 밖으로 고개를 돌렸다. 태주와 함
께여서 기쁘면서도 한편으론 불안했다.

"전복죽, 아직 좋아하지?"

태주가 안전벨트를 매 주며 물었다. 유경은 차창 밖에서 시선을 떼
지 않은 채 고개만 끄덕였다. 태주를 똑바로 쳐다볼 수가 없었다. 아직
은 고마운 마음보다 미안한 마음이 더 컸다.

"강유경. 나 봐. 얼굴 좀 보자."

태주가 무릎에 고이 포개져 있는 유경의 손을 부드럽게 감쌌다. 잠
에서 깨어나 차에 올라탈 때까지, 유경은 내내 불안한 모습이었다.

"왜…… 아무것도 묻지 않아?"

그제야 고개를 돌린 유경이 떨리는 목소리로 물었다. 태주는 유경의
손을 더 단단하게 그러잡았다.

"기다릴 거야. 네가 말해 줄 때까지."

하정의 집에서 뉴스를 접한 순간 어느 정도 짐작할 수 있었다. 갑작
스레 유경이 자신을 떠났던 이유, 하루아침에 한선우가 좋아졌다고 돌
아섰던 이유를. 한선우는 분명 유경의 비밀을 빌미로 말도 안 되는 협
박을 했을 거다.

처음에는 유경이 무작정 미웠다. 한국에 돌아온 후 두 사람 사이가
부자연스러운 걸 느끼면서도, 거짓 관계라는 걸 예상했으면서도 유경
을 미워했다. 두 사람이 거짓이든 아니든 자신을 믿지 못한 유경을 원
망했다.

하지만 이유를 알았다면, 절대 유경을 놓지 않았을 것이다.

"태주야, 나는……."

"지금은 아무 말 말고 내 손만 잡아."

유경은 채 말을 잇지 못하고 입을 다물었다. 불현듯 겁이 났다. 선우는 분명 태주의 목까지 죄여 올 것이다. 그의 비틀린 욕망이 자신은 물론, 태주까지 다치게 할 텐데.

아무것도 모르는 그는 다정하게 웃기만 하였다.

명령인지 부탁인지 모를 태주의 전화를 받고 오피스텔로 찾아온 대헌은 손을 꼭 붙잡고 서 있는 두 남녀 앞에서 할 말을 잃었다. 두 사람은 하루아침에 부쩍 수척해져 있었다.

"기자는 개뿔. 코빼기도 안 보이더라."

"그래? 고맙다."

태주는 힘없이 웃더니 유경을 끌고 엘리베이터에 올랐다. 대헌도 두 사람을 따라 엘리베이터에 탔다.

"너, 너무 오버하는 거 아니냐? 그 사람들은 한태주 씨가 누군지 조금도 관심이 없어요. 네가 뭐 연예인인 줄 알아?"

"그럼 다행이고."

태주가 붉게 점멸하는 엘리베이터 층수를 응시하며 짧게 대답했다. 대헌은 또 잔소리에 슬슬 시동을 걸고 있었다.

"아, 그런 기사는 하나 났더라. 웬 미친 스토커가 강유경 집 앞에서 기자들한테 개지랄을 떨었다는 기사."

두 사람 사이에서 머쓱해진 유경은 태주의 손을 꽉 움켜쥐며 고개를 숙였다. 대헌이 자신을 어떤 눈으로 쳐다보고 있을지 보지 않아도 알 수 있었다.

대헌은 태주의 절친한 친구였다. 유경과 태주의 관계를 가장 가까이서 지켜봤으니, 그가 겪은 아픔에도 깊게 공명했을 터였다.

복도를 지나 현관문을 열고 집에 들어갈 때까지 대헌은 끊임없이 입을 놀리며 두 사람의 뒤를 쫓았다. 태주는 아무 대꾸도 해 주지 않았지만 대헌도 별로 개의치 않아 했다. 애초에 대꾸를 바라고 하는 잔소리가 아닌 듯했다.

"죽 사 왔지? 줘 봐."

유경을 먼저 들여보낸 태주가 아직 신발도 벗지 못한 대헌의 앞을 막아섰다. 대헌은 잔뜩 골이 난 얼굴로 죽이 담긴 종이봉투와 약봉지를 건넸다.

"감기약이랑 소독약은?"

"아, 거기 있잖아."

"밴드도?"

"야, 내가 네 시다바리냐?"

참다못한 대헌이 버럭 소리쳤다. 또다시 강유경에게 휘둘리는 친구의 꼴을 보니 속이 문드러질 노릇이었다.

"맛있는 거 사 줄게."

태주가 어린아이 달래듯 말했다. 대헌은 어이가 없어 실소를 터트렸다.

"인마. 나 지금 장난 아니거든? 너 진짜, 네 인생 진짜 어쩌려고……."

"한우 사 줄게."

"하! 뭐? 한우?!"

대헌이 말끝을 과장되게 올리며 비아냥댔다. 태주는 낮은 한숨을 내쉬었다. 대헌이 자신을 얼마나 걱정하는지 잘 알고 있다. 진심으로 생각해서 이런다는 것도.

하지만 지금은 유경이 먼저였다. 뒤에서 불안해하고 있을 모습이 눈에 선해 마음이 조급했다.

"좋은 말로 할 때 협조하자."

태주가 대헌의 귀에 대고 낮게 읊조렸다. 대헌은 그제야 수그러들며 퉁명스레 대답했다.

"한우 사 줘라. 꼭."

태주는 식탁에 따뜻하게 데운 죽을 내려놓았다. 유경이 숟가락을 들려고 하자 태주가 먼저 숟가락을 빼앗았다. 김이 모락모락 나는 죽을 한입거리만큼 뜨더니 후후 분다.

"아, 해."

태주가 유경의 입에 죽을 들이대며 말했다. 유경이 몇 번이나 괜찮다고 말했지만 기어이 제 손으로 먹여 주려는 태주였다. 어쩔 수 없이 죽을 받아먹으며 현관에 서 있는 대헌의 눈치를 봤다. 아니나 다를까, 대헌은 팔짱을 낀 채 고개를 절레절레 흔들고 있다.

"저, 대헌아. 밥⋯⋯ 먹었어?"

유경이 어렵사리 말을 꺼냈다. 대헌은 대답도 없이 한심하다는 듯 태주를 쳐다보았다.

"강유경은 손이 없다냐?"

"유경이 다리 다쳤어."

그 말에 대헌이 허이구, 기가 찬 소리를 냈다.

"아니, 밥을 다리로 먹냐고요."

태주는 이죽거리는 대헌을 무시하며 유경에게 '아, 해' 하고 말했다. 유경이 난감한 얼굴로 고개를 저으니, 태주가 돌연 숟가락을 내려놓았다.

"잠깐만 혼자 먹고 있어. 저 새끼 입 좀 막고 올게."

부드러운 말투와는 어울리지 않게 험악한 말이었다. 태주가 의자를 드륵 밀어내고 벌떡 일어서자 대헌이 반사적으로 손을 들어 얼굴을 막았다. 유경은 황급히 태주의 팔을 잡아 말렸다.

"대헌이랑 바람 좀 쐬고 와."

유경이 설핏 웃으며 괜찮다고 눈짓하였다.

"네가 이러니까 더 못 먹겠어. 나 편히 좀 먹게. 응?"

유경은 태주의 손을 꼭 잡았다. 어서 나갔다 오라는 듯 눈을 깜박였다. 핼쑥한 얼굴로 부탁하는 모습에 태주는 얕은 한숨을 내쉬었다. 한시라도 혼자 두기 싫었다. 그간 너무 오랜 시간 혼자 두지 않았나.

옆에 있는 동안 해 줄 수 있는 만큼 다 해 주고 싶었다. 밥을 해 주고, 먹여 주고, 씻겨 주고, 옷을 입혀 주고. 유경의 입에서 괜찮다는 말이 나오지 않도록 해 주고 싶었다. 그런 대우를 당연하게 받아들이는 강유경을 보고 싶었다.

"그럼 잠깐만 나갔다 올게. 꼭꼭 씹어 먹어. 체하지 않게."

태주가 유경의 이마에 살포시 입 맞추었다. 유경은 걱정 말라는 듯 웃어 보였다.

대헌이 담배를 꺼내 물며 태주에게도 한 개비 건넸다. 태주는 담배를 흘긋 내려다보곤 고개를 저었다.

"뭐야. 삐졌냐? 내가 주는 담배도 싫다 이거야?"

대헌이 불쾌하다는 듯 인상을 찌푸렸다. 태주는 피식 웃어 버렸다.

"유경이한테 냄새 배겨."

"……미친 새끼."

대헌의 욕지거리가 낮게 울려 퍼졌다. 태주는 옥상 난간에 팔을 걸고 맑은 하늘을 올려다보았다. 몽실몽실한 뭉게구름이 따가운 태양을 가리고 있었다.

"진짜 미친놈. 나는 도저히 너를 이해할 수가 없다."

대헌이 인상을 팍팍 쓰며 담배 연기를 길게 내뿜었다.

"나 같으면, 응? 그런 과거가 있다고 하면 얼씨구나 하면서 도망치겠다, 새끼야. 조상님이 날 돌봐 주셨구나, 헤어지길 잘했다 생각할 거라고. 너는 찝찝하지도 않냐?"

"대헌아."

대헌은 태주가 말할 틈도 주지 않고 구시렁거리는 소리를 이어 갔다.

"아니, 도대체 왜 하필 강유경이야? 왜 꼭 강유경이어야 하는데? 다른 여자 많잖아. 너 좋다고 쫄래쫄래 따라다니던 애들 많았잖아."

대헌은 텁텁한 담배 연기를 뱉으며 거친 한숨을 내쉬었다.

"최근에 만나던 그 여자. 그 여자랑 결혼하면 안 되냐. 응?"

태주는 아무 대꾸도 하지 않았다. 상대에게서 반응이 없자 대헌의 잔소리도 점점 줄어들었다. 어느새 두 사람 사이에는 한숨 소리와 담배 연기, 뿌연 입김만 뒤섞여 흘렀다. 멀거니 파란 하늘만 올려다보던 태주가 나지막이 입을 열었다.

"대헌아. 남들 눈에는 징그러울 만큼 다 큰 자식이 왜 부모들 눈에는 사랑스러운지 아냐?"

"또 뭔 소리래. 그거야 당연히 부모니까."

태주의 입가에 희미한 미소가 걸렸다.

"아니. 부모들은 가장 아름다운 기억 하나로 버티면서 자식을 키우는대. 아장아장 걷고 옹알이하던 아기 때의 모습, 제일 예쁠 때의 기억. 그래서 자식이 아무리 나이를 먹고 징그러워져도 부모 눈에는 사랑스러운 거야. 그때의 기억이 너무 선명해서."

아름다운 기억은 시간이 지날수록 선연해진다. 그 기억은 너무도 강렬해서 원망스러운 마음도 슬픈 감정도 무디게 만든다. 남는 건 미련할 만큼 반복되는 추억뿐이다.

"나한테는 유경이가 그래. 유경이를 처음 봤을 때의 기억, 수줍게 웃던 모습, 천둥이 칠 때마다 흐느끼던 울음소리, 나한테 안기던 밤. 모든 게 선명해서 떠나질 않아. 내 머릿속에 너무 생생해."

"네가 강유경 부모라도 되세요? 허, 참."

"유경이한테 어떤 과거가 있건 내 마음은 달라지지 않는다는 거야."

너는 여전히 내 눈에 아름답고, 나는 여전히 너에게 가슴이 뛴다. 달라진 건 없다. 우리는 이제야 제자리로 돌아왔을 뿐이다.

"네가 그랬지. 잊는다는 건 흐릿해지는 거라고. 그런데 난, 유경이가 너무 선명해."

"태주야. 그냥 네 마음속에만 간직하고 살아가. 이 세상 모든 남자들이 첫사랑이랑 결혼하냐? 아니잖아. 우리 나이쯤 되면 이제 조건 보고 집안 따져서 결혼한다고. 잔인하지만 그게 현실이야."

현실. 그 말에 태주는 쓰게 웃으며 대헌을 보았다.

"대헌아, 해 보려고 했는데 도저히 안 되더라. 남들한테는 그게 현실일지 모르겠지만 나한테는 아니야."

"야, 한태주!"

"그냥 지독한 악몽이었어. 매일매일이."

"하……."

대헌은 다 타들어 간 담배꽁초를 신경질적으로 지져 껐다.

"이대헌. 나 유경이 위해서 이러는 거 아니야."

무슨 말이냐는 듯 인상을 찌푸리는 대헌을 보며 태주는 옅게 웃었다.

"나 살자고 이러는 거야."

따뜻한 바람이 불어왔다. 하늘이 맑았다.

"유경이가 있어야 내가 살아."

목이 메었다.

태주는 대헌을 보내며 고맙다고 말했다. 또 부탁할 일이 있을 거라는 말도 빼놓지 않았다. 대헌은 씁쓸한 얼굴로 태주를 바라보다가 아무 말 없이 등을 돌렸다. 몇 걸음 걷다가 돌연 멈춰 선 대헌이 퉁명스러운 한마디를 툭 던졌다.

"무슨 일 있으면 바로 연락해라."

대헌을 보내고 집으로 돌아온 태주는 부엌으로 향했다. 그런데 유경이 없었다. 깨끗하게 정리된 빈 식탁만 있을 뿐 거실에도, 화장실에도 없었다. 태주는 불안하게 뛰는 가슴을 붙잡고 침실로 향했다.

다행히 유경은 침대에서 잠을 자고 있었다. 약 기운에 졸음이 밀려온 모양이었다. 태주는 놀란 가슴을 쓸어내리고 침대로 걸어갔다. 유경은 새근새근 숨소리를 내며 곤히 잠들어 있었다. 태주는 유경이 깨지 않도록 침대 끝에 조용히 걸터앉았다.

잠든 유경의 얼굴은 편안해 보였다. 이따금씩 몸을 뒤척이며 인상을 썼지만 곧 평온한 얼굴로 돌아오곤 했다. 태주는 유경을 가만히 내려다보았다. 흘러내린 머리칼을 넘겨 주며 눈 감은 고요한 얼굴을 담았다.

똑딱거리는 초침 소리만이 울려 퍼지는 방 안. 적막한 고요. 지금 이 순간, 이 방은 두 사람에게 허락된 유일한 공간이자 아늑한 세상이었다.

오랜만의 평안이고 위안이었다. 이렇게 유경을 옆에 둘 수 있는 것만으로도 태주는 더 바랄 게 없었다. 먼 훗날의 일은 잠시 접어 두기로 하자. 지금은 너를 두 눈에 가득 담는 일에만 집중할 것이다. 미소, 눈빛, 손짓, 목소리. 너의 행동 하나하나 새겨 둘 것이다.

"……왔어?"

머리를 쓰다듬는 손길에 유경이 눈을 비비며 일어났다. 태주는 유경을 다시 눕히며 이불을 덮어 주었다.

"더 자."

"대헌이는?"

"갔어. 약은 먹었어?"

태주의 말투는 꼭 아기 다루듯 다정했다. 유경은 이불을 코끝까지 끌어올리며 피식 웃었다.

"왜 웃어."

태주도 덩달아 웃으며 유경의 몸을 간질였다. 유경은 몸을 배배 꼬며 수줍게 고개만 저었다.

"웃지 마. 너 아파서 봐주는 거야. 아프지만 않았어도."

"아프지만 않았어도 뭐?"

"있어. 그런 거."

유경은 이불 사이로 눈만 빼꼼 내민 채 빙그레 웃었다. 태주의 입가에도 조용한 미소가 걸렸다. 그러다 이내 유경의 얼굴에서 점점 웃음이 가시자, 태주가 걱정스런 눈길로 그녀를 살폈다.

"왜 그래. 어디 안 좋아?"

유경은 대답 없이 고개를 저었다. 몸을 일으켜 앉고는 태주의 팔을 잡아끌었다.

"……안아 줘."

태주는 당장 침대 속으로 들어가 유경을 품에 안았다. 유경의 몸을 이불로 감싸고 머리를 당겨 안았다. 유경은 태주의 넓은 가슴에 얼굴을 묻고 눈을 감았다. 나른한 심장 소리가 귓가를 울렸다. 간헐적으로 쿵쿵 울리는 소리. 딱딱하게 뭉친 긴장을 사르르 녹여 주는 소리였다.

"태주야."

"응?"

"이거 꿈 아니지?"

"응. 꿈 아니야."

태주가 유경의 목에 입술을 묻으며 살며시 웃었다. 유경은 태주의 품속을 더 파고들었다. 열 때문인지 태주의 체온 때문인지 온몸이 뜨거웠다.

"꿈이라도 괜찮아. 이런 기억 하나만 있어도…… 버틸 수 있을 것 같아."

그 말에 등을 토닥이던 손길이 뚝 멎었다. 유경은 입술을 지그시 깨물었다.

"무슨 뜻이야?"

유경을 품에서 떼어 놓은 태주가 서늘하게 굳은 얼굴로 물었다.

"태주야. 내 과거가 알려진 건 상관없어. 하지만 선우 오빠는……. 우리 같이 있으면 오빠가 너한테 무슨 짓을 할지 몰라."

태주만 변함없이 사랑한다고 말해 준다면 세상 사람 모두가 등을 돌려도 괜찮았다. 하지만 태주까지 다치게 할 수는 없다. 태주의 기쁨은 유경의 행복이었고, 태주의 슬픔은 곧 유경의 절망이었다.

"한선우는 내가 알아서 해. 너는 내 옆에만 있어."

"아니. 선우 오빠는 네가 생각하는 것보다 더 위험해. 나뿐만 아니라 너까지……."

"그래서. 또 나를 떠나겠다고?"

"네가 상처 받는 건 싫어."

"강유경. 너 왜 이렇게 이기적이야. 내 생각은 조금도 안 해?"

감정이 격해지고 목소리가 높아졌다. 어떤 일도 다 참을 수 있었지만, 유경이 떠나는 일은 두 번 다시 겪고 싶지 않았다.

"나는 이제야 숨을 쉬는 것 같아. 이제야 좀 살 것 같다고. 내가 너한테 모질게 굴었던 거 갚을 시간은 줘야 되잖아."

"태주야."

"상처? 네가 내 옆에 없는 게 가장 큰 상처야. 알아?"

태주의 두 눈이 붉게 물들었다. 꾹꾹 참고 눌러 왔던 울분이 순식간에 터져 나왔다.

"나는 너한테 해 주고 싶은 게 너무 많아. 아직 못해 준 게 너무 많아, 유경아."

태주가 유경의 어깨를 붙잡으며 애원하듯 말했다. 다시 유경을 놓아야 하다는 생각만 해도 가슴이 죄어 왔다.

"……태주야. 미안해. 내 생각만 했어."

유경의 적막한 눈이 태주에게 향했다. 눈물을 참아 내는 태주의 어깨가 잘게 떨렸다. 유경은 손을 뻗어 태주의 얼굴을 감쌌다. 축축한 눈물이 손등을 타고 흘러내렸다.

"나 어디 안 갈게. 네 옆에 있을게. 응? 그러니까……."

유경의 말이 끝나기도 전에 태주가 그녀를 당겨 안았다.

"다시는…… 다시는 그런 말 꺼내지 않겠다고 약속해."

붉게 물든 태주의 눈에서 굵은 눈물방울이 뚝뚝 흘러나왔다. 유경은 애써 눈물을 참고 웃어 보였다.

바보 같은 사람. 너는 이렇게나 미련하다. 더 좋은 사랑 찾아가면 될 것을.

유경은 조용히 태주의 입술에 입 맞추었다. 맞닿은 입술 새로 누구의 것인지 모를 눈물이 흘러 들어왔다.

짙어지는 키스와 축축한 눈물과 달뜬 열. 그사이에서 서글픈 욕망이 피어올랐다. 태주는 잠시 입술을 떼고 가쁜 호흡을 진정시켰다.

수줍게 입 맞추는 입술. 등을 감싸 안는 팔. 유경의 몸짓 하나하나를 필름에 새기듯 기억해 두었다. 이윽고 다시 입맞춤이 이어지는 찰나, 태주는 유경의 손을 잡아채고 그녀를 침대 위에 눕혔다.

유경의 셔츠 속으로 커다란 손이 부드럽게 들어왔다. 피부를 스치는 차가운 감촉에 몸이 흠칫 떨렸다. 가슴을 지분대는 손길을 느끼며 유경은 조용히 눈을 감았다.

방 안에는 어느새 붉은 기운을 담은 어둠이 스며들고 있었다.

선우가 귀국하자마자 찾아간 사람은 언론사에 정보를 뿌린 기자였다. 아트앤워크 장하나. 최근에 악의적인 기사를 실었던 그 기자가 틀림없었다. 선우는 기자의 발밑에 녹음기를 집어 던졌다.

"말해. 아는 대로 다."

달빛에 비친 선우의 얼굴은 감정이라곤 찾아볼 수 없을 만큼 싸늘했다. 기자는 바들바들 떨며 뒤로 물러났다.

"저, 저는 정말 시키는 대로만 했어요."

"기자니까 잘 알 거야. 사실 유포도 명예 훼손죄가 성립된다는 거. 강유경은 무죄거든."

"도대체…… 저한테 왜 그러세요. 본인 아버지를 찾아가시면 되잖아요!"

기자는 마른침을 삼켰다. 이번 강유경 사건 단독 보도로 소규모 잡지사인 아트앤워크에 문의 전화가 쇄도했다.

오늘도 메이저 언론사 기자들과의 미팅을 위해 서둘러 퇴근하던 찰나, 한 남자가 다가왔다. 한선우 이사장이었다. 그는 강유경에 관해 더해 줄 말이 있다며 자신의 사무실로 가자고 했다.

따라가지 않을 이유가 없었다. 한선우 이사장은 누구보다도 강유경을 가까이서 지켜본 사람이 아니던가. 의심을 품을 여지가 없었다. 하지만 그는 신사의 가면을 쓴 악마였다.

"아버지가 시킨 건 이미 알고 있어. 그 과정을 상세히 얘기하란 말이야."

선우는 치밀어 오르는 짜증을 간신히 억눌렀다. 어리석게도 강유경을 건드리지 않겠다는 아버지의 말을 믿었다. 아버지는 위선적인 사람이지만 본인이 한 약속을 쉽게 깨트리는 사람은 아니었으니까. 속는 셈치고 믿는 것이 최선이라 여겼다.

"기, 기자는 취재원과의 약속을 지킬 의무가 있어요! 아무리 이사장님이라도 이런 식으로 나오면······."

기자가 다가오는 선우를 피해 한 걸음씩 물러나며 소리쳤다. 선우는 픽 웃으며 얼굴을 쓸어내렸다.

"당신, 뇌가 없나? 그 취재원이 내 아버지라고. 아직도 상황 파악이 안 돼?"

"······."

"당신도 봤다시피 아버지는 10년을 키워 온 사람도 냉정하게 버리는 인간이야. 둘이 무슨 거래를 했는지는 모르지만 한 가지는 확실하게 알아 둬."

선우는 잠시 말을 끊고 고개를 치켜들었다. 그의 입매가 비틀려 올라갔다.

"수틀리는 순간, 당신이 모든 걸 뒤집어쓰게 된다는 거."

기자는 입을 꾹 다문 채 눈물을 글썽였다. 처음에는 그녀도 좋은 기사만 쓰는 기자였다.

하지만 사회는 그녀를 알아주지 않았다. 소규모 잡지사 직원이라는 이유로 무시당하기 일쑤였고, 여자라는 이유로 승진 대상에서 제외됐다.

그때부터 그녀는 방법을 바꾸었다. 보다 자극적인 기사, 선정적인 기사를 실었다. 그리고 이번 사건은 그녀가 주목받을 수 있는 일생일대의 기회였다. 한 관장도 그런 그녀의 욕망을 알아채곤 알아서 먹이를 물어다 준 것이다.

"한 관장님이…… 아니, 그분 밑에 계신 김 실장님이 저한테 강유경 씨에 관한 자료를 넘겨줬어요."

벽에 몰린 기자가 힘겹게 말을 꺼냈다. 기자를 보는 선우의 눈이 날카롭게 빛났다.

"어릴 적 가정 환경부터 수녀원에 들어가기까지의 일들, 당시 재판 기록이랑 여성인권위에 회부된 기록까지 전부요. 왜 저한테 이런 걸 주느냐고 물었더니…… 제가 악의적인 기사를 쓴 적이 있어서 기사를 싣기에 자연스러울 거라고 했어요. 대신 조건이 있었어요."

"무슨 조건."

"관장님을 무조건 피해자 입장으로 쓰라고 했어요. 아무것도 모르고 강유경 씨를 장학생으로 데려왔다가 이미지 타격을 입은 걸로요. 이번 일만 잘해 주면 앞으로 예술계 특보는 다 저한테 우선으로 넘기겠다고 했어요. 저는…… 저는 정말 시키는 대로만 했어요."

기자가 억울하다는 듯 울먹거렸다.

선우는 달달 떨고 있는 기자를 거들떠보지도 않고 등을 돌렸다. 바닥에 떨어져 있던 녹음기를 주워 재킷 안주머니에 집어넣고 캄캄한 사무실을 나섰다.

13
화

자각

　다리가 벌어지며 뜨거운 느낌이 아래를 관통했다. 흘러나오는 신음을 막을 도리가 없었다.

　"하아……."

　유경은 태주의 목에 팔을 감았다. 밀려들어 오는 그를 느끼며 눈을 감았다.

　"강유경, 눈 떠."

　감은 눈꺼풀 위로 낮게 잠긴 목소리가 내려앉았다. 유경은 힘겹게 눈을 떴다. 흐릿한 시야가 선명해지며 태주의 얼굴이 들어왔다.

　눈물 자국이 말라붙은 얼굴. 꽉 깨문 입술. 매끈한 이마에 도드라진 핏줄.

　오랫동안 그리웠다. 너에게 안기던 밤들이, 배려보다 앞섰던 너의 본능이, 몇 번을 안고도 부족하다는 듯 밀고 들어오던 너의 욕망이.

　"태주야."

　유경이 손끝으로 태주의 얼굴을 쓸며 나지막하게 입을 열었다.

"나…… 너 말고는 없었어."

말해 주고 싶었다. 처음부터 끝까지 남자라곤 너 한 명뿐이었다는 걸. 나도 모르는 내 몸을 샅샅이 훑고, 깨물고, 헤집은 사람은 오직 너 하나였다는 것을.

"알아."

태주가 따뜻하게 웃으며 유경의 손가락 하나하나에 입 맞추었다. 손 등에, 팔꿈치에, 하얀 어깨에 자근자근 입 맞추고, 핏줄이 보일 만큼 투명한 목을 흡입하듯 강하게 빨아들였다.

두 손으로는 꼿꼿하게 서 있는 둥근 가슴을 부드럽게 쥐었다. 목에서 느껴지는 따끔한 통증에, 가슴에서 느껴지는 간지러운 쾌감에 유경의 입에서 다디단 숨이 흩어졌다.

"지금은 다른 생각하지 마."

태주는 가만히 머물러 있던 남성을 천천히 움직이며 상체를 세웠다. 허리를 움직일 때마다 유경이 잔뜩 허물어진 얼굴을 하고 이리저리 흔들렸다. 그 모습은 마치 세찬 바람에 흔들리는 한 송이 꽃 같았다.

"아파?"

태주가 붉게 상기된 유경의 얼굴을 감싸며 물었다. 유경은 반사적으로 고개를 저었다

"아프면 아프다고 해. 무조건 참지 말고. 괜찮다고 하지 말고."

"조금……."

유경이 수줍게 아름거렸다. 태주가 깊게 찔러 넣었던 남성을 빼려 하자, 유경은 도리질을 치며 태주의 목을 당겼다.

"떨어지는 건 싫어."

아픈 건 상관없었다. 어떤 고통이라도 좋으니 태주와 조금의 틈도 없이 이어지고 싶었다.

"더. 더 해 줘, 태주야."

유경이 태주의 쇄골에 입술을 묻으며 애원했다. 달뜨고 젖은 목소리에 태주의 남성이 더 단단하게 부풀었다.

태주가 유경의 허벅지를 힘껏 쥐고 다리를 넓게 벌렸다. 더 이상 참을 수 없었다. 자제하려 했지만 그녀의 애원이 그를 미치게 만들었다.

그 어느 때보다 깊이, 빠르게, 네 안에 나를 묻고 싶다.

우리가 떨어져 있던 시간만큼. 아니, 앞으로 함께할 시간까지.

다리가 벌어지면서 태주의 남성이 강하게 치고 들어왔다. 유경의 허리가 크게 휘고 엉덩이가 허공으로 들렸다. 태주는 그녀의 허리 밑에 베개를 받쳐 준 뒤 가느다란 허리를 꽉 붙잡았다.

유경은 입술을 꾹 깨물며 침대 시트를 말아 쥐었다. 비틀리는 몸을 가눌 길이 없었다. 태주가 치고 들어올 때마다 고개가 젖혀지고 입이 절로 벌어졌다. 깊이 들어왔다가 빠져나갈 때는 한시라도 떨어지기 싫어 태주의 목을 꼭 끌어안았다.

그런 유경의 마음을 읽기라도 하듯, 태주는 빠져나가기가 무섭게 다시 강하게 들어왔다. 폭풍처럼 밀려오는 남성에 유경의 몸이 위로 쏠렸다. 격한 몸짓에 머리가 침대 헤드에 부딪히려던 찰나, 그가 움직임을 멈췄다.

"너는 아무 걱정하지 마. 큰 걱정도, 사소한 걱정도 다 내가 할게."

태주가 유경의 머리를 감싸며 다정하게 말했다. 그가 허리를 움직일 때마다 딱딱한 원목에 손등이 부딪히는 소리가 났다.

"하아……. 태주야. 잠, 잠깐만……."

"싫어."

태주는 단칼에 유경의 말을 잘라 내며 도톰한 입술을 삼켰다. 그녀가 미처 내뱉지 못한 말들은 태주의 입안에서 흩어졌다.

맞댄 입술 새로 짓눌린 신음 소리가 새어 나왔다.

"그, 그게 아니라."

간신히 입술을 떼어 낸 유경이 걱정스런 얼굴로 태주를 바라보았다.

"감기 옮으면 어떡해."

"괜찮아. 같이 아프지, 뭐."

태주는 아랑곳 않고 다시 유경의 입술을 머금었다. 윗입술과 아랫입
술을 번갈아 가며 깨물고, 달큰한 향이 풍기는 혀를 옭아매었다.

입술이 닿는 곳은 모조리 빨아들이고 물어뜯었다. 여린 목을, 매끈한
어깨를, 꼿꼿하게 선 가슴을 한가득 베어 물었다. 태주의 입술이 지나
간 자리에는 곳곳마다 붉은 꽃잎이 피었다.

"……바보."

유경은 픽 웃으며 태주의 머리칼을 손에 감았다. 손가락 사이사이로
부드러운 머리칼이 흐르는 느낌이 좋았다.

"아!"

방심하던 순간 태주의 움직임이 다시 빨라지기 시작했다. 태주는 유
경의 다리를 어깨에 걸고, 그녀의 손에 깍지를 끼운 채 남성을 빠르게
들이밀었다.

"하……. 태주야."

둥글게 부푼 가슴이 태주의 움직임을 따라 출렁거렸다. 커다란 침대
는 거친 정사를 말해 주듯 적나라하게 삐걱거렸다.

"그, 그만……! 태주야, 그만!"

태주는 움직임을 멈추는 대신 입술을 꽉 깨물었다. 바르르 떠는 유
경의 어깨를 그러안아 상체를 일으켰다.

"그만하라고 하지 마."

유경을 다리 위에 앉힌 태주가 그녀의 등을 바싹 당겨 안았다.

360

"힘들면 깨물어."

유경은 태주의 어깨에 얼굴을 묻으며 간신히 고개를 끄덕였다. 꼿꼿하게 부푼 가슴이 태주의 딱딱한 가슴에 뭉근하게 짓눌렸다.

"끝이 있을지 모르겠어."

탁한 목소리가 유경의 귓가에 스며들었다. 그 목소리는 절정의 시작을 알리는 신호탄 같았다.

"밤새도록 안고 싶어. 아침까지. 아니, 며칠 밤낮 동안."

허리를 탁탁 치올리는 움직임이 다시 이어졌다. 유경은 태주의 어깨에 이를 박았다.

정신이 혼미해지고 태주의 목소리가 점점 멀어졌다. 움직임이 빨라질수록 태주는 더 단단한 힘으로 유경을 둘러 안았다.

그럴 때마다 유경은 그의 어깨를 더 꽉 깨물었다. 꽤 아프게 물었는데도 태주는 움직임을 멈추지 않았다. 잠시 움찔할 뿐, 다시 허리를 빠르게 움직이기 시작했다.

참기 힘든 건 태주도 마찬가지였다. 빨리 무너지고 싶지 않았다. 그녀의 머릿속에 모든 잡념이 사라질 때까지. 그때까지 참아 낼 생각이었다. 태주는 터질 것 같은 고통을 견디며 입을 꽉 다물었다. 깊게, 더 깊게. 네 안이 나로 가득 차도록.

쉴 새 없이 밀려드는 고통에, 그 고통이 주는 쾌감에 유경의 몸이 잘게 떨렸다. 딱딱하게 뭉친 아랫배가 끊임없이 수축하기 시작했다. 축축이 젖은 곳은 이미 한계에 다다라 파들파들 떨리고 있었다.

"참아. 조금만."

태주가 유경의 이마에 살포시 입을 맞추었다. 거칠게 갈라진 목소리가 유경의 신경을 더 자극했다.

"하, 힘들어……."

태주는 잠시 움직임을 멈추고 호흡을 크게 몰아쉬었다. 커다란 손으로 유경의 등을 쓸어내리며 움찔거리는 유경을 달래 보았다.

"참을 수 있겠어?"

유경은 고개를 도리도리 저었다. 지금도 간신히 참고 있었다.

"미안한데. 아직은 아니야."

이제야 시작이었다. 무너지더라도 유경과 함께 무너지고 싶었다. 지금은 아니다. 아직, 더 큰 절정이 오지 않았다.

태주는 터질 듯 꼿꼿하게 부푼 남성을 빼고 유경의 몸을 뒤집었다. 시트 위로 무너지는 유경의 허리를 들어 올리며 다시 강하게 들어섰다. 유경의 입에서 달뜬 신음 소리와 애원이 섞여 나왔다.

그 소리들을 무시하며 하얀 엉덩이를 힘껏 쥐었다. 움직임이 빨라지고 머릿속이 하얘졌다. 꽉 다문 입에서는 묵직한 신음 소리가 새어 나왔다.

손을 뻗어 흔들리는 유경의 가슴을 움켜쥐었다. 허리를 움직일 때마다 아래에 도도록 부푼 정점도 꾹 눌렀다. 끊임없이 밀려드는 움직임에, 가슴을 비트는 쾌감에, 치고 들어올 때마다 정점을 누르는 손길에 유경의 고개가 힘없이 아래로 꺾였다.

"흐윽!"

작게 밀려오던 쾌감은 어느덧 커다란 해일이 되어 유경을 덮쳤다. 유경의 몸이 침대 위로 풀썩 무너졌다. 다리가 후들후들 떨리고 아랫배는 파들파들 수축하기 바빴다.

이를 꽉 깨물고 유경의 허리를 당겼다. 다시금 그가 밀려오자 한 차례 허물어진 그녀의 몸이 움찔 떨렸다.

"하……."

그리고 그 순간, 태주도 꾹 눌러 왔던 욕망을 쏟아 냈다.

"숨 막혀."

유경이 뾰로통하게 칭얼댔다. 태주는 유경을 품에 꼭 끌어안고 놔주지 않았다.

"한태주. 나이는 어디로 먹은 거야."

어릴 때는 어려서 혈기왕성했다고 쳐도 이제는 무작정 달려들 나이가 아니었다. 하지만 태주는 달라진 게 없었다. 아니, 그때보다 더 막무가내였다.

"그래서, 싫어?"

태주가 피식 웃으며 물었다. 유경은 고개를 도리도리 저으며 태주의 품속을 더 파고들었다.

"아니. 좋아."

태주는 품 안으로 파고드는 유경을 힘주어 안았다. 잘게 떨리는 등을 부드럽게 어루만지며 유경의 어깨에 입술을 지그시 눌렀다. 새근거리는 그녀의 호흡을 따라 태주의 가슴도 크게 부풀었다 가라앉았다. 뜨거운 숨결과 파정 후의 끈적거림이 혼재하는 공기 속에서 두 사람은 한참이나 숨을 골랐다.

"씻으러 갈까?"

떨림이 조금씩 잦아들던 즈음, 태주가 유경의 이마에 짧게 키스하며 물었다. 유경은 황급히 이불로 몸을 가렸다. 혼자 씻겠다고 대답하려던 찰나, 아무것도 걸치지 않은 맨몸이 번쩍 들렸다.

"가려 봤자 소용없어."

태주가 짓궂게 웃었다. 순식간에 유경을 받쳐 안은 태주는 이미 욕실을 향해 저벅저벅 걸어가고 있었다.

"혼자 씻을 수 있다니까?"

"싫어."

태주는 고집불통이었다. 욕조에 따뜻한 물을 받고 유경을 앉힌 태주는 그녀의 등 뒤에 자리를 잡았다. 덕분에 좁은 욕조는 두 사람의 몸으로 가득 찼다. 반쯤 받아 두었던 물은 금방이라도 넘칠 듯 넘실거렸다.

"더 가까이 와."

기다란 다리 안에 유경을 가둔 태주가 잔뜩 웅크린 그녀를 당겨 안았다. 유경은 얼굴을 붉히며 입술을 꾹 깨물었다. 등 뒤로 그의 너르고 단단한 가슴이 맞닿았다. 여전히 따뜻했다.

"앞으로는 내가 다 해 줄 거야. 밥도 해 줄 거고 옷도 입혀 줄 거고."

"내가 어린애도 아니고."

"아, 사실 씻겨 주는 건 내 욕심이야. 네 의사는 상관없어."

태주가 장난스럽게 웃으며 거품 묻은 손으로 유경의 가슴을 쥐었다. 둥글게 부푼 가슴이 미끈거리며 커다란 손 안에서 뭉개졌다.

"……못됐어."

유경은 흘러나오는 신음 소리를 참으며 태주의 허벅지를 꽉 잡았다. 태주가 가슴을 움켜쥘 때마다 허벅지 위로 손톱을 세웠다. 그래도 태주는 아랑곳하지 않고 유경의 가슴을 지분댔다.

"멍들겠다. 안 아파?"

태주가 유경의 가슴 위로 거품을 살살 문지르며 물었다. 하얀 가슴 위로 붉고 푸른 꽃들이 여기저기 흩어져 있었다. 그 흔적들이 조금 전의 격렬했던 정사를 적나라하게 말해 주었다. 태주의 손가락이 분홍빛 돌기를 지나자 유경의 몸이 흠칫 떨렸다.

"괜찮아. 안 아파."

"또 그런다. 아파, 안 괜찮아. 해 봐."

유경은 픽 웃으며 태주의 말을 따라했다.

"……아파. 안 괜찮아."

이렇게 말한다고 뭐가 달라지나. 알면서도 따라하는 자신이 우스워 실없는 웃음이 새어 나왔다. 태주는 그제야 만족스러운 미소를 그리며 유경의 목덜미에 입술을 묻었다.

가슴을 만지작거리던 손은 점점 아래로 향하기 시작했다. 그 손이 배꼽을 지나 거웃에 머물렀을 때, 유경은 고개를 돌려 태주를 흘겨보았다.

"씻겨 주는 거야, 사심 채우는 거야?"

가자미눈을 한 채 묻자 태주가 능글맞게 웃으며 입 맞추었다.

"둘 다."

그 말과 동시에 태주의 손가락이 좁은 곳을 가르고 들어왔다. 천천히 들어오던 손가락은 이내 깊은 곳을 파고들었다. 유경은 얕은 신음을 뱉으며 아래에서 꿈틀대는 태주의 팔목을 붙잡았다.

욕실 안의 뜨거운 습기 때문인지, 태주의 야릇한 손길 때문인지, 아니면 그의 손가락과 함께 흘러 들어오는 따뜻한 물 때문인지 얼굴이 점점 붉게 달아올랐다.

"있잖아."

태주가 손가락을 느리게 넣었다 빼며 운을 뗐다. 유경은 태주의 어깨에 머리를 기댄 채 눈을 감았다.

"사실 한국에 돌아왔을 때, 너를 보자마자 미치도록 안고 싶었어."

나직한 음성이 귓가를 울렸다. 욕실을 울리는 태주의 목소리는 낮고 야릇했다. 유경은 감았던 눈을 천천히 떴다. 수증기가 뿌옇게 서린 시야에 그의 얼굴이 들어왔다. 태주가 짙은 눈으로 유경을 내려다보고 있었다.

"원망스러워 죽겠는데도 너를 안고, 입 맞추고 싶었어."

내색하진 못했지만 유경 또한 그랬다. 이런 시간, 이런 완전한 쾌락이 얼마만일까. 태주의 욕망으로 산산이 부서지는 이 시간들이 미칠 만큼 행복했다.

그러니 남김없이 쏟아 부었으면 좋겠다. 이러다 죽어도 좋겠구나, 싶을 때까지.

"미안해. 그동안 네 마음 아프게 해서."

도톰한 정점을 꾹 누르며 태주가 읊조렸다. 유경은 대답 대신 고개를 저었다. 그리고 태주의 목을 끌어당겨 조용히 입을 맞추었다.

짙은 키스가 이어지고 유경이 먼저 절정에 다다랐을 때, 태주가 유경의 몸을 들었다. 마주 보도록 허벅지 위에 유경을 앉히고 허리를 끌어당겼다. 유경은 태주의 어깨를 꼭 잡은 채 다리를 벌렸다. 어느새 딱딱하게 부푼 남성이 젖은 입구에서 맴돌고 있었다. 태주는 조심스럽게 입구를 맞추곤 유경의 허리를 끌어내렸다.

"하아……."

커다란 남성이 단번에 좁은 내벽을 가득 채웠다. 함께 밀려오는 물 때문에 느낌이 더 생경했다. 유경은 달뜬 신음을 흘리며 태주의 목을 꽉 끌어안았다. 태주도 유경의 매끈한 등을 둘러 안았다.

"유경아."

태주가 허리를 튕길 때마다 찰박찰박 거리는 물소리가 났다.

"강유경."

유경은 차마 대답하지 못하고 태주의 어깨에 얼굴을 묻었다. 뜨거운 온기에 금방이라도 쓰러질 것 같았다. 그녀의 안을 찌르는 움직임은 점점 격해졌다.

"고개 들어 봐."

느른한 목소리에 가까스로 고개를 들었다. 태주가 허리를 움직일 때마다 유경의 둥근 가슴이 외설스럽게 흔들렸다. 태주는 유경의 가슴을 한가득 베어 물고 그녀의 쇄골로 올라갔다. 턱 끝에 맺힌 물방울까지 삼키고 붉은 입술 위에 도착했다. 다디단 숨에 유경의 입술이 살며시 벌어졌다. 태주는 유경의 입술을 지그시 깨물며 말없이 웃어 보였다.

"왜……?"

유경은 붉게 달아오른 얼굴로 태주를 바라보았다. 태주는 유경의 얼굴을 손으로 감싸더니, 느릿하게 치올리던 움직임을 일순 멈췄다.

"못한 말이 있어서."

그가 유경의 몸을 더 가까이 끌어안았다. 유경은 가만가만 숨을 골랐다. 태주가 말을 할 때까지 기다렸지만, 유경을 물끄러미 응시하던 태주는 끝내 말을 꺼내지 않았다. 다시 허리를 움직이며 그녀의 어깨에 얼굴을 묻을 뿐이었다.

자세가 몇 번이나 바뀌었다. 몸이 뒤집히길 수차례. 뒤에서 밀고 들어오던 태주는 다시 유경의 몸을 앞으로 뒤집으며 더 깊이 남성을 묻었다. 그것도 부족하면 유경을 강하게 끌어안으며 그녀의 깊은 곳까지 헤집고 다녔다. 그사이 유경은 수없이 절정에 올랐다. 하지만 태주는 입술만 꽉 깨물 뿐 쉽게 사정하지 않았다.

"태주, 태주야. 그만. 흐윽……."

정신이 흐릿해졌다. 흔들리는 몸은 이미 의지 밖이었다. 태주와 이어진 아랫부분은 뜨겁다 못해 아렸다. 또 한 번 유경이 절정에 올라 퍼들거릴 무렵, 태주가 그녀를 강하게 당겨 안았다.

"유경아. 내가……."

태주가 유경의 목덜미에 입술을 묻으며 읊조렸다. 거친 목소리가 갈라져 나왔다. 이제 그도 한계였다.

"강유경⋯⋯."

이름을 부르는 소리에 유경이 고개를 들던 찰나, 그가 강하게 치고 들어왔다. 유경은 본능적으로 태주의 목을 끌어안았다.

태주는 그녀의 등을 단단히 받쳐 안고 몸을 떨었다. 연신 단단하게 부풀어 있던 남성에서 뜨거운 무언가가 울컥울컥 쏟아져 나왔다.

유경은 잘게 떠는 태주의 몸을 부드럽게 안아 주었다. 태주가 그녀의 귓가에 대고 들릴 듯 말 듯 무어라 속삭였다. 유경은 한참 후에야 그 말을 알아듣곤 작게 웃었다.

사랑한다는 말이었다.

불 꺼진 어두운 집 안은 폐허처럼 황량했다. 인기척도, 따뜻한 온기도, 미약하게나마 거실을 맴돌던 그 애의 향기도 없었다.

선우는 무거운 걸음을 옮겨 서재로 향했다. 묵직한 문이 끼익 소리를 내며 열리자 눈을 감은 채 의자에 앉아 있는 아버지가 보였다. 약한 스탠드 불빛 하나만이 그의 주름진 얼굴을 비추고 있었다.

"강유경, 어디 있어요."

날카로운 목소리에 한 관장은 감았던 눈을 떴다.

"떠났다. 나가는 대가로 부족하지 않을 만큼 챙겨 줬으니 걱정 말아라. 유경이도 그걸 원하는 것 같더구나."

물론 거짓말이었다. 유경은 제 짐을 챙겨 도망치듯 집을 나갔다. 아마도 지금쯤 태주와 함께 있을 터였다. 두 사람은 동시에 연락이 끊겼으니까. 한 관장은 다시 눈을 감았다. 고작 그런 여자에게 목을 매는 두

아들 때문에 머리가 깨질 듯 아파 왔다.

"아버지를 믿는 게 아니었어요."

선우는 한 관장에게로 천천히 걸음을 옮겼다. 낮게 흘러나오는 목소리는 평소답지 않게 위태로이 떨렸다.

"아버지, 아직도 저를 모르시겠어요?"

"무슨 말이냐."

"그 애를 건드리면 아버지도 곤란해질 거라는 말, 진심이었어요."

선우가 한 관장의 책상 위로 녹음기를 던졌다. 버튼을 누르자 익숙한 목소리가 흘러나왔다.

녹음된 내용을 가만히 듣던 한 관장이 싱거운 조소를 띠었다.

"넌 아직 멀었다. 그런 잡지사 기자의 말 따위 누가 믿어 줄 것 같니."

무표정하던 선우의 얼굴에 일순 냉랭한 미소가 걸렸다. 선우는 얼굴을 쓸어내리며 한참을 웃어 댔다. 새어 나오는 웃음이 도저히 멈추지 않았다.

"아버지, 몰랐는데 저는 아버지를 닮은 것 같아요."

"돌리지 말고 말해라."

"아버지의 치밀함, 더러움, 위선, 가식. 저랑 똑같아요."

"한선우."

"아, 그런데 아버지보단 제가 나은 것 같네요. 전 아버지처럼 허술하지 않거든요."

한 관장의 눈썹이 꿈틀거렸다. 그의 주름진 얼굴에 굵은 핏대가 거머리처럼 올랐다.

"아버지가 탈세 목적으로 재단에 지원한 기금, 미술 작품으로 세탁한 비자금, 아버지한테 로비한 작가들 리스트. 여태껏 누가 관리했다고 생각하세요? 김 실장님이라고 생각하세요?"

그 말에 한 관장의 얼굴이 급격하게 일그러졌다.

"선우 너, 나를 협박하겠다는 거냐? 이 애비를? 그깟 천한 계집애 하나 때문에?!"

"그래요. 그게 아버지 본심이겠죠. 천한 계집애. 아버지한테 강유경은 한낱 천한 계집애였던 거겠죠."

"이, 이 못된! 배은망덕한!"

분에 못 이긴 한 관장이 주먹으로 책상을 내리치며 벌떡 일어섰다. 급격히 오른 혈압에 한 관장의 몸이 크게 휘청거렸지만 선우는 아랑곳않고 말을 이었다.

"배은망덕? 아버지가 나한테 해 준 게 뭔데요?"

선우가 한 관장에게 가까이 다가가며 물었다. 한 관장은 책상 모서리를 명줄처럼 붙잡은 채 간신히 몸을 가누었다.

"태주 데려오고 나서 나를 아들 취급이나 한 적 있어요? 어머니한테는 어떻게 했는데요. 어머니는 죽을 때까지 태주를 친자식처럼 키웠어요. 친자식인 나보다 더 사랑하고 아껴 주면서 키웠다고요."

"그만, 그만해라."

한 관장이 머리를 부여잡으며 주저앉았다. 선우는 멈추지 않았다. 붉게 충혈된 눈으로 한 관장을 내려다보며 악에 받친 목소리를 뱉어 냈다.

"어머니가 왜 그렇게까지 했는지 아세요? 원래 착했으니까? 바보 같은 여자였으니까? 아니요. 어머니는 어떻게든 사랑받고 싶었던 거예요. 태주를 아끼고 온 정성을 다해 키우면 아버지한테 다시 사랑받을 수 있을까, 마지막 지푸라기라도 잡는 심정으로 키운 거라고요! 그런 어머니한테 아버지 어떻게 했어요? 나한테는 어떻게 했는데요!?"

아직도 또렷하게 떠오른다. 남편에게 사랑받기 위해 출처도 모르는 풍경화를 벽에 걸어 놓던 여자. 그 노력마저 무참히 짓밟힌 후, 피 한 방울 섞이지 않은 아이를 친자식처럼 키우며 사랑을 갈구하던 여자.

어리석고 미련했던 그 여자를 기억에서 모조리 지워 버리고 싶었다. 어머니란 존재가 원래 없었던 것처럼 도려내고 싶었다. 하지만 아픈 기억은 지우려 할수록 더욱 끈질기게 되살아났다. 보이지 않는 그림자처럼 늘 그의 곁에 붙어 숨통을 옥죄었다.

그때 선우의 삶은 어둠 그 자체였다. 빛이 없는 캄캄한 지하로 한 걸음, 한 걸음 내딛는 시간의 연속이었다.

"아버지가 나한테 눈곱만큼의 관심도 없을 때, 내가 언제 죽을까 고민하면서 하루하루 살아갈 때, 그런 나를 유일하게 알아봐 준 사람이 누군지 알아요?"

끝이 없는 어둠 속으로 잠기던 때 빛처럼 다가왔던 너. 하지만 어둠은 빛을 모른다.

"강유경, 그 천한 계집애였어요."

빛이 사라진 후에야, 비로소 그것이 빛이었음을 깨달을 뿐이다.

방으로 나왔을 때 바깥은 이미 캄캄한 밤이 되어 있었다. 유경은 축 늘어진 몸으로 태주의 품에 안겼다. 온몸이 나른하고 노곤했다. 수건으로 젖은 머리를 지분거리는 태주의 손길에, 이대로 깊은 단잠에 빠져들고 싶었다.

"피곤해?"

"조금."

"벌써?"

"벌써라니?"

"말했잖아. 오늘 너 안 재울 거라고."

진지한 목소리에 유경은 감았던 눈을 스르르 떴다. 태주의 말은 농담이어야 했다. 지치다 못해 기절할 지경까지 가지 않았나. 아직도 아랫배가 화끈거리는 느낌이었다.

"나 놀리는 거지?"

유경이 사뭇 두려운 눈길로 태주를 올려다보았다. 태주는 피식 웃으며 유경의 이마에 입 맞추었다.

"알았어. 오늘은 여기까지만."

유경은 그제야 안심하고 다시 눈을 감았다. 입에서는 자꾸만 기분 좋은 웃음이 새어 나왔다.

"뭐 먹고 싶은 거 없어? 나가서 사 올게."

"음……."

생각해 보니 이번 겨울에는 귤을 한 번도 먹지 못했다. 살기 위해 꾸역꾸역 먹은 밥이 전부였다.

따뜻한 태주의 품에 안겨서 여유롭게 귤을 까먹고 싶다. 태주가 입을 벌리면 귤 반쪽을 떼어 내어 쏙 넣어 주고 싶다. 달고 새콤한 귤을 먹으면서 느긋하게 영화도 보고 싶다. 그런 소소한 행복을 느끼며 잠들고 싶다.

"귤. 갑자기 귤 먹고 싶어."

"알았어. 다른 건?"

"다른 건 괜찮아."

태주는 옅게 웃으며 외투를 걸쳤다. 유경에게 짧게 입을 맞추는 것도 잊지 않았다.

"빨리 와."

"응. 빨리 올게."

태주가 나간 뒤 유경은 어지럽혀진 방을 청소하기 시작했다. 침대 밑에 흐트러져 있는 옷가지와 속옷을 치우고 있는데, 어디선가 진동이 울렸다. 태주가 놓고 간 휴대폰이었다.

유경은 잠시 멈춰 서서 생각했다. 불현듯 불길한 예감이 들었다. 지금 태주에게 전화를 걸 만한 사람은 대헌밖에 없었다. 만약 대헌이 아니라면……. 잔잔했던 마음이 거세게 요동치기 시작했다.

전화가 울리는 휴대폰을 집어 들었다. 액정 위로 이름 없는 번호가 찍히고 있었다. 익숙한 번호인데. 골똘히 생각하던 유경은 화들짝 놀라며 휴대폰을 떨어트렸다. 선우의 번호였다. 두 손으로 입을 틀어막았다. 다리가 후들거렸다.

혹시나 하는 생각에 창문으로 다가가 밖을 내려다보았다. 다행히 건물 밑에는 고독한 가로등과 텅 빈 벤치만 있을 뿐, 사람이라곤 찾아볼수 없었다. 유경은 그제야 떨리는 가슴을 진정시키고 바닥에 떨어트린 휴대폰을 집어 들었다. 휴대폰을 집어 들자마자 또다시 진동이 울렸다. 이번에는 문자였다.

〈강유경한테 전해. 지금 나오지 않으면 후회할 거라고.〉

휴대폰을 쥔 유경의 손이 달달 떨렸다. 기자들의 전화가 쇄도하는 탓에 전화를 꺼 놓았었다. 유경에게 연락이 닿지 않자 태주에게 연락을 한 모양이었다. 유경은 입술을 잘근잘근 깨물며 문자를 읽고 또 읽었다.

어떻게 하면 좋을까. 태주가 먼저 보지 않은 걸 다행이라고 생각해야 할까.

선우가 말하는 후회할 일이란 뻔했다. 그가 마지막으로 붙들고 있는 비밀, 태주의 어머니에 관한 일일 것이다. 유경은 초조한 얼굴로 벽에 걸린 시계를 바라봤다. 조금 있으면 태주가 돌아올 시간이었다. 한선우는 목적을 달성할 때까지 태주에게 연락을 해 올 게 분명했다.

생각이 거기까지 미치자마자 유경은 벌떡 일어섰다. 태주의 겉옷을 아무거나 걸치고 신발을 신었다. 서둘러 현관을 나가며 선우에게 전화를 걸었다. 몇 번의 신호음 끝에 전화를 받는 소리가 들렸다. 유경은 천천히 숨을 고른 후에야 입을 열었다.

"나예요. 지금 만나요."

유경이 알려 준 장소는 본가와 그리 멀지 않은 오피스텔 단지였다. 선우는 건물 앞에 차를 세우고 담배를 물었다. 담배 연기를 깊게 들이켜고 나서야 초조한 마음이 가시는 듯했다.

예상하긴 했지만 역시, 강유경의 도피처는 한태주였다. 늘 예외 없는 선택, 지긋지긋할 정도로 한결같은 마음. 그런 올곧음이 누군가에겐 상처가 된다는 걸 강유경은 알고 있을까. 선우의 입가에 씁쓸한 미소가 떠올랐다.

보고 싶었다. 귀국하자마자 기자를 협박하고 아버지를 찾아갔지만 가장 보고 싶었던 사람은 그 누구도 아닌 유경이었다. 그럼에도 찾아갈 수 없었던 이유는 하나였다. 이제야 그녀의 아픔이 보이기 시작했고, 그녀의 원망 또한 잘 알기 때문이었다.

그래서 선우는 할 수 있는 일부터 했다. 자신이 가장 잘하는 일, 이성적으로 해결할 수 있는 일을 하고나서 유경을 찾으려 했다. 하지만 참을 수 없었다. 보고 싶어서 미칠 것 같았다. 결국 또 유치하고 치졸한 협박으로 유경을 불러내고 말았다.

세 번째 담배를 빼어 물 때였다. 가로등 불빛이 어른거리는 오피스텔 입구에서 익숙한 형체가 보였다. 선우는 유경을 보자마자 물고 있던 담배를 뺐다. 차창 너머로 보이는 유경의 얼굴은 전보다 야위어 있었다.

"타."

선우가 조수석 창문을 내리며 말했다. 유경은 경계심 가득한 눈으로 그를 바라보았다.

"태주한테 말 안 하고 왔어요. 그냥 여기서 얘기해요."

"일단 타. 여기 너랑 나만 있다는 보장 없어."

유경은 다시 주변을 둘러보았다. 사람 한 명 없는 고요한 밤이었지만 선우의 말대로 누가 듣고 있을지 모를 일이었다. 무엇보다도 곧 태주가 돌아올 시간이었다. 유경은 한참을 머뭇거린 후에야 조용히 차 문을 열고 올라탔다.

"멀리 가지 말아요."

선우는 옆에 앉은 유경을 빤히 바라보았다. 얼굴을 보고 싶었다. 고작 며칠이었지만 유경을 못 본 시간이 1년처럼 길게 느껴졌다. 유경은 불안한 얼굴로 차창 너머 어딘가를 응시할 뿐, 눈길 한 번 주지 않았다.

그녀에게서 시선을 거둔 그가 차를 출발 시켰다. 핸들을 쥔 손에는 점점 힘이 들어가고 있었다.

차가 없는 도로를 타며 무작정 액셀을 밟았다. 오피스텔과 멀어질수록 유경의 얼굴이 눈에 띄게 어두워졌다. 입술을 꾹 깨물며 바깥만 응시하던 유경이 참지 못하고 말했다. 그만 가요. 여기서 얘기해요. 그 말에 선우는 바로 브레이크를 밟았다. 불안해하는 유경을 보면서까지 괜히 심술을 부리고 싶은 마음은 없었다.

두 사람이 도착한 곳은 주변이 온통 시커먼 강변이었다. 달빛이 내려앉은 강은 무서울 만큼 고요했다. 온갖 생명을 죄다 집어 삼킬 것 같은 어둠이었다. 두 사람 사이에 무거운 정적이 흘렀다. 이따금씩 들려오는 물소리만이 침묵 위를 흘러갔다. 선우는 차창을 내리고 들어오는 바람을 맞았다. 얼굴을 휘감는 바람이 불쾌할 정도로 습했다.

"좋아?"

차 안을 울리는 낮은 음성에 바깥을 응시하던 유경의 고개가 돌아갔다.

"세상이 너를 살인자라고 떠들건 말건, 한태주랑 같이 있어서 좋으냐고."

선우가 피식 웃으며 비아냥댔다. 유경의 얼굴이 미세하게 일그러졌다.

"그래요. 태주랑 있어서 행복해. 됐어요?"

"그래. 지금이라도 실컷 즐겨. 곧 깨질 행복이니까."

"오빠한테 그런 말 들으려고 나온 거 아니야. 할 말만 하고 갈게요."

유경은 다시 차창 밖으로 시선을 돌렸다. 습관처럼 비꼬기 시작하는 선우의 태도에 진절머리가 났다. 더 이야기를 나누다가는 잊고 있던 원망과 분노가 터져 버릴 것 같았다.

"다시는 태주한테 연락하지 말아요. 그렇게만 해 주면 오빠가 나한테 했던 일들 다 잊을 거야. 원망도 안 할게요. 그러니까 태주만은 건드리지……."

유경이 떨리는 목소리로 말을 이어 나가고 있을 때였다. 무릎 위로 두툼한 서류 봉투가 떨어졌다. 유경은 말을 멈추고 선우를 바라봤다.

그는 의도나 감정 따위 읽어 낼 수 없는 얼굴로 정면을 꼿꼿하게 응시하고 있었다.

"이게…… 뭐예요?"

"네가 살아날 방법."

선우는 짧게 대답하곤 덧붙였다.

"아트라 비자금 내역이랑 작가들 로비 리스트야."

유경이 무릎에 놓인 갈색 서류 봉투를 멀거니 내려다보았다. 살아날 방법이라니. 한참을 생각한 후에야 대충 상황 파악이 됐다. 유경은 서류 봉투를 다시 선우에게 건넸다. 이걸 빌미로 다른 요구를 할 게 분명했다.

"필요 없어요."

단호한 대답에 무표정하던 선우의 얼굴이 사납게 일그러졌다.

"정신 차려. 귀 막고 눈 감은 채 한태주랑 노닥거리니까 현실 감각이 없어졌어? 사랑 타령이나 하는 한태주가 너를 지켜 줄 수 있을 것 같아? 웃기지 마. 행복? 현실을 봐. 사람들은 믿고 싶은 것만 믿어. 세상 사람들이 다 너를 욕해도 네 입에서 행복이라는 말이 나올까?"

선우의 격한 반응에 유경은 말문이 막혔다. 다른 사람은 몰라도 적어도 한선우는 그녀에게 이런 말을 할 자격이 없었다.

"네가 원한다면 내일 당장이라도 퍼트릴 수 있어. 너한테 쏠린 비난들, 다 아버지한테로 가도록 해 줄게. 내가 그렇게 만들어 줄게. 살인자라는 억울한 오명, 그것도 내가 벗겨 줄 거야. 변호사 고용해서 네 과거 퍼트린 인간들 네 앞에서 빌도록 만들어 줄게."

선우는 숨도 쉬지 않고 빠른 속도로 말을 뱉어 냈다. 차갑게 가라앉아 있던 동공이 불안하게 흔들렸다.

"네가 너를 버리면서까지 지키려 한 한태주의 그 대단한 비밀, 그래.

원하면 죽을 때까지 묻어 줄 수 있어. 대신 나한테 와. 내가, 내가 다 해결해 줄 테니까 너만 나한테 와. 그러면 돼. 그러면 모든 게 쉽게 끝나잖아. 응?"

빠르게 쏟아 내는 말, 붉게 물든 눈, 비틀려 올라간 입술. 유경은 선우의 이런 모습이 낯설고 두려웠다.

"도대체…… 나한테 왜 이래요."

"정말 모르겠어? 내가 왜 이러는지."

유경은 빠르게 고개를 저었다. 모른다. 아니, 몰라야 한다.

"오빠가 나한테 어떻게 했는지 다 잊었어요? 이런다고 뭐가 달라지는데? 지나간 시간은 되돌릴 수 없어요. 결국 나를 이렇게 만든 건 오빠잖아. 그런데 나한테 왜 이래요."

원망으로 시작된 관계였다. 이 관계의 끝에는 미움과 분노만 남아야 했다. 그 어떤 연민도, 동정도 없기를 바랐다. 그러니 이래서는 안 된다.

유경은 선우의 말을 애써 지웠었다. 내겐 네가 빛이었다던 그 말을 잊어버리려 매일 밤 고군분투했다. 문득문득 그 말이 떠오를 때마다 몇 번이고 되뇌었다.

당신은 착각하는 거라고. 빛을 모르는 사람이었기에 나를 빛이라 착각했던 거라고. 나는 당신의 빛이어선 안 되는 사람이라고.

황급히 차 문을 열었다. 선우의 입에서 나올 다음 말이 두려웠다. 하지만 선우가 먼저 유경의 팔을 잡아챘다. 뿌리치려는 유경을 붙잡더니 품 안으로 끌어안았다.

"알아. 내가 했던 짓들 잘 알아. 앞으로 잘할게. 그러니까 나한테 와."

유경은 선우에게서 빠져나오려 몸을 비틀었다. 숨이 막혔다. 차갑고 딱딱한 선우의 품도, 이런 상황도.

"놔요! 오빠 지금 제정신 아니야."

"아니. 제정신이야."

유경은 온 힘을 끌어 모아 선우를 밀어냈다. 숨을 가쁘게 몰아쉬며 선우를 노려보았다. 어깨가 들썩이고 심장이 빠르게 뛰었다.

"내가 그렇게 싫어?"

"싫어."

망설임 없는 대답에 선우의 얼굴이 서늘하게 굳었다.

"그럼 태주한테 다 말해도 상관없어?"

날카로운 물음에 유경의 얼굴이 움찔 떨렸다. 애절하게 매달리던 모습은 온데간데없고 다시 비열한 한선우의 모습으로 돌아와 있었다.

태주는 자신이 혼외 자식이라는 사실을 모르고 있었다. 불륜으로 태어났다는 것도, 어머니의 자살이 결국 자신 때문이었다는 것도 알지 못한다.

그래서 선우는 태주의 비밀을 빌미로 유경을 협박해 왔다. 태주는 유경에게 늘 입버릇처럼 말하곤 했다. 돌아가신 어머니를 생각해서라도 삐뚤어지지 말아야 한다고. 화가 나도 참아야 한다고. 살아가야 한다고. 열심히 살아가야 한다고.

그의 기억 속 어머니는 온화하고 아름다운 사람이었다. 가정적이지 않은 남편 때문에 힘들었지만 자식에게 헌신했던 어머니. 어머니를 떠올릴 때마다 태주의 얼굴에 떠오르던 잔잔한 미소와 그리움을 유경은 지금도 또렷하게 기억한다. 그 모습이 가슴에 깊이 박혀, 유경은 차마 선우의 협박을 무시할 수 없었다.

하지만 유경은 이제 태주의 더 큰 아픔을 알게 되었다. 무엇이 태주를 더 힘들게 만드는지 이제야 깨달았다. 그건 바로 유경, 자신이었다.

"마음대로 해요."

예상치 못한 대답에 선우의 얼굴이 꿈틀거렸다.

"나 오빠한테 마지막으로 부탁하려고 나온 거였어. 나한테 못되게 굴었던 거 다 잊을 테니까 태주만 건드리지 말아 달라고 부탁하려 했어. 그런데 내 착각이었어요. 오빠는 바뀔 사람이 아니야."

유경은 태주의 눈물을 보았다. 그녀가 곁을 떠나는 게 가장 큰 상처라던 태주의 진심을 이제야 마주했다. 태주와의 약속을 지킬 것이다. 다시는 떠나지 않기로 했던 약속, 아파도 같이 아프기로 했던 그 약속을.

"그때는 내가 너무 어리석었어요. 태주는 내 과거까지 사랑하는 사람이야. 내 어떤 모습도 아름답다고 해 주는 사람이에요. 내가 그 애를 떠나는 게, 그 애를 가장 힘들게 하는 거예요."

유경을 바라보는 선우의 눈이 어둡게 가라앉았다. 떨어져 있던 짧은 시간 동안 그녀는 한층 더 단단해져 있었다.

"태주가 사랑 타령이나 한다고요? 지금 나한테 가장 필요한 게 뭔지 알아요? 오빠가 하찮다고 말하는 그 사랑이야."

유경은 다시 차 문을 열었다. 문을 열고 내리자마자 날카로운 바람이 칼날처럼 살갗을 파고들었다. 온몸을 때리는 강바람을 맞으며 걸음을 재촉했다. 시간이 더 늦기 전에 돌아가야 한다. 지금쯤 태주가 많이 걱정하고 있을 터였다.

그때, 선우의 목소리가 등을 울렸다.

"사랑해."

유경은 걸음을 멈췄다.

"사랑한다."

선우가 이번에는 조금 더 큰 목소리로 외쳤다. 유경은 우뚝 선 채 정면만 응시했다. 몸이 딱딱하게 굳고 숨이 멎었다.

"너도 알고 있었지. 내가 너 사랑하는 거. 다 알고 있었잖아."

아니야. 잘못 들은 거야. 바람 소리를 착각한 거야. 유경은 다시 걸음을 옮겼다. 옷깃을 여미고 더 빠르게 걷기 시작했다. 두 눈을 꼭 감았다. 찢어질 듯 시린 귀를 손으로 막았다.

듣고 싶지 않았다. 알고 싶지 않았다. 모른 척 미워하고만 싶었다. 그의 진심이 보일 때마다 일부러 외면했다. 그는 끝까지 악역으로 남아야 했다.

그런데 왜. 이제 와서 왜. 미워하고 원망하고 싶은데 그런 말을 해 버리면 어떻게 하라고.

왜. 도대체 왜.

"사랑해, 강유경. 사랑해서 그랬어."

아니. 당신은 나를 사랑하는 게 아니야. 왜곡된 감정이야. 비틀린 집착이야.

"사랑해. 사랑해 유경아. 내가……."

선우의 목소리가 점점 커져 갈 때였다. 어디선가 둔탁한 마찰음이 들려왔다. 동시에 강변을 울리던 그의 목소리가 뚝 멎었다. 유경은 빠르게 걷던 걸음을 멈추고 뒤를 돌아보았다. 쓰러진 선우 앞에 익숙한 뒷모습의 남자가 거친 호흡을 몰아쉬며 서 있었다.

태주가 집으로 돌아올 때였다. 멀리서 오피스텔을 나오는 유경이 보였다. 주변을 두리번거리는 모습이 이상했다. 유경은 검정색 세단 앞에서 멈춰 서더니, 한참을 머뭇거린 후에야 차에 올라탔다. 한선우의 차였다.

그때부터는 도무지 이성적인 사고가 되지 않았다. 유경이 한선우와 만나는 걸 막아야 한다는 생각만 들었다.

선우의 차는 인적이 드문 도로를 따라 달리더니 어두운 강변에서 멈춰 섰다. 태주는 택시에서 내려 선우의 차로 다가갔다. 당장 유경을 데리고 나올 작정이었다.

그런데 그때, 차창 밖으로 두 사람의 목소리가 들려왔다. 격앙된 목소리와 차분하게 가라앉은 목소리가 섞여 반쯤 열린 창문 사이로 새어 나왔다. 주변이 조용한 탓에 두 사람의 말소리가 더 선명하게 울렸다.

대화는 점점 격해졌고 두 사람이 하는 이야기는 태주의 귓가에 알알이 박혔다. 태주는 얼떨결에 나무 뒤로 몸을 숨겼다. 두 사람은 어머니에 관한 얘기를 하고 있었다.

오랜 대화 끝에 참다못한 유경이 차를 뛰쳐나왔다. 선우도 따라 나왔다. 그는 강변을 따라 걷는 유경의 등에 대고 사랑한다고 했다. 고요한 강변에서 선우의 목소리는 묵직하고 또렷하게 울려 퍼졌다.

유경은 돌아서지 않았다. 귀를 막고 걸음을 재촉했다. 그래도 한선우는 멈추지 않았다. 조금 전보다 더 큰 목소리로 사랑한다고 외쳤다. 사랑한다고. 너도 알지 않았느냐고. 사랑해서 그랬다고.

그 말을 듣는 순간 태주는 더 이상 참을 수가 없었다. 사랑한다고 울부짖는 한선우의 뻔뻔함에 치가 떨렸다.

"입 다물어. 형이 무슨 자격으로 그런 말을 해."

태주가 선우의 멱살을 잡아챘다. 사랑한다니. 울며 매달리던 동생을 매몰차게 외면하고 말도 안 되는 협박으로 두 사람 사이를 갈라놓고서는, 이제와 사랑이었다고 한다. 사랑해서 그랬다고 한다.

"사랑? 웃기지 마. 그 더러운 입에 사랑이라는 말 담지 마."

382

"그러면 뭐라고 할까."

선우가 피식 웃으며 태주를 바라보았다. 두 눈은 힘없이 풀리고 입가에는 검붉은 피가 맺혔다.

"사랑이 아니면 뭐라고 할까."

웃고 있던 선우의 얼굴이 순식간에 식었다. 초점 없는 눈으로 태주를 물끄러미 바라보던 선우가 갑자기 태주의 바지 자락을 움켜잡았다.

"너는 강유경 없이도 살 수 있잖아. 너 좋아해 주는 사람들 많잖아. 나는 아니야. 나는 강유경 필요해. 나도 강유경 사랑해."

선우가 금방이라도 울 것 같은 얼굴로 애원하기 시작했다. 태주는 다시 주먹을 쥐었다. 형용할 수 없는 감정이 끓어올랐다. 꽉 쥔 주먹이 허공에서 부들부들 떨렸다. 무너진 형을 보자 힘이 풀리고 눈 밑이 뜨거워졌다.

태주에게 선우는 동경이었다. 인생의 나침반이자 꿈이었고 미래였다. 매사에 감성적인 자신과 달리 이성적이고 침착한 형을 존경했다. 형이 예술적 감각이 없다는 이유로 아버지에게 무시받을 때마다, 뒤따라가서 말했다. 형은 지금도 완벽해. 그러니까 아버지 말 무시해.

형을 맹목적으로 따랐다. 멀어지기 싫어서. 형까지 엄마처럼 만들기 싫어서. 형만큼은 지키고 싶어서. 일부러 알고 있는 것도 모르는 척 물어보았고 바보같이 따라다녔다.

"네가 진짜 유경이를 사랑했다면, 엄마를 사랑했다면 너는 그러지 말았어야 해. 왜냐면 나는……!"

태주는 잠시 말을 멈췄다. 감정이 격해져서 목이 메었다.

"다 알고 있었거든. 내가 친자식이 아니라는 거, 엄마가 나를 미워했다는 거. 난 다 알고 있었어. 알면서 왜 숨겼는지 알아? 왜 끝까지 모른 척했는지 알아?"

묻어 두었던 기억들이 떠오른다. 애써 잊으려 했던 진실.

"말하면, 내가 다 알고 있었다는 걸 말하면 엄마 죽음이 헛될까 봐 그랬어. 모른 척해야 엄마가 아름다운 사람으로 남을 수 있으니까. 나는 다 알고도 엄마를 사랑했으니까. 그래서 숨겼어."

격앙된 목소리가 고요한 강변을 울렸다. 선우의 얼굴이 서늘한 충격으로 물들었다.

"사랑한다고? 아니. 너는 사랑이 뭔지 몰라."

태주가 선우의 멱살을 거칠게 놓고 뒤돌아섰다. 몇 걸음 떨어진 거리에 유경이 서 있었다. 태주는 충격으로 굳어 있는 유경의 손목을 잡고 강변을 벗어났다. 도로로 나와 택시를 잡아타고 집으로 돌아올 때까지, 두 사람 사이에는 아무런 대화도 오가지 않았다.

"……태주야."

"말 걸지 마."

태주는 집으로 돌아오자마자 외투를 벗어 던졌다. 유경과 눈도 마주치지 않고 부엌으로 들어가 차가운 물을 벌컥벌컥 들이켰다.

"내가 안 따라갔으면 어쩌려고 했어?"

태주가 등 돌린 채 날 선 목소리로 물었다.

"내 옆에 있으라고 했잖아. 왜 말을 안 들어. 왜 끝까지 네 멋대로 행동해."

겁이 났다. 선우의 차에 타는 유경을 본 순간 그녀가 이대로 자신을 떠나 버릴까 두려웠다. 유경을 따라가면서 수없이 생각했다.

도대체 너는 왜, 무슨 이유로 한선우에게서 벗어나지 못하는 걸까. 이제 모든 게 다 밝혀졌는데. 그럼에도 불구하고 내가 너를 사랑한다고 하는데. 너는 왜 안심하지 못하는 걸까.

그 의문은 두 사람의 대화를 들으면서 풀렸다. 선우는 태주의 비밀을 빌미로 그녀를 잡아 두고 있었다. 처음에는 화가 났다. 고작 그런 이유로 비겁하게 유경을 옭아 둔 한선우가 치졸하고 경멸스러웠다.

그런데 시간이 지나면서 분노는 허탈함으로 바뀌었다. 유경의 미련한 선택에 밀려오는 허망함이었다.

물론 사랑하는 사람을 지켜 주고 싶었을 그녀의 마음도 이해는 갔다. 유경은 그러고도 남을 여자였다. 하지만 그녀는 제게 터놓고 말했어야 했다. 그런 이유 때문이었다고 말했더라면, 더 빨리 유경을 찾을 수 있었을지 모른다. 이런 상황까지 오지 않았을지 모른다.

그랬다면 그녀가 세상 사람들에게 손가락질 받는 일은 없었을 거다.

"내가 그렇게 약한 놈으로 보였어? 그 정도 사실에 무너질 놈으로 보였냐고. 왜 나를 못 믿어."

"그런 거 아니야. 나는 네가 상처 받을까 봐 그랬어. 다치는 건 나 하나로 족하니까……."

유경이 태주에게 다가가며 울먹였다. 태주가 알고 있을 거라곤 상상도 하지 못했다. 그는 진심으로 어머니를 사랑했고 그리워했다. 어머니에 관한 이야기만 나오면 눈시울을 붉힐 정도였다.

그런 태주를 보면서 다짐했었다. 이 사람의 행복, 추억을 지켜 줘야겠다고. 사랑을 가르쳐 준 사람이니까 그 사람의 아름다운 기억을 지켜 줘야겠다고 생각했다.

"언제부터…… 알고 있었어?"

유경이 떨리는 목소리로 물었다. 뻣뻣하게 굳은 태주의 등이 움찔 떨렸다.

14
화

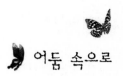 어둠 속으로

초등학생 때였다. 태주는 그날도 어김없이 그림을 그려 엄마 방으로
달려갔다. 방문을 열고 뛰어 들어가 우두커니 앉아 있는 엄마를 뒤에서
끌어안았다.

"엄마! 이번엔 풍경화야. 봐봐. 잘 그렸지?"

그날따라 엄마는 유독 반응이 없었다.

"잘 그렸네."

엄마가 어조도 없는 목소리로 말하며 천천히 그림을 훑었다.

"좋니?"
"응?"

"그림 잘 그려서 좋으냐고."

그런 질문은 처음이었다. 늘 따뜻한 칭찬만 하던 엄마였기에, 어린 나이에도 그 질문이 당황스러웠던 것을 기억한다.

무어라 대답하긴 했는데 정확히 떠오르지 않는다. 엄마의 낯선 모습에 눈치를 봤던 것 같다.

"잘했어. 이제 숙제하러 가렴."

엄마는 뒤늦게야 차가운 표정을 풀며 말했다. 그때, 태주는 보고 말았다. 억지로 올라간 입꼬리와 다르게 울고 있는 눈, 윤기 없이 탁한 그녀의 눈동자를.

그날도 아버지는 집에 들어오지 않았다. 아마도 그날, 엄마의 인내심은 한계에 치달았던 것 같다.

적막한 어둠이 내려앉은 밤이었다. 태주가 선잠에 빠진 사이 방문이 열리고 엄마가 들어왔다. 그는 인기척에 눈을 떴다가 다시 눈을 감았다.

방 안으로 조용히 들어온 엄마는 한참이나 그를 내려다보았다.

잠든 아들을 응시하던 그녀는 방구석으로 걸음을 옮겼다. 그곳엔 태주의 그림이 있었다. 조심스레 실눈을 떴다. 숨을 참다시피 하며 엄마의 행동을 지켜보았다. 도화지를 물끄러미 응시하던 엄마는 갑자기 그림을 갈기갈기 찢었다. 북북 종이 찢는 소리가 방 안을 날카롭게 울렸다.

한참 동안 그림을 찢던 엄마는 일순 움직임을 멈추고 몸을 떨었다. 날개뼈가 툭 불거진 마른 등이 파르르 떨렸다. 뒷모습만 봐도 알 수 있었다. 그녀는 울고 있었다. 차오르는 분노를 삭이듯, 소리 죽여 울고 있었다.

그날 이후로 태주는 더 살가워졌다. 일부러 애교를 부리고 밝게 웃었다. 엄마의 증오어린 눈빛을 알아 버렸지만, 모른 척했다. 엄마를 잃을까 봐 두려웠다. 엄마의 입에서 따뜻한 칭찬 대신 차가운 비난이 흘러나올까 겁이 났다.

매일 밤마다 연습을 했다. 그날의 기억을 지우는 연습이었다. 태주는 잠들기 전에 눈을 감고 세뇌하듯 되뇌었다.

그날 본 것은 꿈이야. 아주 무서운 꿈.

그렇게까지 했던 이유는 오직 하나였다. 엄마를 사랑했으니까. 비록 엄마의 사랑이 거짓이었을지라도, 태주는 그녀를 사랑했다.

엄마가 돌아가신 지 일주일이 채 지나지 않았을 때였다. 한 여자가 태주를 찾아왔다. 방송에도 종종 나오는 미대 교수였다. 그녀는 교수라는 직함보다 연예인 뺨치는 미모로 더 유명했다.

"슬퍼할 것 없어. 그 여자 네 친엄마 아니거든."

여자는 담배를 꼬나문 채 피식 웃었다. 태주도 자신이 친자식이 아님은 충분히 예상하고 있었다. 그런데 생판 모르는 여자가 나타나 확인 사실을 해 주니 기분이 썩 더러웠다.

"여기 금연 구역인데요."
"고지식하기는. 법은 어기라고 있는 거야."
"아, 그래서 불륜을 저지르셨구나."

"무슨 소리니?"

"아줌마죠? 아버지랑 바람난 여자."

"뭐? 아줌마? 너 지금 나한테 아줌마라고 한 거니? 내가 아직도 20대 같다는 소릴 밥 먹듯이 듣는 사람이야."

여자는 '바람난 여자' 라는 말보다 '아줌마' 라는 말에 더 기분이 상한 것 같았다. 태주는 그런 여자를 비웃었다.

"아줌마가 나 낳았어요?"

여자를 본 순간, 태주는 알 수 있었다. 눈매와 콧대는 물론 입술 모양까지 부정할 수 없을 만큼 빼닮아 있었다.

"애답지 않게 눈치가 참 빠르네. 날 닮아서 그런가."

여자가 담배 연기를 뿜으며 흥미롭다는 눈으로 태주를 훑었다. 태주도 지지 않고 여자를 노려보았다. 한참의 신경전 끝에 여자가 담배를 테이블 위에 지져 끄며 입을 열었다.

"서로 시간 낭비인 것 같으니 할 말만 하고 갈게. 얼마 전에 포럼에 갔다가 네 그림을 봤어."

"그런데요."

"솔직히 좀 놀랐어. 첫째는 미술에 젬병이라더니 너는 타고났더구나."

여자가 새 담배를 꺼내 물며 싱긋 웃었다.

"그 감각, 한 관장이 물려준 거 아니야. 내가 물려준 거지."

"그래서?"

"내가 물려준 재능이니까 나를 위해서 써 봐. 학교 졸업하자마자 내 밑으로 들어와. 페이는 아쉽지 않을 만큼 쳐줄게."

기가 막혔다. 미안하다고 하지는 못할망정 여자는 너무 **뻔뻔**했다. 태주는 싸늘한 얼굴로 여자를 노려보았다. 매서운 도끼눈에 여자가 흠칫 놀라며 몸을 뒤로 **뺐다**.

"뭐야. 왜 그런 눈으로 쳐다봐? 내가 틀린 말했니?"

"아줌마."

"하, 그 아줌마라는 소리 좀 집어치울 수 없니?"

"내 감각, 그거 아줌마가 물려준 거 아니야. 우리 엄마가 물려준 거지. 착각하지 마요."

여자는 코웃음을 쳤다. 붉게 칠한 천박한 입술이 비틀려 올라갔다.

"머리가 있으면 생각을 좀 해 봐. 피 한 방울 안 섞인 여자가 어떻게 그런 감각을 물려주겠니? 게다가 그 여자 예술의 '예'도 몰랐다면서. 한 관장이 괜히 밤마다 나를 찾아왔겠어?"

여자의 말이 끝나기가 무섭게 쾅, 소리가 카페 안을 울렸다. 테이블을 친 태주의 주먹이 부들부들 떨렸다. 떨리는 입술 새로 분노 섞인 목소리가 흘러나왔다.

"난…… 엄마 칭찬 들으려고 그림 그렸어. 내 감각, 내 실력, 다 우리 엄마가 만들어 준 거야. 그러니까 함부로 지껄이지 마."

태주는 테이블을 박차고 일어났다. 여자가 그런 그의 얼굴을 물끄러미 응시했다. 머리부터 이마, 눈, 코, 입술까지 집요하게 뜯어보던 여자는 한쪽 입매를 비스듬히 올렸다.

벌어진 입술에서 나지막한 목소리가 흘러나왔다.

그리고 그 말은, 평생의 절망이 되어 태주의 가슴에 박혀 버렸다.

"그 여자가 왜 자살했는지 알겠어. 너한테서 내가 보이거든."

그날 태주는 집으로 돌아가자마자 이젤을 부쉈다. 방 안에 걸려 있는 그림을 죄다 찢었다. 화구통을 던지고 붓을 부러트렸다.

몰랐다. 그림을 자랑할 때마다 엄마의 얼굴에 왜 그늘이 졌는지. 엄마가 왜 그토록 어두운 눈으로 그림을 바라보았는지. 어리석게도 이제야 깨달았다. 그림에서 그 여자가 보였던 것이다. 그러니까 엄마를 죽인 사람은 바로 태주 자신이었다.

방 안은 순식간에 난장판이 되었다. 터진 물감이 장판을 물들이고 부서진 이젤의 조각들이 여기저기 굴러다녔다. 책상 위에 올려놓았던 유리 작품을 내던졌다. 산산 조각난 작품이 날카로운 이를 드러내며 태주를 향해 웃었다. 네 잘못인데 왜 화를 내냐며 비웃고 있었다.

태주는 저벅저벅 걸음을 옮겨 그것을 밟았다. 바닥이 피로 흥건해질 때까지, 가슴을 죄는 고통보다 살갗이 찢어지는 고통이 더 커질 때까지 짓이겼다.

죽어야 해. 너 같은 건 죽어 버려야 해. 엄마 속이 썩어 문드러지는 것도 모르고 뻔뻔하게 그림을 들이밀었던 악마 같은 자식.

깨진 유리 조각을 집어 들고 손목으로 가져다 댔다. 그어 버릴까, 아니면 손가락을 잘라 버릴까. 어떻게 하면 엄마한테 사죄할 수 있을까.

조각을 쥔 손이 바들바들 떨렸다. 눈물이 차오르고 웃음이 새어 나왔다. 엄마는 끔찍한 고통 속에서 생을 놓아 버렸는데 고작 손목 하나 긋지 못하는 자신이 가증스러웠다.

벽에 기대어 주저앉았다. 바닥을 물들인 피의 색이 문득 이질적으로 느껴졌다. 겁이 났다. 그제야 정신이 들었다.

찢어진 손을 황급히 감싸 쥐었다. 셔츠를 뜯어 손바닥을 감고 철철 흐르는 피를 교복 재킷에 정신없이 닦았다. 다친 손과 발에서 뒤늦게야 쓰라린 고통이 밀려왔다. 눈물이 하염없이 흘러나왔다. 아파서, 이깟 상처도 아파 죽겠는데 엄마는 얼마나 아팠을지 상상조차 되지 않아서 엉엉 울었다.

사실은 죽고 싶지 않았다. 살고 싶었다. 살아서 그림을 그리고 싶었다.

하얀 눈이 소복소복 내리던 겨울날이었다. 엄마의 방이 깨끗하게 정리되고 엄마의 흔적들이 눈 쌓인 거리처럼 지워져 갈 때, 한 여자애가 왔다. 아버지가 수녀원에서 데려온 아이였다.

"인사해라."

여자애는 겨울을 닮아 있었다. 눈처럼 창백하고 고드름처럼 위태로운 아이. 태주가 처음 본 유경은 그랬다.

"……강유경."

여자애는 제 이름만 간신히 내뱉고 태주를 흘긋 쳐다보았다. 태주는 무심한 눈길로 그녀를 훑었다. 낯선 여자애의 등장이 달갑지 않았다. 꼭 엄마의 죽음이 남긴 전리품 같아서였다.

그런데 여자애의 눈을 보는 순간, 무슨 이유에선지 다친 손바닥이 얼얼하게 아려 왔다. 아물어 가던 상처가 따끔따끔 되살아났다.

여자애는 꽃을 좋아했다. 추운 겨울이 가고 따뜻한 봄 햇살이 내리쬐던 날. 작고 마른 여자애는 정원에 쭈그려 앉아, 홀로 피어난 민들레꽃을 유심히 바라보았다.

"민들레꽃은 참 신기한 것 같아."

여자애의 얼굴에 오묘한 미소가 걸렸다. 태주는 문득 그 미소가 꽤 예쁘다고 생각했다.

"신기하긴 하지. 출처도 모르는 씨앗 주제에 꽃을 피우고."

태주가 신발 앞코로 정원의 흙을 차며 이죽거렸다. 꽃은 다 싫었지만 그중에서도 민들레꽃이 제일 싫었다. 바람 따라 여기저기 뿌려진 씨앗에서 피어난 꽃을 보면 마치 자신을 보는 기분이었다.

"……나도 아빠가 누군지 모르는데."

여자애가 고개를 들어 태주를 보았다. 상처 받은 얼굴이었다. 그제야 그 애가 부모 없는 고아라는 게 떠올랐다. 태주는 당황해서 말을 얼버무렸다.

"아니, 그러니까 내 말은……."
"그래도…… 예쁘다고 생각해."
"어?"
"어디서 왔든 똑같은 꽃이잖아."

태주는 봄바람에 흔들리는 민들레꽃을 물끄러미 바라보았다. 노란 꽃잎이 빛을 받아 선명했다.

바람 따라 실려 와서는 잘도 크는 꽃. 꾸역꾸역 살아 보겠다고 고개를 내미는 꽃.

태주는 여자애의 옆에 나란히 쪼그려 앉았다. 처음으로 민들레꽃을 유심히 살펴보았다. 가까이서 보니 가느다란 꽃대가 애처로우면서도 대견했다.

여자애의 말대로 그건 분명히 꽃이었다. 어디서 왔든, 어떻게 태어났든, 힘겹게 잎을 피운 꽃이었다.

꽃을 보는 여자애의 얼굴에 봄의 햇살처럼 따스한 미소가 번졌다. 태주는 그 얼굴을 홀린 듯 바라보다가 나지막하게 읊조렸다.

"너도 예뻐."

아마도 그날이었을 거다. 그녀가 태주에게 빛이 되어 스며들었던 순간이.

유경은 태주를 뒤에서 꼭 끌어안았다. 미안하다는 말이 입안에 맴돌았지만 그 말을 내뱉는 것조차 미안해서 말이 나오질 않았다. 태주의 등에 얼굴을 묻고 소리 없는 눈물만 하염없이 흘렸다.

"유경아."

미동도 없던 태주가 돌아섰다. 유경의 눈물을 닦아 주며 그가 말했다.

"우리 떠나자."

유경은 고개를 들고 태주를 마주했다. 뺨을 타고 흐르는 눈물이 태주의 손등을 적셨다.

"아무도 없는 곳으로 가자."

아침부터 짐을 싸기 시작했다. 집 정리를 마치고 밤에 떠날 계획이었다.

태주는 먼저 옷장을 열었다. 커다란 옷장에 비해 걸려 있는 옷은 그리 많지 않았다. 몇 벌 되지 않는 겨울옷들을 포개어 캐리어 안에 넣었다. 두꺼운 외투도 두 벌이나 넣었지만 그래도 공간이 남았다. 애초에 가져온 게 없었으니 가지고 갈 것도 없었다.

아트라에 출근할 때 입었던 슈트는 옷장 안에 그대로 두었다. 가져가 봤자 짐이고, 앞으로 입을 일도 없을 것 같아서였다. 대신 쪽지를 써서 슈트 재킷 주머니에 꽂아 두었다. 몇 개월 후에 돌아올 대헌의 형에게 남기는 쪽지였다.

덕분에 짧게나마 잘 머물렀습니다. 사이즈가 맞을지 모르겠지만 남겨 두고 갑니다.

태주는 홀로 남겨진 슈트를 물끄러미 바라보다가 이내 옷장 문을 닫았다.

유경은 집 청소를 시작했다. 워낙 깨끗해서 청소할 거리도 별로 없었지만 마지막 정리를 하는 기분으로 먼지를 털어 냈다. 꺼내 놓았던 접시들은 종이로 하나하나 싸서 선반에 넣어 두었다. 거실과 부엌 청소를 마친 뒤에는 침실의 이불을 털고 구겨진 시트를 반듯하게 폈다. 침대 옆 협탁까지 깨끗이 닦은 후에야 허리를 폈다.

그사이 다가온 태주가 뒤에서 유경의 허리를 감았다. 살짝 열린 발코니 문 사이로 아침의 상쾌한 바람이 새어 들어왔다. 겨울과 봄 사이의 바람이었다. 유경은 태주의 팔을 만지작거리며 차가운 공기를 깊게 들이켰다.

"나갈까?"

바깥 풍경을 가만히 바라보던 태주가 물었다. 빈속에 바람이 부니 허기가 졌다.

"집에 밥이 없어."

태주가 시무룩하게 말했다. 유경은 텅 빈 부엌을 떠올렸다. 밑반찬 몇 개만 덩그러니 있을 뿐 쌀이 없었다.

"배는 든든히 채우고 가야지."

씩씩한 목소리에 유경은 조그맣게 웃었다.

비교적 사람이 없는 식당에 들어가려다 발걸음을 돌렸다. 문을 열자마자 두 사람을 쳐다보는 시선들 때문이었다. 흔하디흔한 시선일 뿐인데 괜스레 심장이 뛰었다. 유경은 목도리를 코끝까지 칭칭 감아올렸다.

얼굴을 가리면 나아지겠거니 했지만 불안하긴 마찬가지였다. 유경의 표정을 살핀 태주가 먼저 말을 꺼냈다.

"별로다. 다른 데서 먹자."

두 번째로 간 양식집도, 세 번째로 향한 일식집도 마찬가지였다. 유경은 식당 앞에만 서면 망부석처럼 굳어 더 이상 발걸음을 떼지 못했다.

사람이 있는 곳에만 가면 심장이 빠르게 뛰고 숨이 차올랐다. 추운 날씨임에도 땀이 나고 열이 올라 등이 축축해졌다. 목도리는 어느새 눈 밑까지 올라와 있었다.

"집에서 해 먹을래?"

태주가 유경의 어깨를 부드럽게 감싸며 물었다. 유경은 땅 위에 시선을 고정한 채 고개를 끄덕였다.

"먼저 가 있어. 내가 사 가지고 갈게."

유경은 머뭇거리다 고개를 저었다. 태주와 떨어지는 건 싫었다.

"그럼 다른 데 보지 말고 나만 보고 걸어."

태주는 유경의 손을 힘주어 잡았다. 외투에 달린 모자를 씌워 주고 헐렁해진 목도리를 단단히 매 주었다. 불안과 공포에 싸인 유경의 눈동자가 바람에 나부끼듯 흔들렸다.

"걱정하지 마. 넌 아무 잘못 없어."

태주가 안심하라는 듯 웃어 보였다. 유경은 대답 대신 두 눈을 크게 깜박였다. 그를 따라 걸음을 옮기며 자꾸만 약해지는 마음을 다잡았다.

마트에도 사람들이 많았지만, 전보다 시선이 집중되지는 않았다. 덕분에 유경은 한시름 놓을 수 있었다.

태주는 각자 장을 보기 바쁜 사람들 틈에서 식재료를 담았다. 불안해하는 유경 때문에 손길이 조급해졌다. 진공 포장된 밥과 간단히 해

먹을 만한 것들만 빠르게 고른 뒤, 유경에게 데워 줄 우유까지 카트에 넣고 계산대로 향했다.

"아유, 날도 많이 풀렸는데 왜 그렇게 꽁꽁 싸맸어."

나이 지긋한 캐셔가 유경을 흘깃거렸다. 바코드를 입력하면서 유경의 얼굴을 뚫어져라 쳐다보자, 그녀는 고개를 더욱 수그렸다.

"아내가 감기에 걸려서요."

태주가 유경을 뒤로 끌며 자연스레 답했다. 그 말에 여자가 민망한 듯 호호 웃었다.

"아이고, 신혼부부야? 새댁은 좋겠어. 남편이 아주 훤칠하고 다정하네."

"감사합니다. 가자."

태주는 꾸벅 인사하곤 유경을 데리고 계산대를 나왔다. 계산대를 나오자마자 태연하게 웃던 태주의 얼굴이 급격히 굳었다. 맞잡은 유경의 손이 떨리고 있었다.

집에 돌아오자마자 태주는 유경의 외투를 벗겨 냈다. 눈 밑까지 칭칭 감아올린 목도리를 풀어내고 이마에 맺힌 땀을 닦아 주었다. 유경이 몸을 달달 떨며 태주를 바라보았다. 얼굴은 창백하다 못해 퍼렇게 질려 있었다.

"다…… 나만 보는 것 같아. 나한테 살인자라고 욕하는 것 같아."

유경이 혼이 나간 사람처럼 빠르게 중얼거렸다. 태주는 땀에 젖은 그녀의 얼굴을 두 손으로 감쌌다.

"유경아."

"아까, 아까 그 여자, 나 알아본 거지? 그래서 그렇게 쳐다본 거지?"

"아니야. 그냥 흔한 일이야. 너라서 그런 거 아니야."

속절없이 흔들리던 눈동자가 서서히 멈췄다. 그제야 앞에 있는 태주의 얼굴이 눈에 들어왔다.

"태주야. 나…… 무서워."

뒤늦게야 정신이 들기 시작했다. 정신이 들자 두려움이 울컥 치솟았다.

과거가 세상에 알려진 후, 처음으로 사람들 틈에 발을 내딛은 날이었다. 괜찮을 줄 알았다. 자신만 떳떳하면 그만이라고 생각했다.

그런데 막상 사람들 틈에 서 있자 심장이 불안하게 뛰었다. 바라보는 시선은 온통 노려보는 것 같았고, 말하는 입 모양은 자신을 두고 수군대는 욕설 같았다.

"유경아. 아까 내가 한 말 기억나? 너는 아무 잘못 없어."

유경이 세차게 고개를 끄덕였다. 앙다문 입술 새로 희미한 울음소리가 새어 나왔다. 태주는 잘게 떨리는 유경의 몸을 품 안에 꽉 끌어안았다.

태주는 마트에서 사 온 재료로 맑은국을 끓였다. 국에 밥을 말고 따뜻하게 식힌 뒤에 유경에게 내밀었다.

그녀가 밥을 입에 넣고 힘없이 우물거렸다. 조금 전보다 나아졌지만, 얼굴에는 아직도 긴장감이 서려 있었다. 태주는 숟가락으로 밥을 저으며 유경을 물끄러미 쳐다보았다.

"천천히 먹어. 꼭꼭 씹어서. 체하지 않게."

"……너는?"

"나는."

태주는 잠시 말을 끊고 유경을 가만 바라보았다. 그러곤 덤덤하게 덧붙였다.

"밥보다 강유경."

그 말에 유경은 밥을 다 씹지도 못하고 꿀꺽 삼켜 버렸다.

나는 밥보다 강유경. 태주가 어렸을 때부터 습관처럼 내뱉는 말이었다. 오랜만에 듣는 말에 유경은 설핏 웃었다.

"뭐야."

"너 다 먹으면 먹을 거야. 그러니까 팍팍 먹어. 밥심으로 사는 강유경 씨."

태주가 다시 밥 한 숟갈을 떠서 내밀었다. 유경은 차마 그 밥을 받아먹지 못하고 고개를 푹 숙였다.

"미안해. 나 때문에 맛있는 것도 못 먹고……."

태주는 숟가락을 내려놓으며 얕은 한숨을 내쉬었다. 이제 더는 미안하다는 말을 듣고 싶지 않았다.

"지금부터 미안하다는 말 금지야. 그 말, 할 때마다 벌 받을 줄 알아."

"무슨…… 벌?"

유경이 짐짓 두려운 듯 묻자 태주가 사나운 얼굴로 경고했다.

"입술로 때릴 거야. 뽀뽀 한 대씩."

우스운 말과 달리 성난 목소리였다. 그거 누구 좋으라고 내리는 벌이야? 물으려던 유경은 태주의 진지한 표정에 그만 입을 다물었다.

"차라리 잘됐어. 맛없어 보이더라. 그런데서 하는 음식 다 조미료 덩어리야."

태주가 담담하게 말하며 빙그레 웃었다.

"앞으로는 내가 해 줄게. 너는 먹고 싶은 거 생각해서 적어 놓기만 해. 내가 식당보다 더 맛있게 해 줄 테니까."

자신감이 너무 지나쳐 보였지만, 유경은 고개를 끄덕이며 웃었다.

그리고 되뇌었다.

믿자. 이 사람을 믿자. 불안해하지 말고, 두려워하지 말고. 태주만 보자. 이 세상에 오직 너만 있는 것처럼.

본가 서재로 김 실장이 찾아왔다. 그는 한 관장의 등에 대고 아트라의 상황을 읊기 시작했다.

"이번 사건으로 주가는 더 상승하는 추세입니다. 강유경 씨의 과거가 밝혀지면서 관장님의 사회 공헌 활동에 관심이 쏠려 아트라의 이미지가 좋아졌습니다. 아무래도 요즘 복지 문제가 화두인 만큼 더 주목을 받는 게 아닐까 싶습니다."

한 관장은 등을 돌린 채 앉아 김 실장의 말을 묵묵히 들었다. 김 실장이 전달하는 말은 의미가 아닌 소리로만 귀에 박히고 있었다.

"관장님? 혹시 어디 불편하십니까?"

아무 반응이 없자 김 실장이 머뭇대며 물었다. 한 관장은 그제야 느릿하게 입을 뗐다.

"태주 소식은 알아봤나."

"아, 태주는……."

김 실장은 당황해서 말을 얼버무렸다. 유경의 과거사가 보도된 뒤 태주와 연락이 끊긴 이후, 한 관장은 아트라의 상황에 관심이 없어 보였다. 김 실장이 어떤 보고를 해도 그는 이렇다 할 반응이 없었다. 그가 궁금해 하는 소식은 오직 하나, 태주에 관한 것이었다.

"그게, 아무래도 강유경 씨와 함께 있는 것 같습니다."

"친한 친구는."

"이대헌 씨는 모른다는 말로 함구하고 있습니다. 태주의 집 주소를 물어봤지만 오히려 저보고 개인 정보를 캐는 건 불법이라며 화를 내더니……. 아무튼, 다른 친구들은 태주가 미국에 갔을 때부터 연락이 끊겼다고 합니다."

한 관장은 손으로 이마를 짚었다. 미처 계산하지 못한 부분이 있었다. 바로 태주였다. 모든 사실이 알려지고 나서도 태주가 유경에게 돌아갈 줄 알았다면, 이렇게 일을 벌이지 않았을 터였다. 태주의 행복을 담보 삼아 유경을 조용히 보냈을 것이다.

머리가 지끈거렸다. 이대로 평생 연락이 끊길지도 모른다. 태주는 한번 고집한 일을 지독하게 이어 가는 성격이었다.

"김 실장."

"예. 관장님."

한 관장은 커튼이 반쯤 올라가 있는 창문을 응시하며 말을 이었다.

"어젯밤 꿈에 죽은 아내가 나왔어. 아무 말 없이 나를 보다가 가더군."

김 실장은 달리 대꾸할 말이 없었다. 그저 시선을 바닥으로 떨어트리곤 한 관장의 말을 묵묵히 들었다.

"그 사람은 죽어서도 원망을 안 해. 살아 있을 때도 한마디 말없이 가 버리더니."

한 관장은 창밖의 풍경을 바라보며 눈을 감았다. 감은 눈 위로 죽은 아내의 모습들이 주마등처럼 스쳐 갔다.

아내는 한없이 착한 사람이었다. 중산층의 평범한 집안에서 태어나 적당한 사랑을 받고 적당한 교육을 받으며 적당한 행복을 겪으며 자란 사람. 그녀와는 대학생 시절, 전시회에서 우연히 만나 사랑에 빠졌다.

미술을 전공하지 않았던 그녀는 예술가들을 향한 동경이 있었다. 그래서 늘 사랑과 동경이 뒤섞인 표정으로 제 남편을 바라보곤 했다. 처음엔 그런 아내가 좋았다. 아무것도 모르지만 순수한 마음만으로 자신을 바라봐 주는 그녀가 사랑스러웠다.

하지만 사람이란 참으로 간사한 동물이었다. 아니, 사람이라서가 아니라 자신이 간사한 사람이었기 때문일 것이다. 대대로 미술을 전공한 집안 덕분에 적극적인 지원을 받으면서 그의 지위와 위상은 하루아침에 달라졌다.

아내가 답답해지기 시작했다. 밖에서 격조 있는 대화를 하다가 집에 돌아와 그녀와 대화를 나누면, 꼭 벽에 대고 말을 하는 기분이었다. 그나마 하나 있던 아들마저 제 엄마를 쏙 빼닮아 예술적 감각이라곤 찾아볼 수 없었다.

그때부터 집에 들어오는 일이 고문처럼 느껴졌다. 결국 집에 들어오지 않는 일이 잦아졌고, 그래서는 안 되는 걸 알면서도 다른 여자를 찾게 되었다.

외박이 한 달에 한 번에서 일주일에 한 번, 일주일에 서너 번으로 잦아졌지만 그녀는 원망하지 않았다. 감정을 가늠할 수 없는 얼굴로 웃으며 밥은 먹었냐고 물어보았다. 다른 여자가 생긴 걸 알았을 때도, 밖에서 낳은 아이를 데리고 집에 돌아왔을 때도 그녀는 아무 말이 없었다. 보에 싸인 갓난아기를 물끄러미 내려다볼 뿐이었다.

그래서 괜찮은 줄 알았다. 괜찮을 리 없다는 걸 알면서도, 원래 착한 여자니까 괜찮을 거라 합리화했다.

그러던 어느 날이었다. 여느 때와 똑같은 얼굴로 웃어 보이고 똑같은 목소리로 아침 인사를 했던 그날. 그녀는 돌연 세상의 끈을 놓았다.

한 관장은 눈을 떴다. 창틀을 따라 투명한 서리가 맺혀 있었다. 정원에는 나뭇잎 하나 없는 나뭇가지가 쓸쓸하게 흔들거렸다. 황량한 그 모습이 꼭 자신의 모습 같아서 가슴이 뻐근해졌다.

"그때는 아내가 참 바보 같다고 생각했어. 제대로 원망도 못 해 본

아내가 말이야. 그런데 지금 생각해 보니 바보 같았던 건 아내가 아니라 나였네. 아내는 나한테 할 수 있는 최선의 복수를 하고 간 거야."

"그게 무슨……."

"참고 또 참기만 했던 아내를 떠올리다 보면 한 가지 감정만 남거든."

"어떤 감정 말씀이십니까."

한 관장이 공허하게 웃었다. 웃는 얼굴 위로 굵은 주름이 파였다.

"죄책감이네."

그 말에 무거운 침묵이 흘렀다. 김 실장은 축 처진 한 관장의 어깨를 쳐다보았다. 그의 뒷모습은 오늘따라 유독 작아 보였다.

"저, 관장님. 주제 넘는다 생각하실지 모르겠지만, 한 가지 여쭤 봐도 되겠습니까."

"말해 보게."

"강유경 씨를…… 다시 받아 주실 생각은 없으십니까."

한 관장의 눈썹이 움찔 떨렸다. 고요하던 그의 얼굴이 순식간에 사납게 굳었다.

"자네도 알지 않나. 그 애 인생은 불행, 그 자체야. 내 아들한테 그런 불행을 물려주고 싶진 않네. 어느 부모가 그런 아이를 허락하고 싶겠나."

한 관장은 경찰서에서 만났던 남자를 떠올렸다. 고약한 팔자를 아느냐고 묻던 남자. 머리가 희끗희끗하고 얼굴에 깊은 주름이 패어 있던 그는 나이에 비해 훨씬 늙어 보였다. 고약한 팔자가 세월의 흐름보다 더 지독하다는 것을 말해 주기라도 하듯이.

"시간을 돌린다고 해도, 나는 그 애가 내 아들과 엮이는 걸 어떻게든 막을 거야. 그런 쓸데없는 소리는 하지 말게."

한 관장의 말을 들으며 김 실장은 조용히 생각했다.

훗날 당신의 결정에도 어떤 감정이 남는다면, 그 감정은 아마 '후회'일 거라고.

가구만 남아 있고 깨끗하게 정리된 집은 어딘지 낯설었다. 유경은 침대에서 태주의 팔베개를 하고 누워 텅 빈 공간을 물끄러미 응시했다.

"이상해."

"뭐가?"

태주가 유경의 어깨를 쓰다듬으며 물었다. 유경은 하얀 벽을 보며 나직하게 입을 열었다.

"눈만 뜨면 일하기 바빴는데 이렇게 아무것도 안 하고 있으니까, 꼭 꿈꾸는 것 같아."

"일하고 싶어?"

"아니. 지금이 좋아."

네 품에 있는 게 좋아. 이렇게 아무 생각 없이, 미래의 걱정은 접은 채로 오직 너와 함께 있는 이 시간들이.

유경은 꼼지락대며 태주의 품을 파고들었다. 두 팔을 태주의 가슴께에 오그려 모으고 은은한 향이 밴 옷에 얼굴을 묻었다. 눈을 감자 열린 발코니 사이로 오후의 나른한 소음이 새어 들어왔다.

"우리 어디로 갈까."

소음 위로 낮게 깔린 태주의 목소리가 겹쳤다. 머리칼을 만지작거리는 손길도 느껴졌다.

"음, 사람 적고 조용한 곳."

"바다가 좋아, 산이 좋아?"

"바다. 파도 소리 들리는 집."

쏴아아. 벌써부터 파도 소리가 들리는 것 같아 괜스레 미소가 지어졌다. 태주는 웃고 있는 유경의 얼굴 위로 고개를 숙였다. 동그란 이마에 살짝 입 맞추며 귓가에 속삭였다.

"작은 집이 좋겠다. 눈 돌리면 네 얼굴 볼 수 있게."

간지러운 목소리만큼 간지러운 말. 유경은 참지 못하고 풋 소리 내어 웃어 버렸다. 태주도 유경을 따라 웃으며 하얀 얼굴 위에 번지는 싱그러운 미소를 한참이나 바라보았다.

감은 눈 위로 드리워지는 긴 속눈썹. 웃을 때마다 콧잔등에 옅게 파이는 주름. 하나하나 눈에 새기며, 붉은 입술이 그리는 곡선을 손가락으로 가만 쓸었다.

어느 날 문득 날아든 너. 나를 웃게 했던 너. 나를 슬프게도 만들었던 너.

나를 아프게 하고, 가슴 뛰게 하고, 무너지게 만든 나의 청춘, 나의 절망, 나의 그리움.

그리고…… 나의 빛.

"유경아."

"응?"

태주는 유경의 도톰한 입술을 만지며 넌지시 물었다.

"작은 곳에서 살다 보면 나중엔 미치도록 답답할지도 몰라. 다시는 큰 미술관에서 일도 못 해. 그래도 괜찮겠어?"

유경은 희미하게 웃었다.

"태주야. 기억 나? 내가 그렸던 그림."

유경은 얼굴을 만지는 태주의 손길을 느끼며 느릿하게 말을 이었다.

"나방이 아니라 나비라고 우겼잖아. 사실 그거, 나방이었어. 나방은 아무리 몸부림쳐도 나비가 될 수 없더라."

나비가 되고 싶었다. 어둠 속에서 빛을 갈망하는 나방이 아니라, 화려한 꽃들 사이를 유영하는 아름다운 나비.

"나는 결국 캄캄한 어둠 속에서 살아야 할 운명이었던 거야."

많은 이들에게 사랑받고 축복받으며 살아가고 싶었다. 하지만 그건 한낱 꿈이었다. 달콤하고 아름다워서 깨고 나면 오히려 슬퍼지는 꿈.

유경은 이제 자신의 처지를 안다. 태생적인 한계를, 숨길 수 없는 어둠을.

그럼에도 살아갈 수 있는 이유는 오직 하나였다. 어둠을 비추는 빛 한줄기. 그 빛만 사라지지 않는다면 유경은 더 바랄 게 없었다.

"강유경……."

"나는 너만 있으면 돼. 네가 내 유일한 빛이야."

태주는 울컥 치솟는 감정을 추슬렀다. 이런 말을 담담하게 내뱉기까지, 그녀의 마음이 얼마나 난도질되었을지 상상조차 가지 않았다.

"변하지 마. 너는 그대로 있어."

그가 유경을 끌어안으며 낮게 읊조렸다. 의미 모를 말에 유경이 고개를 들었다. 태주는 가라앉은 눈으로 그녀를 응시하며 조용히 덧붙였다.

"내가, 어둠이 될 테니까."

그러니까 너는 내 안에서 날아.

캄캄한 밤이 모두 네 세상인 것처럼.

직원들이 모두 퇴근한 저녁, 선우는 아트라에 홀로 남았다.

불 꺼진 밤의 미술관은 낮의 화려한 모습과 달리 고요하고 적막했다. 위층에서 캄캄한 미술관을 내려다보고 있으면 망망한 우주에 낙오된 기분마저 들었다.

숨막힐 것 같은 고립감. 평생을 고독 속에서 살아온 그에겐 익숙한 느낌이었다.

선우는 계단을 내려가 미술관으로 걸음을 옮겼다. 한 손에는 독한 양주를 들고, 한 손으로는 철제 라이터를 딸깍거리며 텅 빈 미술관을 거닐었다.

뚜벅뚜벅, 한참을 걷던 그는 미술관 중앙에 걸린 커다란 그림 앞에 멈춰 섰다. 그림은 하얀 천으로 덮여져 있었다. 천을 걷어 내고 그림 위로 라이터 불빛을 비추었다. 그림 속에는 턱시도를 입고 한 손에 총을 든 채 침대에 쓰러져 있는 남자가 있었다.

술을 한 모금 들이켜며 그림에 다가갔다. 라이터 불빛이 가까워지자 그림이 더 선명하게 들어왔다. 그의 시선이 그림에 붙어 있는 제목으로 향했다. 에두아르 마네. Le Suicidé.

그 순간, 선우의 눈빛이 날카로워졌다. 분노에 찬 눈으로 그림을 쏘아보던 그는 돌연 라이터 불을 그림에 갖다 대었다. 작은 불씨가 그림 위로 옮겨 붙더니 캔버스를 도화선 삼아 순식간에 번져 나갔다.

침대 위에 쓰러진 남자의 몸이 붉은 화염에 잠식당했다. 조용히, 그러나 빠르게 타오르는 그림을 보며 선우는 삐뚜름히 미소 지었다.

마네의 그림이 타오를 동안 선우는 다른 그림으로 향했다. 마찬가지로 하얀 천을 걷어 내고 그림에 불을 붙였다. 벽면에 걸린 모든 그림에 불을 붙인 뒤, 선우는 미술관의 정중앙으로 걸음을 옮겼다. 한가운데에 우뚝 선 채 사방에서 타들어 가는 그림을 관조하듯 바라보았다.

공허한 웃음이 새어 나왔다. 우스웠다. 세계의 명화라는 그림들은 작은 불씨에 한줌 재로 사그라지고 있었다.

이런 게 예술이었다. 부질없는 종이 쪼가리들. 고작 이까짓 예술 때문에, 누군가는 삶을 포기하고, 누군가는 사랑을 모르는 짐승 취급을 받아야 했다.

이까짓 예술 때문에. 그깟 사랑 때문에.

—선우 씨? 선우 씨야? 전화를 걸었으면 말을 해야지. 선우 씨, 지금 어디야. 응?

휴대폰 너머로 수희의 목소리가 울려 퍼졌다. 선우에게서 아무런 반응이 없자 차분하던 목소리가 다급해졌다.

—내가 지금 그리로 갈게. 어디야? 어딘지만 말해 줘.

휴대폰을 쥔 선우의 손에 점점 힘이 풀렸다. 밀려오는 술기운과 뜨거워지는 열기에 정신이 아득해졌다.

—당신, 무슨 일 있는 거지? 그렇지? 아트라야? 아님 집이야?

"······오수희."

—응. 선우 씨, 나야. 나한테 다 말해. 내가 다 들어줄 테니까 말해.

여전히 바보 같은 오수희. 선우는 실없이 웃으며 말을 이었다.

"너한테는 사랑이 전부지. 돈도, 인기도 다 필요 없을 만큼."

—왜 그래, 도대체 무슨 일인데? 응?

걱정스러운 목소리가 빠르게 흘러나왔다. 선우는 붉은 불빛을 홀린 듯 바라보며 나른하게 입을 열었다.

"사랑에 목매지 마. 네 인생 살아."

그 말을 마지막으로 선우는 휴대폰을 아래로 떨구었다. 무어라 급박하게 말하는 수희의 목소리가 이어졌지만 듣지 않고 끊어 버렸다. 남은 술을 털어 넣으며 비틀비틀 일어섰다.

그림은 활활 타오르는데 반해 벽면과 바닥은 멀쩡했다. 이 정도로는 부족했다. 구석에 있는 창고로 들어가 불에 타오를 만한 것들을 모조리 꺼내 왔다. 종이, 나무판자, 소량의 기름까지. 잡다한 물건들 위로 기름을 뿌린 뒤 다시 라이터를 켰다.

불빛 위로 흐릿한 얼굴이 피어올랐다. 강유경의 얼굴이었다. 그러자 다문 입새로 웃음이 새어 나왔다. 선우는 대리석 바닥에 등을 기대고 누워 눈을 감았다.

보고 싶다.

하얀 얼굴을 떠올린다. 그 얼굴에 번지던 미소를, 작은 입으로 아름대던 말들을, 가냘프게 흐르던 원망 어린 목소리를 떠올린다. 주마등처럼 스쳐 가는 기억들을 끄집어낸다.

증오, 원망, 자각, 후회. 뒤섞여 흐르는 수많은 감정들까지.

그리고 그 감정의 소용돌이에서 잔재처럼 남아 버린 찌꺼기.

너를 사랑했다.

15
화

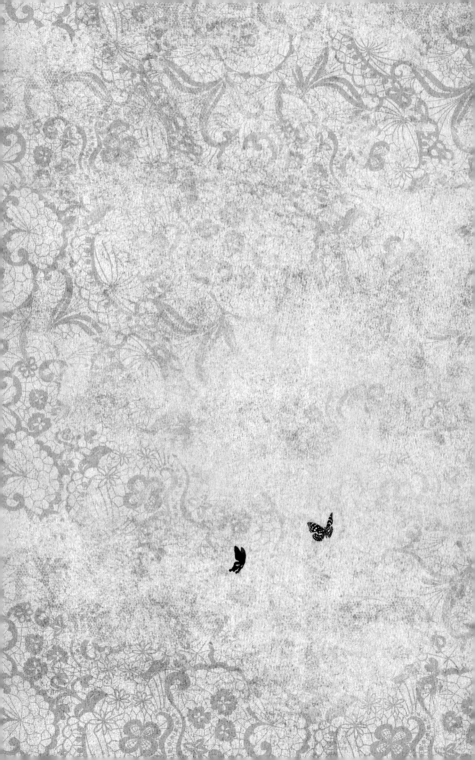

그런 사랑

"몇 번을 말해요! 안에 사람이 있다고요! 문이라도 부수고 들어가요! 네?"

"직원들은 모두 퇴근했다고 하는데……."

"내가 방금 통화를 했다니까요!"

아트라 근처를 지나가던 대헌은 놀라운 광경에 걸음을 멈췄다. TV에서만 보던 연예인이 눈앞에서 소리를 고래고래 질러 대고 있었다.

누구더라. 한참을 생각한 후에야 여자의 이름이 떠올랐다. 모델계에서 탑이라고 불리는 오수희였다. 그녀는 집에서 막 뛰쳐나온 옷차림으로 소방대원들에게 악을 쓰고 있었다.

"지금 대원들이 장비를 가져오고 있으니까 진정하세요. 앞뒷문 모두 잠겨 있어서 시간이 좀 걸려요. 혹시 다른 출입구는 모르시나요?"

"몰라요. 모르겠어. 아무것도 모르겠어……. 그 사람이 왜 그랬는지 모르겠어요."

그녀는 소방차 여러 대가 서 있는 가운데서 횡설수설 울부짖었다.

갸름하고 예쁜 얼굴은 눈물에 젖어 퉁퉁 부은 상태였다.

대헌은 속으로 탄성을 내뱉었다. 가히 혼신의 힘을 다하는 연기로다. 모델 출신이라 연기는 못할 줄 알았더니 의외였다. 대헌은 같이 구경 중인 옆 사람의 어깨를 툭툭 쳤다.

"저기요, 이거 무슨 영화 촬영하는 거예요?"

남자가 인상을 찌푸리며 돌아봤다. 남자의 심각한 얼굴이 더 험악하게 굳었다.

"영화요? 참내. 영화 아니에요."

"아, 그럼 드라마인가?"

대헌이 해맑게 웃자 남자가 별 미친놈을 다 본다는 듯 대헌을 위아래로 훑었다.

"이보쇼. 눈이 있으면 좀 보쇼. 저게 가짜로 보여요?"

눈을 비비고 다시 쳐다봤다. 당연히 임시 세트장이라고 생각했던 건물은 세트장이 아니었다.

매일 지나치던 익숙한 건물, 도심 한복판에서 고풍스러운 분위기를 뿜으며 고고하게 서 있던 그 건물. 한태주네 집안의 대단한 미술관, 아트라였다.

"……미치겠네."

그제야 상황이 심각하다는 걸 깨달았다. 강유경과 집 안에만 틀어박혀 있는 태주가 이 상황을 알 리 만무했다. 당장 휴대폰을 꺼내 태주의 번호를 눌렀다.

길게 이어지는 신호음을 들으며 태주가 전화를 받길 기다리는데, 뒤에서 귀를 의심하게 만드는 목소리가 들려왔다.

"왜 그랬어! 선우 씨, 왜 그랬어. 나 어떡하라고……!"

선우. 오수희의 입에서 나온 이름은 분명 선우였다.

"어디로 갈 거야?"

"사람 없는 곳."

태주가 유경의 외투를 단단하게 여미며 대답했다. 유경은 말간 얼굴로 태주를 올려다보았다.

해가 일찍 떨어진 탓일까. 그의 얼굴이 유독 어두워 보였다.

"있잖아. 뭐 하나만 물어봐도 돼?"

"뭔데?"

유경은 마른침을 삼키며 어렵게 입을 뗐다.

"아까…… 어둠이 되겠다는 말. 무슨 뜻이야?"

그녀의 물음에 태주의 눈이 가라앉았다. 그늘진 얼굴로 유경을 응시하던 태주는 이내 밝게 웃으며 그녀의 양 볼을 감쌌다.

"내가 네 세상이 되겠다는 뜻이야."

유경은 작게 웃었다. 무슨 말인지 이해할 수 없었지만 그의 마음만은 알 것 같았다.

"이제 가자. 새벽 배 타려면 서둘러야 돼."

태주가 현관에 둔 짐을 들며 말했다. 유경은 비장하게 고개를 끄덕이곤 그를 따라 짐을 들었다.

두 사람이 신발을 신고 막 문을 열려던 참이었다. 외투 주머니에 넣어 둔 태주의 휴대폰이 울렸다. 태주는 잠시 멈칫했다. 전화를 건 사람이 아버지나 한선우라면, 차라리 모르는 편이 나을 것이다.

"왜 안 받아? 누군데?"

유경의 얼굴에 두려움이 깃들었다. 태주는 고민 끝에 시끄럽게 울어

대는 휴대폰을 꺼냈다.

다행히도 액정에 뜨는 이름은 대헌이었다.

"대헌이야."

태주가 작게 웃으며 액정을 보여 주었다. 유경은 안도의 한숨을 내쉬었다.

"전화받아. 대헌이 걱정하겠다."

"나중에. 이미 끊겼어."

말을 꺼내기가 무섭게 다시 벨이 울렸다. 하여튼 타이밍 하나는 기막힌 놈이었다. 유경이 얼른 받으라고 눈짓했다. 태주가 통화 버튼을 누르자마자 쩌렁쩌렁한 목소리가 울려 퍼졌다.

─야! 너 어디야! 인마, 지금 밖에 난리 났어!

두서없는 말에 태주가 인상을 찌푸렸다.

"무슨 소리야?"

─불났어, 불! 불났다고!

"너 술 마셨냐? 식탁에 봉투 놓고 간다. 남은 계약 기간 월세야. 형님 오시면 전해 드려."

─뭐? 너 어디 가는데? 지금 이 상황에 어디 가냐고!

술을 마신 게 분명하다. 주변이 시끌시끌해서 목소리도 잘 들리지 않았다.

"나중에 다시 전화할게."

전화를 끊으려 하자 대헌의 목소리가 다급해졌다.

─인마, 아트라에 불났다고! 거기에 너희 형 있는 것 같단 말이야!

심각해지는 태주의 얼굴에 유경이 무슨 일이냐는 듯 쳐다보았다. 태주는 휴대폰 스피커를 손으로 막고 아무렇지 않게 미소 지었다.

"유경아, 나 잠깐 통화 좀 하고 올게. 나오지 마."

밖으로 나오자마자 비상구 계단으로 향한 태주는 말소리가 새어 나가지 않도록 문을 꽉 닫고 나서야 전화를 들었다.

"자세히, 천천히 얘기해 봐."

―아니, 내가 아트라 근처를 지나다가 오수희를 봤거든? 모델 오수희 알지? 그 여자가 소방관들한테 막 소리를 지르고 있는 거야. 누가 안에 있다고 하면서. 그때까지만 해도 나는 영화 촬영 중인 줄 알았지. 그런데 진짜 불이 났더라고, 아트라에! 너희 집 재산, 인마!

또다시 삼천포로 빠지는 말에 태주가 이마를 짚었다.

"형이 거기 있다며. 그게 무슨 말이냐고."

―아, 맞다. 그러니까 오수희가 소리를 지르다가 갑자기 선우 씨 어떻게 하냐고 막 우는 거야. 너희 형 이름, 선우 맞지? 오수희랑 너희 형이랑 무슨 사이인데 저렇게 우냐?

태주의 머릿속에 불현듯 파티 때의 장면이 스쳐 지나갔다. 오수희 작품전 기념 파티 날, 한선우는 유경을 두고 오수희와 파트너로 등장했었다.

짐작이 맞다면 오수희가 말하는 선우는 형, 한선우일 것이다. 모두가 비즈니스 사이라고 생각했던 두 사람의 관계는 더 깊은 관계임이 분명했다.

―그나저나 여기 상황 안 좋아. 문도 다 잠겨 있대. 지금 유리창 깨고 들어간다는데……. 여기 문 두 개밖에 없냐?

"아니야. 뒷문 가는 쪽에……."

태주는 말을 맺지 못하고 얼굴을 쓸어내렸다. 관계자만 아는 문이 하나 더 있다. 1층 휴게실과 연결된 문이었다. 마음과 머리가 복잡하게 엉켜 흘렀다.

―너 일단 여기 와 봐야 될 것 같은데? 미워도 네 형이잖아.

"대헌아."

—시간 없어, 인마! 빨리 와서…….

"나 안 갈 거야."

태주의 말에 휴대폰 너머로 무거운 침묵이 흘렀다.

"이제 나랑 상관없는 일이야."

그 말을 마지막으로 태주는 전화를 끊었다. 대헌에게서 전화가 몇 번이나 다시 왔지만 받지 않았다. 태주는 비상구 문을 열고 집으로 걸음을 옮겼다.

한 걸음, 두 걸음 옮길 때마다 독하게 다짐했다. 지금은 오직 우리 둘만 봐야 한다. 이제야 웃는 그 애를, 애타게 행복을 기다리는 그 애를 생각해.

하지만 치솟는 분노를 막을 길이 없었다. 부글부글 끓는 속에서 연신 격한 욕지거리가 흘러나왔다.

등신 같은 새끼. 너는 결국 그 정도였어. 그런 선택밖에 못 하는 너를 형이라고 따랐던 내가 한심해. 누구도 원망하지 마. 네가 자초한 일이야. 네가 받아야 할 대가야. 그러니까 나는 이제, 네가 죽든 말든 상관없어.

휴대폰을 꽉 쥔 손이 창백하게 질렸다. 약해지지 말자고 수십 번, 수백 번씩 되뇌며 현관문을 열었다. 문을 열자마자 거실에서 불안하게 서성대는 유경이 보였다. 그녀는 손가락을 물어뜯으며 거실과 부엌 사이를 왔다갔다 움직이고 있었다.

태주는 참았던 숨을 몰아쉬었다. 유경을 보는 순간 목구멍 깊은 곳에서 뜨거운 무언가가 울컥 치밀었다. 감정이 북받쳐 참기가 힘들었다. 온몸의 힘이 풀리고 눈물이 차올라서, 결국 무너지듯 주저앉았다.

또다시 지난날의 악몽이 떠올랐다. 엄마가 죽은 후, 태주는 형상도 없는 죄책감과 싸워야 했다. 생의 의지가 없던 눈빛, 억지로 올라가던 입꼬리와 달리 울고 있던 눈. 아픈 기억들이 시도 때도 없이 그의 주변을 맴돌며 다그쳤다. 너 때문이라고. 너 때문에 엄마가 죽은 거라고.

그런데 한선우까지 잘못돼 버리면, 아마 견딜 수 없을 것이다. 불현듯 두려움이 밀려왔다. 형이 진짜로 죽을까 봐, 형의 죽음 때문에 남은 생을 절망 속에서 살게 될까 봐 두려웠다.

그리고.

"태주야, 왜 그래. 무슨 일이야."

유경의 행복까지 깨질까 두려웠다.

"유경아."

"무슨 일인데. 응?"

태주는 유경을 품 안 가득 끌어안으며 울먹였다.

"나 금방 갔다 올게. 잠깐이면 돼. 나오지 말고 안에서 기다려. 미안해."

유경은 째깍거리는 시계를 바라봤다. 벌써 두 시간이나 지났는데도 감감무소식이었다. 전화를 수차례 해 봤지만 태주는 받지 않았다. 연락이 안 되는 건 대헌도 마찬가지였다. 긴 신호음이 이어진 후 음성 사서함으로 연결되는 안내가 들려올 뿐, 두 사람의 목소리는 끝내 들을 수 없었다.

받을 수 없는 걸까. 아니면 받지 않는 걸까.

시간이 길어지자 나쁜 상상이 판을 치기 시작했다. 오늘따라 얼굴이 유독 어두운 태주였다.

태주가 마음을 바꾸고 혼자 떠나 버린 건 아닐까. 사람들 틈에서 불안해하는 나를 보며 이제야 현실을 직시하게 된 걸까. 나 같은 여자와 평생을 사는 게 얼마나 끔찍할지 깨닫게 된 걸까.

어쩌면 대헌이 전화한 이유도 그런 이유였는지 모른다. 친구의 인생을 걱정하며 더 나은 선택을 하라고 부추기는 전화였는지도 모른다. 그래서 두 사람은 연락을 받지 않는 걸까. 생각이 거기까지 미치자 절망스러웠다.

아니다. 유경은 정신을 번쩍 차렸다. 태주가 그럴 리 없다는 걸 누구보다도 잘 알지 않나. 유경은 세상에서 태주를 가장 잘 아는 사람이었다. 그와 함께 살아왔고, 그의 사랑을 분에 넘치게 받아 왔다. 그가 얼마나 자신을 아끼는지 세포 하나하나까지 느낄 정도였다.

그랬으면서 고작 이 따위 상상이나 하고 있다니. 태주를 믿지 못하는 자신이 한심하고 혐오스러웠다.

기다려 보자. 고작 두 시간일 뿐이다. 무슨 일인지 몰라도 마음대로 나가서는 안 된다. 태주가 기다리라고 했으니까. 절대 나오지 말라고 했으니까. 또 멋대로 나갔다가 태주와 엇갈리면 상황이 더 복잡해질 터였다.

전화를 켜 놓은 사이에 기자들의 전화가 빗발쳤다. 한 명이 전화를 하면 뒤 이어 또 다른 한 명이 전화를 해댔다.

유경은 불어 터진 입술을 잘근잘근 깨물며 휴대폰을 내려다보았다. 휴대폰이 부르르 몸을 떨 때마다 심장도 벌떡벌떡 뛰었다. 꺼 버릴까. 찰나의 고민 끝에 내버려 두기로 했다.

곧 태주에게서 연락이 올지도 모른다. 기자들에게서 몇십 번의 전화가 와도 좋으니, 태주에게서 한 통의 전화라도 왔으면 했다.

유경은 몸을 웅크리고 앉아 무릎에 얼굴을 묻었다. 1초가 1분 같고 1분이 1시간 같았다. 째깍대는 벽시계에 온 신경이 쏠렸다. 초침 소리를 따라 손가락을 움직이며 기도했다.

제발 별일 아니길. 돌아와서 아무 일 아니었다고 평소처럼 밝게 웃어 주길.

그로부터 두 시간이 더 지났을 때였다. 유경은 지친 얼굴로 고개를 들었다. 집 안의 고요한 정적이 심장을 짓눌렀다. 하도 물어뜯은 탓에 입술에서는 비릿한 피 맛이 났다. 유경은 태주의 발걸음 소리가 들리진 않을까 온 신경을 곤두세웠다.

하지만 들려오는 건 텅 빈 냉장고의 모터 소리와 야속한 시계 초침 소리가 전부였다.

몸을 벌떡 일으켰다. 나가야겠다. 이렇게 하염없이 기다릴 수는 없다. 나가서, 무슨 일이 일어난 건지 알아야겠다. 유경은 닥치는 대로 아무 신발이나 신고 문을 열었다.

그런데 그때였다. 문이 열리자마자 한 남자가 집 안으로 불쑥 쳐들어왔다.

어둠 속에서 갑작스레 튀어나온 남자의 등장에 유경은 화들짝 놀라며 뒤로 물러섰다.

태주인가. 눈을 비비고 흐릿해진 시야를 바로잡은 뒤 눈앞의 남자를 바라보았다. 시야가 점점 선명해지며 남자의 얼굴이 또렷하게 들어오기 시작했다.

"대헌아……."

태주가 아니었다. 유경의 얼굴이 실망감으로 물들었다.

"태주는? 태주는 어디 있어?"

유경은 혼이 나간 사람처럼 대헌의 팔을 붙잡았다. 대헌은 가쁜 호흡을 가다듬으며 간신히 입을 열었다.

"저기, 강유경. 지금 나랑 같이 갈 데가 있어."

"어딘데? 태주 지금 어디 있는데!"

유경이 날카롭게 소리쳤다. 대헌은 한참을 머뭇거린 후에야 힘겹게 대답했다.

"……병원."

역 내에 있던 사람들이 TV앞으로 모였다. TV에서는 며칠 전 발생한 아트라 화재 사건에 대한 뉴스가 흘러나오고 있었다. 앵커는 사건 현장에 나가 있는 기자와 함께 해당 사건을 브리핑했다.

─경찰과 소방당국은 이번 아트라 화재 사건을 방화로 추정하고 있습니다. 아트라 재단 이사장이자 이번 사건의 방화범으로 추정되는 한 모 씨가 중상을 입고 이송되었습니다. 현재 위독한 상태라고 알려져 경찰 조사는 한 씨의 회복 경과에 따라 진행될 것 같습니다.

"경제적 피해는 어느 정도입니까? 상당할 것으로 보이는데요."

─바닥 소재가 모두 대리석인 덕분에 건물 소실로 인한 피해는 크지 않은 편입니다. 다만 미술품 소실로 인한 피해가 큽니다. 이번 화재로 아트라에서 전시될 예정이던 뷔를르 컬렉션의 미술 작품 80점이 소실되었는데요. 세계 명화가 다수 속해 있는 만큼 뷔를르 컬렉션에 지불해야할 피해 보상금이 막대할 것으로 예상됩니다. 천문학적인 금전적 피해는 물론, 형법상 책임도 피할 수 없을 것 같습니다.

"건물 피해보다 미술품 소실로 인한 피해가 더 크다는 거군요. 책임은 누가 지나요? 아트라 실소유주인 한중혁 관장이 지게 됩니까?"

─네. 그렇게 될 것 같습니다. 그리고 한 가지 더 짚어 볼 점이 있습니다. 아트라 화재 사건 직후에 방송국으로 익명의 제보가 들어왔는데요. 제보 내용이 가히 충격적입니다. 아트라 재단 기금을 통한 탈세 내역, 로비 작가 리스트, 미술품으로 세탁한 비자금 내역이 들어 있었습니다. 뿐만 아니라 미국 맨해튼에 추진 중인 문화 단지 매입 과정에서 불법 외환 거래가 이루어졌다는 주장도 제기되고 있습니다.

"설상가상이라는 말은 이럴 때 쓰는 거군요. 강유경 씨의 과거가 밝혀진 후 한중혁 관장은 오히려 대외적인 이미지가 좋아지는 상황 아니었습니까?"

─그렇습니다. 하지만 이번 화재로 금전적 피해는 물론, 검찰 조사도 불가피 할 것으로 예상됩니다. 또한 비자금 세탁 내역에 유명 대기업들이 포함되어, 제보가 사실로 밝혀질 경우 큰 파장이 일 것 같습니다.

"그렇군요. 한 씨 외에 추가적인 인명 피해는 없습니까?"

─네. 직원들이 모두 퇴근한 후여서 큰 인명 피해는 없었습니다만, 화재 진압을 도운 남성 한 명이 중상을 입은 것으로 추정됩니다. 이 부분은 추후 소식이 들어오면 다시 보도하겠습니다.

"네, 알겠습니다. 김 기자. 자세한 소식 고맙습니다."

윤종겸 작가의 개인 미술관에 전시회가 열렸다. 윤 작가가 수십 년간 작업한 작품과 그가 모은 작품들을 전시하는 자리였다.

그중 유독 한 작품에 많은 사람들이 모여들었다. 몇 년 전에 한국 현대 미술전의 축전으로 쓰였던 그림이었다.

"강유경? 이거 강유경 그림인가?"

"뭐? 설마."

그림 앞에 모인 사람들이 일제히 웅성거리기 시작했다. 그림 옆에 걸린 작가의 이름 때문이었다.

"윤 작가님. 이 그림, 저희가 아는 그 강유경 씨가 그린 게 맞습니까?"

"그러니까요. 강유경 씨는……."

사람들은 흡사 귀신이라도 목격한 얼굴이었다. 한 걸음 물러나 있던 윤 작가가 낮게 웃으며 그림 앞으로 다가왔다. 그의 희끗희끗한 머리칼에서는 중후한 기품이 풍겼다.

"강유경 씨의 그림이 맞습니다. 이 그림이 그려진 지가 벌써 3년이나 되었군요."

3년 전 그림이라는 말에 사람들은 그제야 납득이 간다는 듯 고개를 끄덕였다.

"그런데 제목이 왜 야반도주인가요? 그냥 나비 그림인 것 같은데."

"나비가 아니라 나방 아닙니까? 배경이 밤이잖아요."

"나방이라기엔 너무 아름다운데요."

사람들의 의견이 분분하게 갈렸다. 윤 작가는 그들의 말에 일일이 대꾸하는 대신 고요한 눈으로 그림을 응시했다.

까만 배경 속 상공의 빛을 향해 날갯짓하는 생명체. 나비인지 나방인지는 그도 알 수 없었다.

"저도 모릅니다. 답은 작가만 알고 있겠지요."

윤 작가의 시선이 강유경이라는 이름 옆에 붙여진 공동 작가의 이름에 머물렀다. 그러나 굳이 그의 이름을 말하지는 않았다. 사람들도 공동 작가에게는 관심이 없어 보였다.

"다만 한 가지는 확실합니다. 그림 속 생명체는 빛을 절실히 갈망하고 있다는 것이지요."

사람들은 고개를 끄덕이며 윤 작가의 말을 경청했다. 몇몇은 여전히 이해하기 어렵다는 얼굴이었다.

"이 생명체가 나비라면 따뜻한 빛을 맞으며 아름답게 날아다니고 있을 테고, 나방이라면 빛 속에 갇혀 타 죽었을 겁니다."

전시관 안에 일순 숙연한 정적이 흘렀다. 침묵 속에서 우두커니 서 있던 윤 작가가 나지막한 목소리로 입을 뗐다.

"……혹은 다른 선택을 했을지도 모르지요."

윤 작가의 입에 의미심장한 미소가 걸렸다.

"얼굴 좋아졌다. 너 연애하니?"

"연애는 무슨. 엄마 성화에 못 이겨서 선을 보고 있긴 한데 영 성에 안 차요. 세상엔 잘난 척하는 종자들이 왜 그리도 많은지. 그런 유전자가 따로 있는 건가."

하정이 뜨거운 아메리카노를 한 모금 들이켜며 고개를 절레절레 흔들었다.

생각하니 다시 부아가 났다. 그녀도 어디서 빠지지 않는 스펙이건만 선 자리에 나오는 남자마다 제 스펙을 자랑하며 '당신한테 나 정도면 과분하지'라는 식으로 후려치기에 바빴다.

그 꼴을 볼 때마다 잊고 있던 남자가 떠올랐다. '나 정도면 과분하지'가 아니라, '너 정도면 과분하지'라고 말해 주었던 남자.

한마디 인사도 없이 매몰차게 떠나갔지만 여전히 종종 생각나는 천하의 못된 놈. 하정은 짙은 한숨을 푹 내쉬었다.

"언니는 좀 어때요? 간병, 그거 쉬운 일이 아닐 텐데."

"나보다는 그 사람이 더 힘들겠지. 얼마 전에 열 번째 수술 끝났어. 이식 수술하면서 많이 좋아지긴 했는데 여전히 고통스러워 해."

하정은 담담히 말하는 수희를 물끄러미 바라보았다. 사실 하정은 수희와 그리 친한 사이가 아니었다. 엄마 때문에 가끔 마주치긴 했어도 따로 만나 대화를 길게 나눈 적은 없었다.

그녀는 수희를 볼 때마다 노는 물이 다른 사람이라고 생각했다. 화려한 외모만큼이나 화려한 인생 때문이었다.

그러나 아트라 화재 사건 후로, 하정은 수희와 필연처럼 가까워졌다. 동병상련의 일을 겪어서일까. 아니면 그녀의 다른 모습을 보았기 때문일까. 왠지 모르게 인간적인 정이 갔다. 그 후로 두 사람은 종종 카페에서 만나 그간의 안부를 주고받곤 했다.

"너는? 아직도 많이 원망스럽니?"

하정은 씁쓸하게 웃으며 고개를 저었다.

"처음엔 그랬는데 시간이 지날수록 무뎌져요. 그리고 곰곰이 생각해 보니까 내가 오만했더라고요. 처음부터 말이 안 되는 관계였지. 나를 보는 그 애 눈에 조금의 설렘도 없는 걸 알면서, 노력하면 그 애 마음을 얻을 수 있을 거라 생각했거든요."

태주를 원망하면 할수록 자괴감만 커져 갔다. 절망을 견뎌 내기 위해서 생각을 바꾸어야만 했다. 모든 일은 그녀가 사람의 마음을 쉽게 얻으려한 대가라 여기기로 한 것이다. 그렇게 생각하면 마음이 한결 편안해진다.

"나는 그 애의 눈빛이 참 좋았어요. 웃고 있어도 어딘가 쓸쓸한 눈빛이 뭐랄까, 분위기가 있었거든요. 시간이 지나면서 깨달았어요. 그 눈은 다른 여자를 생각하는 눈이었다는 걸."

불현듯 유경을 바라보던 그 눈빛이 떠올랐다. 아프다 못해 어둡게 침잠해 가던.

"그러니까 나는 결국, 다른 여자를 사랑하는 그 애를 사랑했던 거예요."

하정은 말을 마치고 다시 발랄하게 웃었다.

"하정아. 사실……."

"네?"

"아니야. 별말 아니었어."

수희는 태주의 소식을 말하려다가 입을 다물었다. 차라리 모르는 편이 낫다는 생각이 들었다.

고맙게도, 단순한 하정은 다시 빙그레 웃으며 말을 이었다.

"그보다 난 언니한테 좀 놀랐어요."

"뭐가?"

"처음에는 언니랑 한선우 이사장이랑 그렇고 그런 사이였다는 사실에 놀랐고, 지금은 그냥 언니라는 사람 자체가 놀라워요. 사랑 하나 때문에 다 포기하는 거, 어렵잖아. 더군다나 언니처럼 잘 나가던 사람이."

수희는 뜨거운 커피 잔을 감싸며 쓰게 웃었다.

사랑이라. 처음에는 그녀도 사랑이라 생각했다. 그런데 이제는 헷갈린다. 사랑 때문에 그의 옆에 있는 건지, 아니면 도의적인 책임감 때문인지.

"하정아, 남 교수님한테 들어서 너도 알지? 나 자살 기도했던 거."

하정은 대답 대신 고개만 살짝 끄덕였다. 수희는 창밖의 풍경을 응시하며 나직하게 말을 이었다.

"그때 나, 그 사람 덕분에 살았어. 동영상 하나 때문에 세상 사람들이 나를 손가락질 하고 욕할 때, 그 사람은 그러더라. 그림 전시해 볼 생각 없냐고."

수희는 선우를 처음 만났던 후원회의 밤을 떠올리며 담담히 웃었다.

"물론 순전히 일 때문에 그랬다는 거 알아. 그런데 나한테는 그게 너무나 큰 위로가 되더라. 남들처럼 나를 가십거리로 소비한 게 아니라, 내 직업과 내 능력을 봐준 거잖아. 그때 진 빚을 지금 갚는 것뿐이야."

수희의 말끝에 짧은 침묵이 내려앉았다. 하정도 그녀를 따라 창밖으로 시선을 옮겼다.

길가의 나무들은 푸른 잎을 잃은 황량한 나뭇가지만 덜렁 내놓고 있었다. 하늘은 온통 회색빛 구름으로 뒤덮여 칙칙했다.

하정은 무심히 하늘을 보았다. 그러고 보니 어느덧 다시 겨울이었다. 춥고, 쓸쓸하고, 지독하게 외로운. 그래서 자꾸만 따뜻함에 의지하게 되는 계절.

창밖을 보던 하정이 갑자기 눈을 동그랗게 떴다. 그녀가 아이 같은 미소를 머금고 창밖을 가리켰다.

"언니, 눈 와요!"

가는 나뭇가지 위로 하얀 눈송이가 내려앉고 있었다.

올해 내리는 첫눈이었다.

"우와! 눈이다, 눈!"

콧물을 묻힌 남자아이가 해맑게 웃으며 달려왔다. 유경은 눈을 찡그린 채 하늘을 올려다보았다.

흐릿한 하늘에서 싸라기눈이 흩날리고 있었다. 서둘러 해변에 세워둔 이젤을 접고 붓과 도구를 화구통에 넣었다. 눈발이 더 굵어지기 전에 들어가야 할 것 같았다.

"훈아, 오늘은 이만 들어가자."

"왜요?"

"캔버스가 눈에 젖거든. 훈이도 감기 걸릴 수 있고."

"히잉……."

훈이가 입술을 삐죽 내밀며 코를 킁, 들이마셨다. 유경은 훈이의 발그레한 뺨을 감싸며 따뜻하게 웃었다.

"미안. 대신 눈 그치면 선생님이랑 그림 많이 그리자. 알겠지?"

"약속 지켜야 해요?"

"당연하지. 자, 약속."

유경이 새끼손가락을 내밀자 아이가 서운한 얼굴로 손가락을 꼈다. 그녀는 미안한 마음에 훈이의 머리를 쓸어 주었다.

쏴아아.

사람은 없고 파도소리만 울리는 고즈넉한 해변을 훈이가 뛰어가기 시작했다.

유경은 이젤과 캔버스, 화구통을 챙기곤 앞서가는 훈이의 뒤를 따랐다. 발이 모래 속에 묻힐 때마다 우웅, 우웅 소리가 났다. 그 소리가 꼭 모래의 울음소리 같다고 생각했다.

"엄마! 나 배고파! 밥 줘!"

훈이가 녹슨 대문을 열며 소리쳤다. 부엌채에서 장작을 때던 훈이 엄마가 버선발로 달려 나왔다. 그녀의 한 손에는 막 뜨거워진 불잉걸이, 다른 손에는 커다란 주걱이 들려 있었다. 흑백 영상에 어울릴 것 같은 풍경이 이 섬에서는 일상이었다.

"아들 왔어? 오늘은 왜 이렇게 일찍 왔대?"

"눈 와서 다음에 그리기로 했어. 밥은? 나 배고픈데."

"거의 다 됐으니까 좀만 기다려."

"빨리빨리. 참, 선생님도 같이 왔어!"

"뭐?"

훈이 엄마가 깜짝 놀라며 고개를 들었다. 대문 앞에 서 있던 유경이 머쓱하게 웃었다.

"이 녀석아. 선생님 오신 것부터 얘기를 해야지. 으이구! 선생님, 안으로 들어오세요. 날도 추운데."

훈이 엄마가 안채로 들어오라는 듯 손짓했다. 유경은 추위에 붉어진 얼굴로 고개를 저었다.

"아니에요. 훈이 데려다 주면서 어머님 잠깐 뵈려고 온 거예요."

"그래도 따뜻한 차라도 드시고 가시지."

"괜찮습니다. 아, 이건 어제 훈이가 그린 그림인데요."

유경이 동그랗게 말린 도화지를 가방에서 꺼내 펼쳤다. 하얀 도화지 위에는 여러 색의 물감이 자유분방하게 흩어져 있었다.

"아휴, 우리 훈이는 영 미술에 소질이 없나 봐요. 이게 그림이야, 낙서야."

훈이 엄마가 인상을 찌푸리며 고개를 절레절레 흔들었다. 유경은 작게 웃었다.

"추상화라서 색 위주로만 보시면 돼요. 제 생각에 훈이는 색을 고르는 감이 뛰어난 것 같아요."

"그래요? 그냥 아무거나 막 흘려 놓은 것 같은데……."

"잘 보시면 노랑, 빨강처럼 따뜻한 색이 많잖아요? 훈이는 제가 가르쳐 주지 않아도 따뜻한 색을 잘 이용해요. 색을 섞는 방법도 다양하구요. 스케치는 더 해 봐야 알겠지만 색 보는 감각은 걱정 안 하셔도 될 것 같아요."

훈이 엄마는 어색하게 웃었다. 무슨 말인지 제대로 이해하진 못했지만, 어쨌든 좋은 말인 것 같았다.

유경은 다시 도화지를 잘 말아서 아이의 엄마에게 건네주었다. 그러곤 공손히 인사한 뒤 대문을 나섰다.

그녀가 나가자마자 옆집 사는 영준 엄마가 찾아왔다. 멀어지는 유경의 뒷모습을 의구심 어린 눈길로 쳐다보던 그녀가 넌지시 물었다.

"저 여자, 얼마 전에 이사 온 그 여자 맞지?"

훈이 엄마는 심드렁한 얼굴로 고개를 끄덕였다. 촉새 같은 영준 엄마와는 별로 말을 섞고 싶지 않았다.

"훈이 저 여자한테 그림 배우는 거여? 그림 그리던 사람이라더니 참말인가 보네. 혹시 사기꾼 아녀?"

"무슨 말을 그렇게 해? 강 선생님이 그린 그림 보기나 했어?"

"아니면 마는 거지, 왜 승질을 내?"

영준 엄마가 고개를 뒤로 빼며 입을 삐죽 내밀었다. 훈이 엄마는 그녀에게 눈길 한 번 주지 않고 대꾸했다.

"그림도 내가 먼저 부탁해서 가르쳐 주시기로 한 거야. 훈이가 온 집안 벽이란 벽마다 그림을 그려 대니까. 그렇다고 뭐, 강 선생님이 그림 가르쳐 주면서 돈이라도 받는 줄 알아? 내가 돈까지 들이면서 우리 애 미술 가르칠 형편도 안 되지만은, 그래도 미안해서, 응? 애 아빠가 뱃일해서 가져오는 생선 몇 마리 가져다주는 게 전부란 말이야. 그것도 한사코 안 받겠다는 걸 훈이 통해서 억지로 쥐여 주고 있어. 그러니까 그런 소리 하지 말어. 기분 나빠."

영준 엄마는 사람 속을 박박 긁는 재주가 있었다. 특히나 아이에 관해서는 더 그랬다.

두 아이의 학교 성적을 비교하며 훈이를 바보 취급하는 건 예삿일이었고, 훈이가 예체능에서 뛰어난 점수를 받아 오면 점수를 준 교사들을 비하하기까지 했다.

영준이의 라이벌로 생각해서 그러는 건지, 아니면 훈이와의 비교를 통해 일종의 보상 심리를 얻으려는 건지, 훈이 엄마는 아직도 그녀의 속을 알 수가 없었다.

이제는 어렵게 시작한 미술 교육까지 훼방 놓으려 하다니. 훈이 엄마도 이번만큼은 참지 않을 생각이었다.

"그러면 뭐, 나쁜 사람은 아닌가 보네."

영준 엄마가 퉁명스레 대꾸했다. 그러다 문득 재미난 이야기라도 생각난 듯 그녀가 손뼉을 치며 입을 열었다.

"참, 저 여자 과부라며? 남편 없이 혼자 산다고 들었는데. 외도에서 여기까지 이사 온 거 보면 말 다했지. 왜 굳이 더 구석에 처박힌 섬으로 왔겠어?"

말려 올라간 영준 엄마의 입꼬리가 씰룩거렸다. 꼭 새로운 먹잇감을 찾은 하이에나 같았다.

훈이 엄마는 고개를 설레설레 저으며 등을 돌렸다. 짓던 밥이나 마저 지을 참이었다.

그때 마침 방에 있던 훈이가 미닫이문을 열고나오며 해맑게 외쳤다.

"아닌데! 선생님, 같이 사는 사람 있는데!"

훈이의 말에 영준 엄마의 눈이 휘둥그레졌다. 훈이 엄마도 놀라긴 마찬가지였다.

"우리 선생님은 괴물이랑 같이 살아요! 무시무시한 괴물. 얼굴은 사람인데 팔은 뱀이에요."

훈이가 뱀 흉내를 내며 혀를 날름거렸다. 오줌이 마려운지 말하면서도 다리를 배배 꼬아 댔다.

"괴물 진짜 싫어. 성격도 더럽고 맨날 나한테 시비 걸어. 왕 재수탱이!"

훈이는 진절머리를 치더니 화장실로 후다닥 달려갔다.

얼굴은 사람이고 팔은 뱀인 괴물이라니. 동화에서나 나올 법한 말에 두 여자는 황당한 얼굴로 서로를 오랫동안 쳐다보았다.

16
화

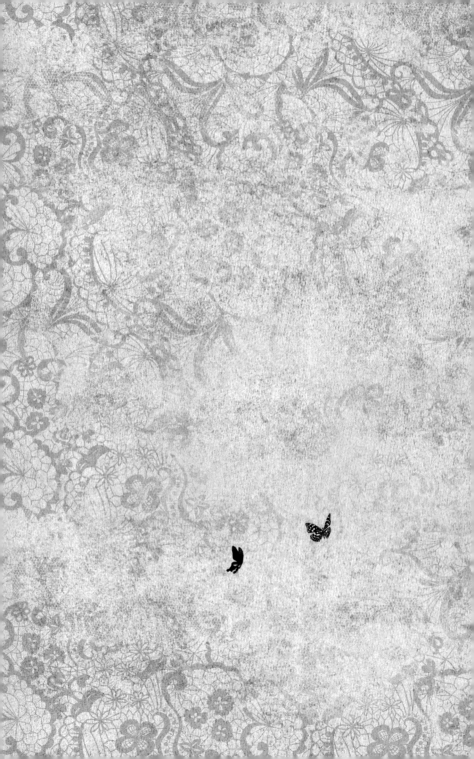

날아가는 나비

유경은 집에 도착하자마자 마당에 널어 두었던 빨래를 거뒀다. 구름이 짙게 깔린 하늘을 보자 걱정이 밀려왔다. 잘게 흩날리던 눈은 어느새 커다란 함박눈이 되어 펑펑 내리고 있었다.

눈이 많이 오면 지붕에 무리가 갈 텐데. 감상보다 우려가 앞섰다. 이제 그녀에게 눈과 비 따위는 아름다운 낭만이 아니었다.

현관에 들어서자마자 아늑한 집 안 풍경이 유경을 반겼다.

허름해 보이는 겉모습과 달리 집 안은 밝은 유채색이었다. 바다를 담은 푸른색 벽지, 천장에 길게 늘어져 있는 주황빛 등, 서랍이나 탁상 위에 놓여 있는 청아한 빛깔의 수석(壽石)들까지. 꼭 용궁에 들어온 토끼가 된 기분이었다.

집 안을 둘러보던 유경은 조그맣게 웃었다. 이사 오자마자 집 꾸미는 일부터 하더니. 어느덧 집안은 한 폭의 풍경화가 되어 있었다.

"나 왔어."

유경이 신발을 벗으며 말했다. 안에서는 아무런 대답도 들려오지 않았다. 유경은 고개를 갸웃거리며 구수한 냄새가 나는 부엌으로 향했다. 가스레인지 위에 된장찌개가 보글보글 끓고 있었지만 정작 요리를 하는 사람은 온데간데없었다.

어디 간 거지. 고개 돌려 부엌을 둘러보던 중, 누군가 뒤에서 그녀를 덥석 끌어안았다.

"보고 싶어서 미치는 줄 알았네."

낮게 깔린 남자의 목소리가 귓가에 스며들었다. 유경은 풋 웃으며 몸을 꼬았다.

"매일 보면서 뭐가 보고 싶어."

"매일 보는 걸로는 부족해. 훈이 자식 가르치면서 나랑 있는 시간이 너무 줄었어."

"훈이한테 살갑게 좀 대해 줘. 어린애한테 왜 그래."

"원래 남자들은 거칠게 다루는 걸 좋아해. 훈이도 나랑 놀면 시간 가는 줄 모를 걸?"

유경은 작게 코웃음을 쳤다.

"훈이는 진심으로 널 싫어하던데?"

"그래? 그 자식 설마, 나를 연적으로 생각하나."

"무슨 소리야."

유경은 어이가 없어 웃어 버렸다. 유경이 몸을 빼려 하자 남자가 더 강하게 그녀의 배를 끌어안았다.

"어쩐지 훈이가 너를 보는 눈빛이 예사롭지가 않더라. 어린놈이 보는 눈은 있어 가지고."

"말도 안 되는 소리 그만하고 놔 줘. 숨 막혀."

남자는 그제야 팔을 풀었다. 유경은 참았던 숨을 크게 몰아쉬곤 몸을 돌려 남자를 마주했다. 한 손에는 국자를 든 남자가 유경을 내려다보며 짐짓 화난 척 미간을 오므렸다. 그 모습이 퍽 우습기도 하고, 귀엽기도 했다.

"강유경, 너 언제까지 예뻐질래? 불안하게."

유치한 말에 유경은 몸을 과장되게 떨었다. 이런 말은 아무리 들어도 영 적응이 되지 않았다. 유경은 새어 나오는 웃음을 꾹 참고 남자의 목에 팔을 감았다. 보드라운 왼쪽 목과 달리 남자의 오른쪽 목은 비늘처럼 미끈거렸다.

"한태주, 넌 언제 철들래?"

유경의 말에 태주가 빙긋 웃으며 그녀의 입술에 입 맞추었다.

매일 밤 태주는 유경을 품었다. 철썩거리는 파도 소리를 들으며, 창틈 새로 새어 들어오는 달빛을 맞으며, 남색 하늘에 총총히 박혀 있는 별을 보며 유경을 안고 또 안았다.

유경은 태주에게 안기면서 욕망에 솔직해지는 법을 배웠다. 아플 때는 아프다 말했고, 좋을 때는 간드러지는 신음 소리도 냈다. 부족하다 싶을 때는 더 세게, 더 깊이 들어와 달라고 애원하기도 했다. 유경이 태주의 몸에 매달려 숨이 넘어갈 듯 헐떡이면, 태주는 그녀의 욕망에 답하기라도 하듯 부푼 남성을 거칠게 묻었다.

두 번. 아니 세 번. 어떤 때는 달이 지고 해가 뜰 때까지, 태주는 유경의 안에서 수없이 무너졌으며, 파들거리는 속살에 모든 욕정을 쏟아냈다.

그렇게라도 유경에게 알려 주고 싶었다. 아직도 매 순간 그녀에게 반응한다는 것, 살이 스치기만 해도 가슴이 뛴다는 것을, 그러니 태주는 늙어 지칠 때까지 그녀를 안을 생각이었다.

강산이 바뀌고 별이 죽고 그 자리에 새로운 별이 태어날 때까지.

살아 있는 동안 끊임없이.

"아프진 않아?"

몇 차례의 짙은 정사가 끝난 뒤, 유경이 태주의 팔을 베고 누워 그의 목을 손가락으로 쓸었다. 오른쪽 팔꿈치부터 어깨, 그리고 목까지 이어지는 피부에 반질반질한 화상 자국이 남아 있었다. 예전보다는 흉터가 많이 연해졌지만 그래도 아직 눈에 띄었다.

유경은 고요한 눈으로 화상 자국을 훑었다. 살이 깊게 파이는 보통의 상처와 달리, 화상 흉터는 꼭 한 겹의 비늘을 덮어 놓은 모양새였다. 그래서인지 태주는 종종 '팔에 아가미가 생겼다' 라는 웃지 못할 농담을 던지곤 했다.

"몰랐어? 나는 팔로 숨 쉬잖아."

그리고 그 농담은 끝날 기미가 보이지 않았다. 유경은 씩 웃는 태주를 살짝 흘겼다. 태주는 그제야 표정을 진지하게 굳히곤 유경을 당겨 안았다.

"안 아파. 그냥 흉터야. 그런 일이 있었다, 하고 말해 주는 자국 같은 거."

유경은 태주의 가슴에 얼굴을 묻으며 눈을 감았다.

"나 그때…… 너 정말 어떻게 되는 줄 알았어."

유경의 속눈썹이 움찔 떨렸다. 다시는 떠올리고 싶지 않을 만큼 끔찍했던 그날의 장면이 감은 눈 위로 아른아른 펼쳐졌다.

대헌이 유경을 데려간 곳은 서울 변두리에 있는 작은 병원이었다. 무너질 듯 낡은 건물에는 '야간 진료' 라는 어두운 간판이 깜박거리며 점멸하고 있었다.

병원에 들어서자 통통한 간호사가 심드렁한 표정으로 두 사람을 쳐다보았다. 간호사는 유경의 헝클어진 머리를 보더니 시선을 내려 짝짝

이로 신고 온 신발을 바라보았다. 그러곤 그녀가 왜 이런 꼴인지 조금
의 관심도 없다는 얼굴로 병원의 안쪽을 가리켰다.

그곳에는 낡은 침대 하나와 종전의 간호사처럼 무심한 표정의 젊은
의사 한 명이 있었다.

침대 위에는 태주가 링거를 맞으며 누워 있었다.

"태주야!"

유경이 혼비백산하여 태주에게 달려갔다. 태주는 기절한 듯 눈을 감
고 있었다. 오른쪽 팔과 목에는 보기만 해도 아픈 물집이 가득했고, 찢
어진 옷 사이로 드러나 있는 피부는 허물처럼 하얗게 밀려 있었다.

"너 왜 이래! 눈 떠봐! 응? 나 왔어. 태주야. 눈 좀……."

유경이 태주의 팔을 잡고 실성한 듯 울부짖었다. 그러자 옆에 있던
의사가 혀를 찼다.

"거 좀 놔 둬. 진통제 맞고 잠들었으니까. 파리 목숨만큼 별 볼 일 없는
게 인간이기도 하지만, 또 역겨울 만큼 끈질긴 게 인간이기도 해요. 고작 이
깟 화상 하나로 죽겠어?"

의사가 대수롭지 않게 말하며 드레싱 도구를 정리했다. 유경은 떨리
는 입술을 앙 다물고 의사를 바라보았다. 의사라면 환자 상태를 말하라
는 눈빛이었다.

"목에서 어깨까지는 2도 화상인데 그 밑에는 조금 더 심해. 그래도 신경까지 건드리진 않은 것 같네. 흉터는 남을 거야."

의사가 투박하게 말했다. 유경은 그제야 고개를 끄덕이며 눈물을 닦아 냈다. 의사는 도구 정리를 하다 말고 먼 거리에 떨어져 서 있는 대헌을 쏘아봤다.

"오늘은 야간 진료 안 하고 생맥이나 한 잔 때리려고 했더니. 너는 나 엿 먹이는 재미로 사냐?"

대헌은 어처구니없다는 얼굴로 의사를 바라봤다.

"형은 무슨 말을 그렇게 해? 사촌 지간에 너무 야박하네. 그리고 이 병원 원래 야간 진료 전문이잖아. 괜히 생색내지 마."

대헌이 입을 내밀며 투덜댔다. 그러자 의사가 뾰족한 주사기를 무기처럼 움켜쥔 채 대헌을 노려봤다.

"애초에 대학 병원으로 갈 것이지, 왜 여기로 데려온 거야?"
"대학 병원 앞에 기자들이 진을 치고 있을 텐데 거길 어떻게 가. 첫째는 방화범이요, 둘째는 그 방화범 구하려다 화상 입은 등신이요, 뭐 이렇게 홍보할 일 있어? 안 그래도 아트라 불나서 다들 흥미진진해 죽겠다는 표정인데."

두 사람의 대화에 유경의 얼굴이 창백하게 굳었다. 태주의 손을 꼭 붙잡고 있던 유경이 벌떡 일어나 대헌에게 다가갔다.

대헌은 그제야 실수한 걸 깨닫고 주책없는 주둥이를 마구 때렸다. 태주가 어떻게든 숨기려 한 사실이었다. 아트라에 불이 났다는 것도, 그 안에 형이 있었다는 것도 유경은 몰라야 한다고 했다.

"그게 무슨 소리야? 아트라에 불이 났다니? 선우 오빠가…… 뭘 했다고?"

유경이 믿기지 않는다는 얼굴로 물었다. 대헌은 입술을 질끈 깨물었다. 두 사람을 지켜보던 의사는 고개를 절레절레 흔들며 병실을 빠져나갔다.

"그게……"
"말해! 도대체, 도대체 이게 무슨 일인데!"

유경이 그녀답지 않게 매섭게 소리쳤다. 대헌의 얼굴이 당혹감으로 물들었다.

"어, 아니, 그러니까. 강유경, 일단 진정해. 그 형도 살았을 거…… 아니, 살았고! 태주도 살았잖아! 그럼 된 거지!"

대헌이 과장된 제스처를 취하며 하하 웃었다. 유경은 여전히 무섭게 굳은 얼굴이었다. 싸늘한 침묵이 맴돌았다. 대헌은 한숨을 푹 내쉬며 이마를 긁적였다.

사실 그가 살았을지 죽었을지는 대헌도 알 수 없었다. 응급차에 실려 갈 때는 이미 전신에 심한 화상을 입은 상태였다. 그 정도 화상이라면 사는 것보다 죽는 게 나을지도 모른다고 구경꾼들이 수군댔었다.

"어, 음. 그러니까 말이지. 아마 많이 다치긴 했을 거야."
"그 사람……. 살아 있는 거지?"

유경이 흔들리는 눈으로 대헌을 보며 물었다. 대헌은 무슨 말을 어떻게 꺼내야 할지 몰라서 눈알을 굴렸다. 살긴 살았는데. 이것 참. 의미 없이 입술을 달싹거리던 중, 때마침 뒤에서 부스럭대는 소리가 들렸다.

대헌과 유경의 시선이 동시에 침대로 향했다. 태주가 잠에서 깨어나 눈을 느리게 깜빡이고 있었다.

"……유경아."

태주가 잔뜩 갈라진 목소리로 그녀의 이름을 불렀다. 유경은 눈물을 그렁그렁 매단 채 당장 태주에게로 달려갔다.

"너 진짜…… 진짜……!"

유경은 말을 잇지 못하고 아이처럼 엉엉 울기만 했다. 무서웠다. 태주가 떠났을까 봐, 많이 다쳤을까 봐, 또다시 볼 수 없을까 봐 두려웠다.

"……울지 마."

태주는 한쪽 팔을 들어 유경을 가만히 끌어안았다.

"선우 오빠…… 나 때문에 그렇게 된 거야."

유경이 태주의 품을 파고들며 작게 읊조렸다. 유경의 등을 쓸던 태주이 손이 멈칫했다.

"그런 말 하지 마. 형이 선택한 거야."

이럴까 봐 숨기려고 했던 거다. 끊임없이 곱씹고, 자책하고, 끝내 죄책감에서 빠져나오지 못하게 될까 봐.

유경이 그럴 때마다 태주는 더 단호하게 말했다. 한선우는 전혀 불쌍하지 않다고, 자신이 한 짓의 대가를 받은 것뿐이라고. 그렇게 말하며 그녀의 마음속에 있는 짐을 덜었다. 그리고 그 짐을 자신에게 얹었다.

"태주야. 나 사실 그때, 선우 오빠가 죽지 않길 기도했어. 오빠가 죽으면 죄책감에 또 불행해질까 봐. 내 행복 때문에 죽지 말라고 기도한 거야. 나 되게 이기적이지?"

유경이 자조적으로 웃었다. 똑같은 일이 반복될까 봐 두려웠다. 그 사람까지 죽어 버리면 그녀는 두 명을 죽인 것과 다를 바 없었다.

태주에게는 말하지 않았지만 요즘도 꿈속에 선우가 나왔다. 그는 불에 까맣게 그을린 모습으로 나타나 유경을 원망스레 쳐다보다가 사라지곤 했다.

"내가 좀 더 현명한 선택을 했더라면 다들 지금보다 행복해졌을까."

할아버지와 엄마의 죽음. 일상이었던 폭행. 살기 위한 몸부림.

그녀의 인생에는 늘 끔찍한 불행이 도사리고 있었다. 작은 행복을 얻기 위해 얼마나 많은 시간들을 견뎌 왔던가. 얼마나 어리석은 선택을 해 왔던가.

"남들한테는 쉬운 행복이…… 나한테는 왜 이렇게 어려운지 모르겠어."

"유경아. 사람은 매 순간마다 최선의 선택을 하면서 살아간대. 그때는 그게 너한테 최선의 선택이었어. 네가 다른 선택을 했어도, 어떤 식으로든 후회했을 거야."

태주가 밤바다 같은 천장을 응시하며 나직하게 말했다. 유경은 밀려오는 감정을 삼키며, 흉터로 얼룩진 그의 팔에 입 맞췄다.

"매일이 오늘 같으면 좋겠어. 오늘처럼만……."

유경이 혼잣말하듯 중얼거렸다. 태주는 유경의 머리를 다정하게 쓰다듬으며 대꾸했다.

"더 행복해질 거야. 내일도, 모레도."

섬으로 윤 작가가 찾아왔다. 한 손에는 그림을, 다른 한 손에는 두툼한 봉투를 들고 있었다.

태주는 윤 작가와 방파제에 걸터앉아 해변을 바라봤다. 모래사장 한가운데에 유경이 이젤을 놓고 앉아 있었고, 그 옆에는 훈이가 잔뜩 신나서 모래성을 쌓고 있었다.

윤 작가도 태주가 가져다 준 뜨거운 생강차를 마시며 해변의 풍경을 물끄러미 응시했다. 주름진 얼굴 위로 엷은 미소가 번졌다. 날이 갠 겨울 바다는 생각보다 포근했다.

"그림을 돌려주어야 할 때가 된 것 같아서 왔네."

윤 작가가 태주에게 그림을 건넸다.

야반도주. 태주와 유경이 3년 전에 공동 작업을 한 그림이었다. 태주가 그림을 멀거니 보고 있는 사이, 윤 작가가 하얀 봉투를 마저 건넸다.

"이번 전시회에 들어온 돈이네. 이 작품 보려고 온 사람이 8할이었으니 부담 갖지 말고 받게."

태주는 반사적으로 고개를 저었다.

"아닙니다. 저번에 주신 돈도 아직 남았습니다."

"그거야 자네 작품 팔아서 남긴 돈 아니었나."

윤 작가가 소탈하게 웃었다.

"뭐 하나? 늙은이 팔 떨어지겠네."

태주는 한참을 머뭇거린 끝에야 봉투를 받았다.

"……신경 써 주셔서 감사합니다."

윤 작가는 태주와 연락하고 지내는 몇 안 되는 사람이었다. 화재 사건 이후, 외지로 숨어 살면서 태주는 사람들과의 인연을 끊어 버렸다. 윤 작가와도 딱히 연을 이어 갈 생각은 없었다.

그런데 어느 날, 섬의 풍광을 답사하러 왔던 윤 작가와 우연히 마주쳤다. 그때부터 지금까지 태주는 그와 연을 이어 왔다. 계속 이렇게 연을 이어 오는 게 맞는 건지, 이렇게 도움을 받아도 되는 건지 늘 고민했다. 윤 작가는 그 속을 귀신같이 간파하곤 말했다.

"적절한 우연이란, 인연의 시작인 게지."

구름처럼 가벼운 말이었다. 그는 종종 태주가 사는 곳에 찾아와 그가 그린 그림을 가지고 갔다. 그리고 그 작품들이 팔리면 태주에게 돈을 건넸다. 태주는 윤 작가의 호의가 부담스러워 단칼에 거절했다. 애초에 돈 벌려고 그린 그림도 아니었고, 섬에서 적게 버는 돈으로도 충분히 살 만했다.

그러자 윤 작가가 빙그레 웃으며 말했다.

"자네가 이 돈을 안 받으면 내가 더 불편할 것 같네. 나를 남의 그림으로 먹고사는 염치없는 늙은이로 만들고 싶나? 참 잔인한 친구군."

결국 윤 작가와 합의 아닌 합의를 했다. 수익의 대부분은 무료 전시회를 여는데 쓰고, 그래도 돈이 남으면 그때 받겠다는 합의였다.

"솔직히 좀 아까워. 자네 실력을 썩히기가. 그림 좀 볼 줄 아는 사람들은 꼭 자네 그림 앞에서 멈춰 서지. 돈 있는 사람들은 고민도 없이 자네 그림을 산다네."

"헐값이라 그럴 거예요. 이름 없는 작가니까."

태주가 피식 웃으며 차를 들이켰다. 윤 작가는 그 말이 아주 재미있다는 듯 낮게 껄껄댔다. 한참이나 이어지던 웃음은 불어오는 바닷바람에 휩쓸려 점차 사그라졌다. 웃음이 가신 자리에는 고요한 침묵이 흘렀다. 어색하거나 무거운 침묵이 아닌 편안하고 나긋한 침묵이었다.

"한선우 이사장 소식은 알고 있나?"

윤 작가가 넌지시 물었다. 태주는 짧게 고개를 끄덕였다.

"얼마 전에 병원 갔다 왔어요."

태주의 입가에 씁쓸한 미소가 걸렸다. 죽을 때까지 안 보려고 다짐했었다. 3년 전 일을 마지막으로 더 이상은 선우와 엮이고 싶지 않았다.

그런데 그날은 숨을 쉬기 힘들 정도로 가슴이 답답했다. 유경이 자책할 때마다 태주의 속은 점점 까맣게 타들어 갔다. 유경이 잠든 사이, 검은 밤바다를 보며 매일 고민했다. 어떻게 해야 할까. 어떻게 하면 좋을까.

오랜 고민 끝에 태주는 결정했다.

한선우를 보기로.

안에 쌓여 있는 이 많은 감정을 풀 수 있는 사람은, 오직 한선우뿐이었다.

"영영 안 올 줄 알았는데."

병실 밖으로 나온 오수희가 비아냥거렸다. 마치 오래전부터 알고 있었다는 듯, 그리고 아주 오래전부터 태주를 미워했다는 듯이 그녀의 태도는 적대적이었다.

"어제 열 번째 수술 끝났어요. 지금 자고 있으니까 얼굴만 보고 가요. 깨우지 말고."

수희가 손에 들린 젖은 수건을 개키며 퉁명스레 말했다. 태주는 대답 대신 고개를 끄덕이곤 병실로 들어섰다. 문을 열자 병원 특유의 소독약 냄새가 코끝을 찔렀다.

병실은 조용했다. 1인실 안에는 비교적 아늑해 보이는 침대와 여러 가지 용품, 작은 냉장고가 있었고 창문에는 커튼이 쳐져 전체적으로 어두웠다.

태주는 문 앞에서 더 이상 걸음을 떼지 못하고 한참을 서 있었다. 멀리서 바라본 선우의 얼굴은 온통 하얀 붕대로 뒤덮여 있었다. 문득 이곳을 찾아온 게 잘 한 일인지 회의감이 들었다.

"오수희! 오수희, 거기 있어?"

잠든 줄 알았던 선우가 불쑥 수희의 이름을 불렀다. 다급한 목소리였다.

"오수희, 모르핀, 빨리."

선우는 채 한 문장을 잇지도 못했다. 뚝뚝 끊기는 말에서 극심한 고통이 느껴졌다. 태주는 저벅저벅 침대로 걸음을 옮겼다.

"모르핀, 버튼, 모르핀."

모르핀. 태주는 침착하게 선우의 팔에 꽂혀 있는 링거를 살폈다. 정맥 주사 근처에 작은 버튼이 있었다. 대헌이 교통사고로 입원했을 때, 고통이 밀려올 때마다 모르핀 펌프를 눌렀다는 말을 들은 적이 있었다. 처음에는 진짜로 아파서, 나중에는 모르핀이 몸에 퍼질 때의 나른함이 좋아서 시도 때도 없이 눌렀다고 했다.

태주의 손이 버튼 근처에 닿자 선우가 급박하게 말했다.

"빨리."

버튼을 누르자 선우의 몸이 움찔 떨렸다. 그리고 어느 순간, 고통에 몸부림치던 그의 몸이 물에 잠긴 듯 편안하게 가라앉았다. 거칠던 숨소리도 한결 진정되었다.

태주는 그제야 참았던 숨을 내쉬었다. 낮은 숨소리에 선우의 어깨가 흠칫했다.

"너 누구야."

날카롭고 경계심 가득한 목소리. 예전의 여유롭고 나긋한 목소리가
아니었다.

"너 누구냐고! 오수희, 수희는 어디 있어? 수희 불러 줘. 수희야, 수희
야!"

겁에 질린 선우가 소리를 지르며 몸을 비틀었다. 태주는 조심스레
그의 두 팔을 잡았다.

"움직이지 마. 덧나."

태주의 목소리를 듣자마자 선우의 움직임이 일순 멎었다. 정지된 영
상처럼 멈춰 있던 그가 천천히 태주 쪽으로 고개를 돌렸다.

"네가 여길 왜 왔어. 이 꼴이 보고 싶어서 왔어?"
"그래. 형이 얼마나 고통스러운지 보려고 왔어."

담담한 대답에 선우가 작게 웃었다. 입을 막고 있는 붕대 때문에 웃
음소리조차 제대로 흘러나오지 못했다.

"좋겠네. 네가 바라던 바잖아?"

선우가 이죽거렸다. 얼굴 근육이 굳어서인지 발음이 부정확했다.

"다행이야. 여전히 뻔뻔해서."

태주가 선우의 몸 위로 이불을 덮어 주며 대꾸했다. 그러나 태연한 목소리와 달리 얼굴은 고통스럽게 일그러졌다. 숨이 가쁘게 차오르고 목이 시큰거렸다. 뜨거운 감정이 울컥 솟구쳐 참기가 힘들었다.

한때는 형을 동경했었다. 존경했고, 사랑했다. 형을 따라가려 무리하게 다리를 찢던 시절도 있었다. 형은 그렇게, 언제나 나무처럼 크고 단단할 줄만 알았다. 온몸에 붕대를 감고 누워 모르핀에 의지하는 모습 따윈 상상조차 해 본 적 없었다.

시간이 지나자 씩씩대던 선우의 호흡이 느려졌다. 숨소리가 어느 정도 일정해졌을 때, 태주는 침대에서 한 걸음 물러나 보조 의자에 걸터앉았다. 그러곤 아무 말 없이 선우를 바라보았다. 선우도 한동안 입을 열지 않았다.

"……왜 그랬어."

선우의 눌린 목소리가 정적을 비집고 흘러나왔다.

"죽게 놔두지, 왜 그랬냐고."

선우의 목소리는 체념한 듯 건조했다. 태주는 조그맣게 웃었다.

"무슨 말인지 모르겠네. 난 형이 죽길 바랐는데."
"분명 너를 봤어."
"헛것을 봤겠지."

456

태주는 삭막한 허공을 물끄러미 응시했다. 그날 그곳에 갔던 건, 미워도 형이니까 살려야 한다는 싸구려 정의감 때문이 아니었다.

그가 살지 않으면, 그가 죽으면 태주 자신이 얼마나 끔찍한 죄책감을 짊어진 채 살아가야 할지 알기 때문이었다.

유경이 말한 이기심은 아무것도 아니었다. 태주는 훨씬 역겨운 이기심을 품고 있었다. 선우를 살려서 행복을 지키고 말겠다는 이기심이었다.

휴게실과 연결된 문을 열고 들어갔을 때, 선우는 미술관 한가운데 시체처럼 누워 있었다. 붉다 못해 눈부신 불길이 선우의 몸을 덮치기 직전이었다. 태주는 뜨거운 불길 속으로 달려가 선우의 몸을 잡아챘다. 피부가 오그라드는 고통이 밀려왔다. 이를 악물고 선우를 불길 속에서 끌어냈다.

살아. 꼭 살아. 죽기만 해 봐. 너는 꼭 살아야 돼. 사는 게, 그게 네가 한 짓의 대가야.

선우의 몸을 반쯤 끌어내자 정신이 혼미해졌다. 이러다 태주 자신까지 죽을 수도 있겠다 싶었다. 그 순간 유경의 얼굴이 주마등처럼 스쳐 갔다. 너한테 돌아가야 하는데. 빨리 가야 하는데. 생각과 다르게 몸은 말을 듣지 않았다.

그때였다. 위에서 굵은 물줄기가 폭우처럼 쏟아져 내리며 태주의 몸을 적셨다. 동시에 미친 듯이 치솟던 불길이 언제 그랬냐는 듯, 작은 불씨가 되어 허무하게 타닥타닥 사그라졌다.

태주는 무인도에 조난당한 사람처럼 멍한 얼굴로 고개를 들었다. 소방대원들이 위층에서 와이어를 타고 내려오고 있었다.

"살아난 김에 잘 살아 봐."

태주는 코트를 여미며 일어섰다. 태주의 걸음 소리를 따라 선우의 고개가 돌아갔다. 할 말이 남아 있는 눈치였다. 그 말이 무슨 말일지, 태주는 듣지 않아도 알 수 있었다.

"유경이는 괜찮아."

태주의 입에서 나온 이름에 선우의 몸이 움찔 떨렸다. 그는 문을 열기 전, 한참 동안 선우를 바라보았다. 수많은 감정들이 교차했다.

"그러니까 너도 살아. 행복하지는 못해도 불행하지는 않게. 그렇게 살아."

그 말을 마지막으로 태주는 병실을 나섰다.
"그나저나 자네는 왜 이렇게 집을 옮겨 다니나. 자네한테 오려면 배에서 구역질을 수십 번도 더해야 해. 늙은이 수명 단축시키려고 작정을 한 모양이군."
윤 작가가 생강차를 들이켜며 투덜댔다. 혀를 데였는지 그가 살짝 인상을 찡그렸다.
"죄송해요. 처음에는 잘 모르던 사람들도 시간이 지나면서 유경이를 알아보더라고요."
"알아보면 좀 어떠냐. 이제 오해도 웬만큼 풀린 상태인데."
태주는 쓰게 웃었다. 모든 이들이 윤 작가처럼 생각한다면 얼마나 좋을까. 아트라의 비리가 밝혀지고 아버지의 행적이 도마 위에 오르면서 유경을 향한 시선이 점차 바뀐 건 사실이다.

하나 그뿐이었다. '어떻게 그럴 수가 있어?' 라는 반응에서 '아, 그랬구나' 라는 반응으로 바뀌었을 뿐, 그녀를 살인자로 보는 시선은 여전했다.

유경의 과거를 알게 된 이웃들은 하루아침에 태도가 변했다. 그녀를 멀리하거나 대놓고 수군댔으며, 그녀가 아이들을 만지는 것조차 꺼려했다. 그런 일만 벌써 몇 번째였다. 이곳에서는 얼마나 버틸 수 있을지, 태주도 알 수 없었다.

"그런데 이건 나비인가, 나방인가? 감상하는 사람마다 의견이 분분해."

윤 작가가 그림을 가리키며 물었다. 태주는 그림을 보며 짧게 대답했다.

"나방이에요."

"역시. 그랬군."

"아름다운 나방이요."

"아름다운?"

윤 작가가 이해할 수 없다는 듯 되물었다. 그러자 태주가 돌연 캔버스의 위아래를 뒤집었다. 어둠 속에서 한줄기 빛을 향해 날아가던 나방은, 어느새 작은 빛으로부터 광활한 어둠 속으로 날아가는 모양새가 되었다.

"이렇게 보니 나방이 자유로워 보이는군. 마치, 빛이 어둠으로 물드는 것처럼 보이네."

윤 작가가 흥미롭다는 듯 말했다. 태주는 그림을 보며 엷게 미소 지었다.

"네. 빛이 어둠이 되기로 했어요."

빛이 나방을 사랑해서 어둠이 되기로 했다. 그러니 아무도 모르는 곳으로 가자.

사람도, 빛도, 신도 없는 곳. 내가 너의 눈과 귀를 막아 줄게.

너는 마음껏 날아.

캄캄한 밤이 모두 네 세상인 것처럼.

"윤 작가님은 가셨어?"

해변에서 그림을 그리던 유경이 붓질을 멈추고 물었다. 태주는 고개를 끄덕이곤 유경을 뒤에서 끌어안았다. 그러자 옆에서 모래성을 쌓던 훈이가 도끼눈을 하고선 태주를 쏘아봤다.

"우리 선생님한테서 떨어져, 이 괴물아!"

훈이가 코를 질질 흘리며 고래고래 소리쳤다. 태주는 보란 듯이 유경을 꼭 끌어안으며 혀를 날름 내밀었다.

"싫은데? 내 여자거든."

"괴물 주제에! 우리 선생님 빨리 놔 줘!"

훈이가 벌겋게 달아오른 얼굴로 벌떡 일어섰다. 두 손에는 모래가 한 움큼 쥐어져 있었다.

"유경이가 왜 네 선생님이야? 내 여자지."

"아니야! 우리 선생님이야!"

"네 선생님이기 전에 내 여자야."

"아니야! 아니라고!"

태주가 빙글빙글 웃으며 놀리자 훈이가 아득바득 악을 써댔다.

"이 괴물! 괴물, 너 우리 선생님 잡아먹으려고 그러는 거지! 그치?"

"어떻게 알았지? 내가 밤마다 잡아먹는 거."

태주가 맹수처럼 입을 벌리며 유경을 잡아먹는 시늉을 했다. 그러자 유경의 얼굴이 터질 듯 붉어졌다. 하여튼 애 앞에서 못 하는 소리가 없다. 그녀는 태주를 살짝 흘기며 옆구리를 쿡 찔렀다.

"유치하게 왜 이래. 이제 그만 놔 줘. 훈이 감기 걸려서 안 그래도 목 아플 텐데."

"그래? 감기 걸렸다니 봐준다."

태주가 선심 쓰듯 유경을 놓아 주었다. 씩씩거리던 훈이는 그제야 진정이 된 듯 침을 꼴깍 들이켰다. 이제 좀 친해져 볼까. 태주는 빙그레 웃으며 훈이가 만든 모래성으로 다가갔다.

"우와! 이거 네가 만든 거야? 이야. 꼬맹이, 제법인데?"

"칫. 내가 우리 반에서 찰흙 만들기도 제일 잘한다, 뭐!"

훈이가 흐뭇함을 감추고 으스댔다. 그 모습이 귀여워 태주는 피식 웃었다. 그러자 훈이가 다시 휙 노려보았다. 태주는 금세 표정을 진지하게 굳히곤 과장된 손짓으로 박수를 쳐댔다

"꼬맹이 너, 예술가 기질이 있는 것 같다. 그러지 않고서야 이런 작품을 만들 수 없지."

반은 농담이고, 반은 진담이었다. 훈이가 그린 그림은 어린아이의 그림치고 퍽 훌륭한 편이었다. 태주가 엄지손가락을 치켜들자 훈이가 씰룩거리는 입꼬리를 감추며 고개를 들었다. 기분이 좋은 모양이었다.

"그런데 말이지. 모래성 윗부분을 조금 더……."

태주가 모래성의 균형을 잡아 주려고 가까이 다가가던 참이었다. 모래 속에 움푹 들어가 있던 발을 허공으로 들어 올리던 찰나, 잘 쌓인 모래성을 툭 건드려 버렸다. 화들짝 놀라며 발을 뗐지만 이미 늦은 상태였다.

모래성 끝부분이 후두둑 떨어지면서 나머지 모래들이 흐슬부슬 무

너지기 시작했다. 태주는 난감한 얼굴로 유경을 쳐다보았다. 그녀는 두 눈을 질끈 감았다. 대참사였다. 무너진 모래성을 멍하니 바라보던 훈이의 얼굴이 붉으락푸르락 변하기 시작했다.

"이, 이 괴물이! 내 모래성을 무너트렸어! 이 괴물! 나쁜 괴물!"

훈이는 결국 서러운 울음을 터트렸다. 태주는 어쩔 줄 몰라 하며 무너진 모래를 다시 주워 모았다.

"미, 미안. 미안해. 훈아."

"일부러 그랬지? 내가 싫어서 일부런 그런 거야, 으아앙!"

"아니야. 진짜 일부러 그런 거 아니야. 미안해. 내가 더 멋지게 만들어 줄게. 응?"

결국 보다 못한 유경이 나섰다. 유경은 의자에서 일어나 울고 있는 훈이를 꼭 안아 주었다.

"훈아, 미안해. 선생님이랑 다시 만들까?"

"흑. 선생님이랑요?"

꺽꺽대는 울음소리가 순식간에 멈췄다. 훈이가 눈물을 닦으며 눈을 동그랗게 떴다. 그 모습에 태주는 기가 막혀 헛웃음이 다 나왔다.

"응. 대신 훈이도 약속 하나만 할까?"

"야, 약속이요?"

유경이 옅게 웃으며 고개를 끄덕였다.

"저 형한테 괴물이라고 부르지 말기. 형은 괴물이 아니라 다쳐서 상처가 난 거야. 훈이도 다친 적 있지? 상처 났을 때 어땠어?"

"……아팠어요."

"그래. 형도 많이 아팠어. 그러니까 괴물이라는 말은 하지 말자. 우리 훈이는 예쁜 사람이니까 예쁜 말만 해야 돼. 알겠지? 자, 약속."

훈이는 훌쩍거리면서 태주를 힐끔 보더니, 이내 고개를 끄덕이며 작은 손가락을 걸었다.

"우리 훈이 정말 착하다. 예뻐."

유경이 머리를 쓰다듬자 시무룩하던 훈이가 배시시 웃었다.

"모래성 다시 만들어요! 제가 물 떠올게요!"

훈이가 다시 씩씩하게 소리쳤다. 아이가 바다로 뛰어가는 동안, 뒤에서 지켜보던 태주가 유경의 옆에 섰다.

"좋은 엄마가 되겠어."

나직한 목소리에 유경이 고개를 돌렸다. 태주가 바닷바람을 맞으며 다정하게 미소 지었다. 유경은 태주를 한참이나 응시하다가 어렵게 입을 뗐다.

"만약…… 아이가 생기지 않으면?"

태주가 무슨 말이냐는 듯 고개를 갸웃거렸다. 유경은 파도와 장난치는 훈이를 바라보며 말을 이었다.

"딱히 피임을 하는 것도 아닌데 아이가 안 생겨."

태주를 꼭 빼닮은 아이를 낳는다면 얼마나 행복할까, 하고 상상한 적이 있다. 그러나 한편으론 엄마가 되는 일이 두려웠다.

그런 마음 때문에 아기가 오지 않는 걸까.

"그런 걱정은 하지 마. 아이가 있건 없건, 나한테는 네 행복이 우선이야."

태주가 따뜻하게 웃으며 유경을 뒤에서 끌어안았다. 유경은 남우세스럽다고 투덜대면서도 수줍게 웃었다.

"선생님! 물 구해 왔어요!"

훈이가 바닷물을 넣은 페트병을 들고 해맑게 달려왔다. 태주는 아이가 또 울세라 황급히 유경에게서 떨어졌다.

유경이 조그맣게 웃어 보이곤 훈이에게 발걸음을 옮기던 찰나, 태주가 그녀의 손을 잡아 세웠다.

"강유경."

나직한 부름에 유경이 말간 얼굴로 돌아보았다.

"행복해?"

약한 햇살이 유경의 얼굴 위로 내려앉았다. 불어오는 바람은 그녀의 머리칼을 간지럽게 흩트려 놓았고, 구름 한 점 없는 하늘은 그림 속 배경처럼 청명했다.

한 폭의 수채화처럼 연한 얼굴을, 태주는 오랫동안 바라보았다.

"뭐야. 갑자기."

뜬금없는 물음에 유경이 싱겁다는 듯 웃었다. 수줍어하는 유경과 달리 태주는 사뭇 진지한 표정이었다.

유경은 태주의 손을 꼼지락거리다가 환하게 미소 지으며 대답했다.

"응, 행복해."

―Fin